KB267468

문학의 숲,
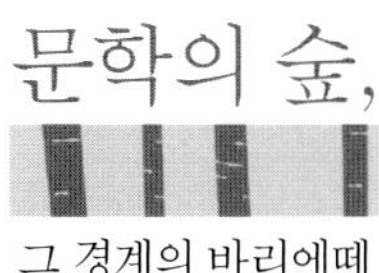

그 경계의 바리에떼

박상준(朴商濬 Park, SangJoon)_서울에서 태어나 1983년 서울대학교 국문과에 입학, 그곳에서 신경향파문학 연구로 박사학위를 받았다. 서울대 대학원과 문학예술연구소, 민족문학사연구소 등에서 인문사회과학을 공부해 왔다. 2002년 「문학의 범람, 그 속에서 길 찾기―한국문학의 타자 : 대중문학과 관련하여」로 평론을 시작했다. 2003년 이후 포항공대(POSTECH) 인문사회학부 교수로 재직하며, 아태이론물리센터(APCTP) 과학문화위원, 크리티카(KRITIKA) 동인 등으로 활동하고 있다.
연구논문만을 중시하는 학계의 분위기 속에서, 일반인들이 함께 할 수 있는 폭넓고 친숙한 평문 쓰기를 병행하고자 노력해 왔다. 평론집『소설의 숲에서 문학을 생각하다』와 에세이『꿈꾸는 리더의 인문학』, 연구서『한국소설 텍스트의 시학』,『1920년대 문학과 염상섭』,『한국 근대문학의 형성과 신경향파』 등을 출간했다. SF에도 관심을 기울여『연애소설 읽는 로봇』,『얼터너티브 드림』등 한국 창작 SF 앤솔로지 다섯 권을 펴냈다.

문학의 숲, 그 경계의 바리에떼

초판인쇄 2014년 10월 25일 **초판발행** 2014년 10월 30일
지은이 박상준 **펴낸이** 박성모 **펴낸곳** 소명출판 **출판등록** 제13-522호
주소 서울시 서초구 서초중앙로6길 15(란빌딩 1층)
전화 02-585-7840 **팩스** 02-585-7848 **전자우편** somyong@korea.com **홈페이지** www.somyong.co.kr

값 23,000원
ⓒ 박상준, 2014
ISBN 979-11-85877-17-4 03810

박 상 준 평 론 집

문학의 숲,

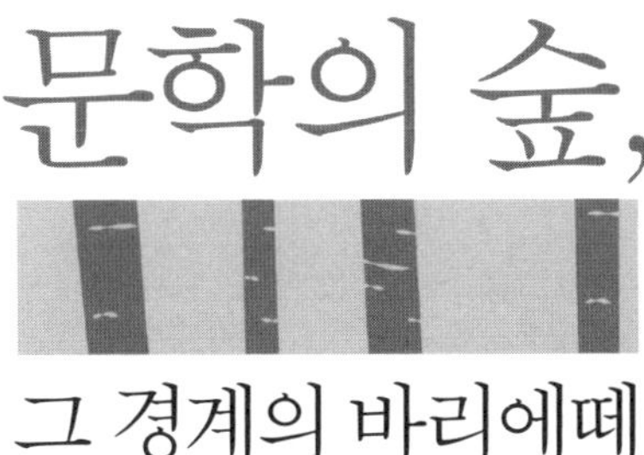

그 경계의 바리에떼

Variété in the Boundaries of the Literature Forest

소명출판

10년 만에 문학평론집을 묶는다. 이 작은 책을 통해서, 여전히 문학의 가치를 인정하고 다양한 갈래의 문학을 애호하는 독자 분들과 문학작품을 음미하는 즐거움을 함께 나누고자 한다.

다양한 문화콘텐츠가 넘쳐 나는 시대에 사는 우리에게 문학이 갖는 의미는 한 세대 전과 비교하기만 해도 크게 달라졌다. 지식인 작가들이 문학계를 주도하면서 시대와 사회의 문제를 고민하던 양상은 이제 옛일이 되어 버렸다. 대학생과 여사무원 들이 문학작품의 든든한 감상자 층을 이루던 시대는 이제 더 이상 바랄 수 없게 되었다. '소설이 없다'든가 '시가 쓰이지 않는다'는 등의 수사와 더불어 '문학의 죽음'이 선고되기도 했던 것이 이러한 변화를 상징적으로 명확히 드러내기도 했다.

그러나 우리는 안다. 문학은 지금도 우리 주변에 충만해 있다는 것을. 지식인 작가들이 주도한 '운동으로서의 문학', 역사의 진실을 재현하거나 사회 현실을 비판하면서 보다 나은 공동체를 꾸리는 데 기여하고자 하는 진지한 문학의 위세가 크게 꺾이기는 했어도, 그와는 다른 모양의 다양한 문학'들'이 풍성하게 유통되고 있음을 우리는 안다. 사실 시야를 넓게 하면 문학의 위기와 죽음이 회자되던 과거에도 이런 다양한 문학들이 생겨나고 유통되고 감상, 소비되어 왔음을 금방 확인할 수 있다.

따라서 여러 유형의 문학들이 지난 100여 년 동안 계속 있어 온 반면, 그들 중 특정 부류에 주목하며 '진정한 문학'을 주창하는 문학관들이 변화해 왔을 뿐이라고 할 수 있다. 이러한 변화의 양상을 뚜렷이 보여 주는 경우가, 앞서 말한 '운동으로서의 문학'의 퇴조와 더불어, '무협지'가 무협소설이 되고 '공상과학소설'이 SF가 되는 방식으로 장르문학이 부상한 사실이다. 1990년대 이래 하루키의 광범위한 수용과 한국 영화의 득세, 문화콘텐츠 시장의 활성화와 더불어, 이른바 본격문학 진영의 작품 경향이 사회역사적 사건보다는 개인의 심리에 주목하는 연문학(軟文學)적인 성격을 보다 강화한 것도 앞서 말한 변화를 한층 강화했다고 할 수 있다.

나로서는 이 모든 변화를 긍정적으로 볼 수 있다고 생각한다. 큰 틀에서 말하자면, 무릇 바람직한 문화란 부단히 변화 발전하는 문화이며 그러한 변화 발전의 원동력은 서로 차이를 보이는 다양한 요소들의 공존이라고 믿기 때문이다. 시간의 무게를 이기며 사람들의 사랑을 받는 훌륭한 문학작품들에 그와는 다른 새로운 문학작품들이 더해지면 더해질수록, 전체로서의 우리 문학계는 훨씬 더 다양해지면서 역동성을 획득하게 된다. 바로 이러한 뜻에서, 재래의 대하역사소설들과 후일담 문학에 2010년대의 SF나 판타지 등이 더해지는 현재의 문학계는 그 어떤 때보다 더 미래가 밝다고 나는 믿는다.

바로 이러한 생각에서 나는, 시간이 부족한 대로 다양한 갈래의 문학작품들을 읽고자 노력해 왔다. 이 책에서 다루는 문학작품들의 면면이 본격문학 진영이나 대학 강단에서 주로 다루어지는 유형으로만 채워지지 않은 것은 이 때문이다(비판적으로 언급한 경우가 없지는 않지만, 다양한 갈래의 문학작품들 어느 것도 외면하지 않고자 한 결과라고 보아 주시길 바랄 뿐이다). 시기적으로는 지난 100년에 걸친 한국 현대문학의 역사에 걸쳐 있고, 공간적으로는 소수이긴 해도 외국문학을 끌어안았으며, 갈래에 있어서는 이른바 '본격문학 / 장르문학'의 이분법에 갇히지 않았다.

대상뿐만 아니라 글을 쓰는 방식에 있어서도 나름대로는 다양성을 확보하고자 노력했다. 4부에 있는 작가론은 문학연구에 가깝게 쓰기도 했지만, 1부를 이루는 글들은 약간은 자전적이기까지 한 문학에세이로 읽어도 좋다고 생각한다. 2부의 짧은 글들이 소설사의 자료가 될 수도 있다면, 3부의 글들은 다양한 문학'들'에 대한 여러 상념을 어느 정도는 깊이 있게 다듬어 본 것이다.

갈래가 다른 여러 작품들을 대상으로 빛깔이 다른 몇 가지 방식으로 글을 써 왔지만, 이 모두에 공통되는 점이 없지는 않다. 다소 겸연쩍어지는 것을 감수하고 말하자면, 대상과 문체의 다양성 모두 '우리 모두의 문학을 위한 글쓰기'를 지향해 온 결과라는 사실을 들고 싶다.

읽히지 않는 글은 잘못된 글이라는 생각을, 지난 10년 동안 이공계 대학의 인문학 교수로 있으면서 나는 절감하게 되었다. 전문가 집단 사이에서 통용되는 논문이 아니라 일반인들을 대상으로 쓰는 문학 관련 글들의 경우에는, 그것이 짧은 인상비평이나 해설비평이든 길고 본격적인 작가론이나 작품론이든 간에, 고등교육을 받은 일반 독자 모두에게 읽힐 수 있어야 한다고 나는 믿는다. 그러기 위해서 나는 일반인들에게는 낯선 문학이론을 앞세우는 것이 아니라 문학에 대한 나름의 상념을 바탕으로 글을 쓰고자 계속 노력해 왔다. 모든 글을 읽기 쉽게 쓸 수는 없는 노릇이지만, 쓸데없이 어려워지지 않게 하려는 노력만큼은 없어서는 안 된다고 지금도 믿기 때문이다.

이러한 자세의 결과인 이 작은 책이, 우리 시대의 문학, 그것에 대한 감상과 향유의 즐거움을 보다 많은 사람들과 나눌 수 있게 해 주기를 바랄 뿐이다. 직업으로서의 문학연구를 택하면서 그 대가로 취미로서의 문학 감상을 잃어버리게 된 나 자신에 대한 위안도 여기서 찾고자 한다.

이 글들의 최초의 독자였던 많은 분들께 감사의 인사를 전한다. 그분들이 없었다면 아마 이 책에 실린 상당수의 글도 없었을 것이다. 문단의 말석을 차지한 필자의 글을 엮어 멋진 책으로 꾸며 준 소명출판의 박성모 대표님과 최지선 선생님께도 감사의 마음을 표한다. 언제나 연구실에 틀어박혀 있는 남편을 잘 챙겨 주는 아내와 그렇게 집을 비워도(!) 아빠를 잘 따라 주는 아들과 딸, 내 사랑하는 이들에게 이 책이 작은 기쁨이기를 바란다.

2014년 가을 문턱, 무은재 연구실에서

박 상 준

차례

제1부

에세이, 문학, 비평

1장

사랑에 대하여

두 편의 영화와 한 편의 소설

1_파국을 알면서도 그 흐름을 멈추지 못하는 것. 잠시 숨을 돌리고 생각해 보면 빤히 보이는 귀결을 끊임없이, 마치 끊임없을 수 있을 것처럼 외면하며, 흘러온 방향대로 나아가는 것. 불행한 사랑의 노정은 그러하다.

아니 어쩌면 모든 사랑의 노정은 그러한 듯싶다. 그것이야말로 사랑의 행로인지 모른다.

윤리적인 의무감을 가리는 상호주체적인 의지로 채색되기 전의 사랑, 새로이 생겨난 존재들에 대한 인류상의 채무감으로 덧씌워지기 전의 사랑, 어떠한 결연의 형식으로도 규정되기 전의 사랑, 분명히 그 존재를 예감할 수 있고 시시각각 그 실체 그 무게를 느끼기는 하지만 아직 어떠한 사회적 규정으로부터도 자유로운 시간의 사랑, 바로 그러한 사랑의 노정은 파국밖에 없는 것이 아닐까.

자신의 소멸을 목적으로 하는 맹목, 이것이, 만약 사랑에도 그 실체라는 것이 있다면 바로 사랑의 실체가 아닐까.

2_두 편의 DVD를 봤다. 〈감각의 제국〉과 〈Nine 1/2 Weeks〉.

실화를 바탕으로 했다는 〈감각의 제국〉은 앞서의 추측이 추측이 아니라고 힘껏 주장하는 영화이다. '키치'를 죽음으로 몰고 가는 '사다'의 애욕보다도, 그녀의 욕망이 자신의 죽음을 향하고 있음을 잘 알면서도 '사다'를 순순히 받아들이는 '키치'의 모습, 운명에 순응하는 그러한 모습이야말로 사랑의 진면목에 해당하는 것이 아닐까. 자기가 사랑하는 사람의 뜻대로 모든 것을 맡기는 순응성. 서로의 살을 섞는 농밀함을 나누는 사람들 사이에서 피할 수 없는 감각의 둔화에 굴복하지 않는 사랑의 행로가 죽음일 수밖에 없다는 것, 이 끔찍한 사실에 눈 돌리지 않는 '키치'. 1930년대 일본을 떠들썩하게 했다는 이 사건이 사랑에 대해 뭔가 중요한 점을 알려 준다면 그것은, 정부를 교살하고 그의 성기를 잘라서 품에 지니는 '사다'의 맹목이 아니라, 이 모든 사태를 예상하면서도 다른 길을 생각하지 않은 '키치'의 순응성에서 찾아져야 할 듯싶다.

마찬가지 이유로, 〈Nine 1/2 Weeks〉에서도 사랑의 진면목은 '엘리자베스'에게서가 아니라 '존'에게서 엿보인다. 그가 보여 주는 것은 사랑이야말로 반성을 알지 못하는 맹목이라는 사실이다. 서로의 관계 그 미래를 그려 보지 않을 수 없는 '엘리자베스'는 실상 사랑을 지속시키고자 하는 것이 아니라, 그들의 사랑을 사랑 아닌 무엇인가로 변화시키고 싶어 하는 것이다. 결혼을 해서 가정을 꾸리고 하는 것, 딱히 그 모양은 아니라 해도 서로의 존재 조건에 의미 있는 변화를 꾀하고자 하는 것, 우리들 대부분이 그러하듯이 그녀 역시 그런 꿈에 사로잡혀 있다. 반면 '존'은, 그녀와 함께 있는 시간만큼은 사랑밖에 아무 것도 보지 못한다. 자신을 내쫓지 않을 거라면 옷을 벗으라고 명령(!)하거나 그녀에게 안대를 요구하고 개처럼 기라고 하는 등은 모두, 월스트리트의 사무실에 있는 그가 아닌, 사랑 자체에 맹목인 한 남성의 사랑의 발현이다. 해서 바로 이 의미에서의 사랑의 고백은 '엘리자베스'가 떠나버린 허공으로 흩어질 뿐이다.

    3_사랑 그 자체는 무섭다. 그와 동시에 사랑은 참으로 가엽다. 이 둘 모두, 자신이 소진되고 그에 빠진 연인들이 죽음에 이르기까지 사랑은 무한히 질주(하려)할 뿐이라는 사실에 말미암는다.

대부분의 사람들에게 있어서 사랑이 달콤한 것일 수 있음은, 일반적인 경우, 사랑은 자신의 존재를 주장하지 않는 까닭이다. 사랑이 사랑 아닌 다른 것으로 전화될 때, 사랑은 자기 존재의 연장을 고집하지 않는다. 해서 우리들은, 의지를 혹은 윤리적인 의무감을 또는 소멸에 대한 두려움을 사랑에 덧씌우게 마련이다.

이 때, 의지란 애인과의 관계를 지속시키고자 하는 욕망에 불과하며, 윤리적인 의무감이란 그들이 새롭게 꾸린 둥지를 파괴하고 싶어 하지 않는 두려움을 덮는 휘장에 불과하다. 이 모두를 포함하여, 사랑에 접어드는 사람들 일반이 직시하지 못하는 것은 사랑 자체의 맹목성이다. 종내 죽음으로 향하는 사랑의 그 끔찍한 맹목……

해서 우리는 '사다'를 용서(!)하면서 '키치'를 무시하게 되고, '엘리자베스'의 선택에 동의하면서 '존'의 사랑 고백을 가짜인 양 생각하게 마련이다. 그들을, '키치'와 '존'을 똑바로 바라보는 것이 두렵기 때문이다. 누가 바라볼 수 있겠는가. 사랑에 맹목이며 사랑의 화신인 그들이야말로, 사랑을 잘 요리해서(!) 일상을 영위해 나아가는 우리들에게는 저 신화 속의 메두사이자 사이렌인 셈이니 말이다.

* 두 시간 후의 보론 혹은 반론

내가 나로 존재하는 이상 사랑 또한 사랑으로 존재한다. 개인 혹은
주체가 이데올로기의 효과에 불과함을 인지한다 해도 그런 이데올로
기의 실효를 의심하지 않는 만큼, 나는 사랑의 효과를 의심하지 않는
다. 사랑 그 실체를 인정하지는 않아도 / 못해도, 사랑의 현존을 갈망한
다는 말이다.

여기에 더해서, 사랑의 빛깔이 일의적이지 않음도 내게 힘을 준다.
자식들에 대한 나의 사랑, 부모에 대한 나의 사랑은, 아내에 대한 나의
사랑을 유지, 강화해 준다. 아가페적 사랑(유사한 것)이 에로스적 사랑을
구원해 준다. 엄밀히 따지고 보면 기만에 의한 구원일지라도 말이다.

우리는 모두 실체가 아니라 환상 속에서 산다. 실체만큼 환상적인 것
도 없을 만큼 환상이 지배하는 현실 속에서 살아가는 것이다. 해서 사
랑에 관해서도 예외는 없다.

'사랑'은, 삶의 역정에 대한 반성적 사유 속에서, 그리고 그러한 사유
를 녹여 낸 몇몇 예술 작품 속에서만 언뜻 우리의 시선을 끌 뿐이다. 하
지만 그것이야말로 덧없는 것, 우리의 〈사랑〉은 너무도 또렷하다. 초
월적 당위에 기대는 윤리적 강박과, 서로 부대낀 적지 않은 세월을 겪
어 온 당신과 나 우리 자신의 의지로 그것은 무장하고 있기 때문이다.

사정이 이러하다면, 〈사랑〉이 '사랑'을 대체한들 도시 무엇이 문제란
말인가! (2003.10.3)

** 십년 뒤의 후기

앞의 두 영화와 달리 '사랑' 그 자체를 응시하고 향유하는 주체의 시
선으로 쓰인 작품으로 야마다 에이미의 단편소설 「신문」이 있다(양억관
역, 『120% Coool』, 민음사, 2008).

사랑에 빠진 남녀가 공유할 수 있는 것이 있다면 시간뿐이라는 점을
알고, 남녀의 만남에 개재되기 마련인 거짓말을 지우기 위해서는 묻지
도 않고 대답하지도 않아야 함을 터득한 여자, 관계가 파탄 났지만 아
직도 남편이 있는 상태로 연하의 학생 'J'를 사랑하는 여자가 「신문」의
주인공이다. 카페에서 처음 눈길이 마주친 순간 그녀는 자기와 'J'가 서
로를 이해하고 받아들였다고 느낀다. 앞으로 둘이서 달콤한 죄, 달콤한
죄악을 범해 보자고, 다만 서로를 뜨겁게 갈구하고 하나하나 충족시키
자고 동의했다고 생각한다. 그리고 그녀는 그대로 실행한다. 쾌락의
가장 좋은 전채요리가 '애태우기'라는 생각에 만남이 오래 지속될 때까
지 삼갔던 섹스의 순간, 그녀는 자신에게 떨어지는 'J'의 시선, 세상에
하나뿐이며 오직 현재에만 존재하는 그 시선에 피부가 지져지는 뜨거
움을 느낀다. 이후로 그녀는 아침마다 'J'를 찾아가 '정지된 사차원 속의
쾌락'을 탐닉한다.

그녀에게는 미래에 대한 기대가 없다. 첫 관계에서부터 앞으로 어떻
게 될지를 궁금해 하던 'J', 남편에게 죄책감을 느끼진 않느냐 묻고, 자
기와 섹스를 한 뒤 그녀가 남편과 잔다는 생각에 가슴 아려 하는 그와
달리, 그녀는 '침대의 쾌락'에 자신을 오롯이 맡길 뿐이다. 물론 그녀도
안다. 세상에 섹스로 바꿀 수 있는 일은 하나도 없으며, 자신이 허리를
움직이는 동안에도 어느 나라에서는 전쟁이 일어나고 또 다른 나라에

서는 사람들이 굶주리고 있다는 것을. 해서 그녀의 엑스터시는 늘 막연한 불안과 함께하며, 쾌락을 만끽한 후에는 자신을 조금 부끄러워하는 일종의 모럴리스트가 되기도 한다. 이 점에서 그녀는 〈감각의 제국〉의 '사다'는 물론이요 '키치'와도 구별되고, 〈Nine 1/2 Weeks〉의 '존'과도 거리를 둔다.

그러나 이 모두는 그녀가 'J'와의 섹스를 '사랑' 자체로 누리는 위에서의 일이다. 현재에 고정시킬 수도 없고 과거로 남길 수도 없으며 미래를 기약할 수도 없는, 남녀가 유일하게 공유할 수 있는 순간으로서의 섹스–'사랑'을, 그 순간의 두 사람 이외의 모든 세계로부터 잠시 유리시킨 데 따른 사후적인 심정, 섹스 직후의 '발칙한 시간'의 마음상태일 뿐이다. 그만큼 그녀는 'J'와의 섹스에 헌신한다. '사랑'을 '사랑' 자체로 향유하는 것이다.

이러한 향유가 어떻게 끝을 맞이하는지는 중요하지 않다. 그녀가 'J'와 공유했던 순간에 외부의 메시지가 들어오게 되자 그녀 스스로 접는 것인데, 이 또한 '사랑'에 대한 그녀의 헌신이 자각적인 것이며 향유가 의식적인 것이었음을 입증해 줄 뿐이다. 평범한 우리가 영위하는 여러 빛깔의 〈사랑〉들에 가려진 '사랑' 자체를 만들어 내고 그것에 자신의 전체를 던져 넣되 결코 맹목이 되지 않는 그녀라는 인물의 형상화, 우리의 일상에서 '사랑'을 환기시키는 그녀의 생각을 끝까지 관철시킨 데, 야마다 에이미의 소설 「신문」의 빼어남이 있다. 옛 이상이 완전히 사라진 시대에 유일하게 남은 것이 '여성과의 궁극적 결혼'이라 했던 로렌스의 시대로부터 멀리 흘러온 오늘날, 「신문」이 되살려 낸 '사랑' 또한 우리에게 유일하게 남은 것이 아닐까 싶다.

2장

I once had a Girl, or should I say, She once had Me

하루키의 『노르웨이의 숲』과 관련한 단상

1_문학 작품과 관련된 의미 효과 중에는, 작품 자체에서 유래하는 것이 아니라 작품과 독자 사이 혹은 둘의 관계에서 생겨나는 것이 있다. 텍스트의 해석 과정 모두가 독자의 계기를 포함한다는 해석학적인 맥락에서의 말이 아니다. 그보다 더 나아가서, 특정 작품을 대하는 데 있어서 독자가 평정을 잃게 되는 경우, 그 작품과 관련된 무언가에 끌려서 그 무언가가 보게 하는 것만을 볼 수밖에 없게 되는 경우, 다소 모호하지만 뭐 그런 것을 말하는 것이다. 앞서 문학 작품이 '주는' 의미 효과가 아니라, 문학 작품과 '관련된' 의미 효과라 쓴 것도 이런 까닭이다.

좀 더 확장하자면, 작품과 독자 외에 이 둘의 관계를 결정짓는 데 있어서 중요한 작용을 하는 제3의 항목이 개입되는 경우를 고려할 수 있다. 이러한 개입이 독서의 방향에 영향을 끼치고 그럼으로써 작품을 온전히 읽어내는 데 장애가 되는 경우 말이다. 지라르의 욕망의 삼각형에 따라 말해 보자면, 실상은 제3의 항목에 대한 욕망이 독서 과정을 지배하게 되는 경우라 할 수 있다. 전설적인 기사 '아마디스'에 대한 '돈키호테'의 욕망이 그의 기행을 가능케 하듯이, 이러한 경우, 특정한 작품을 대하는 독자가 둘의 관계 밖에 있는 무언가에 대한 욕망을 내장한 채 그리고 그에 휘둘린 상태에서 독서 과정에 뛰어듦으로써 온전한 독서는 애초부터 불가능하게 된다.

작품의 전언, 작품이 발하는 효과를 그 자체로서 받아들이는 것이 아니라, 작품 속에서 자신의 욕망을 충족시키고자 하는 감상 태도 곧 자기가 보고 싶은 것만을 골라 보는 태도라 할 수 있는 키치는, 지금 우리가 말하는 경우의 한 가지 양상에 불과하다. 여기서 말하는 것은, 작품에 대한 이런저런 담론 또는 작품을 하나의 화두로 하는 작품 바깥의 어떤 관계 등이 영향을 미치는 경우까지를 모두 포함하기 때문이다.

2_내게 있어서는, 무라카미 하루키의 소설 『노르웨이의 숲』이 바로 그러한 경우에 해당한다. 앞서 밝힌 갈래들을 염두에 두고 좀 더 명확히 말해 보자면, 이 작품에 대한 타인의 언급 때문에 나는 이 소설을 끝까지 읽지 못하게 되는 상황을 몇 차례 겪었던 것이다. 이 작품이 어떻게 생겼는지 감을 잡으며 비로소 다 읽게 된 것은 마흔이 다 되어서이다.

차분히 말을 할 필요가 있겠다. 먼저, 다들 짐작했겠지만, 이 글이 어떠한 의미에서도 작품론은 아님을 밝혀 두자. 이 글의 흐름이 작품의 경계 안에 갇혀 있지 않은 까닭이며, 무엇보다도 내가 말하고자 하는 것이 작품 자체는 아니기 때문이다.

이제, 『노르웨이의 숲』에 대한 내 독서 경험을 찬찬히 풀어 볼 필요가 있겠다. 『상실의 시대』라는 제목으로 내 앞에 놓여 있는 이 책의 서지를 보면 초판 1쇄의 발행 연도가 1989년으로 되어 있다. 다른 곳에서 번역 출간된 적이 없다면 내가 이 작품에 대해 처음으로 이야기를 들은 것은 초판 발행 이후일 것이다. 『상실의 시대』를 앞에 두고서도 『노르웨이의 숲』이라 계속 말하는 것은, 내게 이 작품을 읽어 보라고 권한 사람이 '노르웨이의 숲'이라는 원제명으로 소개했기 때문이고, 그런 말을 들은 것이 빨라도 1989년이리라고 생각하는 것은, 그 말을 해 준 사람이 일본어로 이 작품을 읽었을 가능성은 거의 없는 까닭이다.

이제는 솔직히 말을 해야 할 때가 되었다. 이 절의 앞에서 나는 『노르웨이의 숲』에 대한 타인의 언급 때문에 이 소설을 끝까지 읽을 수 없게 되었다고 했다. 사실이 그러했는데, 내가 이 사실을 알아차린 것은 그 타인과의 이런저런 관계가 모두 끝나 버리고도 한참 시간이 흐른 뒤였다. 지금으로부터 보자면 10여 년 전의 늦여름이나 가을 무렵이다.

10여 년 전까지 이 작품을 끝까지 읽어낼 수 없었던 까닭은 무엇일까. 내 기억 속에서는 찾아볼 수 없는 특이한 독서 체험이 거북살스러워서였다고 할 수 있다. 책장을 펼치고 읽어가다가, 어느 순간 나는, 내가 이 작품을 알고 있다는 사실을 깨닫게 되었다. 이런 경우가 드물지는 않았기에, 그럼 내가 어디까지 읽었나 하는 궁금증에 책의 뒤쪽을 몇 차례 더듬어 보았다. 낭패감은 여기서 찾아왔다. 뒷부분을 펼쳐보면 어느 곳이든 기억에 없는 데, 거기까지 읽어가다 보면 읽은 것이 분명하게 되고, 또 그렇게 되고 하였던 것이다. 농담 반 진담 반으로 사실상 미래에나 올 건망증을 우려하던 나이에 이러한 곡예는 무척 기분을 상하게 하는 것이어서, 나는 결국 책 읽기를 그만두었다.

이런 정도면 그냥 안 읽어도 좋을텐데, 무슨 까닭에서인지 나는 그즈음의 강의 항목 중에 이 작품을 넣었다. 어떻게든 끝까지 읽어 보겠다는 무의식적인 욕망이 있었던 것인지도, 혹은, 『노르웨이의 숲』과 관련된 이런저런 껄끄러운 감정을 그 기회에 털고 싶었던 것인지도 모른다.

  3_내게 이 작품을 읽어 보라고 한 사람은 누구였던가. 내가 '와타나베' 같은 유형의 사람이 아닌 것처럼 그녀 역시 '나오코' 같은 인물형이 아니었음은 분명하지만, '와타나베'가 '나오코'에 대한 자신의 심정을 어쩔 수 없는 것처럼 그녀에게로 향하는 내 심정을 어쩔 수 없었던 바로 그런 상대였다, 내게 『노르웨이의 숲』을 권한 사람은.

  옛날의 그녀가 무슨 생각으로 이 소설을 권했는지 나는 알 수 없다. 이것을 권했을 때의 그녀는 지금의 그녀는 물론이요 10년 전의 그녀도 아니니 그녀는 전혀 알지 못할지도 모르겠다. 어쨌건 우리는 그때, 지금보다 20년은 더 젊었고, 그때보다 다시 10년쯤 전에 시작된 묘한 관계를 지속해 오고 있었으니, 그 당시로서는 나름대로 적지 않은 의미가 있었으리라고 짐작이 될 뿐이다.

  묘한 관계라고 했지만, 실상 지금에 와서 보면 묘하다 할 것도 없다. 열아홉 스물의 나이에, 추상인 만큼 강렬했지만 추상인 까닭에 정체는 모호한 감정의 여울 속에 함께 있었던 것뿐이다. 한껏 다가가기 위해 동시에 서로를 쳐다볼 때도 있었지만 그건 아주 짧은 순간이었고 대부분은 한쪽만이 상대를 바라볼 뿐이었다. 시선의 주체와 대상의 역할을 어쩌다 바꿔 보기도 했지만, 중요한 것은, 공동의 배를 만들어 타고 여울을 넘게 되지는 않았다는 사실이다.

  처음 알게 된 이래 오랜 세월 각자의 삶을 살아오면서, 상대편의 행복을 축하해 주기보다는 불행을 위로해 주는 데 더 익숙하게 되었으니 어떻게 생각해도 이건 가슴 아픈 일이다. 대학 시절의 처음 다섯 학기를 빼면, 우리는 아주 가끔씩 만났고, 몇 해 동안 전혀 소식도 모르고 지낸 적도 있었다. 반면, 그녀의 애인과 함께 만나 밥을 먹고 술을 마시고 그 집에서 잠을 잔 적도 있고, 내 아내와 함께 만나 밥을 먹고 술을 마시고 우리 집에서 잠을 잔 적도 있다. 사정을 잘 아는 친구들은 우리를 특별한 관계로 기억해 주기도 하였으나, 서로에게 있어 우리는 친구 그이상일 수 없었음도 사실이다.

그래도 이렇게 독서 기록을 남기기까지 하게 된 마당에서 예전에 있었을 뭔가 다른 의미를 추론해 보는 것은 어찌 보면 꼭 필요한 일인 듯하나, 나는 그럴 생각이 전혀 없다.

『노르웨이의 숲』을 권하던 그녀의 심중에 어떤 생각이 있었을까 하는 무의식상의 궁금증이, 둘 사이의 관계에 어떤 의미의 끈을 새롭게 다져보고자 했을 내 자신 속의 욕망의 요동이, 그러한 지향이, 이제는 덧없는 것으로 아니 추억으로 변해버렸음을 잘 알고 있는 까닭이다. 이러한 변화의 증거는 다름 아니라, 끝내는 내가 『노르웨이의 숲』을 다 읽게 되었다는 사실, 바로 그 사실이다.

4_『노르웨이의 숲』은 매우 특이한 소설이다. 무엇보다도 한국 근현대소설사의 흐름에 비춰볼 때 그러하다. 내가 읽고 겪어 본 소설들 일반이나 내가 배우고 공부한 소설론, 문예학 이론 들에 비춰서도 그러하다.

『노르웨이의 숲』은 열려 있는 작품이다. 읽는 사람들이 저마다 제 빛깔로 채색할 수 있도록 스스로는 자기의 색채를 갖고 있지 않은 작품이다.

비유를 걸고 말하자면, 이 소설은 해석을 달고 있지 않다 하겠다. 서술자에 의한 편집자적인 논평이나 요약 등이 거의 없는 것이다. 서사의 구조 자체가 실상은 회상 형식으로 되어 있음에도 그러하기 때문에 이 점은 힘껏 강조할 만하다.

이 소설의 서술자는 어디에 있으며 그의 나이는 몇이나 되었는가. 수업 관계로 받아본 학생들의 독서 감상문들은, 함부르크 공항의 보잉 747기에서 비틀즈의 〈노르웨이의 숲〉을 들으며 과거를 회상하는 서른일곱 살의 '와타나베'를 서술자라고들 쓰고 있었다. 하지만 그렇지 않다. "서른일곱 살이던 그때, 나는 보잉 747기 좌석에 앉아 있었다"라는 첫 문장이 그걸 알려 준다. 서술자가 '와타나베'인 것은 맞지만 그의 서술 시점은 서른일곱 이후이다. 서술 시점의 그가 몇 살인지는 알 수 없다. 따라서 서술 시점의 그의 의식 수준이나 태도, 인생관 등도 짐작할 수 없다.

물론 대부분의 소설에서 서술자의 태도나 인생관, 의식 수준 등은 서술 자체에서 확인된다. 그러나 『노르웨이의 숲』은 그렇지 않다. 서술 시점의 서술자가 함부르크 공항의 자신을 바라보며, 서른일곱 살이던 그때의 그가 다시 18년 전의 일을 기억하는 이중의 회상 구조를 취하고 있으면서도, 회상의 주체에 의한 의미부여 등이 거의 없는 까닭이다. 이중의 회상 구조가 드러나는 1장에서의 상념을 빼면, '기즈키'의 죽음을 뒤로 하고 고향을 떠나고자 하던 자신의 심정을 정리하는 부분(71면)과 '하쓰미'의 죽음에 대한 다소 모호한 의미부여(351면) 정도 외에는, 서술자에 의한 논평이나 의미부여의 구절을 찾기 어렵다.

1990년대 한국 소설의 특징 중 하나로 지적되는 '소설의 영화화'의 원류가 하루키이리라는 짐작이 들 만큼, 그의 소설은 극적이다. 극문학이 그러한 것처럼 현재 빚어지는 장면 장면들이 그 자체로만 제시될 뿐, 서술자에 의한 해석이나 규정 등으로부터 자유롭다는 말이다. 앞서 지적했듯이 서술자 자신이 작품의 표면에서 사라져 버린 까닭이다. 그 빈자리에서 독자들인 우리는, 저마다 제 기억을 되살리며 작품의 서사에 나름의 빛깔을 덧보탤 자유를 얻는다.

　이러한 자유는, 시점 화자이자 주인공인 와타나베로 해서 한층 더 확장된다. 두 가지를 지적할 수 있다. 첫째는 작품의 주 내용이 철저히 '와타나베'의 시선에 한정되어 있다는 점이며, 둘째는 그 '와타나베'라는 인물 자체가 세상을 해석할 수 있는 나름의 기준을 갖추고 있지 않다는 점이다.

　『노르웨이의 숲』은 철두철미 '와타나베'가 보고 듣고 겪는 것, 그가 직접 만나서 이야기를 나누는 사람들이 이야기해 주는 것, 그가 보내고 받는 편지들의 내용으로만 이루어져 있다. 곧 주인공인 '와타나베'가 겪지 않은 일들, 그가 알 수 없는 일들은 작품 속에 등장하지 않는다는 것이다. 그가 만나지 않을 때, '나오코'도 '미도리'도 '레이코'도 이 작품 속에서는 존재하지 않는다고 할 수 있다. 오직 그의 상념 속에서만 희미하게 존재할 뿐이다.

　더 나아가서, 이 희미한 존재들은 정말로 희미하게 존재하는데, 이는, 그들과의 관계 맺음이 '와타나베'에게 무엇을 의미하는지 그들의 존재 자체가 '와타나베'에게서 어떤 의미를 지니고 있는지가 희미하기 때문이다. 성년식을 겪고 있다 할 열아홉 스무 살의 '와타나베'는 세상을 해석하려는 의지도 세상을 읽고서 의미를 추려 내거나 구축할 능력도 가지고 있지 못하다. '나가사와'와 함께 어울려 다니는 '와타나베'뿐만이 아니라, '미도리' 앞에서 짐짓 의젓한 체도 하는 '와타나베' 역시 마찬가지이다. '나오코'에게 함께 살 계획을 전하는 '와타나베' 역시 '레이코' 여사와 관계를 맺는 '와타나베'처럼 어떤 의미에서도 자성적(自省的)이지 않다. '와타나베' 자신이 이렇게 희미하고 불투명한 까닭에, 그가 만나고 사랑하는 사람들도 희미하고 불투명하게 되었다고 할 수 있다.

　열아홉 스무 살의 나이라면 누구라도 그러할테니 조금도 이상할 건 없다 할 수도 있겠지만, 그런 인물이 그런 면모만으로 작품 속에 등장한다는 것은 특기할 만한 사실이다. 앞서 말했듯이, 작가로서의 서술자의 측면이 거의 부재한 것은 일반적인 소설 유형에서는 매우 드문 까닭이다. 특징적으로 요약하자면 '침묵하는 서술자의 설정'이라고 할 이러한 특징이 『노르웨이의 숲』을 독특한 작품으로 만들어 주며, 독자들로 하여금 작품의 각 장면 장면에 나름대로의 의미를 덧칠할 수 있게 해 준다. 『노르웨이의 숲』이 자기 고유의 색채를 갖지 않고 있다는 것은 바로 이러한 사정을 가리킨다.

나는 앞에서 『노르웨이의 숲』이 자기 색채를 갖고 있지 않을 뿐 아니라 열려 있다고도 했다. 이 작품이 열려 있다는 것은, 다소 말장난처럼 들리겠지만, 어떤 의미에서도 닫혀 있지 않다는 말이다.

닫혀 있는 작품이란, 대개의 소설들이 그러한데, 하나의 자족적인 체계처럼 기능하는 작품을 말한다. 작품의 의미 효과를 구성하는 데 있어서 작품 속에 있는 이런저런 요소들이 모두 협력하는 작품, 책의 앞뒤를 왔다 갔다 해 보면 각처의 개개 요소들이 왜 거기 있으며 그 의미는 무엇인지가 확인되는 작품들이 닫혀 있다고 할 수 있다. 좀 더 일반적인 표현을 쓰자면, 하나의 잘 빚어진 항아리처럼 완결된 작품이 그것이다. 이광수의 소설처럼 시도 때도 없이 서술자가 개입하여 시시콜콜히 설명을 함으로써 의미의 완결을 강조한다거나, 베토벤의 교향곡처럼 아주 작은 선율 하나도 놓치지 않고 끌어 모아 총주의 거대한 흐름 속으로 용해시키지는 않는다 해도, 대부분의 예술 작품들은 완결된 구조를 취하고 있다.

하지만 『노르웨이의 숲』은 닫혀 있지 않다. 틈이 없게 빚어진 항아리가 아니다. 무엇보다도, 앞서 조금 언급했듯이, 서술 상황 자체가 열려 있다. 이중의 회상 구조에서 최후의 회상 주체인 서술자가 투명할 뿐 아니라, 서른일곱 살의 '와타나베'도 어디로 갔는지 알 수 없게 되어 있다. '미도리'에게 전화를 걸며 자신의 위치를 알지 못하는 젊은 날의 '와타나베'로 작품이 종결됨으로써 서술 시점의 두 '와나타베'는 사라져 버리고 만다. 주제적인 측면에서 보자면 다소 지엽적이겠지만 인물 구성상에서 볼 때, '돌격대'가 맥없이 사라져 버리는 것이라든지, 똑같은 정도로 맥없이 '하쓰미'가 존재하는 것이라든지 등도 작품의 의미 구조를 열어놓는 데 중요한 역할을 한다.

　　5_『노르웨이의 숲』의 소설적 가치를 평가하는 것은 이 글을 쓰는 나의 관심사가 아니다. 작품이 열려 있다 해도 그렇게 열어 놓은 하루키의 머릿속까지 모호하게 열려 있는 것이 아님은 두말할 나위도 없다. 하지만 작품의 평가에 소용될 만큼의 작가론 차원의 정보를 나는 하나도 갖고 있지 않다. 결국 작품의 평가를 시도한다 해도 어쩔 수 없을 정도로 준비가 되어 있지 않은 것인데, 어찌 됐든 다행인 것은, 그럴 의도가 내게는 전혀 없다는 사실이다.

　　어떻게 어른이 되었는지는 알 수 없지만, 어쨌거나 어른이 되어서 멕시코도 가고 함부르크도 가는 '와타나베'가, 점차 스러지는 기억을 더듬으며 자신의 젊은 시절을 기록하듯이, 나도 내 기억을 더듬어 본 것뿐이다. '와타나베'는, 자신을 잊지 말아달라는 '나오코'의 부탁을 실행해 준 것인가. 그럴 수도 있고 아닐 수도 있다. 이 글을 쓰는 나는 『노르웨이의 숲』을 내게 권한 사람, 그녀와의 기억을 되살려 본 것인가. 이역시 그럴 수도 있고 아닐 수도 있다. 애초부터, 내게 한 여자가 있었는지, 그녀에게 내가 있었는지조차 불분명했기 때문이다. 이 글의 대상이 『노르웨이의 숲』인지 『상실의 시대』인지가 불분명해진 것도 이런 사정 탓이 아닐까 싶다.

3장

소설에 대한 짧은 명상

구효서의 「자유 시베리아」를 읽고 나서

1_쌀쌀한 바람이 그녀의 벗은 어깨와 가슴을 기분 좋게 간질였다. 마리나의 나이에 그녀는 한국을 떠났다. 베를린과 바르샤바를 거쳐 모스크바에 닿았다. 우랄 산맥을 넘어 타슈켄트에 머물다, 노보시비르스크와 이르쿠츠크를 지나 아무르에 이르렀다. 이십사 년이 걸렸고, 그동안 삶의 모든 것을 지불했다.

그녀에게 남아 있는 것은 아무것도 없었다. 모든 기대와 소망, 좌절과 시련을 시베리아 횡단열차의 요금으로 치른 셈이었다. 그러지 않고는 결코 아무르의 자작나무숲에 다다르지 못했을 거라고, 그녀는 마리나의 먼 음성을 떠올리며 생각했다.

처음으로 집을 떠나 어딘가 알 수 없는 곳들을 숨어 다니기 시작한 마리나에게, 그녀는 당부하고 싶었다. 완전하게 숨는다는 건 무언가에 갇혀 헤어나지 못하는 것과 같다고. 자유를 원하되 자유에 갇히지는 말라고.

—구효서, 「자유 시베리아」, 『문학동네』, 2004 가을, 290~291면

2_소설에 관해 말하자면, 내겐 다소 맹목적인 구석이 있었던 듯싶다. 소설이란 탐구라는 것, 근대소설이란 우리 시대에 와서 사라져 버린 무언가에 대한 향수 위에 놓여 있다는 것, 인간과 세상을 대상으로 해서 그 어느 것도 안다고 말하지 않는 것이어야 한다는 것, 인생만사가 변화 유전한다는 원리에 더해서 그보다 더 깊이, 우리가 심혈을 기울여 탐색해야만 겨우 그 흔적이라도 찾아낼 수 있는 무언가에 향해 있(어야 한)다는 것, 요컨대 『소설의 이론』에서 루카치가 서정적으로 말했듯이 '고향 상실'의 상태에 빠져 헤어나지 못하는 것이 소설의 운명이라는 것, 이는 곧 앤더슨이 말하듯 탈귀속성으로 요약되는 근대인 일반의 상황에 해당한다는 것, 해서, 소설이란 근대소설이란 이러한 '근대 상황'에 대한 반성적인 성찰'의 주된 통로였으며 계속 그래야 한다는 것, 그렇지 않고 상품의 논리에 자신을 맡기는 경우 폄하적 의미의 대중문학에 불과하다는 것, 뻔뻔스럽게 상품의 자리에 올라타지는 않는다 해도 한갓 오락거리에 불과한 경우 진정한 소설이 아니라 그 사이비 형태에 불과하다는 것, 이러한 맹목에 실로 오랜 동안 나는 사로잡혀 있었다.

그러한 사로잡힘을 깨닫기 시작한 것이 2000년대 들어서이고, 그 동안 앞서의 맹목을 지우기 위해 적지 아니 노력을 기울였다. 폭넓게 소설을 읽을 것, 소설의 숲에 소설의 바다에 그저 몸을 맡겨 볼 것, 대중문학도, 연문학도, 장르문학도 본격문학만큼이나 친숙해질 수 있도록 부대껴 볼 것…….

그런데, 이런 노력은 실상 현상 차원의 것이다. 본격문학 / 대중문학의 이분법을 논리적으로 해체하거나 문학의 세 가지 유형을 갈라 각각의 의미와 의의를 인정하고 해도, 서로 다른 소설형에 대한 인식 자체를 없이 하지 못한 것은, (진정한!) 소설에 거는 기대가 아직도 크고, 세상의 인식 가능성에 대한 믿음이 여전하며, 역사주의적인 실천관이 버릴 수 없는 것이라는 이데올로기가 끝내 강고하기 때문이리라.

사정이 이렇기 때문에, 대중문학뿐 아니라 통속문학에까지 손을 뻗어도, 실상 그것들 고유의 효과를 객관적으로 인정하는 데는 미진함이 없지 않다…….

3_이러한, 짧지만 솔직한 성찰의 계기가 구효서의 「자유 시베리아」를 읽고 나서 생겨났다.

4_유신독재 시절 사회주의 나라로 탈출해 목숨을 부지하고, 우여곡절 끝에 스코보로지노의 자작나무 숲 근처에서 카페 '자야츠 시베리아'를 운영하며 살고 있는 '아나스타샤', '최경희'. 그녀의 행적은 위의 인용문 첫 문단에 열거된 낯선 지명들로 기술되고, 현재의 심정은 그 다음 문단에 요약되어 있다. 좀 더 직접적으로는 다음처럼 밝혀져 있기도 하다.

앞으로 더 이상 내디딜 길과 땅이 이제 자신 앞에 영원히 없음을, 지워졌음을, 그녀는 마지막 흐느낌 뒤에 깨달았다. 끝. 세월의, 세상의, 꿈 혹은 생존의 끝이라는 느낌이 그녀의 명치 속을 깊이 파고들었다. 그리고 그 절망의 순간에, 느닷없는 안락과 충일이 그녀의 온몸을 휘감았다. (284면)

이러한 상태, 무언가를 찾아야 하는 것도 아니고 어딘가로 길을 떠나야 하는 것도 아닌 상태, 미래가 부재하다는 사실에 어쩔 줄 몰라 하는 것은 아니지만, 부처처럼 깨달은 것도 아니며 은둔한 현인처럼 지혜의 빛에 휩싸인 것도 아닌 상태에 그녀가 있다.

요컨대 여기서는 삶의 끈적한 결이라든가, 허영이나 욕망 구질구질함 등이 풍기는 냄새 등이 휘발되어 있다. 불어오고 가는 바람에 흰 뒷면을 내비치는 자작나무 잎들 그 잎들 무성한 숲이 주는 이국 취향과 그러한 취향에 걸맞은 낯섦이 주는 다소 선선한 이질감이 충만할 뿐이다.

정리하자면, 생소한 서적의 전문용어처럼 동동 뜨는 외래어와 외국어, 속어 들이 한 쪽에, 위에 말한 인물의 심정이 다른 한 쪽에, 낯선 지역의 자작나무 숲이 나머지 한 쪽에 다리로 세워진 정립상 위에 이 소설이 놓여 있다. 해서, 이 소설은 국적을 갖지 않고, 발 디딜 자기 땅을 갖지 않는다(역시 구효서구나 싶기는 하다). 그렇다고 추상으로 내닫지도 않고 어쭙잖은 교설에 빠져 있지도 않다.

이렇게 이 소설은, 과거가 파란만장했을 한 여인이 다다른 삶의 평온한 한 시절을 그저 담담히 그려 보이고 있을 뿐이다. 이러한 진술에 위배되는 듯이 보이는 몇몇 장면들, 그녀를 욕망하다 못 해 강간하려 하는 '화태치'를 달구어진 프라이팬으로 물리친 뒤에 "비밀로 해주겠어. 하지만 또 그랬다간 신문에 낼 거야"라고 소리치는 그녀의 건강함 혹은 담대함이나, 경제사범으로 한국을 도망쳐 나온 '응규'와 그녀의 딸이 망령되게 자유를 외치며 사랑의 도피 행각을 벌이게 되는 설정 등도, 곰곰이 따져보면, 그녀의 평온을 더욱 빛내 주고 있을 뿐이다. 독자인 우리가 현실의 무게를 환기하며 바라보면 달라질 수밖에 없음에도 불구하고 이 소설에서는 분명 그렇다.

바로 이 점, 조금만 생각해도 명명백백해지는 현실의 힘이 무력화되어 있는 바로 이러한 사정이, '소설이란 무엇인가'라는 해묵은 질문을 새삼 떠올리게 했다.

5_물론 '소설이란 무엇인가'라는 잘못된 질문(이에 대해서는 졸고, 「'문학이란 무엇인가'에 대하여」, 『소설의 숲에서 문학을 생각하다』, 소명출판, 2003에서 해명한 바 있다)에 대해 뭔가 답을 구할 생각은 전혀 없다.

다만, 따지고 보면 앞의 절과 같다 해도, 「자유 시베리아」는 괜찮은 작품이라는 감흥이 들 만큼 현재의 내가 변화했다는 점, 바로 이러한 시선의 변화 혹은 넓어짐이 스스로에게 새삼스러워, 이렇게 몇 자 끄적여 보았을 뿐이다.

4장

After Empty

하루키의『어둠의 저편』

1_하루키의 『어둠의 저편(After Dark)』(임홍빈 역, 문학사상, 2005)은 사람을 불편하게 만든다. '뭘 말한 거지?'라는 질문을 떨구기 힘든 까닭이다.

작품의 전언을 헤아릴 수 없어서 생기는 불편함. 이 불편함이야 다른 작가 다른 작품들에서도 어렵지 않게 찾아질 수 있다(굳이 박상륭까지 언급할 필요도 없으리라).

그러나 어떤 작품을 읽은 뒤 이러한 불편함을 느낀다고 해서 그때마다, 그 작품이 사람을 불편하게 만든다고 말하지는 않는다. 대체로 스스로를 책하면서 책을 다시 펼치게 마련이다. 책이 좋을 경우나 독자들이 순진할 경우 그렇게 된다.

그런데 나는 지금『어둠의 저편』이 사람을 불편하게 만든다고 명언해 두었다. 여기에 한 가지를 덧붙이자. 불편함을 느끼되 이 소설을 다시 읽을 생각은 없다는 것. 이 추가 진술은, 이러한 불편함에도 불구하고 나 자신을 책할 생각이 없다는 것과 이 소설이 명작이라고는 생각지 않는다는 점을 함축한다. 그리고 이러한 첨언은, 내가 단 한 차례의 통독 후에 이 글을 쓴다는 것을 알려준다(글에 책임을 지기는 하겠지만, 다분히 인상비평적으로 쓰겠다는 말이다).

2_『어둠의 저편』이 낳는 불편함, 독자가 주제효과를 전해 받았다고 느끼지 못해서 생기는 불편함의 작품 내 원인은 그리 어렵지 않게 밝힐 수 있다.

소설 자체가 '전언'과는 거리를 두고 있기 때문이다. 이 소설은 독자를 향해 있지 않다. 어떠한 것도 책을 읽는 우리에게 보내주지(sending) 않는다. 약간 과장해서 말하자면, 보여주지(showing)도 않는다. 말해주지(telling) 않음은 두말할 나위도 없다. 소설 속의 '우리'가 그저 보고 있을 뿐이다. 말 그대로 '자기들이' 본 것의 기록일 뿐, '전달'의 맥락이 없다.

이러한 점은 소설 속 '우리'가 등장인물(character)도 서술자(narrator)도 아니라는 사실에서 분명해진다. '우리'는 작품 내 세계에 관여하지 않음과 동시에 아무런 해석도 하지 않는다. 등장인물이 아니니 관여할 수 없는 것은 당연하고 또 그 자체로 문제될 것이 없지만, 서술자의 자리를 벗어나 있는 것은 문제적이다. 서술자이기를 포기·폐기·부정하면서 서술 행위 자체도 없어진 까닭이다. 그 결과로 독자들은 버림받게 된다.

다소 나쁘게 표현하자면, '우리'는 사건에 관여하지 않음을 표방하면서, 사실상 (소설이 소설인 한 대체로 의례히 요구되었던) 서술자로서의 직무를 방기하고 있다.

3_서술자가 없는 소설은 있을 수 없는가?

이것은 매우 복잡한 문제다. 누보로망의 역사가 있으니 경험에 근거해서도 부정적인 답을 내리기는 곤란하다. 그렇지만 경험의 폭을 넓히고 시야를 온당하게 마련하면 '소설'이 아닌 다른 서사문학이라 말하는 것이 좋지 않겠는가 할 정도로, 긍정적인 답을 내놓기도 부담스럽다.

『어둠의 저편』이 눈앞에 놓여 있고 '무라카미 하루키 데뷔 25주년 기념 작품'이라 표제로 달기까지 했으니 일단 이 질문에 대해서는 긍정해 두자. 사실 이 문제가 관건은 아니다.

4_서술자가 없고(정확히는 서술자 역할을 부정하고) 그 결과로 전언 행위가 사라진(따라서 '전언' 자체도 없는 셈이다) 이 소설 『어둠의 저편』은 훌륭한 작품인가?

이것이 생산적인 질문이다.

5_이 질문에 대한 내 판단은 부정적이다. 이유는 다시, 형식적인 데서 찾아진다.

다소 날렵하긴 하지만 『어둠의 저편』은 장편 분량을 갖추고 있다. 내가 보기에는 이 점이 문제다.

'우리'들이 보고 있는 중심 서사 즉 '마리'와 '에리'의 서사 자체는 단편으로 충분한 것이다. '마리'와 '다카하시'의 서사 또한 그렇다. 한 가지 더 꼽아서 '마리'의 서사로 보아도 그러하다.

이 진술은, 『어둠의 저편』이, 단편으로 쓸 수 있는 몇 가지 서사를 함께 병치해 두었을 뿐임을 의미한다. 중국 창녀(와 '시라가와')의 서사나 '고오로기'(와 '마리')의 서사, 내친 김에 '알파빌'의 서사까지 더하면 이러한 특징이 더 도드라진다. 이들 서사는 사실 의미론적으로 연결되어 있지 않다. '마리'와 '에리'가 사실상 교호하지 않는다는 점(이는 중국 창녀와

'시라가와'도 마찬가지다)도 같은 맥락에서 이에 보텔 수 있다.

요는, 각기 독립적인 이러한 서사체들이 장편 분량의 한 작품 속에 그저 병치되어 있다는 것이다. '그저 병치되었다'는 판단을 뒷받침해주는 것은, 앞서 말했듯이, 서술자도 서술 행위도 부재하다는 사실이다.

6_교설적인 서술자가 나와서 교통정리를 하고 사안마다 의미를 부여하는 것은 물론 끔찍하다. 그런 소설은 내가 가장 싫어하는 것이다.

하지만 그와 동시에, 서술 행위 자체를 부정(하기 위해 서술자 역할 자체를 폐기)하는 것 또한 무책임하다고 할 수 있다. '무책임하다'는 것은 물론 윤리적인 판단이 아니다. 이 진술은 미학적(aesthetic)이고 기술적(technical)인 것이다.

앞 절에서 우리는 소설미학상으로 『어둠의 저편』이 왜 그리고 어떻게 무책임한지를 지적했다. 단편으로 충분한 개별적인 서사체들을 그저 병치했을 뿐이라는 게 이유이고 근거였다. 그 앞의 논의와 관련하여 보충하자면, (이러한 서사체들 전체 차원에서 생각할 때) 보여주되 보여주지 않는 듯이 한다는 것, 그럼으로써 자기가 전하는 것의 (반영 차원에서의 곧 현실의 파블라 차원에서의, 실제적인) 의미들 각각과 그것들의 연관을 방기한다는 것이 또한 우리 판단의 이유이고 근거가 된다.

7_물론 우리는, 소설미학이 작품에 앞설 수는 없다는 점을 잊어서는 안 된다. 관념론이나 형식주의의 자리에 서지 않는 한 그럴 수는 없다. 그러나 사정이 이렇다고 해서 『어둠의 저편』에 대한 이 글의 비판이 무력화되지는 않는다.

이 소설이 '서술자 없는 소설'에서 더 나아가 '서술행위도 없는 소설'

이라고는 보이지 않기 때문이다. 냉정하게 말하자면,『어둠의 저편』은 사실 '서술자 없는 서술', '서술행위도 부정하는 / 없는 서술행위의 결과' 일 뿐이다. 달리 말하자면 이것은 어느 날 오후 11 : 56에서 다음날 06 : 52에 이르는 도쿄 풍경의 한 점 소묘일 뿐이다. 하늘에서의 묘사로 시작하지만 이 서사체는 사실 사상(事象)들을 '조망'하지 않는다. 조망될 수 없음을 내용으로 그리고 결과로 삼지도 않는다.

요컨대 서사의 맥락에서도 의미 구성의 맥락에서도 무책임할 뿐이다. 그렇다고 스스로의 미학을 창출한 것도 아니다. 이 경우라면 이렇게 길게 쓸 이유가 없다. 이게 관건이다. 적어도, 장편소설로서는『어둠의 저편』이 존재할 이유가 없다. 서사 및 의미의 '구성' 행위에 있어 스스로 비어(empty) 있는 까닭이다. 장편소설은 이러한 공허(empty) 뒤에 나오는 것이 아니다.

8_『어둠의 저편』에 어떤 주례사 비평들이 줄을 이을지 모르지만, 나로서는 '무책임한 서사'라는 인상을 지우기 힘들다. '소설 너머(After Novel)'의 것일 수도 있다는 데 생각이 미치기는 하지만, 이는 생각만으로도 끔찍한 일이다. 그렇담 '소설'들은 어디로 사라진다는 말인가 ······.

5장

즐겁게 즐거움 찾기

무라카미 류의 『69 Sixty Nine』

1_무라카미 류의 장편을 처음 읽었다. 『69 Sixty Nine』(양억관 역, 작가정신, 2004). 제목이 연상시키는 바와는 다른 내용이나, 역시 그래도 제목의 상징성은 살아 있다. 일본 전공투가 활동하던 1969년의 이야기고, 그러한 상황에 휩쓸리는 혹은 그것을 이용하는 것이 중요한 사건의 하나이기 때문이다.

간단히 말하자면 이 소설은, 1960년대 후반의 시대 분위기가 흘러들어온, 인근에 미군 부대가 있는 사세보라는 지방 소도시에서 주인공이 보낸 열입곱 살 고등학생 시절의 이야기를 담고 있다. 그러나 이렇게 정리해두면 실상 작품에 대해서는 아무 말도 하지 않은 것이 된다. 이보다 더 중요한 것은, 그러한 시공간의 분위기, 좀 더 확장하면 1960년대 말의 시대적인 분위기를 느낄 수 있다는 점이다. 우리로 치자면 1970년대 후반이 그러했을 바로 그러한 분위기를 제시하고 있다.

계속 '분위기'라 해서 좀 모호하긴 하지만, 이 짧은 지면에 그러한 '분위기'에 대한 설명을 구구절절이 풀어놓을 수는 없다. 대신 작품 속의 구절을 옮겨 두자.

아다마는 1960년대 말에 충만하였던 그 무엇인가를 믿고 있었기에 그 무엇인가에 충실했던 것이다. 그 무엇인가를 설명하기는 어렵다.
그 무엇인가가 우리를 자유롭게 한다. 단일한 가치관에 목매어 있는 우리를 자유롭게 해주는 것이다.(238면)

2_한 가지 설명만 보태자면 그것은 넓은 의미에서의 히피문화라 할 수 있다. 적군파와 전공투 또한 이 맥락에서 이해할 수 있는데(주인공이 17세에 불과한 까닭에 더욱 그러하다), 인근 미군 부대의 영향으로 생긴 대중문화 공간 및 그를 통해 흘러나오는 미국 가요 등도 이러한 분위기를 두텁게 하는 데 일조하고 있다.

이러한 분위기 속에서 주인공은, 기성의 문화란 개성을 말살하고 인간을 사회의 부속품으로 만드는 것에 불과하다는 문제의식을 갖고, 어떻게든 남들과 달라 보이려 애를 쓰고 있다. 학교란 가축을 기르는 곳이라고 생각하면서 그는, 가축이 아니라 자유로운 인간이고자 한다.

그의 이러한 지향(?)을 가속화하는 것은 예쁜 동급생 '마츠이 카즈코'의 환심을 사고자 하는 고등학생다운 바람이다. '레이디 제인'처럼 멋진 여자애와의 데이트가 모든 사건의 궁극적인 목적이 되면서, 이 작품의 서사는 그에 걸맞게 가벼워진다. 이러한 그의 행적을 재미있게 보여주는 재기발랄한 문체 또한 작품을 쿨하게 만들어주고 있다.

정리해보자. 『69 Sixty Nine』은 엄숙하고 딱딱함에 맞선 격렬하고 진지한 시대분위기의 끝자락이 흘러들어온 그래서 뭔가 불명확한 분위기 수준으로 퇴색하여 히피문화와 구별되지 않는 (고등학생들이 접하는) 사회 상황과, 획일적인 학교교육을 냉소함과 동시에 예쁜 동급생의 환심을 사고자 하는 고등학생의 고등학생다운 재기발랄한 언행 사이의 묘한 조화를 그림으로써, 1960년대 후반 일본 사회를 배경으로 한 성장소설의 자리를 차지하고 있다.

  3_1969년, 17세 고등학생 '겐'의 시선과 지향에 따라 내용이 구축된다. 그의 눈은 냉정하다. 십대 후반의 반항기에 물들어 있고, 회상 시점의 화자에 의해서 경쾌하게 인정되듯이 얼치기 지식으로 무장하고 있지만, 그의 심성 자체가 쿨하고 다른 욕심이 없기에, 그의 시선은 냉정함을 잃지 않는다. '아다마'와 같은 몇몇 친한 친구와의 우정을 소중하게 여기지만, 그렇지 않은 존재는 깡그리 부정하는 그러한 치기 어린 냉정함으로 그는 세상을 재단한다. 교장 이하 교사들, 학생회장 등 모범생들까지 바로 이런 맥락에서 속물이자 악당으로 정리된다. 이러한 그가 바라보는 존재는 '마츠이 카즈코'뿐이다. '천사 레이디 제인'이라 할 만큼 예쁘기 때문이다.

  요약해서, 예쁜 여자아이의 환심을 사기 위해서라면 무슨 일이든 벌일 수 있는 고등학생이 대단한 일 두 가지를 실제로 벌여나가는 이야기라 할 수 있다. 대단한 일들이 정말 대단한 데서 『69 Sixty Nine』의 의미가 산다고 하면 다소 지나칠까……. '겐'이 벌인 첫 번째 사건은 전공투를 흉내 내어 학교 옥상에 '바리케이드 봉쇄'를 감행하는 것이었고, 두 번째 사건은, 첫째 건으로 무기정학에 처한 상태에서 인근 고등학생 500여 명을 모은 페스티벌 '아침에 서는 축제'를 개최하는 것이다.

사실만을 보면 혁명과 축제가 되겠지만, 사실 '겐'에게 있어 이 둘은 같은 의미를 지닌다. 그 둘 모두, '마츠이 카즈코'의 환심을 사고자 하는 내면의 욕망이 동기가 되었다는 점에서 그러하고, 핑크 플로이드의 비디오가 상징적으로 보여주었듯이 학생을 소시지처럼 획일화시키는 학교 문화에 대한 거부의 몸짓일 뿐이라는 점에서 또한 그러하다.

4_'겐'의 행동을 이끄는 것은 '기성의 것에 반하는 것, 남들과 똑같이 살지 않는 것, 그러하되 그들보다 즐겁게 사는 것'이다. 여기서 핵심은 '즐겁게'이다. 이것만이 그를 구원해준다. 그의 현실에서의 패배와 고난을 값어치 있는 영웅적인 행위로 만들어주고 궁극적인 승리로 생각할 수 있게 해주는 것이 바로 '보다 즐겁게' 사는 것이기 때문이다.

작가의 말에 따르면 '즐겁게 살지 않는 것은 죄다'(269면). "어둡고 외로운 인간관계가 수치를 모르는 선생들을 생산해내는 것"(138면)이라는 규정 등을 이러한 판단의 이유로 찾을 수 있다. 인간다운 인간이 되기 위해서는 즐거워할 줄 알아야 한다는 것, 이것이 『69 Sixty Nine』이 우리에게 전해주는 메시지이다.

5_배경이 한 세대도 더 지난 1960년대 일본이고 인물들은 한갓 고등학생이지만, 이러한 전언은 새겨볼만한 것이다. 〈배트맨〉의 경우는 예외지만, 거의 언제나, 우울한 인간들이 사고를 치는 법이기 때문이다. 즐겁게 사는 것이 무엇인지 모르는 인간들, 즐거움을 공정하게 바라보지 못하는 인간들이 과도하게 힘을 행사할 때, 주변 사람들에게 상처를 주기 마련이라고 나도 생각한다.

날마다 축제일 수는 없고 그래서도 안 되겠지만, 즐거움이 진지함과 배리되는 것이 아닌 이상, 이러한 덕목을 십분 강조하는 것은 바람직한 일이다. 박민규나 천명관의 문체가 적지 아니 빚 졌을 것이라 생각되는 무라카미 류의 경쾌한 문체를 통해서, 이렇게 생산적이고 즐거운 메시지를 접하게 된 것이 『69 Sixty Nine』을 읽은 커다란 소득이다.

6장

어슐러 르 귄의
『어둠의 왼손』과 **소통**의 문제

어슐러 르 귄의 『어둠의 왼손』(서정록 역, 시공사, 2002)을 열흘에 걸쳐 읽었다. 일을 하면서 중간 중간 봤고, 며칠은 내 손을 떠나 있기도 했던 책이다.

1년쯤 전에 『이갈리아의 딸들』에 대한 이야기를 하던 중 누군가가 자신이 감명 깊게 읽은 '페미니즘 소설'이라며 언급한 적이 있던 작품이다.

페미니즘? 그렇게 읽히지는 않는다. 행성 '겨울'의 인간들(게센인)이 남녀 동성이라는 설정을 통해서 양성의 문제가 언급되고는 있지만, 이 작품은 '사람들은 어떻게 교류(해야)하는가'라는 본원적인 문제를 탐구하고 있다.

카르하이드의 총리대신이었던 '에스트라벤'과 에큐멘의 엔보이(사절)로 행성 겨울을 찾아온 지구인 '겐리 아이' 사이의 교류가 소설의 내용을 이루고 있다.

우주 연합체라 할 에큐멘에 행성 겨울도 합류하여 서로 교류를 갖자는 제안을 안고 온 '겐리 아이'와, 그의 존재 자체를 믿을 수 없는 게센인들 사이에서 확인되는 여러 가지 차이들, 이 차이를 살펴가면서 사람들 간의 소통, 교류라는 것이 어떤 의미를 지니는지, 어떻게 이루어져야 하는 것인지 등에 대해 생각게 하는 작품이다. 이 부분이 소설의 육체를 이룬다.

'겐리 아이'를 신뢰하고 그가 사명을 이룰 수 있도록 해 주려다 반역자로 몰려 카르하이드에서 추방되는 '에스트라벤'과, 마찬가지로 추방되어 오르고린으로 넘어갔다가 끝내 포로수용소에 갇혀 죽음을 바라보게 되는 '겐리 아이'의 행적, 수용소에 갇힌 '겐리 아이'를 '에스트라벤'이 구해내서 둘이 함께 빙하지대를 통과하고 끝내 목적을 달성하게 되는 이야기가 소설의 뼈대를 이룬다.

SF소설 일반이 주는 장르적인 재미가 전편에 흐르지만, 이 작품을 읽기는 그다지 쉽지 않다. 무엇보다도 이런저런 의미를 단정적으로 규정해 내는 경우가 별로 없는 까닭이다. 그러나 여기서 보이는 의미의 불명료성이야말로 이 작품의 가치를 보증해 주는 것이 된다. 왜냐하면, 이 소설이 탐구하는 존재 사이의 소통이라는 것이, 하나의 주관이 사태를 정리하듯 명료하게 이루어지는 것은 아니기 때문이다.

우리들의 일상에서도 소통이라는 것은 상호주관적인 것이어서 미묘하기 그지없을 때가 적지 않다. 이 문제를 『어둠의 왼손』은, 지구인과 게센인이라는 우주의 서로 다른 종족 사이에 설정하고 있다. 문화적 격차가 상상할 수 없을 정도로 큰 우주의 두 종족 사이에서 소통의 문제를 탐구하는 것이다. 서로 대단히 이질적인 까닭에 상대편 문화의 특성들에 대한 명확한 해명 같은 것은 애초부터 가능치 않을 수도 있다. 작가 역시 이런 점에 정력을 소모하지 않는다. 그 결과로, 예를 들어, 카르

하이드인들이 중시하는 '시프그레셔' 등에 대해서 규정적인 이해를 기대하기는 난망하다.

더 나아가서 게센인들은 남녀 동성인 존재로 설정되어 있다. 수태가 가능한 시기 곧 '케머' 기간에만 어느 한쪽 성으로 변환될 뿐 그 외의 기간은 양성적인 존재로 기능하는 종족이다. 이들이 보기에 남성인 지구인 '겐리 아이'는 평생 케머기(발정기)에 들어 있는 변태성욕자로 규정되며, 역으로, 남성인 '아이'는 자기 주변에 있는 게센인들의 정체성을 파악할 수 없는 상태에 놓인다.

성 정체성이나 성차 등을 포괄하는 성의 문제와 관련하여 이 작품이 보여 주는 이런저런 상념들은 주목할 만한 것이지만, 이 경우에도 의미 있는 것은 질문들뿐이다. 애초부터 특정한 답이나 고정된 시선을 마련하고 있지도 않은 까닭이다(해서 이 작품을 페미니즘 소설로 읽는 것은 그 의미를 부당하게 축소하는 것일 뿐 아니라, 심하게 왜곡하는 것이기도 하다).

명확하게 정리될 수 있는 것은 실상 하나도 없는 셈이지만, 그럼에도 불구하고 이 작품은 깊은 인상을 남긴다. '에스트라벤'과 '겐리 아이'의 관계를 통해서, 존재들 간에 진정한 소통을 이루는 것이 얼마나 힘든 것이며, 무엇을 요구하는지 등을 숙고하게 만들어 주는 까닭이다.

진정한 소통은 맹목적인 신뢰만으로 이루어지지 않는다. 맹목적인 신뢰나 헌신은 사실 존재하지 않는 것이라 해도 좋을 것 같다. 그런 게 있다고 한다면, 그것은 틀림없이 복종 혹은 피지배의 자리에 있는 자의 기만적 자기 위안에 불과할 듯도 싶다. 존재들 간의 진정한 소통은, 관계에 대한 소망·욕망이 전제된 다음에, 그를 이루기 위한 상호간의 탐색 및 탐색이 내포하게 마련인 회의와 의심 그리고 이런 의구심에 따르는 불안 등을 견뎌내는 끊임없는 인내와 헌신 위에서야 그 가능성을 갖

는 것이라고 『어둠의 왼손』은 말해 준다. 상호 소통이라는 밝음, 오른
손이 존재하기 위해서는, 회의와 의심, 인내라는 어둠, 왼손이 또한 존
재해야 하는 것이리라.

7장

야만을 넘어선
생명 존중의 세계
공지영의 『우리들의 행복한 시간』을 읽고

참으로 오랜만에 소설을 읽고 눈물을 흘렸다. 적지 않은 소설들을 읽어왔지만, 이런 경험은 내게 드문 편이다. 소설을 분석하여 글을 쓰거나 대학생들 가르치는 일을 업으로 하는지라, 웬만한 경우에는 마음 놓고 감동을 느끼지도 않게 된다. 작품의 특성을 분석하기 위해서 항상 연필을 쥐고 밑줄을 그으며 책을 읽는 까닭이다.

그런데 공지영의 『우리들의 행복한 시간』(푸른숲, 2005)을 읽으면서는, 작품과 나 사이에 일정한 거리를 유지하지 못하고, 그만 작품의 주제에 빨려들고 말았다. 행복하게 휩쓸리며 소중한 깨달음을 얻고, 그것을 나누고자 이 글을 열게까지 된 것이다.

처음부터 빠져든 것은 아니다. 어린 시절의 상처로 인해 세 번이나 자살을 시도했으며 한때는 인기를 끈 여가수였고 현재는 화가이자 대학교수인 미혼여성 주인공의 이력과, 그녀의 고모가 봉사를 업으로 하는 늙은 수녀라는 인물 설정, 이들과 사형수가 만나게 되는 구성방식

등이 다소 작위적이라는 느낌을 주었기 때문이다. 거기에다가, 간접적
이긴 하지만 뚜렷이 감지되는 교훈적인 내용 구도 또한 다소 빤한 작품
이 아닌가 의심하게 했다. 독자를 가르치려 드는 계몽적인 소설들은 그
만큼 감흥이 덜하게 되고 문학성 또한 떨어지게 마련인 까닭이다.

그러나 『우리들의 행복한 시간』은 나의 비평가적인 감식안과 학자
로서의 분석 능력을 무력하게 만들었다. 작가의 바람대로 이 소설은
'진짜 이야기'를 담고 있기 때문이다. 이 소설은 작가의 포즈나 제스처
에 의지하지 않는다. 식자연하는 현학이나 자료 냄새가 가시지 않은 설
익은 지식에 기대지도 않는다. 엄연한 현실을 돌보지 않는 주관적인 소
망으로 독자의 눈을 가리지도 않는다.

이 작품이 무언가 기대는 바가 있다면 그것은 '생명에 대한 존중의
마음' 바로 그것뿐이다. 이러한 자세가 현실적인 무게를 지니고 있기
에, 『우리들의 행복한 시간』은 앞서 말한 여러 혐의에도 불구하고 진한
감동을 준다. 비평가이기 이전에 생명의 의미 앞에 서서 자신을 돌아보
는 한 사람의 독자로 나를 돌려놓는 것이다.

위악을 떠는 조카에게 건네는 '모니카' 수녀의 말을 떠올려보자. 그녀
는 위선자를 싫어하지 않는다고 한다. "위선을 행한다는 것은 적어도 선
한 게 뭔지 감은 잡고 있는 거"기 때문이다. 해서 "죽는 날까지 자기 자신
이외에 아무에게도 자기가 위선자라는 걸 들키지 않으면 그건 성공한
인생"이라고까지 한다. 수녀가 싫어하는 사람은 '위악을 떠는 사람들'인
데, 그들은 남에게 악한 짓을 하면서 실은 자기네들이 어느 정도는 선하
다고 생각하는 교만한 자들이기 때문이다.

이러한 생각은 설득력이 있다. 우리를 돌아보게 해 주기도 한다. 그
러나 여기서 그친다면 딱히 이 작품이 감동적이라 할 이유가 못 되는

것도 사실이다. 좋은 말, 좋은 생각이 우리 주변에 모자라서 크고 작은 잘못이 행해진 적은 사실 없지 않은가.

'모니카' 수녀는 한걸음 더 나아간다. '위악을 떠는 자들'보다 더 싫어하는 사람으로 "이 세상에 아무 기준도 없다고 생각하는 사람들"을 꼽으면서, 이른바 상대주의나 개인주의가 적용될 수 없는 경우로 '사람의 생명'을 든다. 살고자 하는 것은 모든 생명체의 본능이라는 자명한 사실에서 그녀는, '죽고 싶다'는 말은 '이렇게 살고 싶지 않다'는 거고, 이것은 다시, '잘 살고 싶다'는 것이라는 데로 생각을 밀고 나아간다. 해서 이렇게 된다. "우리는 죽고 싶다는 말 대신 잘 살고 싶다고 말해야 돼. 죽음에 대해 말하지 말아야 하는 건, 생명이라는 말의 뜻이 살아 있으라는 명령이기 때문이야……"

종교를 갖지 않은 경우라 해도 생명에 대한 이러한 존중은 십분 공감할 만하다. 이 생각을 근본으로 하여 세 종류의 이야기들이 짜인 결과로 『우리들의 행복한 시간』이 이루어지기에 더욱 그렇다.

'사형의 본질은 복수'라는 점을 인정하자는 알베르 카뮈의 제안에서부터 구약성서의 말씀이나 괴테, 도스토예프스키, 박삼중 스님 등의 생각으로 이루어진 경구들이 각 절의 처음을 장식한다. 그에 이어, 세상에서 원한을 배우고 끝내 사형수가 되나 사람들의 사랑을 통해 사랑을 배우고 참회하게 되는 사형수의 일생이 기록된 '블루 노트'가 나온 뒤, 세 명의 주인공들이 벌이는 '행복한 시간'이 전개된다.

이러한 세 가지 이야기는, 사형제에 대한 비판적인 이해와 사형제 존폐 문제의 현황 및 그 해결 방향을 풍성하고도 명확하게 제시한다. '생명을 존중하는 바탕에서 야만적인 복수를 넘어서는 길'이 바로 사형제 폐지라는 점을 설득력 있게 알려주는 것이다.

스토 부인의 『톰 아저씨의 오두막』이 역사를 바꾸었다고 하듯이, 『우리들의 행복한 시간』이 우리 사회를 보다 인간적이게 만드는 데 의미 있는 한걸음이 되기를 바라는 마음 간절하다.

8장

『페르마의 마지막 정리』를 읽는 세 가지 방법

해야 할 일들을 뒤로 미룬 채 만 하루 가까이 사이먼 싱의 『페르마의 마지막 정리』(박병철 역, 영림카디널, 1998)를 읽어 이제 막 마지막 장을 덮었다. '앤드루 와일즈'가 페르마의 마지막 정리를 증명하는 세 번째 강연을 마치는 순간, 그리고 심사 과정에서 발견된 오류를 그가 다시 고투 끝에 극복해 내는 순간 나의 감정이 북받쳐 올랐다. 그만큼 나를 매료시켰던 것이리라.

감동적이라고 하긴 뭐해도, 전체적으로 매우 재미있는 책임에 틀림없다(물론 수학이라면 치를 떠는 사람들에겐 그렇지 않을 수도 있다). 페르마의 정리에 대한 한 수학자의 집념 어린 증명 과정의 소개를 기본 뼈대로 하고 있지만, 이 책은 실상 수학의 역사를 다루고 있기도 하다. 페르마의 정리와 관련된 영역들 특히 정수론의 발달과 확장 및 통합 과정을 생생하게 소개해 주는 것이다. 그에 관련된 수많은 수학자들의 관심사와 성과, 생애 들을 일화를 적절히 섞어가면서 재미있게 알려 주는 것 역시 이 책의 장점이다. 피타고라스에서 시작하여, 유클리드를 거쳐, 페르마, 오일러, 힐베르트, 갈루아, 러셀, 괴델 등 대중적으로도 알려져 있는 수학자들부터 튜링, 타니야마, 카츠 등 생소한 현대수학자에 이르기까지 여기서 다루어지는 수학자는 꽤 많다.

이는, 페르마의 정리에 대한 수학계의 도전이 그만큼 오랜 시간 동안 줄기차게 진행되어 왔음을 알려 주는 것이자 동시에, 수학 더 나아가 학문의 발전이 어떻게 진행되는가를 생생히 보여 주는 것이기도 하다. 바로 이 점 때문에, 딱히 수학이 아니라 해도 학문 또는 지식의 역사에 대해 조금이라도 관심이 있는 사람에게 『페르마의 마지막 정리』를 추천하고 싶다.

이제, 더 폭넓은 맥락에서 이 책이 주는 의미를 말해 보자. 책에 소개된 수학자들의 생애를 읽다 보면 인생이 참 묘하구나 하는 걸 느끼게 된다. 결투로 죽은 천재 수학자 갈로아의 경우야 익히 알려진 것이지만, 볼프스켈도 그러하다. 그는 실연에 따른 자살 실행 직전에, 페르마의 정리에 관련된 논문을 읽다가 그 문제에 매료된다. 결국 그는 삶의 의욕을 되찾은 뒤에, 재산 대부분을 기증하여, 이 정리를 증명하는 사람에게 수여할 상을 제정하게끔 한다. 물론 페르마의 생애도 묘하다면 묘한 것이 된다. 숭고하기까지 한 이상뿐 아니라 수많은 우연과 오해, 자잘한 일상, 개인적 취향, 대인관계상의 이러저러한 특성 들 등, 이들이 모두 모여서 우리네 삶과 지적 소산의 역사에 영향을 미친다는 점이, 이 책에 소개된 수학자들의 생애에서 읽히는 것이다.

여기 소개된 많은 수학자들 중에서 가장 안타깝다고 생각된 경우는 바로, 소피 제르맹이었다. 그녀는 여성으로 태어난 탓에 자신의 천재를 제대로 드러내지 못하고 뜻을 돌린 프랑스의 수학자이다. 인류 문화의 이런저런 분야에서 그녀와 같은 경우가 적지 않은 것이 사실인데 바로 그렇기 때문에도 더욱 제르맹의 처지가 안타깝게 여겨졌다.

　이런 점들을 생각하면 수학과는 무관하게 그리고 더 나아가서 학문과도 무관하게, 무언가 자신의 소망을 이루기 위해 열정을 다 바치는 인간들의 좌절과 성공의 이야기로 『페르마의 마지막 정리』를 읽어도 괜찮겠다는 생각이 든다.

제2부

우리 소설의 사계, 흐르는 작품들

1장

하늘과 땅 사이의
소설 세계

박민규의 『더블』에 부쳐

『더블』(창작과비평사, 2010)을 눈앞에 정렬해 본다. 마스크를 쓴 두 명의 박민규가 등을 맞대고 있다. 'Double ArtBook'이라는 표제를 단 속지(?)도 함께 놓아 본다. 코팅지로 된 책 표지의 질감 때문에 작가가 드러내고자 했다는 'LP 같은 느낌'을 얻을 수는 없지만, 이 자체로 하나의 '물건'이라는 생각만큼은 뚜렷하다.

2005년 이후 발표된 작품들 18편을 묶은 박민규의 소설집 『더블』을 두고 어떤 말을 더할 수 있을까, 소설집마다 의례 있는 해설비평도 없고 작가의 약력조차 지워버린 마당에,라는 생각을 지워준 것은 『더블』이 하나의 물건이라는 느낌이다. 그의 소설들이 사물의 질감을 갖고 있다는 것이고, 그래서 무게가 있으며, 그 무게로 가라앉지 않도록 발판 또한 갖고 있다는 생각이 든다.

박민규의 소설 세계에는 바닥이 있다. 이 말은 비유가 아니다. 작품의 시공간적 배경이 어떻게 짜이든, 발을 디딜 수 있는 단단한 바닥 곧 우리의 일상이 전개되는 현실의 층이 거기에 있다는 말이다. 하루키나 몇몇 젊은 작가들에게서는 찾을 수 없는 현실성이 박민규의 모든 소설에는 뚜렷이 있다. 박민규 소설처럼 보이지 않는다는 말을 듣는 「근처」나 「낮잠」, 「아치」 등에서만이 아니라, SF로 분류될 수 있는 「깊」이나 「양을 만든 그분께서 당신을 만드셨을까?」, 「아스피린」 등에서도 우리는 사건들이 뿌리를 박고 있는 땅바닥을 확인할 수 있다. 우리 주변의 특정 장소를 가리킬 때뿐 아니라 장르문학 고유의 가상의 공간일 때도 그 땅바닥은 확실히 존재한다.

인물들이 발을 디디고 사건이 뿌리를 박는 이러한 바닥은, 일견 가볍고 경쾌해 보일 수 있는 문체가 담아내는 무거운 이야기들을 지탱해 준다. 원리를 말하자면 반대로 써야 할 것이다. 무거운 이야기들을 제시하기 위해 단단한 바닥이 마련되었다고. 박민규의 트레이드마크라 할 독특한 문체 외에 말이다.

박민규의 소설이 이 사회의 소외된 자들을 따뜻한 시선으로 그려내고 있음은 따로 말할 것도 없이 분명하다. 한 편 한 편마다 책장을 다 넘긴 뒤 잠시 눈을 감아 보기만 해도, 인간과 세계에 대한 비판적인 인식이 박민규 소설 세계의 바탕색이라는 점 또한 자명해진다. 그가 풀어내는 사건들 그가 제시하는 인물들은 항상 우리의 삶에 닿아 있다. 사회의 하중을 견뎌내는 평범한 사람들이 땀과 눈물, 똥오줌을 분비하면서, 우리의 몸이 지구 위에서 자신의 모습을 유지하기 위해 감내하는 무게를, 새삼 느끼게 하는 것이다. 바로 이런 의미에서 박민규의 소설들은 하나의 물건으로, 사물로서, 자신의 무게를 갖는다.

물론 우리는 알고 있다. 박민규의 소설을 읽는 일이 고통스럽거나 괴롭기는커녕 매우 즐겁다는 점을. '어떻게 이런 일이 가능할까'에 대해서도 적지 않은 대답이 제시되어 있다. 수많은 사람들을 빨아들인 저 독특한 문체와 눈에 띄는 행갈이 방식, 글자의 크기를 달리한다든가 글자에 색을 입힌다든가 하는 유례를 찾아볼 수 없는 형식 등이 한쪽 이유라면, 현실을 자유로이 초월하면서 일상의 소재를 독자적으로 변형시키는 거침없는 상상력이 다른 이유가 된다. 이 중에서, 박민규 소설 읽기가 즐거워지는 근본적인 이유는 상상력에 있다고 할 수 있다.

상상의 결과가 아닌 문학이 어디에 있겠느냐만, 박민규가 펼치는 상상의 세계에는 독특함이 있다. 두 가지를 말할 수 있다. 황당하다 싶을 정도의 상상을 펼치지만 그러한 상상이 사실주의적인 기술과 맞닿아 있다는 점이 하나고, 상상을 펼치는 작가의 시선이 인류와 우주에 닿아 있다는 점이 다른 하나다. 달리 표현하자면 이렇다. 상상 속에도 현실이 있고, 그 현실이 우리의 일상에 닿아 있으며, 이 일상은 소외된 자들의 끈끈한 것인데, 이를 바라보는 작가의 시선은 우주 속의 인류라는 지평에 놓여 있다는 것이다.

「깊」이 보여주는 문명에 대한 통찰이 그러하고, 「끝까지 이럴래?」에서 확인되는 종말과 비루한 일상의 병치가 그래서 가능하며, 「양을 만든 그분께서 당신을 만드셨을까」의 적나라하고 부조리한 상황 또한 앞서 말한바 일상과 지평의 거리를 한눈에 담는 시선 속에서 하나의 소설로 포획된다. 「크로만, 운」이나 「굿모닝 존 웨인」, 「龍龍龍龍」, 「아스피린」, 「딜도가 우리 가정을 지켜줬어요」, 「슬」 등 장르문학으로 분류될 법한 작품들은 물론이고, 「근처」나 「누런 강 배 한 척」, 「낮잠」 또한 그러하다. 다분히 이상화된 추억이 가리키는 인간적 인류적 보편성과 일상의 쇠잔한 육체가 일깨우는 현실이 '바로 이 작품'으로 구체화된 데는 양자의 간극을 개의치 않는 상상의 힘이 작동하고 있다. 「루디」나 「별」, 「아치」는 어떠한가. 죽음과 살인의 문턱을 앞에 둔 극한적인 상황과 일상 현실의 문제가 팽팽한 긴장관계 속에 놓인 채, 스토리를 풀어내는 작가의 시선이 위에서 굽어보고 있다. 우리 시대의 단면을 통찰하는 시선과 일상 속에서 펼쳐지는 이질적인 삶들의 현장, 이 둘 사이의 거리가 경계를 모르는 상상력에 의해 채워져 있는 것이다.

이러한 특징은 박민규 소설에 일반적인 것이어서 『더블』뿐 아니라 『지구영웅전설』이나 『핑퐁』, 『카스테라』 등에서도 어김없이 확인된다.[1] 이들 작품에서처럼 가볍고 경쾌하게 상상의 나래를 펴든, 『삼미슈퍼스타즈의 마지막 팬클럽』이나 『죽은 왕녀를 위한 파반느』에서처럼 잔잔하고 담담하게 은근히 상상의 세계를 깔아놓든, 그의 소설에는 언제나 다음과 같은 대위법이 자리한다. 이 시대에서 소외되어 눈물콧물을 흘리는 사람들의 일상이 땅바닥을 딛고 제 무게를 지탱하는 한편, 그 비루한 현실의 비루함을 보다 근본적으로 바라볼 수 있게 하는 작가의 시선이 하늘과 별과 우주 가운데서 빛나고 있는 것이다. 『더블』을 포함한 모든 작품에서 뚜렷한, 하늘과 땅 사이의 이 거리를, 박민규 특유의 문체가 슬쩍 가려주고, 두 근본에 닿아 있기에 자유로울 수 있는 상상력이 채우고 있다.

이 문체와 이 상상력 덕분에, '사회에 대해 비판적·반성적이되 가치평가 체계를 내재한 완결된 의미체를 용납하지 않는' 박민규의 소설이 독자의 사랑을 받게 된다. 풀어 말하자면, 그의 이야기를 즐겁게 따라가다 읽기를 마치고 보면 마음속에 어느새 깊은 의미가 뚜렷한 잔상을 남기고 있음을 발견하게 되고, 그 잔상이 중독성이 있어 다시 그의 소

---

1   박상준, 「한없이 초라한 인류에게 주는 박민규의 영가」, 『크리티카』 4, 2010 참조.

설을 찾게 되는 것이다. 일상의 파노라마를 극적으로 펼쳐주면서 우리네 삶의 속살을 땅과 하늘에 그려놓는 방식, 박민규 소설의 중독성은 여기서 유래한다.

우리 문단에서 『더블』이 갖는 이질성을 새삼 말할 필요가 있을까. 달을 가리키는 손가락처럼 둔한 말로 지금껏 표현해 본 박민규의 소설 세계 자체가 21세기 한국 문학계에서 실로 독특한 것이다.

『더블』이 보이는 장르문학 관습의 활용은 이 맥락에서 거론할 것이 못 된다. 올더스 헉슬리의 『멋진 신세계』나 어슐러 르 귄의 『어둠의 왼손』, 게르드 브란튼베르그의 『이갈리아의 딸들』 등에 대해서 그러지 않는 것과 마찬가지다. 무조건적으로 반영론을 고수하는 완고함이나 조금 자유로워졌다 해도 여전히 재현의 미학에서 벗어나지 못하는 경우를 대접하지 않아도 좋다면, 바로 그러한 이유로, 『더블』을 두고 장르를 이야기할 일은 아니다. 그러지 않아도, 팬덤의 세계에서 본다면 박민규는, 너무, 무겁고 그만큼 거리가 있는 작가이기 때문이다.

『더블』의 이질성은 그것이, 꿋꿋하게 그래서 새삼스럽게, 육체의 무게를 끌며 우리가 맞닥뜨리는 일상생활의 현실성을 중시한다는 데서 온다. 넓고 유려한 상상의 날갯짓에 의해 언뜻언뜻 보이는 이러한 현실성, 그것을 이루는 몸뚱이와 땅바닥으로 해서 『더블』은 하나의 사물처럼 자신의 자리를 오롯이 지키고 있다. 지금껏 살펴본 대로 박민규의 소설 세계는 서로 이질적인 많은 것들을 흡수하지만, 잡동사니가 뒤섞여 있는 장난감통이 아니다. '박민규적인 것'과 '박민규답지 않은 것'에 '장르적인 것'까지 표면상으로는 혼재하는 듯이 보일 수도 있지만, 하늘과 땅바닥에 걸쳐 근본적인 상상력을 펼치는 한편 형식의 가벼움으로 읽는 고단함을 달래주는 그의 소설 세계는, 모든 것을 빨아들이며 다른 차원으로 우리를 이끄는 웜홀이다. 우리 문단에 튼실하게 뿌리를 박은 사물인 그 구멍은, 21세기 한국문학의 새로운 길을 열어내는 하나의 채널일 것이다. 그렇게, 믿는다 나는.

2장

쓸 수 없는 비평

한강의 「몽고반점」을 읽고

1_2004년 『문학과사회』 가을호에 발표되었던 한강의 「몽고반점」이 2005년 이상문학상 수상작으로 선정되었다. 그 전에 발표한 「채식주의자」(『창작과비평』, 2004 여름)의 후속편이다. 이상문학상 수상 소감에서 작가가 밝힌 바에 따르면, 연작 소설의 하나라 할 수 있다.

2_「몽고반점」의 내용은 매우 도발적이다. 형부와 처제의 섹스라는 반인륜적인 설정을 보이고 있다. 전작을 고려하지 않는다면, 정신병원 신세를 진 바 있고 육식을 피하면서 제대로 된 생활을 유지하지 못하는 여성 등장인물의 성격이나 정체성이 모호한 점이, 그러한 도발적인 설정을 가능케 하는 장치라고 하겠다.

그럼에도 불구하고 「몽고반점」은 전혀 선정적이지 않다. 이는, 처제에 대한 성욕과 예술혼의 경계에서 위태로운 줄타기를 하다가 끝내 인류의 선을 넘게 되는 주인공의 심리와 행위가, 서술자의 절제된 언어

냉정한 시선에 의해 세밀하게 묘사됨으로써 가능해졌다.

  3_처제에게 남아 있는 '몽고반점'을 두고 여러 가지 상징적인 해석이 가해졌지만, 나로서는 그러한 독법이 그리 마음에 들지 않는다. 이 작품의 전체적인 주조가 상징적인 차원과는 다른 자리에 놓여 있다고 여겨지는 까닭이다. 마지막의 처리에서 극명히 확인되듯이, 「몽고반점」의 세계는 엄연한 현실이다. 이 작품의 공간이 세상의 논리가 확실하게 관철되는 엄연한 현실이기 때문에, 주인공의 욕망은 그만큼 더 문제적이게 된다(예컨대 마광수의 『권태』 등에서 펼쳐지는 얼토당토않은 환상과는 유를 달리한다).

  4_그의 욕망은 어디서 유래하는가. 그저 '몽고반점'이라고 하는 것은 충분치 않다. '몽고반점'이 갖는 상징적인 의미 곧 '식물성'과 그에서 추론 가능한 '생의 궁극' 등을 지적한다 해도 역시 미흡하다. 작품에서 확인되는 몇 가지 요소를 더 고려해야 한다.

  무엇보다도, 자살을 결행했던 처제를 병원에 옮겨둔 뒤에, 예술가로서 그가 느꼈던 위기감을 빼놓을 수 없다. 그는, 자신이 거짓이라 여겨 미워했던 것들의 이미지를 인상적으로 편집해서 작품을 만들어왔다. 그런데, 처제를 병원에 두고 돌아오는 택시 안에서 문득 그는 구역질을 느낀다. 자신의 작업 순간들이 일종의 폭력이라는 느낌, 동시에, 미운 이미지들을 다룰 때 충분히 미워하지 못했다는 혹은 그것들로부터 충분히 위협당하지 않았다는 느낌 때문이다. 처제의 피비린내 속에서 그 이미지들의 복수가 행해진다. 그 결과, 그는 지치고, 삶이 넌더리나고, 삶을 담은 모든 것들을 견딜 수 없게 된다.[1] 기존의 모든 작업이 스스로에게 등을 돌리게 되고, 그는 오랫동안 작업을 할 수 없으리라는 걸 예감한다. 그리고 실로 그렇게 된다.

그렇게 2년이 지난다. 작품을 한 건 없지만, 지난겨울 1년여의 고갈 상태 후 꿈틀거리며 올라오기 시작한 파격적인 이미지를 갖고는 있었다. 도발적인 춘화로 보일 수도 있는 스케치들을 계속 해 왔던 것. 그것은 다음과 같다.

> 벌거벗은 남녀의 나신들에는 부드럽고 둥근 꽃잎들이 화려하게 보디페인팅되어 있었고, 그들의 교합된 자세는 다소 적나라했다. 긴장된 근육을 느끼게 하는 허벅지, 꽉 조인 엉덩이, 무용수와 같은 깡마른 상체들이 아니었다면 단순히 도발적인 춘화처럼 보였을 것이다. 그들의 몸은 — 얼굴은 그려져 있지 않았다 — 상황의 자극적인 요소를 상쇄할 만큼 다부졌고 고요했다.(13면)

하지만 이 스케치들은 세상에 나올 수 없는 것이었다. 한 가지 이유를 들자면 '더 고요한 것, 더 은밀한 것, 더 매혹적이며 깊은 것'(11면)이어야 했기 때문이다. 발상이 같은 주변의 작품들에서 계속 환멸을 느껴오던 그가, 처제에게는 아직도 몽고반점이 있으리라는 아내의 말을 듣게 된다. 이 순간, 작품 구상이 완결된다.

> 여인의 엉덩이 가운데에서 푸른 꽃이 열리는 장면은 바로 그 순간 그를 충격했다. 처제의 엉덩이에 몽고반점이 남아 있다는 사실과, 벌거벗은 남

---

1   『2005 29회 이상문학상 작품집』, 문학사상사, 2005, 21면.

녀가 온몸을 꽃으로 칠하고 교합하는 장면은 불가해할 만큼 정확하고 뚜
렷한 인과관계로 묶여 그의 뇌리에 각인되었다.(14면)

문제는, 그러한 작품 구상이 '30대 중반을 지나서는 거의 처음 느끼
는, 대상이 분명하며 강렬한 성욕'(14면)과 더불어 왔다는 데 있다. 몽고
반점의 이야기를 들으면서, 잊혔던 기억까지 되살아난다. '오래전 피투
성이로 그의 등에 업혔던 처제의 몸'과 '고스란히 전해져 왔던 가슴과
엉덩이의 감촉'에 '바지 한 겹만 벗기면 낙인처럼 푸르게 찍혀 있을 몽
고반점'의 상상(19면)이 더해지는 것이다.

이로써 그들의 운명이 결정되었다. 이후 서사에서 작품의 완성을 향
한 강렬한 욕망은 더 이상 성욕과 분리되지 않는다.

파경을 맞은 순간에, 베란다 아래로 몸을 날려 이 모든 것을 끝내야
한다는 걸 알면서도 몸을 움직일 수 없게 하는 힘, "삶의 처음이자 마지
막 순간인 듯, 활활 타오르는 꽃 같은 그녀의 육체, 밤사이 그가 찍은 어
떤 장면보다 강렬한 이미지로 번쩍이는 육체만을 응시"(72면)하게 하는
황홀경의 매력이 그 정체이리라.

5_교설을 즐기는 비평가의 몫은 여기서 시작될 것이다. 비로소 한판
굿을 벌일 마당이 펼쳐진 것이다.

처제라는 인물의 가려짐과 상상적 이미지 부여의 함의, 주인공의 성
적 욕망과 예술적 동경의 습합 양상에 대한 세밀한 분석, 꽃과 몽고반
점의 상징적 의미 및 그러한 상징화의 함의, 파국 장면의 복합적인 의
미, 남자 배역을 맡기도 했던 후배 예술가인 'J'의 반응(의 설정)과 그와의
공분모를 떠나게 되는 주인공의 자의식의 여정 및 그러한 설정의 적합

성과 의미 등등이 비평가의 분석을 기다리고 있다. 정치한 산문의 언어, 정 떨어지는 논리의 곡예가 나설 차례인 것이다.

하지만 여긴 그러한 자리가 아니다. 언제가 될지 모르지만, 주인공에게 처제의 몽고반점이 그러했듯이, 내게도 격발 장치가 필요하기 때문이다. 그러한 격발 장치 없이는 더 쓸 수 없게끔 하는 데서, 「몽고반점」의 예술성, 그 매력이 확인된다 하면 변명일 뿐일까 …….

3장

기호의 놀이로서의 소설

고은주의 「칵테일 슈가」

1_고은주의 「칵테일 슈가」를 이상문학상 수상 작품집(2004)에서 만났다. 아 이게 무슨 소설이란 말인가 하고 고개를 갸우뚱하게 되었다.

낯선 제목의 이 소설은 좁은 세상에서 사람들이 바람피우는 이야기다. 미처 세 보지 않았지만, 정신 차리고 세지 않으면 도대체 몇 쌍이 등장하는 건지 알 수 없을 만큼 여러 불륜 쌍들이 소개된다. 불륜 쌍들의 부부가 다시 새로운 불륜 쌍을 이루는 식으로 그렇게 하나씩 연결되어 결국은 하나의 원을 이루고 있었던 것인데, 이러한 사실이 '칵테일 슈가'라는 물건에 의해 드러나고 파탄난다는 것.

2_이렇게 내용을 정리해 두면, 이 소설이 다음 두 가지 인식 요소에 근거하고 있음을 알게 된다. 여섯 명을 거치면 세상 사람들 거의 다와 연결된다는 이론이 첫째고, 우리 사회에 불륜이 광범위하게 퍼져 있다는 인식이 둘째다.

하지만, 이런 파악은 사실 이 소설에서 별다른 의미가 없다. 「칵테일 슈가」에서 중요한 것은 '칵테일 슈가' 자체이고, 그것이 건네진다는 것이며, 그럴 때마다 '물음표는 없애고 느낌표만 갖자'는 식의 전언이 뒤따른다는 점이다. '칵테일 슈가'의 의미란, 작게는, 칵테일 슈가의 막대가 한 인물의 눈에 꽂힌다는 놀라운 파국에 있고, 크게는, 부부 사이의 갈등 상황을 무화하거나 모면할 수 있게 해 주면서 연인과의 관계를 이어 주는 이중적인 기능을 하면서 그것이 건네진다는 사실에 있다.

3_「칵테일 슈가」는 순환의 이야기이다. 이 말은 말 그대로의 의미를 갖는다. '순환'이 이 소설의 주인공이라는 뜻이다. 예닐곱 차례의 순환 마디마다 동일한 사물(칵테일 슈가)에 동일한 전언(묻지 말고, 느껴라)이 자리한다. 순환의 각 지절에서 그것들의 의미가 동일할 수 없음은 물론이지만, 의미 기능 자체는 동일하다. 파국 전까지는 불륜을 불륜으로 비춰줄 인물이 없다는 점, 의미상으로는 그 인물조차 그러한 반성적 거울 역할을 하는 것은 아니라는 점에 근거해서, 이렇게 동일한 의미 기능을 반복하는 순환이 이 소설의 주인공이 된다. 등장인물들 모두, 무언가 생각해야 할 순간에 생각하기를 포기하는 점 또한 이러한 판단의 근거가 된다.

'생각 없는 삶의 반복, 생각에 걸러지지 않는 관계의 순환'이 「칵테일 슈가」의 주제이다.

4_어찌 보면, 결혼과 불륜이라는 사상(事象) 또한 생각 없이 본다면 동일한 것이 될 수 있다고 이 소설이 말하고 있는 것처럼 여겨질 수도 있다. 그러나 그렇지 않다. 결혼과 불륜이 사실상 같은 것이 되어 버렸

다는 방향으로 나아가지 않는 까닭에(이런 식의 교설은 전혀 없다. 냉소조차도 없는 것이다), 사실상 같은 것인 양 취급되는 항목이 결혼과 불륜인 사실 또한 제 의미를 갖지 못하고 있다. 불륜을 불륜으로 비춰줄 인물만 없는 것이 아니라, 결혼과 불륜을 달리 보게 해 줄 배경 자체가 없는 탓이다. 인물들이 (그리고 서술자도) 생각하기 자체를 포기하고 있으니 더욱 그러하다.

5_주제가 저러하다고 하면, 그리고 위에서 밝혔듯이 불륜과 결혼이라는 제재 혹은 모티프란 주제에 비춰 사실 별다른 의미를 갖지 못한다고 하면, 작품 속에서 의미를 부여받지 못할 뿐 아니라 지시체와의 관계에서 의당 갖게 될 의미마저 박탈당해버린 바로 그 제재를 사용한 까닭은 무엇일까 ……. 바로 이 점이 내 고개를 갸우뚱하게 했다.

기호놀이를 하되 긴장을 갖추기 위해서 (지시체와의 관련이 높다는 의미에서) 사전적인 의미가 강한 모티프를 끌어들인 것은 아닐까 하는 생각이 들기도 한다. 사정이 이렇다면, 「칵테일 슈가」야말로 새로운 시대의 글쓰기의 한 전형이 되는 것은 아닐까 싶기도 하다.

기호의 놀이로서의 소설 …….

4장

상상력과 현실

천명관의『고래』를 기리며

제10회 문학동네 소설상을 수상한 천명관 씨의 작품『고래』(문학동네, 2004)가 나를 즐겁게 했다. 이 작품은 말 그대로 창조적인 상상력의 소산이다.

대부분의 문학작품이 본래 허구적인 것임은 분명하지만, 그렇다고 모두가 생생한 상상력의 산물이라 할 수는 없다. 사실 따져보면 우리나라 문학의 주류는 상상력과는 거리를 두어 왔다고 할 수 있다. 식민지와 한국전쟁, 유신독재 등을 거치면서 우리들은 상상력을 자유로이 풀어낼 여유를 가질 수 없었다. 그 시절, 문학은 시대의 증언이었으며 사회와의 관계에서 비롯되는 고뇌의 깊이를 재는 시금석이었다. 그도 아니면 자율적인 문학의 성채에 갇힌 순수한 그 무엇이었다. 요컨대 시대와 맞선 지사(志士)의 엄숙한 표정을 짓거나, 사회를 외면한 예술가의 창백한 얼굴을 띠었을 뿐이다.

1990년대 문학의 연장으로 근래에 등장한 일군의 작가들이 이러한 단선적인 전통을 깨면서 우리 문학을 풍요롭게 가꿔오고 있다. 『검은 꽃』의 김영하와 『황만근은 이렇게 말했다』의 성석제가 비교적 널리 알려진 대표선수라면 『삼미 슈퍼스타즈의 마지막 팬클럽』을 쓴 박민규가 그 바통을 이어받은 신예 맹장이라 할 수 있다. 여기에 더하여 이제 우리는 천명관이라는 늦깎이 신인을 한 명 더 세워둘 수 있게 되었다.

한국문학의 폭을 넓히고 새로운 시대의 새로운 감성을 대변해준다는 점에서 이들 작가에게 거는 기대는 자못 크다. 그들의 작품이 단순한 제스처나 다소 억지스런 실험이 아니라 실로 새로운 감수성의 결과라는 점에서 우리의 기대는 허망하지 않다. 내일의 우리 문학이 좀 더 풍성해지는 데 있어 이들 작가들에게 기대하는 바가 적지 않은 것은, 좀 더 내밀하게 따질 때, 그들이야말로 상상력의 작가라는 사실에 있다.

상상력(imagination)은 무엇인가. 코울리지에 따를 때, 상상력은 정신과 자연을 연결시키는 힘이다. 감각과 지각 그리고 사상을 중개해 줌으로써, 일상적인 세계를 재구성하고 보다 높은 차원으로 승화시키는 능력이 바로 상상력이다. 간명하게 말하자면, 서로 무관한 것들을 그저 연결 짓는 공상(fancy)과 달리, 세계의 비밀을 파헤치는 것처럼 현실의 숨겨져 있는 연관 위에서 낯선 것들을 묶어내는 능력이 바로 상상력이라 할 수 있다. 요는 상상력 또한 세계를 참되게 이해하는 주요한 수단이라는 것이다.

천명관의 『고래』를 창조적인 상상력의 소산으로 높이 평가하는 것은 바로 이러한 의미에서이다. 이 작품은 '평대'라는 가상공간을 중심으로 하여 '국밥집 노파-금복-춘희'로 이어지는 세 여인의 인생을 그림으로써, 근대사회와 그 속에 있는 사람들의 삶의 모습, 그 운명의 여울을 자유자재로 펼쳐 보이고 있다.

이 소설의 상상력이 펼쳐지는 자유스러움은 인물의 형상화와 그들 운명의 설정에서 한껏 도드라진다. 라블레나 마르케스의 작품 세계에서처럼, 『고래』의 인물들 또한 일상적 삶의 현상적인 모습에 갇히지 않는다. 그들은 예지 혹은 저주 능력을 갖추기도 하고, 강한 페로몬을 풍기기도 하며, 통뼈에 거인이거나, 둘이면서 하나이기도 하고, 심지어는 여자이면서 남자이기도 하다. 이러한 인물들의 삶을 통해서 우리의 현실과 이 시대의 표층과 이면이 다각도로 조명된다.

인물이나 사건, 배경 어느 측면에서도 작품의 의미소들이 단일한 체계를 이루지는 않는다. 사회의 각 부면과 삶의 각 국면·층위에 대한 통찰들이 서로 자유롭게 부유하면서, 틈을 가진 전체 구조를 이루고 있을 뿐이다. 문체 또한 이러한 상태에 맞게 다양한 방식으로 변주되고 있다. 때로는 분석적이고 냉철하지만, 때로는 구수한 입담을 풀어내며 해학과 풍자의 세계를 창출하고 또 때로는 가녀릴 대로 가녀린 섬세한 면모를 보인다. 인물의 다성성이 그리 아쉽지 않을 만큼, 서술자의 능란한 말솜씨가 넘쳐남으로써 읽는 재미까지 확보해준다.

전체적으로 『고래』는, 실제의 우리 현실이 그러한 것처럼, 복합적이고 중층적이며 때로는 모순적이기까지 한 요소들이 혼합되어 있는 하나의 구조를 이룬다. 그 구조의 주제효과 속에는, 우리 근대사의 암울한 면모도 녹아 있고, 탈근대를 운위하는 이 시대에서 우리가 소중히 보듬어야 할 내면의 가치도 황금빛으로 그려져 있다. '고래'에 대한 동경과 '개망초'에 대한 애정의 편폭 속에서, 단순한 알레고리를 넘어서 우리들의 삶을 구조화해주는 것이다.

『고래』가 보여주는 이러한 면모, 현실을 풍요롭게 환기시키는 방식을 통해 우리의 역사와 삶의 참모습을 보여주는 이러한 성취야말로, 창

조적 상상력의 소산이라 할 수 있다. 이를 통해 우리는, 한국문학의 풍
요로운 발전을 꿈꿀 수 있는 주요한 항목을 하나 확인하게 되었다고 하
겠다.

5장

스무 살의 슬픔

전경린의 『검은 설탕이 녹는 동안』

『검은 설탕이 녹는 동안』(문학동네, 2002)은 스무 살의 한 여자가 겪는 삶의 전환점을 보여 주고 있다. 가족으로부터 떨어져 나와 아직은 그 모습도 의미도 알 수 없는 세상 속에서 고립된 채 보내는 스무 살의 한 철, 그 시련과 혼돈의 시간을 보내는 청춘의 이야기이다.

병든 할머니가 누워 온 집안에 퀴퀴한 냄새를 피우고, 아버지는 실직 중이며, 어머니는 식당일과 집안일에 지쳐 있고, 동생들이 왁자한 속에서 쥐를 피해 고양이를 안고 다락방을 쓰는 스무 살 처녀애 '우수련'. 우연한 기회에 극단에 속해 집을 나오게 된 그녀의 여름철 이야기가 작품의 줄기를 이룬다. 무엇을 해야 할지 알 수 없고, 세상과 어떻게 소통해야 할지 감을 잡지 못하는 대학 초년생의 그녀 주위엔, 돈에 이끌린 결혼 생활을 하는 듯한 연출가 '김해경'이 있고, 운동권 학생으로 자신의 길을 가는 '성재', 같이 연극 연습에 매달리는 세 명의 여자와 네 명의 남자가 있다.

'우수련'은 비켜서 있는 존재이다. 삶에서 무엇을 찾는지를 스스로도 모른다는 점에서는 비켜서 있다기보다 비껴져 있다 해야 정확할 듯도 하다. 세상 속에 있되 그녀는 세상과 소통하지 못한다. 그녀의 삶이 세상을 모르고 세상과 끈을 잇지 못하는 까닭이다. 물론 "어차피 내 슬픔은 이유도 없는 그냥 무모한 여름의 슬픔 같았다"(165면)는 언급과 달리, 그녀가 집을 나오게 되고, 연극 연습에 매달리게 되고, '김해경'을 통해 처녀를 버리고 하는 일들에 이유가 없는 것은 아니다. 그녀의 집안 상황이야말로 가장 확실한 외적인 이유이며 조건으로 버티고 있기 때문이다. '성재'가 잡혀 들어가고 '김해경' 역시 연행되며 연극이 공중분해되는 데는 1980년대라는 시대가 확고한 배경으로 마련되어 있기도 하다.

하지만 자기 슬픔에 이유가 없다는 그녀의 언급은 옳다. '우수련'이라는 존재는 그 모든 것들 속에 있으면서 실상 고립되어 있는 까닭이다. 조금 넓혀서 스무 살이라는 인생은 그렇게 세상과 소통하기보다는 세상으로부터 밀린 채 자기만의 공간을 갖게 마련이라고 할 수 있다. 해서 스무 살의 슬픔에는, 슬픔을 느끼는 스무 살의 인생에게는 이유가 있기 어렵다. 모호한 추상이 이유를 갖지 못함과 같다. 『검은 설탕이 녹는 동안』은 바로 그러한 스무 살의 인생을 그려 보이고 있다.

이 작품이 주인공 '우수련'을 시점 화자로 하여 그의 시선에 들어오는 것만을 보여 주는 방식을 취한 것은 매우 적절하다. 드러내고자 하는 메시지에 부합하는 방법인 까닭이다. 물론 정확히 따지면, 사십 줄에 들어서서 여행 컨설턴트로 활동하고 있는 '우수련'이 회상의 주체이지만, 이십 년의 세월과 그에 따른 변화가 서술 행위에 개입하지는 않고 있다. 이유는? 삼십대를 넘긴 '우수련'의 삶이 스무 살 그때의 연장인 까닭이다. 달리 말하자면, 스무 살 그 여름의 삶이 향후 그녀의 삶을 조건지었다고, 혹은, 다시는 엄마 품으로 달려갈 수 없는 성인으로서의 삶의 시작이자 원형이었다고 할 수 있겠다.

> 시간은 바다와 같고 허공과 같고 한 점에 계속해서 박히는 못과 같다. 나는 이제 의식하지 못하는 사이에 사라져가는 시간들을 더 사랑하게 되었다. 그리고 나도 시간의 등 뒤로 손수건놀이 하듯 몰래 지나가기를 즐긴다. 시간과 존재가 서로에게 그렇게 빠듯하게 굴지 않아도 좋다는 건 나이 든 뒤의 유쾌한 깨달음이다. 걱정 말고 너도 가고 나도 가면 되는 것이다. 가능하면 흔적 같은 건 남기지 않고.(199~200면)

서술시점의 '우수련'은 위와 같이 생각하는데, 여기서 유쾌함과 걱정만 빼면, 스무 살의 '우수련'의 삶 역시 대동소이한 것이었음을 알 수 있다. 우리의 삶이란 특히 스무 살의 삶이란, 시간과 존재가 서로에게 빠듯하게 구는 힘겨운 것이지만, 실상은 의식하지 못하는 사이에 사라져가는 것이며 따라서 별다른 흔적을 남기는 것이 아니라는 것, '우수련'의 스무 살 한철의 삶이 이를 보여 주고 있다.

세상으로부터 비껴져 있는 자의 삶이든, 스스로 혹은 동료들과 더불어 세상의 한복판을 가로지르는 것이라 여겨지는 삶이든, 스무 살의 삶은 많은 부분 추상이고 추상인 만큼 버겁기 마련이다. 고통은 세상으로부터 오는데, 스무 살은 자기를 응시하고 자기로부터 무언가를 끌어내야 한다고 맹목적으로 믿는 까닭이다. 해서 목말라 하고 위태로워 하고 무엇엔가 몸을 던지게 된다. 모든 스무 살이 그렇지는 않지만 이런 스무 살의 초상이 우리 모두의 일부임도 사실이다. 이러한 심리 기제를 유려하게 펼쳐 보인 것, 그 내면을 감각적으로 형상화해 낸 것 바로 이 지점에 『검은 설탕이 녹는 동안』의 자리가 마련된다.

6장

우연과 과장

조창인의 『가시고기』

조창인의 소설 『가시고기』(밝은세상, 2000)를 읽었다. 몇 차례 눈물을 흘리고야 말았다. 한번 마음먹고 읽으니 사실 어제오늘 다 읽게 되었다. 그만큼, 감정을 자극하고 술술 읽히는 소설이다.

백혈병으로 죽어가는 열 살짜리 아들 '정다움'과 그를 간호하는 아버지 '정호연'이 번갈아 서술자로 등장하는 구성 방식을 취하고 있다. 이 형식이 의도하는 바는 무엇인가. '정다움'이 서술자로 되어 있는 부분이 우리의 생각을 모아 준다. 무엇보다도 그 부분의 진술들은 열 살짜리 아이의 시선을 벗어나 있다. 죽음을 맞닥뜨려 조숙해지고 극진한 부정으로 해서 예의바르게 되고 한 점 등을 감안할 것도 없는 것이, 아이의 시선을 빌었을 뿐 실상 아이가 할 수 없는 말들도 거리낌 없이 들어와 있는 까닭이다. 아이의 말투를 빌린 작가의 언어가 아무런 구애도 받지 않고 드나들고 있다. 이 점은 '정호연'의 서술 부분도 마찬가지이다. 여기서는 그의 심정이나 그가 처한 상황 등을 독자에게 공감시키는 방편으로 작가의 언어가 인물의 언어와 마음껏 교차된다.

이렇게 보면, '정다움'과 '정호연'이라는 극한 상황 속의 부자를 시점 화자로 교차시키는 구성법은, 상황의 비극성과 그 속에서 피어나는 눈물 나는 가족애 즉 아버지에 대한 아이의 믿음과 사랑, 아이에 대한 아버지의 절절한 부정을 한껏 고조시키기 위한 장치라고 할 수 있다.

실상 인물의 설정부터가 눈물 나는 가족애의 고조라는 목적에 정향되어 있다. 아이는 어느 모로 보나 백혈병으로 맥없이 죽기에는 너무 불쌍할 정도로 착하고 똘똘하며 심지 깊고 예의바른 아이이며, 아버지는 또 그의 성장 환경에서는 기대하기 쉽지 않은 경력과 성정을 보이는 인물이다. 그는, 모친이 자기 부자를 버리고 도망간 뒤 끝내는 부친도 양육을 포기하여 고아원 출신이 되었지만 힘들게 노력하여 대학을 다녔고, 해병대 출신이며, 시재가 출중하여 이름을 날리고 전처를 만났으며, 가난을 저주하는 아내로 해서 여성잡지사에 근무하며 번역 일을 덤으로 했고, 아내가 떠날 때 아이의 발병 사실을 숨겼으며, 초인적인 의지와 예수 같은 사랑으로 아이의 간병에 매달리는 인물이다. 아이를 구하겠다는 그의 의지는 보편성을 가질 수 있을지 몰라도 그 과정에서 보여 주는 그의 행동과 마음 씀씀이 등은 실상 현실성이 거의 없다. 작품 속으로 들어가서 보자면, 고아원 출신에 해병대 복무 경력을 가지면서 고고한 시를 쓰고 번역에 능통한 것도 사실 개연성이 약하다 하겠다. 요약하자면, '정호연'이라는 인물 형상화는 가족애를 극적으로 만들고자 한 작가의 의도가 현실성을 전혀 의식하지 않은 자리에서 작위적으로 만들어진 것이라 하겠다.

『가시고기』에는 이 둘만이 부각되어 있다. 아니 이 둘만이 존재한다고 해도 좋다. '여진희'나 전처 등이 등장하지만 그들은 '정호연'이 만나는 순간에만 그것도 그의 시선을 통해서만 존재한다. 더 중요한 것은 이들의 기능이란 것이, 실상 이들 부자가 겪는 사건의 흐름에 의미를 주는 한에서일 뿐이라는 사실이다. ‘정호연’을 사랑하는 ‘여진희’는 급할 때 병원비를 대납해 주고 그를 위로하는 인물일 뿐이며, 전처는 아이의 장래를 맡아 줄 사람으로만 기능한다. 원무과의 송 계장이나 주치의인 민 과장도 마찬가지인데, 송 계장의 경우는 해병대 같은 부대 선후배 사이라는 게 밝혀지면서 아이의 골수 이식 수술비를 마련하는 계기를 제공하게 된다. 또한 그 전에는 아이의 병원비 마련에 고생하는 아비의 노력을 처절한 것으로 부각시키는 냉정한 인물로 기능했다.

어떤 경우이든 부차적인 인물들은 아이의 투병 생활을 유지시키려는 아버지의 눈물겨운 노력을 실로 눈물겹게 만드는 데 효과를 발하는 방식으로만 등장한다. 송 계장 같은 경우는 완전히 상반되는 역할을 수행함으로써, ‘여진희’는 맹목적으로 ‘정호연’을 돕고자 하는 빈약한 화수분 노릇을 하면서, 전처는 속내를 알 수 없는 냉혹하고 비정한 인물로 그려지면서 말이다. 이렇게 주변 인물들의 현실성을 약화시키고, 필요에 따라 우연히 어떠한 속성을 그들에게 부가하거나, 작가 마음대로 그들을 필요할 때만 불러내는 방식을 취하면서, 『가시고기』는 자식을 살리고 스스로는 죽어간다는 가시고기 같은 절절한 사랑을 온몸으로 실현해 내는 아버지를 보여 주고 있다.

이렇게 부차적인 인물들의 현실성을 포기하는 것은, 앞서 말한바 ‘정호연’과 ‘정다움’의 시선을 교차하는 서술 방식과 동일한 효과를 노리고 있다. 죽음의 나락에 떨어진 아이를 살려내기 위해 초인적으로, 헌신적으로 간호하는 아비의 애끓는 정을 부각시키려는 것이다.

이 둘만으로도 부족해서 『가시고기』는 비극을 보다 철저히 하고자 한다. 그 과정에서 우연과 과장이 끌어들여지고 있다. 우연 없이는 구구절절이 비극일 수 없는 까닭이다. 무엇이 우연인가. 가능성이 거의 없는 것처럼 보인 골수 제공자를 일본에서 찾아낸다는 것. 일본 여자의 경우 조직 검사에서 아이와 놀라울 정도로 합치된다는 것이 그러하다.

이러한 우연은 과장과 결합된다. 골수 이식 비용을 마련하는 과정에서, 송 계장이 같은 해병대 출신이라는 것을 우연히 알게 된 정호연이 그를 통해 자신의 신장을 팔고자 하고 그러다가 자기 자신이야말로 간암 말기로 죽음을 피할 수 없다는 사실을 알게 된다는 설정, 거기에 더하여, 신장을 팔 수 없게 된 상황에서 각막을 팔아 병원비를 마련하며 그간 아이가 겪었을 고통을 스스로도 겪으려고 모르핀 주사도 맞지 않는다는 설정, 아이의 장래를 위해 전처에게 양육권을 넘기는데, 완치를 눈앞에 둔 아이가 프랑스로 떠나기 전에 부정을 끊어야 하므로 만나지도 말라고 전처가 요구한다는 것, 본인도 그에 동의하여 아이에게 냉혹하게 대하고 일절 만나지 않으며, 마지막 만남에서는 가까이 오지도 않게 한다는 점, 그리고, 죽음을 눈앞에 둔 그의 체중이 60킬로에서 40킬로로 줄고 애꾸가 된 얼굴은 말도 아니게 되었다면서도, 그런 사정이 전처와의 관계에서는 아무런 이야기 거리도 안 된 것처럼 되어 있다는 점 등등이 그러하다.

여기서 우연은 서사 진행을 극적이게 만드는 방편이며 과장은 한 가지 목적, 눈물 없이는 읽을 수 없을 정도로 상황을 기가 막히게 전개시키는 방편이다. 『가시고기』는 이렇게 작품의 모든 요소가 오직 한 가지의 목적 곧 죽음을 앞둔 아이에 대한 아버지의 헌신적이고도 비극적인 사랑을 극적으로 제시하려는 의도에 종속되어 있다.

『가시고기』는 자기의 목적을 이루었는가. 책장을 덮는 순간 그렇다고 할 수 있다. 부자의 이별 앞에서 아버지의 죽음 앞에서 그 누가 눈물을 흘리지 않을 수 있으랴.

하지만 그 감동이 얼마나 갈 것이며 그 진정성이 우리에게 어떠한 감명을 줄 것인가 하는 의문에 이르면 대답은 부정적이다. 텔레비전 등에서 확인되는 논픽션 투병 사례들을 통해서 쉽게 확인할 수 있듯이, 아니 더 직접적으로는 우리 주위의 누군가가 아파서 간병을 해야 할 경우에 알 수 있듯이, 투병과 간병은 실상 현실의 제약 속에서 이루어지는 지극히도 현실적인 과정이며 대부분의 사람들은 그 과정에서 현실의 논리에 굴복하게 되고 만다. 그러지 않을 도리가 없는 까닭이다. 그것을 이기게 해 줄 우연과 어떠한 시련에도 굴하지 않을 정도의 맹목적 가족애란 『가시고기』 속에만 있는 것이다.

이렇게 현실에 있기 어려운 것을 작품 속에 만들어 넣는 것은 무슨 의미를 지니는가……. 『가시고기』를 읽은 직후, 나도 좋은 아빠가 되어야지라는 생각을 한순간 하게 만드는 것 빼고는 무슨 의미를 지니겠는가……. 누선을 자극 받아서 실컷 한 번 울어 본 경험 외에 남겨 주는 것이 무엇일까……. 지금은 아무도 보지 않는 〈엄마 없는 하늘 아래〉 등과 다를 것이 무엇이 있겠는가…….

7장

풍속 묘사에 머문 한 경우

현길언의 「추억의 노래−퇴화론 6」

1_한때 운동권이었다가 이제 사회의 중견세력이 된 386세대를 다룬 소설이다(『문학수첩』, 2003 가을). 시위 도중 검거를 피해 우연히 '8·3구락부'라는 카페에 함께 모이게 된 인연으로 20년 가까이 모임을 지속해 오는 그들 중에는, 정신병원에 다녀온 전력이 있는 작가 '제갈 궁', 국회의원으로서 미래의 지도자로 뜨기 시작한 '주철수', 문학비평가이자 교수로 모임의 간사 겸 회장인 '강경원', 모 그룹 비서실 상무로 현재 곤경에 처해 정신병원에 들어가 있는 '성병렬'과 그 아내 '정연주', 최근에 개인 사무실을 차린 변호사 '이상일', 검사인 '원성식', 부친 덕에 대학 부총장이 된 '김원필', 강남에서 학원 재벌이 된 '박일재', 한성투금 부장으로 주가 조작 사건을 일으킨 '최태민', 대중문화 흥행사로 명성을 날리다가 도피 중인 '경원진', 정치부 기자 '백규원' 외에 국회의원 보좌관, 시민단체 집행위원 등을 하는 친구가 있다. 여기에 '8·3구락부' 카페의 주인이면서, 강제징집 후 사망한 '육민재'의 애인이기도 한 '주신애'와

모임 구성원들의 부인들이 부분적으로 포함된다.

인물 구성 차원에서, 학생 운동 전력을 가진 중견 세대들을 통하여 이 시대의 세태를 포괄하고자 하는 의도가 읽힌다. 그들 상당수는 일신상의 명망과 권세를 성취했고 일부는 그 과정에서 무리를 해 사회로부터 도피하거나 격리된 상태다. 학생 운동권 시절의 이상이 세속적인 성공에 대한 욕망으로 대체되어 있는 것이다. 이러한 대체는 초점 화자의 역할을 하고 있는 작가 '제갈 궁'의 시선을 통해서 확인된다. 따라서 「추억의 노래」는 '제갈 궁'의 시선을 통해서, 이상 대신에 현실을 취한 기성세대의 현재 모습을 풍속 차원으로 형상화한 것이다.

2_이 작품을 평하는 데 있어서는 시점 화자인 '제갈 궁'의 시선과 그를 대하는 서술자·작가의 태도를 살펴봐야 한다.

이 작품은 전지적 작가 시점을 통해서 인물들의 사연 및 심정까지도 기술하고 있다. 그러나 여타 인물들에 대해서 비판 혹은 독설을 쏘아대는 '제갈 궁'의 행위 자체에 대해서는 비판적인 거리를 두지 않고 / 못하고 있다. 해서, 자신이 그리고 있는 사태에 대해서 무책임한 작품이라는 느낌을 주고 있다. 전체적으로 보아, 주관이 어설프게 개입된 풍속 묘사의 차원에 그친 셈이다.

이 소설이 풍속 묘사 차원에 그치게 된 주된 이유는 '제갈 궁'을 대하는 서술자·작가의 태도에서 찾을 수 있다. 염상섭의 소설에 자주 등장하는 냉소적인 관찰자에 해당하는 '제갈 궁'의 시선은 어떠한 것인가. 결론적으로 말하자면 그것은 '어른'의 시선이 못 된다. 그는, 사실상 낭만적인 범주를 벗어나지 못한 채로, 세속적인 성공을 거둔 친구들을 불편하게 하는 방식으로 비판을 하고 깽판을 칠뿐이다.

이러한 '제갈 궁'을 대하는 서술자·작가의 태도는 또 어떠한가. 이 또한 아쉬움을 준다. 서술자·작가의 자리가 사실상 '제갈 궁'의 그것과 겹쳐 있기 때문이다. '제갈 궁'의 행태 / 의식을 비판적으로 조명하는 거리가 확보되어 있지 못한 것이다. 따라서 이들 386세대를 그리는 이 작품의 시선은 자기 깊이를 갖춘 것이 되지 못한다. 근거 없는 질투와 변별될 만한 내적 기준조차 여기서는 찾을 수 없다. '제갈 궁' 자신이 깽판 이상으로는 비판도 반성도 보여 주지 못하고 있는 까닭이다.

여기까지 와서 보면, 친구들의 심장이 텅 비어 있다고 '제갈 궁'이 느끼는 것으로 되어 있는 작품의 말미는 별다른 의미의 함축을 얻지 못한다고 하겠다.

3_첨언 삼아 조금 자세히 따져 두자. '제갈 궁'의 형상화는 아무래도 고민의 깊이가 부족한 듯싶다. 친구의 변호사 개업식에 가서 '그 자리에 모인 소위 한때 학생운동의 주역으로 이름을 날리던 자들을 향해 야유'(146면)하는 행위. 그날의 그의 행동을 나름대로 진지하게 받아들여서는 "그날 자네가 주정처럼 내뱉은 말들을 다 기억하고 있다. 아마 자주자주 되새기게 될 거야 (…중략…) 퇴화하는 내 육신에 회복제가 될 것 같아서"(147면) 하는 이 변호사의 말에 제대로 대답을 하지 못하는 심정. 사실 이런 부분에 대해서는 그 의미망에 대한 천착이 있어야 하지 않을까…….

국회의원 친구의 후원회에 돈 10만 원을 기부해서, 가장 적게 기부한 사람으로서 기부금 전액을 전달하는 일을 맡게 되는 설정(여기까지는 개연성이 있다)에 이어서, 자학도 그 변형으로서의 우쭐감도 아닌 채 다소 어정쩡하게 〈아침이슬〉 연주회를 즉석에서 연다는 설정은 따지고 보면 성숙한 어른의 행동으로 보이지는 않는다. 그 행위의 끝에서 친구들의 심장이 텅 비어 있다는 것을 그가 바라보는 설정도, 그러한 시선이 이렇게 다소 치졸한(좋게 봐 주어도 낭만적인) 행위에 기반하고 있는 까닭에 사실 시선의 진정성이 의심된다.

요는 '제갈 궁'의 그러한 행태 자체가 아니라, 그(의 행태)에 대해서 작가도 서술자도 아무런 비판적 거리를 마련하지 않음으로써 작품 자체의 진지함을 기대할 수 없게 되었다는 점이다. 김광규의 〈희미한 옛사랑의 그림자〉에서 보이는 서정적 화자·시인의 자책 / 반성적 시선과 너무도 뚜렷이 대조되는 이러한 결여 항목이, 「추억의 노래」를 한갓 풍속 묘사에 그친 작품으로 머물게 한다.

8장

욕망의 한 가지 문법

박범신의 「항아리야 항아리야—별똥별 3」

1_고흐의 〈해바라기〉 그림을 좋아한다며 그 이유를 '둥글잖아요'로 댄 늙은 여류작가가 있다. 바로 그 말이 자신의 '텅 빈 중심, 텅 빈 어떤 대롱 속에, 계속 꼬리를 물고 울려나가는 걸'(137면) 느끼게 되어 그녀에게 남다른 관심을 갖게 된 중년에 접어든 화가가 있다. 이 화가가 하늘의 별을 보기 위해 마련했던 망원경으로 그녀를 관찰하고, 급기야는 그것으로 성이 차지 않아, 그녀의 집에 몰래카메라를 설치하기까지 한다.

의도가 어떻게 그려지든, 혼자 사는 여인의 집에 몰래카메라를 설치하는 것은 성적인 의미망 속에 물들게 마련이다. 그것도 부정적인 맥락에서. 박범신의 「항아리야 항아리야」(『창작과비평』, 2003 가을)의 경우도 이면에서 완전히 자유롭지는 못하다. 몰래카메라를 설치한다는 모티프보다도, 주인공의 삶에 대한 권태 혹은 무력감을 설명하는 언사가 성적 기호들과 필요 이상으로 연결되어 있는 점을 생각하면(예컨대 143면 등), 자유롭고자 하지도 않았는지 모르겠다.

해도 이 작품은, 너무 천박하다거나 사이비라고 손쉽게 규정할 만한 태작은 아니다. 설정상의 특이함과 묘사의 부정적인 자립화에도 불구하고, 애초에 짜여 있는 의미 구도 자체가 우리의 관심을 끄는 까닭이다.

2_텅 빔에 대한 자각, 불편함을 가져다주는 그러한 자각에서 연유하는 죽음 충동, 그로부터 벗어나길 고대하는 (무)의식의 발로라 할 화가의 성적 환상과 충동이 일차적인 의미 구도를 형성한다. 이로부터 혹은 이 위에서 서사 진행이 보여 주는 이차적인 의미 구도가 짜인다. 붓을 들지 못한 채로 시간을 죽이던 그가, 늙은 여류작가의 기행 ―'그 희한하고 감동적인 삽화'(152면)로 표현되어 있지만, 화가의 관음증적인 행태에 포착되어 서술되는 층위에서는 '기행'이라고 하지 않을 수 없겠다 ―을 본 뒤 그림을 완성해 내는 한편, 여류작가는, 일찍이 그가 말했던 대로 명주천에 목을 맨다는 서사가 그것이다.

이 둘이 빚어내는 의미 관련은, 불행히도, 다소 모호하다.

이 모호함을 조금 지워 줄 코드는, 제목에 나와 있는 '항아리'이다. 속은 텅 비어 있되 배가 불룩하니 둥근 것이 항아리이다. 둥글며 비어 있다는 점에서 항아리는, 화가가 찾고자 했던 굴암산의 '굴'과 통하며, 똑같은 점에서 이는 또한 '한껏 부풀어 오른' 자궁에 이어지고 있다. 이러한 상징들의 의미는 "어둡지도 밝지도 않았으며, 동시에 어둠과 밝음을 모두 빨아들여 간직한 둥근 원형(原形) 혹은 둥근 원형(原型)"(154면)으로 기술된다. 여기에, 화가가 몰래카메라의 모니터를 보는 자리가 여류작가의 뜨락에 놓여 있는 커다란 항아리의 그늘 속이라는 점이 더해진다.

이러한 상징 처리 및 설정 등은 두 가지 의미망을 띠고 있다. 상징의 원형적인 차원에서 그것들은 '어머니 대지'와 관련되는 여성성, 모성에 닿는다. 하지만 「항아리야 항아리야」에서는 이 맥락이 다소 약하다. 이러한 일반적인 의미보다는 성적인 맥락이 보다 짙게 함축되어 있다. 여류작가와의 대화 속에서 성적 충동에 휩싸이게 되는 것이나 부풀어 오른 자궁과도 같은 굴암산 둥근 골을 말이 되어 내달리고 싶다는 욕망에 사로잡히는 것 등은, (말의 엄밀한 의미 그대로) 리비도적인 충동을 표현하고 있다(이 점에서 보면, 스스로 관음증 환자는 아니라 하는 서술자의 주장을 조금은 인정해 줄 수도 있다).

3_물론 이 두 가지로부터 가능해지는 연역적인 해석보다, 「항아리야 항아리야」 자체가 마련해 주는 의미망이 더욱 짙다. '팽팽하게 부풀어 오른 둥근 것이면서 속이 비어 있지는 않은 것'에 대한 열망이 그것이다. 화가가 여류작가에게서 보고 싶어 하는 것 역시 정확히는 '늙은 여류작가가 내밀하게 품고 있을 그 어떤, 둥근 것'(142면)이다. 왜 그것이 보고 싶은가. "둥글게둥글게, 수만 광년의 우주까지, 둥글게둥글게, 날아가고 말 씨앗들을 품고 있는"(같은 곳) 것이라 여겨지기 때문이다. 헤어진 연인인 '혜인'의 둥근 것은 텅 비었음을 확신하는 자리에서 그는, 고통과 광기의 문제틀에서 자신과 전 애인보다 한 수 위임이 틀림없어 보이는 여류작가(같은 곳)를 통해 충만하게 둥근 무언가를 보고 싶어 하는 것이다.

이 욕망의 정체를 가늠해 보는 것도 조금은 가능하다. 화가의 욕망은 '보는 것'에 그치지 않는다. 늙은 여류작가의 불 켜진 창을 보며 그가 느끼는 바에서, 그의 욕망이 닿고자 하는 바가 좀 더 분명해지는 까닭이다.

창은 너무 높고 작아서 아무것도 보이지 않았다. 그렇지만, 불이 켜져 있을 때, 그 작은 창은 내가 우주로 들어가는 문 같았고, 그 문을 통과해 실제로 먼 별들로 둥글게둥글게, 날아가는 짜릿한 경험을 하기도 했다. 나의 자지 끝에서 날아간 씨앗들은 그 환한 창문을 통과해 정말 둥글게 퍼졌으며, 둥글잖아요 …… 둥글잖아요 …… 둥글잖아요 …… 라고, 우주로 날아간 씨앗들이 꼬리에 꼬리를 물고 소리치는 것도 나는 들었다.(140면)

화가가 꿈꾸는 것은 무언가를 채우고 싶다는 욕망이다. 상상의 차원에서 그것은 질이고 자궁이며 궁극에 있어서 우주이다. 실제에 있어 그것이 '삶'임은 다시 말할 필요도 없이 자명한 일이리라.

그런데 더욱 자명한 것은, 모든 욕망이 그렇듯이, 대상이 무엇이든 어떤 차원의 것이든, 채우고 싶다는 화가의 꿈이 실패하게 마련이라는 사실이다.

4_화가가 마침내 보아 버린 늙은 여류작가의 기행은 무엇인가. 놀랄 만큼 풍부한 젖가슴과 만월처럼 부풀어 오른 엉덩이의 나체로, 어린아이들이 타는 장난감, 터질 것 같은 배를 갖고 있는 호피티 인형을 타고 검은 눈물을 떨어뜨리며 거실을 도는 것이다 ……. "그것은 단숨에 굴암산 겨울숲을 가로질러가 멀고 먼, 둥근 우주에까지 달려갈 수도 있을 것 같았다. 그렇지만 동시에 그것은, 고흐의 해바라기와 달리, 씨앗을 품고 있지 않은, 불모의, 중심이 텅 빈 항아리였다."(156면)

인용문의 첫 문장이 화가의 욕망을 드러내 준다면 다음 문장은 실제를 알려 주고 있다. 여기까지 와서 보면 실상 화가의 욕망은 속까지 헛된 무언가에 휘둘린 셈이라고 할 수 있다. 달리는, 여류작가의 욕망을 자기의 욕망으로 삼게 된 것이라고 할 수도 있다(지라르의 혜안이란!).

한 번 더 풀어 말하자면, 실상은 여류작가 자신이 '텅 비지 않은 둥근 것'을 욕망하고 있었으며 그 때문에 고흐의 〈해바라기〉 그림을 좋아했던 것인데, 화가는 그녀의 욕망의 겉 표현을 통해서 자신의 욕망을 일깨우게 되어 그녀(에게 있으리라 생각되는 무언가)를 대상으로 삼았다가 이제 실제에 맞닥뜨리게 된 것이다. 자신이 추구하던 둥근 것은 그녀에게도 없다는 사실, 해서 그녀나 자신이나 마찬가지라는 것을 그는 이제 인정하지 않을 도리가 없다.

5_그녀는 죽고, 화가는 '둥근 헛배'를 안고 비틀거리며 그림을 완성한다.

이러한 설정은 대단히 설득력이 있고 또한 함축적이다.

상술했듯이 둥근 것에 대한 욕망은 원래 그의 것이 아니었다. 그가 아니라 그녀가 자살을 하는 설정은, 여기에 더하여, 죽음 충동도 실상 그의 것은 아님을 알려주고 있다. 게다가 그림 역시 사실 그의 것이 아니다. '어릿광대 같은 둥그런 얼굴 하나'의 그림은 화가에게 입력된 파울 클레의 〈세네치오〉의 모사에 불과한 것으로 설명된다(160면).

이렇게 보면, 박범신의 「항아리야 항아리야」는 욕망에 관한 성찰의 소산이라고 할 수 있다. 일견 그것은 성적인 빛깔을 짙게 띠고 있지만, 이내 삶의 충동 차원으로 자기를 정립하며, 나아가서는 욕망 자체의 본성에 대한 성숙한 인식으로 향하고 있다.

6_"둥글잖아요, 둥글잖아요, 둥글잖아요…… 라고, 에리다누스강 건너편에서 고혹적으로 속삭이는 늙은 여류작가의 목소리"(160면)를 들으며, '대형 항아리 속으로 들어가는' 화가의 태도를 그리고 있는 종결 처리에서 우리는 이 작품의 성숙함을 느끼게 된다. 루카치가 근대소설

의 특징으로 지적한 아이러니 곧 '이루어질 수 없는 것임을 알면서도 자신의 추구를 포기하지 않는 성숙한 태도'와 같은 빛깔의 성숙함이 말미에서 확연해지고 있는 것이다.

화가가 속이 텅 빈 항아리 속으로 들어간다고 함으로써, 텅 빔을 채웠다는 의미가 아니다. 그래서 성숙하다는 것이 아니다.

자기 욕망을 응시하고 있던 여류작가는 죽을 수밖에 없다는 것, 반면에 그녀의 욕망을 모방했던 화가는 (그가 잘나서가 아니라, 모방의 존재인 까닭에) 죽지 않고 헛배를 움켜쥐며 그림을 그려 낸다는 것, 그런데 그 그림조차도 모방이라는 것, 해서 그는 실상 유혹에 타인의 욕망에 휘둘려 있었을 뿐이라는 사실을 거리를 두고 구성해 낸 데서 작가의 성숙함이 어른의 그것으로 다가온다. 이러한 판단을 확인시켜 주는 것이 바로 결말 처리이다.

「항아리야 항아리야」가 그려 준 욕망의 문법을 눈치 챈 자리에 서면, 항아리 속으로 들어가는 화가의 행위란 저편의 죽음으로부터 들리는 고혹적인 목소리로부터 실상 자신을 보호하려는 몸짓에 불과하다고 읽힌다. 이 구절의 해석은 순환의 구조를 통하여 앞의 해석을 재차 강화해 준다. 이렇게 되어 우리는 화가의 행위를 욕망의 변증법으로 파악할 수 있게 되는 것이다.

이것이 어디에서 가능해졌겠는가. 욕망의 운동을 조명하는 작가의 시선 그 성숙한 안목에서 오는 것이 아니겠는가. 이렇게 보면, 몰래카메라 모티프의 차용도 탓할 것은 못 된다. 여류작가를 욕망의 중개자로 삼는 장치인 까닭이다.

9장

서사 해체 방식의
전유 가능성

하창수의 「눈」이 되살려낸 광주

1_하창수의 「눈」은 다양한 방식으로, 무작위적일 정도로 여러 층위에서 해체되어버린 서사이다. 일견 눈에 띄는 것은 '사각의 틀'의 활용이다. 이것은 앞뒤의 맥락에 전혀 구애받지 않고 어떤 언어든지 작품 속으로 끌고 들어올 수 있게 하는 장치이다. 물론, 그 경중의 처리야 다시 살펴볼 여지를 남기지만, 사각의 틀 속에 가두어지는 모든 언어들은, 작품의 의미망을 흩뜨리는 것이 아니라 정반대로 모아주는 역할을 하고 있다. 10년이라는 세월이 모든 것을 흔적 없이 사라지게 해 버린 것은 아니라는 사실의 주장이 가장 확실하게 근거하는 곳이 바로 사각의 틀인 까닭이다.

물론 서사의 해체라는 것이 이런 표면적인 차원에 국한되거나 그에 의해 수립되는 것은 아니다. 이런 점에선, '상념과 일화의 빈번한 뒤섞임'이나, 10년이라는 시간을 격하고 이루어지는 '상황의 비교' 등도 마찬가지이다. 이러한 것들은 모두 「눈」의 본질적 서사 해체 전략을 다방면으로 도와주는 장치일 뿐이다.

「눈」의 서사는, 하창수라는 실제 작가, 「눈」이라는 텍스트의 서술자로서의 '나', 그러한 '나'를 관찰하고 소설을 통해 까발기는 송 선생, 송 선생이 쓰는 작품 「검은 5월」의 등장인물인 촬영기사 등의 이야기로 혼효됨으로써 해체된다. 『경마장 가는 길』이나, 〈마지막 액션 히어로〉처럼 명료한 서사의 해체는 물론 아니다. 이러한 사실은, 이들 작품과 「눈」이 가지는 기본적인 차이점을 지적하는 것인데, 이는 다음 절에서 밝혀질 것이다.

「눈」이 보이는 서사의 해체는 순수히 기능적이다(다른 것들도 역시 어느 정도는 그렇겠지만). 여기서 '기능적'이라는 말은 뭔가 다른 목적을 위해 봉사한다는 의미인데, 「눈」에서 그것은 '80년 5월의 광주를 환기'시키려는 주제의식이다. 실상 하창수에게서 이 부분은 예상 외로 크다고 할 수 있다. "지금 같은 세상에, 별로 재미있을 것 같지도 않은 이야기를, 그것도 말하는 사람 스스로가 확증하지도 못하는 따위의 일을, 두 번씩 세 번씩 되풀이하여 들려주는 것을 꾹 참고 들어줄 사람은 아무도 없을 것이다"(439면)라는 하창수의 판단이 이를 뒷받침한다. 작가는 1990년대 한국 사회의 상황을 결코 무시하지 않는다. 이러한 배려가, 김하기 식의 우직함으로부터 그를 자유로울 수 있게 하고, 보다 많은 독자들에게 가까이 다가갈 수 있게 해 주는 것이리라. 이러한 사정은 작중의 소설가 송 선생이 촬영기사인 '나'에게 털어놓는 말에서도 직접적으로 드러난다. "이렇게 재미난 인물을 왜 소설에만 끌어들이면 재미가 없어지는지, 그걸 캐내고 싶단 말이지."(468면)

2_1980년 5월의 광주는 더 이상 아무런 '비밀'이 아니다. 국회 청문회에서까지 (비록 대충이나마) 운위된 하나의 '사건 사실'인 것이다. 그 '광주'

의 상처를 안고 있는 개개인의 내면 역시도 결코 진지한 의미와 연결되지 못하는 상황이다. 고엽제의 후유증에 시달리는 월남용사가 저녁 뉴스에 방영되는 메커니즘과 크게 다르지 않은 차원에서, 광주는 이제 각종 기록의 형태로 우리에게 '낯익은' 사실이 되어버린 까닭이다. 거창하게, '역사'로서의 광주가 일개 '사건'으로 축소되었다고까지 말할 건 없어도, 이러한 큰 변화가 사실인 것은 자명하다. 바로 이 지점을 하창수는 문제 삼고 싶어 한다. 그의 서사 해체는 바로 이 부분에 대해 그가 '새삼' 문제 삼기 위해 기능적으로 구사되는 것이다.

그러한 작가적 자세의 출발점은 '배반감'이다. "어떤 것은 70년을 견뎌 70년 뒤의 인간에게 충격을 주기도 하지만, 그 7분의 1밖에 되지 않은 시간의 것은 너무도 무기력하게 사라져 버릴 수도 있다는 그것— 나는 극심한 배반감 같은 걸 느끼지 않을 수 없었다."(463면) 이렇게 광주의 잊혀짐에 대한 분개를 출발점으로 하고서, 그는 "눈'의 기억에 의한 '보여주기" 자체를 보여주고 있다. 이는 '의미의 상실' 혹은 '의미 부여의 불능 상황'에 빠진 작가가 할 수 있는 최선의 방식이다. 조금 앞질러 말하자면, 작가 스스로가 자신이 문제 삼고 있는 상황을 넘어서는 어떤 대안(?)을 가지고 있지는 못하지만, 그럼에도 불구하고 1980년 광주가 잊혀서는 안 된다는 문제의식에서, 그 문제의식을 그 자체로 '드러내기 위해 감추는 방식'으로 서사의 해체를 구사하는 것이다.[1]

작가 하창수가 「눈」 속의 송 선생과 일치하는 상황을 생각해 보자. 그럴 경우 십중팔구 「눈」은 「검은 5월」처럼 미완이 되거나 혹은 애매한 헛소리(임철우가 욕을 먹고, 〈우리는 지금 제네바로 간다〉가 욕을 먹었던 맥락에서)에

---

[1] 이러한 판단의 근거까지도 「눈」 속에 담겨 있다(462면 참조).

그치기 십상이리라. 하창수가 송 선생과 분리됨으로써 즉 「눈」 속에 서술자인 '나'를 소설의 대상으로 하는 가공의 소설가가 배치됨으로 해서, '나'의 심리나 행동들은 독자인 우리로부터 두 겹의 베일을 사이에 두고 가려지며, 그만큼 우리의 관심(!)을 확보하게 되는 것이다(이 소설집의 편집자인 김윤식 등과 많은 독자들을 생각하자!). '나'가 일종의 기억상실자인 것도 마찬가지이다. '나'는 5월의 광주에 대해 어떠한 의미도 부여하지 못하고 있으며, 그 부분과 관련해서는 자기 자신까지도 대상화해 내지 못한다. 그는 '눈'만을 보존하고 있을 뿐이며, 그 '눈'을 통해서만 시간성이 배제된 곧 역사가 탈각된 평면의 장면들이 아직도 미약한 존재나마 드러낼 수 있게 되는 것이다. 이러한 설정은, 앞서 말했듯이, 하창수 스스로가 '광주'(혹은 '광주'에 대한 해석 방식)에 대해 나름의 대안을 갖추지 못했음에서 기인하는 것이다.

3_이러한, 서사의 해체를 통해서야 '광주'를 작품에 끌어들일 수 있을 뿐임에도 불구하고 고집스럽게 「눈」을 쓴 작가의 태도는 어떤 의미망 속에 자리하는 것일까. 이에 대한 답 역시도 「눈」 속에서 읽어낼 수 있다(이런 점에서 보면 「눈」의 서사 해체라는 것이 만만하지만은 않음을 알 수 있다). "그것은 모욕이었다. 다른 이의 삶에 관여하는 태도에 대한 모욕이었고, 무엇보다 인간의 삶, 그 자체에 대한 지독스런 모욕이었다. 끊임없이 사각의 틀 속에 삶을 집어넣었던 나 자신에 대한 모욕이었다."(492면) 끝 문장의 '나'가 「눈」의 작가 하창수 이외에 누구일 수 있겠는가. 작가는 1990년대의 현실에서 '자기반성'까지 겸하면서 일단 '광주'를 다시 작품 속으로 끌어내는 데 성공(!)하고 있는 것이다. 의미가 부여된 '광주'의 형상화는 좀 더 긴 시간을 두고 좀 더 긴 호흡의 다른 작품(장편)이 나올 때까지 기다려야 하리라.

10장

정체성 신화의
폭로와 성(욕)

장정일의 『너희가 재즈를 믿느냐?』

하나님의 명칭들이 신적인 본질을 표현할 수 없다.

우리가 하나님에게 부여하는 이름들도

하나님이 아닌 것을 말하는 한에서만 하나님의 명칭이 된다. (91면)

1_하나의 문제를 정면에서 문제시함으로써 넘어서는 것은 대단히 어려운 일이다. 그 목적이 문제를 무화하려는 것일 때 어려움이 배가된다. 애초에 길을 잘못 들어선 까닭이다. 실상 무화(無化)의 바른 방법은 지칭하지 않는 것이다. 그 이름, 나아가 의미를 없는 듯이 배제함으로써 실재 자체를 가리는 것이다. 가리는 것? 아니 그쯤이면 이미 존재하지 않는 것이라 해도 무방하다.

그러나 아무리 어렵더라도, 그러한 시도가 의미 있고 더 나아가 필요한 경우가 있다. 무화하려는 의도, 무화하고자 하는 욕망 자체를 드러내고자 할 때가 그런 경우이다. 지워버리고자 하는 대상이, 반성적으로

의식하기도 힘들 정도로 우리가 사는 시대에 편재해 있고 우리의 의식에 확고하게 뿌리내리고 있는 것일 때, 해서 독백 차원의 부재 혹은 무화 선언으로는 아무런 효과도 기대할 수 없는 것일 때, 정공법이 선택될 수밖에 없다. 근대를 살아가는 우리 모두의 이마에 선명히 찍혀 있는 '정체성'이야말로 그러한 대상 중의 하나이다.

2_당겨 말하자면, 『너희가 재즈를 믿느냐?』(미학사, 1994)의 주제는 바로 그러한 '정체성'이야말로 근대의 신화라는 폭로이다. 세상의 사상(事象, Sache)들은 실재하는 것이며 따라서 정체를 지니고 있다는 것, 무언가의 정체를 우리가 파악할 수 있다는 것, '정체성'이라는 관념이 하나의 명확한 개념일 수 있다는 것 등등, 이러한 생각들이야말로 한낱 믿음 차원에 귀속된다는 생각이 이 소설의 주제이다. '너희가 재즈를 믿느냐?'라는 도발적인 제목은, 재즈를 '믿는' 것이 어색하듯이 재즈와 대비되는 '확실함'(혹은 '불변성' 또는 '고정성') 곧 '정체성'을 믿는 것 역시 부적절함을 의미한다.

작품 내 세계를 이루는 이런저런 사실들에 대한 부정합적인 기술들 즉 등장인물의 외적인 특징이나 그들이 거주하는 공간의 위상, 그들의 행위를 분절하는 시간과 공간의 지절들을 혼란스럽게 기술하는 방식의 궁극적 효과가 바로 정체성의 부정(최소한 '정체성 신화'의 훼손)이라고 할 수 있다.

이 작품(이 말하고자 하는바, 세계)에서 확실한 것은 아무것도 없다. 이러한 사실을 가장 상징적으로 뚜렷이 드러내는 것이 '탕–'이라는 의성어의 사용이다. 이 작품에서 모든 의성어는 '탕–'으로 처리되어 있다. 누구나 인정하듯이 '음향'을 '음성'으로 '정확히' 표현할 수는 없는데, 이렇게 기호가 지시체를 정확히 표상하는 것은 아니라면 "세상의 모든 의성어는 탕—이든 찰싹이든 하나로 불러도 무방하다는 것"(127면)이 이 작품의 변이다. 이럴 때, 다양한 소리 곧 음향을 가리키는 기호로서 '탕—'은 실상 아무런 소리도 아니다. 자체로는 텅 비어 있는 것이다. 이 점을 명확히 인식하는 것은 매우 중요하다. (음향들의) 정체성을 부정하는 시도로 쓰인 '탕—'을 다시 하나의 정체로 규정해서는 안 되는 까닭이다.

이 소설에 따르자면 의성어의 경우만 그러한 것이 아니다. 존재 역시 아무것도 아니라고 주장된다. 예컨대 주인공은 자기 스스로가 '도망간 아버지와 새로 태어날 아들 사이를 연결하는 커다란 위(胃) 혹은 변기에 불과한 것' 즉 '자신이 아무 존재도 아니라는 것을, 무(無)라는 것을' 느끼고 있다(149면). 이를 작품의 문맥 속에서 일반화하여 해명하자면, "우리의 존재는 우리를 정확하게 지칭하려는 노력 가운데만 있지, 명확하고 부동하게 존재해 본 적이 한 번도 없기 때문이다. 존재하는 것은 명확하지 않고 부동하지 않"(182면)기 때문이라고 할 수 있다. 따라서 (이 작품을 이해하는 데 있어서는) 우리의 존재를 가리키는 명칭에 현혹되어서는 안 될 것이다. 이 소설의 등장인물들이 고유명사를 갖지 않는 것은 그러한 현혹을 방지하기 위한 수단이라고 하겠다.

이렇게 확실한 것은 아무것도 없는 까닭에 의미나 가치 역시 존재할 수 없게 된다. 일상은 지루하게 반복될 뿐이고 결정적으로 달라지는 것은 하나도 없다. 변화가 없으므로 차이도 없고 따라서 의미도 잡히지 않는다(소쉬르). 이 맥락에서 다시 말하자면, 존재가 아무것도 아니라는 위의 진술은, 존재 자체가 없다는 것을 뜻하지 않고, 존재를 확정할 수 없다는 것, 나아가 존재에 어떠한 의미도 부여할 수 없다는 것을 의미한다.

물론 이 소설은 진행되고 종료된다. 작품 속에 서사가 없는 것도 아니며, 종결이 없지도 않다. 무엇이 작품을 진행시키는가. 작품 내 세계에서 지루하게 반복되면서도 변화해 가는 사건을 지탱해 주는 것은 무엇인가. 바로 성(욕)이다.

사실 성(욕)은, 확실한 것이 부재하는 현실 혹은 무엇도 확실하다고 말할 수 없는 상황 속에서 유일하게 확실한 것일 수 있다. 데카르트에게서 코기토가 그랬듯이 이 작품의 인물들에게는 성(욕)만이 자명한 것이 된다. 원칙적으로 성(욕)은 정돈될 수 있는 것이 아니다. 그것은 고갈되지 않으며 자체로는 아무런 제한도 알지 못한다. 무한히 소생되면서 끊임없이 영역을 넓히고자 하는 것이다. 따라서 '그'는 계속해서 처제를 욕망하며 일상을 보내게 된다. 그의 아내나 남 부장, 미스 오 등이 작품 속에서 살아 움직이는 것도 사실 성(욕)의 매개체로서만이다. 따라서 결코 완전히 충족되지 않는 그들의 욕망이야말로 이 작품을 소설이게 해 주는 최저선이라고 할 수 있다.

사족처럼 덧붙이자면, 물론, 일시적으로 충족되면 없어졌다가 다시 살아나는 성(욕)은 실정적으로 규정될 수 있는 것이 아니다. 부재하는 것을 지향하는 것인 까닭에 욕망은 자체로는 결코 규정될 수 없는 것이다. 애초부터 자기 정체를 갖지 않는 까닭이다. 그렇다면 성(욕) 혹은 성의 자유로운 분출이, 이 작품이 제시하는 새로운 삶의 모습인가? 물론 아니다. 실상 이는 이 작품의 의도를 잘못 해석한 데서 유래된 질문이다.

3_『너희가 재즈를 믿느냐?』라는 소설은 무엇인가. 사회의 물질적 진보를 가능케 했지만, 그와 동시에, 더 많은 욕망을 불어넣음으로써 끝내 행복할 수는 없게 만들어 버린 근대의 기획, (그리고) 그 기획을 떠받

치는 중요한 기둥이라고 할 수 있는 '정체성'에 대한 회의이다. 그 회의를 스스로 체현함으로써 스스로 소설의 경계에 위태롭게 서 버린 작품이다. 소설로서의 자기 정체까지도 부정해야 하는 까닭이리라.

이 작품을 소설이 아니라고 말하고자 할 때, 우리는 '소설이란 무엇인가'라는 해묵은 질문에 답할 수 있어야 한다.

11장

이데올로기 너머의
민족적 동질성

윤흥길의 「장마」

윤흥길의 「장마」(『문학과지성』, 1973.3)는 그의 초기 대표작이자 윤흥길 소설문학의 시금석에 해당하며, 분단소설사에서도 중요한 자리를 차지하는 문제작이다.

「장마」의 문제적인 성격은 몇 가지 점에서 찾을 수 있다. 먼저, 남북 분단과 이데올로기 대립을 균형 잡힌 시선으로 작품화했다는 점을 들 수 있다. 냉전체제에 편승하여 반공을 국시로 내건 군사정권하에서 분단 현실과 직결되는 이데올로기 대립을 한쪽에 치우치지 않고 소설화하는 것은 매우 어려운 일이다. 4·19가 가져다준 자유의 공간 속에서 최인훈의 『광장』(1960)이 나온 이후 이 문제를 작품화하는 일 자체가 끊어지다시피 했던 점을 고려하면, 「장마」의 이러한 면모는 단순히 제재의 선택 차원에 그치는 문제가 아니다.

한국 현대사의 불행을 균형 잡힌 시선에서 작품에 담는 데서 한걸음 더 나아가 「장마」는, 이 문제를 치유할 근본적인 힘을 제시하고 있다.

민족적 전통에 내재되어 있는 샤머니즘적인 정신이 그것이다. 구렁이를 죽은 자의 현신으로 보고 위로하여 내세로 보내는 '외할머니'의 행동과 그에 대해 고마움을 표하는 '할머니'의 반응은, 그들의 각별한 모성과 더불어서, 이데올로기 대립에 따른 동족상잔이라는 상처를 치유할 근원적인 바탕을 보여주는 것이다. 동란의 역사가 갖는 정치경제적, 이데올로기적인 함의를 토속적인 민족공동체의 시야로 조명함으로써 그 현실적인 무게를 존중하지 않았다고 볼 수도 있으나, 분단체제의 극복과 양측의 궁극적인 화해를 가능케 할 민족적인 바탕을 제시했다는 점만큼은 시간이 흐를수록 더 뚜렷해진다고 할 수 있다.

「장마」는 소설적인 성취 면에서도 그 의의를 갖는다. 한국전쟁 중의 이데올로기 대립상을 실감나게 제시하는 한편, 토속적이고 전통적인 노인들을 내세워 민족적인 기반을 드러내며, 소년을 시점화자로 설정함으로써 보여주고 가리는 서술전략을 한껏 뽐내고, 시공간적인 배경설정을 통해 짙은 상징성을 갖추고 있다.

「장마」에서 이데올로기의 대립이 직접적으로 그려지는 것은 아니다. 인물구성상으로 옮겨 말하자면 그것은 '삼촌'-'할머니'와 '외삼촌'-'외할머니'의 관계로 축소되어 있다. 하지만 일차적으로는 '삼촌'의 행태나 그를 대하는 '외삼촌'의 태도에서, 더 나아가서는 '할머니'와 '외할머니'의 갈등 국면을 통해서 이데올로기 대립의 잔혹함과 의미가 제시된다. 분량이 좀 길다 하나 중편소설의 특성에 맞게 일상생활의 차원에서 문제의 본질을 담아내었다고 하겠다.

이 소설에 그려진 두 할머니상은 두 가지 점에서 주목할 만하다. 자식을 끔찍이 생각하되 비극적인 상황 앞에서는 "내사 뭐 암시랑토 않다"며 자기 슬픔을 내세우지 않는 전통적인 강인한 모성상을 보여준다는 것이 첫째다. 여기 더하여, 민족상잔의 비극을 치유할 궁극적인 방략이라 할 토속적인 민족정서의 화신이라는 점을 꼽을 수 있다. 이러한 여인상을 구체적이고 리얼하게 형상화했다는 점은 「장마」의 문학적 성취로 빼놓을 수 없는 항목이다.

소설미학적인 측면에서 이 작품이 갖는 두드러진 특징은 소년을 시점화자로 내세웠다는 데서 찾을 수 있다. 갈등의 설정과 진행이 대화에 의해서 충분히 구현되고 있음을 고려하면, 이 작품이 어린 '동만'의 시선을 빌리고 있음은 역사적 현실의 문제를 친족의 범주로 형상화하는 유효적절한 방식이라 할 수 있다. 이럼으로써, 한편으로는 일상의 감각을 담아 작품의 밀도를 높이고 다른 한편으로는 민족적인 해결 방안을 자연스럽게 제시할 수 있게 되었다. 더불어, 어른의 꾐에 빠져 '삼촌'의 내방을 알림으로써 집안을 흔들어놓았다는 소년의 죄의식과 임종 순간 할머니가 내린 용서의 서사가 마련되어 작품의 주제효과를 풍성하게 한 것 또한, 이러한 시점 설정의 효과라 할 수 있다.

이에 더하여, 끝나지 않는 전쟁과 이데올로기 대립 상황을 줄기차게 내리는 장마로 상징한 점 또한 소설미학적인 측면에서 「장마」가 갖는 특징이라 하겠다. 분량이 다소 길다 해도 다루는 주제를 고려할 때 서사의 호흡이 부족한 것이 사실인데, 「장마」는 그 짙은 상징성으로 이를 해결하면서 민족사의 문제를 풍요롭게 제시할 수 있었다.

12장

인간의 존엄과
현실의 갈등

윤흥길의 「아홉 켤레의 구두로 남은 사내」

1977년 6월 『창작과비평』에 발표된 「아홉 켤레의 구두로 남은 사내」
는 「장마」(1973)와 더불어 윤흥길 소설문학의 대표작이다.

먼저 이 소설은, 뒤에 이어지는 「직선과 곡선」(1977.10), 「창백한 중년」
(1977.10), 「날개 또는 수갑」(1977.9)과 연작을 이루고 있다는 점에서 주목
할 만하다. 조세희의 『난장이가 쏘아올린 작은 공』(1978)과 더불어서
'1970년대 연작 장편'의 주요한 예에 해당되기 때문이다.

1970년대 연작 장편 형식은 두 가지 의미를 지닌다. 한편으로는, 사
회의 중요한 문제를 작품화하되 아직 완미한 장편형식으로 형상화하
기에는 미진한 소설사적인 상황을 돌파하고자 하는 노력의 일환이라
할 수 있다. 다른 한편으로는, 보다 다층적이고 다면적인 방식으로 사
회 문제를 소설화하고자 하는 의도의 결과이기도 하다.

「아홉 켤레의 구두로 남은 사내」 연작은 둘째 경우에 해당한다. 이
소설이 성남시 개발에 따른 문제를 배경으로 하고, 「직선과 곡선」이 상

황에 밀려 룸펜 상태에 빠진 지식인의 절망과 자본가의 음험한 책략을 다루며, 「창백한 중년」이 노동현장의 교묘한 통제 방식을 포착하고, 「날개 또는 수갑」이 사무직에까지 미치는 집단주의적인 노동 통제를 그리는 한편 새로 부상하는 노동운동의 단초를 끌어넣은 것은 이렇게, 1970년대 후반 한국사회의 현실을 여러 층위에서 작품화하고자 한 작가 의도의 결과라 할 수 있다.

위성도시 개발에 따른 문제를 배경으로 하는 사회비판소설의 면모를 띠고 있지만 「아홉 켤레의 구두로 남은 사내」가 이 문제를 조명하는 방식은 독특하다. 사회적 사건을 직접 형상화하는 대신에 여기서는, 그로 인해 상처받은 인물의 현재 상태를 중산층 인물의 시선을 통해 보여주는 간접화 방식을 취하고 있다. 이로써 집주인인 중산층 오 선생 내외와 하층민이 된 세입자 '권기용' 씨 사이의 대비가 두드러지게 되고, 그 결과, 급속한 근대화를 겪는 시대의 문제가 중층적으로 형상화된다.

이 소설이 일차적으로 주목하는 것은, 날품을 팔아 생계를 도모하면서도 반짝반짝 광이 나는 아홉 켤레의 구두를 애지중지하는 '권기용' 씨의 내면 상태이다. 다소 희극적이기도 한 그의 행태는 학교 선생인 시점화자의 주의 깊은 시선을 통해 분석된다. '안동 권 씨 출신에 대학을 나왔다'는 것으로 요약되는 권 씨 내면의 자존심이 그 결과이다. 현실로부터 배제된 그가 자신의 자존심을 지키는 최후의 방식이 바로 여러 켤레의 구두를 멋지게 관리하는 것이었다.

이러한 자존심은 작품 전체를 뒷받침하는 기본적인 가치이기도 하다. 권 씨가 데모대의 주동자가 된 것 또한 이와 관련되어 있다. 시위 현장에 우연히 휩쓸려 뒤집힌 삼륜차에서 참외가 쏟아져 나온다. 그러자 흙탕물에 빠진 참외까지 서로 다퉈가며 주워 먹느라 데모가 중단된다.

시위를 피해 출근하려다 잡혀 그 장면을 보게 된 권 씨는, 그 순간 정신을 잃고 데모의 주동자가 된다. 이러한 설정은, 인간의 존엄성이 설자리를 잃은 사회 상황이 권 씨를 격분케 했다는 점을 의미한다. 어설픈 강도 행각 후, 집을 나가 자살을 결행하고(「직선과 곡선」) 다시 살아나서는 완전히 다른 인물로 변모하는 권 씨의 행동(「날개 또는 수갑」)에 일관되게 남아 있는 것 또한 바로 인간적인 자존심이자 존엄함에 대한 믿음이다.

「아홉 켤레의 구두로 남은 사내」 이하 연작소설들에 나타난 사회 고발은 이렇게 인간적인 가치, 휴머니즘에 닿아 있다. 이를 두고 정치 경제적인 측면에 주목하지 못했다는 한계를 지적할 수도 있겠지만, 사회 문제를 바라보는 시선의 깊고 넓음으로 생각하는 것이 생산적이다.

이 외에 이 소설은, 악착같은 생명력을 보이는 서민들의 삶을 형상화하고, 이런저런 에피소드들에서 유머를 자아내는 서술자의 넉넉한 시선으로 읽는 재미까지 갖추고 있다.

13장

1970년대 한국사회를 보는 네 개의 시선

김원일의 「도요새에 관한 명상」

김원일의 「도요새에 관한 명상」(홍성사, 1979)은 환경오염을 중심으로 하여 1970년대 한국사회의 여러 문제들을 조명하고 있는 중편소설이다.

실향민인 아버지 세대를 등장시켜 분단문제를 끌어들이는 한편, 부동산 투기로 살림을 꾸리는 어머니를 통해 산업화 과정의 생활상을 조명하고, 학생 시위로 대학에서 제적당한 후 고향에 내려와 환경문제에 몰두하는 큰아들 '병국'의 행적을 그리면서 산업화의 문제점을 폭로하며, 재수생이면서 새를 남획하는 동생 '병식'과 친구의 모습을 통해 청년세대 일반의 행태와 의식 상황을 조명한다. 이 외에 공장 노동자들의 상황이나 군부대의 상태 등이 주변사람들의 이야기 등을 통해 작품 내용에 첨가된다.

이렇게 주제가 복합적인데다가 중편 분량이어서 일반적인 구성 방식이라면 작품의 주제효과가 제대로 부각되기 어렵다. 이러한 위험을 넘어서기 위해 이 소설은, 주요 등장인물들 중 한 명씩을 번갈아가며 시점화자로 등장시키는 방식을 취하고 있다. 이러한 형식적 특징은 비슷한 시기에 나온 윤홍길의 『아홉 켤레의 구두로 남은 사내』(1977)나 조세희의 『난장이가 쏘아올린 작은 공』(1978)이 연작형식을 취한 것과 마찬가지로, 사회의 전체상을 단일한 서사로 작품화하기 곤란한 문학사적인 한계의 결과라 할 수 있다. 「도요새에 관한 명상」의 경우, 여러 사회 문제들 각각을 주인공 '병국'의 가족 각각이 접하게 하고 그를 시점화자로 내세움으로써 충실히 묘파할 수 있게 되었다.

이로써 이 작품은, 중편소설이되 장편소설의 호흡을 갖추게 된다. 1970년대 중산층 가정의 삶의 양상과 개발독재 시대의 사회상을 다면적으로 포괄하게 된 것이다.

「도요새에 관한 명상」의 의미는 크게 세 가지로 정리할 수 있다.

첫째는 작품 자체의 문학적 성취가 돋보인다는 점이다. 시점화자를 달리하여 기술하면서도 문체의 생생함이 살아있다는 점을 가장 먼저 강조할 만하다. 네 명의 시점화자가 구사하는 언어가 현실적으로 생생히 그려짐으로써, 구성방식과 주제의 다면성이 자연스럽게 받아들여지게 되었다. 도요새의 비상을 목도하는 종결 처리 또한 주목할 만하다. 도요새를 좇으면서 동진강 하구가 아닌 '새로운 도래지'를 생각하는 '병국'의 바람은, 다소 시적이긴 해도, 현실의 문제성을 제시하는 상징으로서 작품의 의미를 효과적으로 부각시켜 준다.

이 소설의 두 번째 의미는 김원일 소설문학의 전개 과정에서 찾아진다. 잘 알려진 대로, 김원일의 문학 세계는 분단문제를 다루는 작품들을 주요 뼈대로 하고 있다. 그 옆에 인간성에 대한 깊은 신뢰에 뿌리를 두고 사회의 제반 문제를 성찰하는 소설세계가 더해지는데, 「도요새에 관한 명상」은 두 번째 계열의 주요 작품 중 처음에 해당한다고 할 수 있다. 첫 소설집 『어둠의 혼』에서 잘 확인되다시피 사회 문제에 대해 폭넓은 관심을 표명해 온 작가의 특징을 이어받으면서도, 새로운 변화의 가능성을 보인 이정표적인 작품인 셈이다.

끝으로 한국 현대소설사에서 이 소설이 차지하는 위상이 적지 않다는 사실이다. 이와 관련하여 급속한 산업화에 따른 환경 파괴를 작품화했다는 주제 측면의 새로움을 먼저 꼽을 수 있다. 보다 중요하게는 분단체제하의 개발독재 시대를 살면서 황폐해져 가는 사람살이의 모습을 넓고 깊은 시야를 통해 충실히 조명해냈다는 사실을 들 수 있다. 그 결과로, 이념을 앞세우지 않으면서도 역사의 무게와 사회 상황의 문제를 조명할 수 있는 새롭고도 효과적인 방식을 한국문학이 갖추게 되는데 있어, 「도요새에 관한 명상」의 기여가 적지 않게 되었다. 1979년 제10회 한국창작문학상이 이 소설에 수여된 것 또한 이상의 의미들에 닿아 있다.

14장

역사의 상처를 보는 아이의 시선

김원일의 「어둠의 혼」

「어둠의 혼」(국민서관, 1973)은 1950년 한국전쟁이 터지기 직전의 경상남도 진영을 배경으로 하고 있다. 공간적인 배경뿐 아니라 인물구성과 사건 설정에서도 작가의 자전적인 이력과 깊이 관련된 소설이다. 한편 이 작품으로 문단의 주목을 받아 창작 활동이 본격화되었다는 점에서, 김원일 소설문학의 출발점에 해당하는 소설이라고도 할 수 있다.

작품에 담긴 사건의 개요는 간단하다. 빨치산 활동을 하며 도망 다니는 아버지로 인해 항상 굶주림에 시달리는 '갑해'가, 아버지의 검거 소식이 퍼진 다음날, 양식을 구하러 나간 듯한 어머니를 찾으러 이모집에 갔다가 이모부 손에 이끌려 제 눈으로 아버지의 시신을 확인하게 된다는 내용이다.

이렇듯 한국 현대사의 비극에 닿아 있지만, 정작 「어둠의 혼」의 가장 큰 특징은 시점화자가 아이로 설정되었다는 형식적인 데 있다. 이 소설의 내용은 아이가 보고 듣는 것에 철저하게 한정되어 있으며, 그 결과 작품 세계가 아이의 인식 능력 안에 갇히게 되었다.

아버지의 죽음이라는 모티프로 작품에 끌어들여진 역사적인 사건은 "쌀 한 톨 생기지 않는 일에 목숨을 걸고 산길을 타고 다닌 아버지의 요술"로 굴절되어 있다. 이모에게서 술국을 얻어먹은 뒤 "아, 오늘은 살았구나 하고 속으로 안도의 한숨을 쉰다"는 데서 극명하게 드러나듯이, 주인공 '갑해'에게는 역사적인 사건보다 배고픔과 가난이 더 절실하다. 일본유학을 한 아버지와 한글도 제대로 읽지 못하는 어머니가 어떻게 결혼을 하게 되었는지 알 수 없는 것처럼, 빨갱이가 잡히는 대로 처형당하는 이유 또한 그는 알 수 없다.

이런 상태에서 「어둠의 혼」은 어린 '갑해'의 심리 곧, 천치인 '분임' 누나와 그녀를 돌보는 기특한 여동생 '분선'에 대한 복합적인 심정, 어머니에 대한 두려움, 아버지에 대한 회상과 그의 주검을 본 뒤의 충격과 슬픔, 결심 등에 충분한 자리를 마련해 준다. 아버지의 주검을 확인하고 그 충격에 달음박질을 하는 순간의 묘사가 현재형으로 되어 한층 도드라지는 것 또한 작품의 의도가 역사의 복원이라는 단선적인 목적에 한정되어 있지 않음을 알려 준다.

요약하여, 「어둠의 혼」이 어린아이의 시점을 취한 것은, 아이의 시선으로 간접화하여 사태를 굴절시키는 방식이 아니라, 아이의 시선에 들어옴직한 만큼만 작품 세계를 꾸리고 그 양상을 섬세하게 형상화하고자 한 결과라고 할 것이다. 이 점에서, 기법상 비슷한 전영택의 「사랑손님과 어머니」나 내용상으로도 유사한 윤흥길의 「장마」 등과 「어둠의 혼」의 차이가 생겨난다.

따라서 「어둠의 혼」은 빨치산 문제를 다루되 빨치산 소설에 머물지 않으며, 김원일이 보인 분단소설의 계보에서 객관적 리얼리즘의 경지에 미달하는 초기작으로만 규정될 수도 없다. 작품이 발표된 시대의 상황 때문에 직접적인 주제 표현을 의도적으로 삼간 경우라 하기도 곤란하다. 정리하자면, 좌우익의 대립투쟁이라는 역사의 상처를 드러냄과 더불어 그로 인해 상처받은 사람들의 상황과 내면을 그리는 것으로, 작품의 의미 구조가 이원화되어 있다고 보는 것이 온당할 것이다.

결론적으로, 어린아이 시점을 선택한 「어둠의 혼」은, 분단문제를 다루는 김원일의 소설들이 보여 준 리얼리즘 문학 구현상의 발전적인 면모의 첫머리에 오는 것이면서, 「마음의 감옥」이나 『슬픈 시간의 기억』, 『물방울 하나 떨어지면』 등에서 잘 드러나는바 인간에 대한 섬세한 관찰의 단초에 해당하기도 하는 중요한 소설이라고 할 수 있다.

15장

'광장'과 '밀실'의
허구에 대하여

최인훈의 『광장』

1_26세의 청년 최인훈의 말투대로 이 시대의 '풍문'을 먼저 떠올리자. 거리거리마다 온갖 매스컴마다 선진국에 대한 풍문이 있다. 매스컴은 신자유주의의 수용으로 인한 시장의 확대, 파이의 증대를 노래한 지 오래다. 학문의 이름표를 달고, 주체(성)가 사라졌다는 풍문 역시 은밀히 퍼져 있다. 이러한 풍문들 속에서 많은 사람들의 목청이 좀 더 자랑스럽게 울려 퍼졌고, 또 많은 사람들이 자신의 신(神)을 바꾸었다. 6공화국이 목숨 걸고 퍼뜨린 '선진국적 풍요'의 풍문 이래, 자본의 노래와 그에서 파생되는 다양한 풍문들이 갈래갈래 활개치고 있다.

TV를 덮는 현상의 휘황함과 포스트모더니즘의 지적 세련을 통해, 어느덧 이 시대의 문제는 항목을 바꿔 고른 지 오래가 되었다. 계급갈등은 더 이상 옛날의 힘을 발휘하지 않는 것으로 간주되고, 노동자의 절반 가까이가 비정규직으로 기본적인 생활의 안정을 위협받고 있는 사실은 공론장에서 거론조차 되지 않는다. 자발적인 자기 착취가 만연해진 성과 사회에서(한병철, 김태환 역, 『피로사회』, 문학과지성사, 2012) 모두들 자신과 가족의 안위 너머를 볼 수 없게 된 까닭이다. 항상 진리는 전체로서의 현실이 말해주지만, 이에 대한 독법은 어려운 일이다. 해서 몇 가지 방법적 틀, 세계를 바라보는 '안경'이 만들어진다. 각 방면에서 주어지는 안경들을 제치고 이 시대를 직면할 우리의 안경을 찾는 길의 하나로, 잠시 두 세대 전으로 시선을 돌려 본다.

2_1950년대 한국 사회를 두고, 청년 최인훈이 고안한, 그 유명한 안경이 바로 '광장'과 '밀실'이다. 이 둘이 서로의 기율을 지키면서 동시에 연결되어 있는 상태가, 작가의 바람이자 그의 벗 '이명준'으로 대표되는 그 세대의 꿈이었다.

'광장'과 '밀실'이라는 두 알을 가진 안경. 최소한 그것은, 우리 시대의 외알 안경보단 훌륭하다. '선진국'과 '신자유주의'라는 거짓 풍문이 빚어내는 관제 '광장'과 '불연속적 존재'(바따이유)로서의 인간을 말하는 세련된 '밀실'에 비추어 볼 때, 최인훈의 두 알 안경은 풋풋하기조차 한 까닭이다. 이러한 안경을 끼고, '젊고 가난한 철부지 책벌레'(문학과지성사 전집판, 1976, 56면)인 철학과 3학년 학생, '이명준'의 현실 읽기가 이루어진다. 이것은 그대로, 1950년대 상황에 대한 작가 최인훈의 독법이다. 이 점을 놓치지 말자.

청년으로서 '이명준'은 '갈빗대가 버그러지도록 뿌듯한 보람을 품고 살고 싶'(49면)어 하지만, 남한의 모든 '광장'에선 그럴 수가 없었다. '탐욕과 배신과 살인'이 판치는 정치의 광장도, '사기의 안개 속에 협박의 꽃불이 터지고 허영의 애드벌룬이 떠도'는 경제의 '광장'도, '헛소리의 꽃이 만발'한 문화의 광장도 모두, 그에게는 '죽은 광장'인 까닭이다. 딸

에겐 '좋은 아버지'가 '인민의 나쁜 심부름꾼'인 사회, '필요한 약탈과 사기만 끝나면 광장은 텅 비'고 '밀실'만 푸짐한 곳이, 그가 바라보는 남한이었다(50~51면). 그 속에서 그 역시, '밀실 가꾸기'에 힘쓰고 있다. '충분히 준비가 끝나면' 밀실을 나와서 '치고 받겠다는 거'지만, 이 자체 '부도나는 것이 진실'(52면)임을 그는 안다.

이러한 예감은 민주주의민족통일전선 중앙 선전 책임자인 아버지의 대남 방송을 매개로 해서 현실로 드러난다. S서 형사실에서의 고문 아래, 그의 '밀실'은 너무도 간단하게 허물어지는 것이다. 밀실의 폐허에서 그는 무서움에 떨며 '그저 때를 보내는 게 좋다'(69면)는 지경에까지 추락한다. 지식인의 사변이 궁지에 몰렸을 때, 스스로를 포기하면서 마지막 삶을 태우는 곳, 허무에 이르른 것이다. '양심의 마지막 숨을 곳'이었던 철학의 탑이 무너져버린 그 자리에서, 그는 '윤애'의 흰 가슴과 둘의 살 섞음을 통해 '둘만의 광장'을 바래본다. 그러나 그에게 있어 '윤애'는 '제 이름을 모르는 짐승'(99면)일 뿐이었다. 결국 그는 혼자였고, 그의 '밀실'도 더는 존재하지 않았다.

"명준이 북녘에서 만난 것은 잿빛 공화국이었다."(100면) 그곳엔 '바스티유를 부수던 날의 프랑스 인민처럼 셔츠를 찢어서 공화국 만세를 부르는 인민'도, '그때 프랑스 인민들의 가슴에서 끓던 피, 그 붉은 심장'도 없었다(103면). 북조선에서 그는 '혁명이 아니고 혁명의 흉내'(101면) 곧 '공문 혁명'(123면)을 본다. 일류 코뮤니스트인 아버지까지도 '평범이란 이름의 진구렁' 속에서 '혁명을 판다는 죄, 이상과 현실을 바꾸면서 짐짓 살아가는 죄'를 범(102면)하는 '혁명쟁이'(123면)로 되어버린 것이다. 인민은 사라진 '텅 빈 광장'에서, '진리에 대한 해석의 권리를 혼자 차지하려는 사람들만 설치는 고장'(123면)이 그의 눈에 비친 북녘의 모습이었다.

'마르크시즘의 밀림' 속에서 지적 절망에 빠진 이명준이 할 수 있는 것은, '목숨에 대한 사랑'과 오랜 시간이 있어야 할 '밀림 속에서의 길 찾기'로 좁혀진다(124면). 모든 광장이 빈터로 돌아간 땅에서, 우연히 만난 여인 '은혜', 그녀의 육체만이 그의 확실한 진리이다. '마음의 방'이 무너진 지 오래인 그에게, 이제 남은 것이라고는 '그의 둥글게 안으로 굽힌 두 팔 넓이의 광장'(115면)과 그 안에 안기는 한 여인일 뿐이었다. 여기에 이르러서 그의 안경은 부정할 수 없을 정도로 알 하나짜리가 되어버린다. 그리고 "사람의 사귐이 몸의 그것조차도 얼마나 믿지 못할 길인가를 말해 주었"(140면)을 때, 그는 모든 안경을 잃어버린다. '무엇인가 잡아야지'(132면)라는 맹목만이 남을 뿐이다. 그 맹목이 한국전쟁 중 그의 모습을 고문의 기술자로까지 전락시키는 것이다(140면).

이렇게 최인훈은 '삶에 진 이명준'(138면)을 보여준다. 짧은 글에서, 다소 장황하게 '이명준'의 편력을 추적한 것은, 앞서 말했듯이 1950년대 상황에 대한 최인훈의 독법을 살펴보고자 한 까닭이다. 그의 독법을 재고하면서 우리는, 전형적 지식인의 문제에 접근할 것이다.

3_'이명준'의 삶은 '광장'과 '밀실'이라는 두 알 안경을 통해 움직여진다. 실상 이는 작가의 두 알 안경에 의해 '이명준'이라는 인물이 탄생되었음을 의미하는 것이다. 따라서 '광장'과 '밀실'이라는 두 알을 가진 안경을 검토하는 것은, 작가를 중심으로 한 우리 앞 세대의 현실관을 살피는 작업으로 곧장 이어진다. 여기에, 후세대는 전 세대를 딛고 출발한다는 점을 덧붙여 염두에 둔다면, 이는 곧, '대학 3학년 달걀 철학자 이명준' 또래의, 동시대인에 대한 탐구이기도 할 것이다.

최인훈이 보여주는 '광장'과 '밀실'이라는 이분법적 사고는, 기본적으로, 양자를 살아 움직이게 하고 그 둘을 잇는 통로 즉 실천을 누락시키는 위험을 안고 있다. '광장'과 '밀실'이 대립적으로 놓임으로써, '실정적인 사회'와 '실존적인 개인'으로 인간사회가 분리되는 것이다. 이는 '이명준'의 행적을 통해 뚜렷이 드러난다. 그에게 있어 (그리고 최인훈에게 있어서) 사회는, 남북을 막론하고 모두, '밀실'과 '광장' 어느 한쪽으로 인간을 몰아서 끝내는 죽게 하는 곳으로 비친다. 곧 '가장 아름다운 심장의 소유자들'(104면)로 하여금, 남쪽이 '철학이니 예술이니 하는 19세기 구라파의 찬란한 옛날 얘기책을 뒤적이면서 자기 자신을 속이'게 한다면, 북쪽은 '생각하고 판단하고 느끼고 한숨지을' 필요도 없이 '복창만 하라'는 것으로 파악되는 것이다(104~105면).

이러한 파악의 사실적 진위를 따지는 것은 이 자리의 몫이 아니다. 여기서 중요한 것은 그러한 파악 태도, 앞의 용례대로 하자면, 최인훈이 사용한 안경의 구조이다. 그것은 '광장'과 '밀실', 혹은 '이데올로기'와 '사랑'(1973년판 서문 「이명준의 진혼을 위하여」)이라는 두 개의 알로 이루어져 있다. 그 결과, 그 두 가지가 뒤섞여버리는 현장을 한눈에 볼 수는 없게 된다. '밀실'이 사회와는 동떨어진 개인의 내밀한 것으로 한정되어 있는 까닭에, '광장'은 개인·개성을 말살하는 것으로 대타화된다. '사물 그 자체'를 '우리를 위한 사물'로 만드는 실천이 '광장'과 '밀실' 어느 하나에만 속한 인간을 용납할 수 없음을 뒤집어 생각해 보면, 그러한 이분법이 갖는 현실적 의미가 분명해진다.

최인훈과 '이명준'의 두 알 안경이 갖는 한계는 예기치 못한 데서 간접적으로 확인된다. 부잣집 바람둥이였던 '태식'이 한국전쟁 속에서 보여주는 모습이 그것이다. '태식'의 행위는 실천적 성격을 뚜렷이 띠는데, 이것이 '이명준'에 의해서도 작가에 의해서도 해석되지 못한 채 넘어가는 것이다. 전쟁이 낙오되지 않기 위해 허겁지겁 뛰어들어야 하는 '역사'(이것을 작가는 서문에서 '풍문'으로 치부한다)로만 간주되어 버린 까닭에, 적치하에서 공산군 시설을 정탐하다 붙들린 '태식'의 다음과 같은 말 즉 "값이 있어서만 사람이 행동하는 것은 아닐세, 값을 만들어내기 위해서도 행동할 수 있어"(131면)의 의미는, '이명준'에게 (그리고 작가에게도) 결코 이해되지 않고 남는다. 실천은, '광장'과 '밀실'이라는 이분법으로는 파악될 수 없는 까닭이다.

4_실천은 결코 선택의 문제가 아니다. 현실의 흐름에 대해서 끊임없이 선택적 상황을 창출하는 것은, 말 그대로 관념적 지식인의 동요일 뿐이다. 그에게는 현실적 토대가 고려되고 있지 않다. 자신의 관념상에 왜곡된 현실의 한 부면만이 있을 뿐이다. 현실의 전체상을 조망하려는 노력을 견지하지 못할 때, 현실과는 동떨어진 자리에서 자신의 안경만을 가지고 고민할 때, 선택의 문제는 끊임없이 제기된다.

현실과 직접적 관련이 없는 부분은 이 사회 어디에도 없다. 사랑도 그 방식에 있어서 예외일 수 없다. 이 당연한 명제를 포용할 수 없는 곳에, '광장'과 '밀실'이라는 식의 관념적 이분법이 갖는 위험이 있다. 그것은 주체이기를 포기한 창백한 지식인의 위험이기도 하다. 이런 점에서, 『광장』에 대한 작가의 최종적인 개고의 결과가 '사랑'으로 추상화된 데는 아쉬움이 없을 수 없다. 신자유주의와 하이테크놀로지가 현실을 추상화시키는 와중에도, 그러한 추상을 움직이는 힘으로서 전 지구적 자본주의의 현실은 언제나 우리에게 작용하는 까닭이다.

16장

국가주의와
순수예술의 결합
정한숙의 「금당벽화」

1955년 7월 『사상계』에 발표된 「금당벽화」는 일찍이 고교 교과서에 실릴 만큼 문학사에서 제자리를 확고히 차지한 작품이다. 정전의 반열에 속한 것인데, 참고서류에서는, 속세의 번뇌 너머에서 완성되는 참된 예술의 경지를 그린 작품이라고 말해진다.

작품의 뼈대는 역사적인 사실에서 취해졌다. 고구려와 수의 관계가 흉흉하던 시절, 백제와 신라를 다니던 고구려 승 '담징'은, 새로 지어지는 법륭사에 벽화를 그려달라는 왜의 부탁을 받고 서기 610년 일본으로 건너가서, 동양 3대 미술품의 하나로 꼽히게 되는 〈금당벽화〉를 그렸다. 그는, 일본에 종이와 먹을 전하고 공예 기술을 전수한 공로로도 널리 알려져 있다.

「금당벽화」는 이러한 역사적 사실에 기초하고 있다. 소설적인 창조성이 집중되는 것은 주인공 '담징'의 내면이다. 7, 8개월째 무위도식하다시피 하면서도 그는 그림에 착수하지 못한다. 법륭사의 승들이 자신을 두고

쑥덕거리는 것도 알지만 붓을 들 수가 없다. 수나라의 백만대군이 고구려를 침범했다는 소식을 들은 후, 위기에 처한 고국의 운명과 전란에 고통받을 동포의 참상이 떠올라서, 가라앉히려 해도 가라앉지 않는 의분과 살의에 떠는 까닭이다. 이렇게 보면, 「금당벽화」에 그려진 '담징'은 스님이자 화가이긴 하지만 그 이전에 애국청년이라고 할 수 있다. "불전에 서면 승이요, 화필을 잡으면 속으로 돌아가 화공이지만, 조국이 위기에 처할 때엔 조국의 방패이어야 할 몸"이라는 간명한 정리에서도 이 점이 확인된다. 조국이 위기에 처하는 비상시국이 되면, 승이요 화가라는 평소의 신분을 뒤로 하고 '조국의 방패'라는 역할이 전면에 나서는 것이다.

조국이 위기에 처하는 상황이 발생하면 종교도 예술도 힘을 잃는다는 사실, 이러한 설정이야말로 「금당벽화」의 소설화·허구화가 갖는 특징이다. 사정이 이러하기 때문에 그는 '을지문덕'이 수를 물리쳤다는 소식을 듣기 전에는 붓을 쥘 수조차 없으며, 승전 소식 후에야 비로소 관음을 그려내는 것이다.

주제와 기법, 소재 면에서 끊임없이 변화를 꾀하고 다양성을 추구해 온 작가의 이력에 비춰볼 때, '담징'의 이야기를 작품화한 것은 정한숙다운 발상이라고 하겠다. 하지만 위에 밝힌 것처럼 '담징'의 내면을 구성한 것은 다소 특이한 경우라고 할 만하다. 역사와 상황에 구애받지 않는 종교의 구도자와 그것들을 넘어서는 데 목적을 두는 예술작품을 소설화하면서, 애국심을 축으로 하여 그 주인공의 내면을 형상화하는 데에는 무언가 석연치 않은 점이 있다.

이 작품의 주제 또한 주인공 '담징'의 이러한 형상화와 맞물려 있다. 위험을 무릅쓰고 단순화하자면, 불심의 표상인 탱화 또한 조국애 위에 서야 제대로 그려진다는 것이 이 소설의 전언이다. 호국불교의 전통을 고려할 수도 있겠지만, 예술과 종교를 국가의 연장선상에서 사고하는 이러한 메시지는 사실 도저한 국가주의에 기반을 둔 것이라고 하지 않을 수 없다. 한국전쟁 종전 직후라는 시대적인 상황을 염두에 두더라도, 「금당벽화」의 이러한 특징은 주목할 만하다.

이상에서 밝힌 국가주의적인 발상과 더불어서 이 소설은, 낭만주의적인 예술관을 드러내는 것으로도 문제적이다. 승전 소식을 들은 '담징'은 목욕재계 후 단 하루 만에 일필휘지로 벽화를 완성한다. 아침 햇빛이 훤해진 뒤에 시작하여 벽면에 저녁노을이 물들기 시작할 무렵 그림을 끝내는 것이다. 속세의 여인을 떠올리던 그림이 '미간의 일점'으로 해서 열반의 표상인 관음으로 드러난다는 화룡점정 식 발상 또한 그러하고, 합장 배례하는 승들과 더불어 제 스스로도 그에 취하게 된다는 설정 역시 낭만주의적인 예술관의 대표적인 예에 해당한다. 이 부분의 기술에 있어서 시적인 표현을 거침없이 사용하는 것 또한, 국가주의의 기초 위에 서 있는 기묘한 순수문학적인 정신을 강화해 주고 있다.

「금당벽화」는 종교와 예술, 국가 공동체라는 폭넓고 심도 있는 주제 항목을 끌고 오되, 국가주의를 앞세우고 그에 따른 결과로 예술을 낭만주의적인 것으로 신비화하는 특징을 보인 소설이다. 역사적 인물인 '담징'에게 있었을 법한 고뇌를 끌고 오되, 별다른 고민 없이 국가를 중심으로 셋을 위계화한 결과가 바로 이 소설이라 하겠다.

17장

사라져가는
예술의 예술성
정한숙의 「전황당인보기」

1955년 한국일보 신춘문예 당선작인 「전황당인보기(田黃堂印譜記)」는, 현대사회에서 그 가치를 인정받지 못하고 사라져가는 전통문화를 소재로 하고 있다.

작품의 줄거리는 간단하다. 오십 평생의 절반을 돌과 지내온 주인공 '강명진'이, 한때나마 자신과 취향을 같이 했던 친구가 관직에 나아가자 축하해 주고자 한다. 해서, 귀한 전황석으로 인장을 만들어 선사한다. 하지만 그 가치를 알아보지 못한 친구는 결국 그 도장을 밖으로 내돌린다. 그것을 받아든 길거리 도장방 주인은 '강명진'의 작품이라는 것을 알아보고 그에게 가져온다. 이에 '강명진'은 '버릴 수 없는 친구에게 버림을 받은 듯싶어' 낙담하고 끝내 칼을 버리기로 결심한다. 천을 헤아리는 인장들을 찍어 인보를 만들고 전황석 한 방으로 마감하는 순간, 섭섭함이나 허전함이 사라지게 된다.

인물 구성 또한 단순하다. 위에 보였듯이, 이제는 아무도 그 예술성을 인정해 주지 않는 '도장 새기는 일'로 세월을 보낸 수하인 '강명진'과 그와는 대조적으로 공직에 나아가 시류를 타는 석운 '이경수'가 대비된다. 생활의 어려움을 감지하지만 수하인의 멋진 격을 더불어 나누는 '산홍'과, 남편의 벼슬살이 동안 한몫 착실히 챙길 요량인 '이경수'의 처가 두 인물의 차이를 대조적으로 부각시킨다. 여기에 '이경수'를 돕는 '오준'과 '강명진'의 제자 격인 도장포 주인 또한 앞뒤에 해당되어, 몇 안 되는 인물이 두 계열로 나뉘는 구성을 보인다.

인물들이 두 계열로 나뉘긴 하지만, 그들 사이에 대립이 있는 것도 아니고 서로가 상대의 존재를 비판하는 것도 아니다. '이경수' 등에게 있어서 '강명진'은 '당금에 어울리지 않는 과거의 인물'일 뿐이다. '강명진'의 경우도 친구에 대한 서운함에 자신의 일을 접을 뿐 다른 행동이나 심정이 없다. 이러한 점들은 이 작품의 지향이 갈등이 아니라 어긋남을 보이는 데 있음을 알려 준다. 전통문화의 예술성과, 세속적인 욕망만 커져가는 사회 세태의 어긋남 속에 놓인 장인(匠人)의 모습, 이것이 「전황당인보기」가 작품으로 그려 기리는 것이다.

이렇게 예술적 안목이 무시되는 인정세태를 담고는 있어도 그러한 경향을 비판적으로 조명하는 것은 아니기에, 작품의 배경 또한 현실적인 의미를 지니지 않는다. 한국전쟁을 전후한 시간적 배경 속에서 인물들의 만남과 헤어짐을 그리고, 서울을 공간적 배경으로 하여 전통적인 가치도 서구적인 합리성도 부재한 현실을 담고는 있지만, 여기에 초점이 맞춰지는 것은 아니다. 이 소설의 주제효과는 반대로 향한다. 가치판단을 삼간 채, 현대사회에서 제자리를 잃어가는 전통문화의 운명을 그림으로써, 시공간의 한계를 넘어 예술의 길을 다시 생각하게 해 주는 것이다.

이러한 주제를 구현하는 데 있어 큰 역할을 하는 것이 이 소설의 문체이다. 「전황당인보기」는 역사적인 상황이나 인물들의 삶의 굴곡에 대해서는 간략히 넘어가는 반면 주인공의 심리나 감정은 세세한 결까지 차분히 묘사하고 있다. 이렇게 서술 대상에 있어 제한을 가하는 외에, 시류에 맞지 않는 고풍스런 어휘를 구사하여 작품의 분위기를 고조시킨다. 고아(古雅)한 문체를 통해 주제의식을 한결 강화하는 것이다. 그 결과 1950년대라는 현실에 갇히지 않으면서 「전황당인보기」는 문체와 분위기 면에서 제 몫을 갖춘다. 사라져가는 예술을 노래하면서 스스로의 예술성을 성취하게 된 것이다.

18장

도식적인 계급의식과 시선의 이분법

이기영의 「민촌」

이기영의 「민촌」(『민촌』, 문예운동사, 1927)은 카프계열의 초기 대표작 중 하나이자 농민문학의 선구에 해당되는 소설이다. 카프(KAPF)란, 1925년에 결성되어 1935년까지 활동한 좌파 문학인들의 운동 단체이다. 이들에게 있어서 문학이란, 사회주의 사상에 근거하여 당시 사회의 본질과 모순을 밝히는 한편, 그 연장선상에서 변혁운동에 복무하는 것이었다. 따라서 「민촌」이 귀속되는 농민문학은, 단순히 소재나 배경을 농촌에 두는 농촌소설과는 달리, 농민들의 생활과 의식을 계급대립적인 측면에서 형상화하는 작품들로 한정된다.

「민촌」은 카프 문학운동의 이러한 지향을 담은 초기 농민문학 작품에 해당된다. 향교말의 가난한 농민들과 '박 주사 아들'을 중심으로 한 부자들을 대비시키는 인물 구성부터가 그러하다. 지주와 소작농, 부자와 빈민의 이분법에 근거하여 인물들이 나뉘는 것인데, 이러한 대립이 경제적인 데 그치지 않고 윤리적인 측면까지 확장되는 것이 특징적이다.

돈만 있으면 양반이라는 세태 속에서, '박 주사 아들'의 부정적인 면모가 다방면으로 파헤쳐진다. 아버지뻘 되는 사람들에게도 반말을 해대는 몰상식한 점이나 계속 첩을 갈아들이는 탐욕 등에 대한 농민들의 불만이 대화와 행동을 통해 생생하게 드러나고 있다. 더 나아가 서술자의 직접적인 언급을 통해서, 그와 지주 계급의 비윤리적, 비인간적인 속성이 명시적으로 규정되기도 한다.

이와는 달리 향교말 소작농들의 모습은 애정 어린 시선으로 조명된다. '점동', '점순' 오누이와 '순영', 서울댁의 만남은 심성이 맑은 청춘남녀의 풋풋한 모습으로 그려져 있다. '점순' 모친의 인고의 모습과 부친 '김 첨지'의 강직함 또한 긍정적인 형상화의 결과라 할 수 있다. '박 주사'가 '점순'이를 첩으로 삼으려 한다는 소문이 돌 때 마을 사람들이 보여 주는 구호 장면 또한 농민들에 대한 작가의 애정을 입증해 준다.

인물구성상의 이분법적 성격에 더해서 주목할 만한 것이 서울댁의 존재이다. 서울댁 '창순'은 서울 가서 중학교를 다니다가 온 청년 지식인이다. 그는 '박 주사 아들', 더 나아가서 부자들을 미워하고 세상이 바뀌어야 함을 역설하고 다니는 인물이다. 자기 또래의 청년들에게뿐만 아니라 마을 사람들을 모아놓고 계급사회의 모순을 설파한다. 작가의 주장을 전달하는 메가폰적인 인물이면서, 좌파 미학에서 말하는 문제적 인물의 모습을 띠기도 하다. 문제적 인물이란, 계급사회의 모순을 알 수 없는 피억압계급에게 사회 상황을 알림으로써 계급의식을 고취하는 인물을 말한다.

이렇게 「민촌」은, 사회주의 사상에 입각하여 지주, 부자와 소작농, 빈민을 대립시켜, 당시 사회의 계급 관계를 그려보이고자 한다. '박 주사 아들'의 개인적인 탐욕이 사건을 일으키는 직접적인 동인으로 설정되고 계급대립이 윤리적인 데까지 확장되는 등 도식성이 두드러지며 각종 우연이 잦고 감정의 과잉이 지나친 점 등이 문제라 할 수 있지만, 작가 이기영이 몸담은 1920년대 문학운동의 흐름에 비춰본다면 이러한 점 또한 마냥 비판할 수 있는 것은 아니다.

실제로 「민촌」은 형식미학적인 측면에서도 주목할 만한 면모를 갖추고 있다. 쉼표와 말줄임표, 줄표, 느낌표 등을 풍성하게 사용하여 생생함을 살린 문체가 대표적인 예가 된다. 서울댁이나 서술자의 교설은 눈에 거슬리지만 인물들의 대화는 사실적으로 살아 있고, 인물의 심리나 자연에 대한 묘사는 대상의 구현이라는 객관적 측면뿐 아니라 주제 효과를 고조시키는 주관적인 측면에서도 효과적으로 이루어져 있다. 리얼리즘 소설의 발전 과정상에서 보면, 문제적 인물로 서울댁이 그려진 점 또한 이 작품의 의의라 할 수 있다.

19장

관념적 진실과
소설적 진실

이기영 「서화」의 문제적인 성격

이기영의 「서화」(『조선일보』, 1933.5.30~7.1)는 생명력이 넘치는 주인공의 모습을 통해 농촌 생활의 한 단면을 훌륭히 형상화한 농민소설이다. 작품의 배경은 식민지치하의 농촌 현실이다. 식민지자본주의화 과정에서 농민들은 궁핍화의 나락으로 떨어질 수밖에 없고 체제에 순응한 소수만이 행세를 하는 한편, 반봉건적인 악폐가 여전히 막강한 상황이다. 이 위에서 「서화」는 '노름'과 '불륜'이라는 모티프를 통해 농민의 삶의 조건과 사회 상황을 조명하고 있다.

주인공 '돌쇠'는 힘들여 농사를 지어도 살 수 없다는 판단에 노름판을 찾아다닌다. 세상은 문명이 발달해간다지만, 도조가 상승하여 한해 농사를 지어 봐야 생활비의 반도 채 얻지 못할 정도로 살기는 점점 더 어려워지는 까닭이다. 정월 어느 날 밤 '돌쇠'는 '응삼'이의 소 판 돈 이백 냥을 따게 된다. 이 소문이 퍼지자, '돌쇠'와 마찬가지로 '응삼'이의 돈을 탐내던 '김원준'이 제 욕심을 차리려 한다. 면서기를 다니며 주색

잡기에 능한 그가, '응삼'이 집에 접근하여 그 처인 '이쁜이'를 탐하고자 하는 것이다. '돌쇠'의 정부인 '이쁜이'가 그의 요구를 거부하자 '김원준'은 보복책을 마련한다. 노름과 풍기문란 문제를 내세워, 구장에게, '돌쇠'와 '이쁜이'를 문책 대상으로 하는 동회를 열게 하는 것이다.

이렇게 하여 작품의 주된 사건은 개인 차원을 떠나 마을 전체의 문제가 된다. 하지만 동회의 양상은 '김원준'의 뜻과는 반대로 흘러간다. '돌쇠'는 자신의 잘못을 인정하되 노름이든 연애든 자기 경우에만 한정된 것이 아님을 역설하고 '김원준'의 행실을 고발한다. 여기 더하여, 동경 유학생인 '정광조'가 조혼의 폐해를 들어 자유연애를 옹호함으로써 사태가 완전히 역전된다. '김원준'이 도망가고 동회가 해산된 뒤에, '돌쇠'와 '이쁜이'가 '정광조'처럼 자기들을 이해해 주는 사람이 존재한다는 사실과 그가 아는 세상에 대한 동경을 내비치면서 작품이 종결된다.

이상의 요약에서도 확인되듯이 「서화」는 여러모로 문제적인 작품이다. 무엇보다 먼저 식민지 시대 좌파 문학운동 단체인 KAPF의 창작방법 논의와 관련해서 그러하다. 노름과 불륜이 주된 모티프인 탓에, 「서화」가 소작 농민의 전형과 한 시대의 역사적 전모를 그려냈는가를 두고 논쟁이 벌어졌다. 아무리 농사를 짓는다 해도 빚 없이 살 수 없는 상황에서 노름판을 찾아다니는 '돌쇠'의 모습이 농민에 대한 관념적인 이해와 거리를 둔 것은 사실이다. 이런 점에서 '돌쇠'는 살아 있는 농민의 모습으로 생생하게 그려졌다 할 수 있다. 돈과 관련하여 소소유자적인 면모를 띠는 것 또한 리얼리즘의 측면에서 긍정적으로 보인다. 조혼에 의한 폐해에 맞서 '이쁜이'와의 사랑을 영위하는 것 또한 민중적인 생명력이 드러난 것이라고 할 수 있다. 그러나 「서화」에 한 시대의 역사적 전모가 형상화되었다고 할 수 없는 것 또한 분명한 사실이다. 도박에 빠질 수밖에 없는 농민의 생활상이 충분히 근거 있게 그려진 것은 아니며, 주된 사건 자체가 농촌의 사회경제적인 문제와 긴밀하게 결부되어 형상화된 것도 아니기 때문이다.

「서화」는 이기영의 소설세계에 비추어 봐도 문제적이다. KAPF가 줄곧 내세웠던 다소 경직된 창작방법 논의와 거리를 두고, 당대 현실의 생생한 농민을 작품화했다는 점에 「서화」의 의의가 있다. 「돌쇠」, 「저수지」와 더불어 연작으로 기획되면서 『고향』과 더불어 식민지시대 이기영 소설의 중요한 축으로 자리매김된다는 점 또한 덧붙일 수 있다.

끝으로 연구사적인 맥락에서도 「서화」의 문제적인 성격을 엿볼 수 있다. 작품 말미에 등장하는 '정광조'를 문제적 인물로 볼 것인가 1910년대 계몽주의자의 전형으로 파악할 것인가 등의 문제를 「서화」는 제시하고 있다. 이 물음은 카프 소설의 발전과정을 해명하는 내적형식 논의에 중요한 논점이 되는 것이다.

20장

중산층 지식인의
자기의식

최서해의 「저류」와 「갈등」

한 작가의 작품 세계를 이러저러하다고 한 마디로 단정하는 것이 부적절함은 따로 말할 필요도 없다. 세월이 흐름에 따라 세상이 바뀌고 작가도 변하게 마련이다. 따라서 작품의 면모도 변화를 보인다. 그럼에도 불구하고 우리는 특정 작가의 작품 세계를 말 그대로 특정하게 바라보는 버릇을 쉽게 버리지 못한다. 그냥 이런저런 작품들이 있는 것이 아니라, 아무아무 작가들의 작품이 있기 때문인 것 같다. 작품보다 작가를 먼저 떠올리는 태도, 일종의 작가주의 혹은 신원주의적인 태도가 이러한 상황의 원인이 되겠다.

서해 최학송의 문학은, 작가에 대한 규정이 앞을 서서 작품 세계의 다양한 면모가 제대로 이야기되지 못한 대표적인 경우라 하겠다. 많은 사람들이 기억하는 최서해는 「홍염」을 쓴 소설가요, 신경향파 소설의 대표적인 작가라는 것 정도다. 대부분의 문학 연구서들이 그렇게 강조해 왔고, 이제는 고등학교 교과서에까지 이러한 논의가 퍼져 있는 까닭이다.

하지만 최서해의 작품이 모두 신경향파적인 것도 아니요, 사람들이 신경향파 소설에 대해 흔히 말하는 것처럼 살인이나 방화 같은 극단적인 결말을 항상 취하는 것도 아니다. 한두 편의 예외가 있어서 이런 지적을 하는 것이 아니다. 문학사적으로 신경향파 시기라 할 때의 서해 작품들도 다양한 양상을 띠고 있으며, 1920년대 후기에서 1932년 사망할 때까지의 그의 작품들은 오히려 신경향파적인 경향과는 매우 이질적인 까닭이다.

서해 스스로 자신이 신경향파 작가 혹은 더 넓혀서 좌파 작가로 규정되는 것을 싫어했다는 이야기도 있는데, 이러한 점이 명확한 사실로 드러난 경우가 바로 두 번째 창작집 『홍염』(삼천리사, 1931)이다. 이 작품집은 단 세 편의 소설을 담고 있다. 표제로 내세운 「홍염」과 더불어서 「저류」, 「갈등」이 그것이다.

「저류」와 「갈등」은 「홍염」으로 대표되는 좌파적인 작품들과는 성격이 다르다. 「저류」는 어느 강변 마을 촌로들이 그들의 방식으로 세상을 걱정하는 이야기를 옮기는 형식을 취하고 있다. 노인네들의 세상 걱정이란 무엇인가. 먹고사는 일이 힘들다는 것이다. 그들이 내세우는 혹은 드러내는 해결 방안이란 무엇인가. 한편으로는 놀랍지만 다른 한편으로는 자연스럽게도 그것은 '장수'를 기대하는 것이다. 옛날이야기에 자주 나오는 아기장수 말이다. 당장 그들의 눈앞에 아기장수가 없어도 그들은 크게 낙담하지 않는다. 어른들이 흔히 말하듯이 '때'가 맞아야 하기 때문이다. 그들은 때를 기다린다. 그뿐이다.

이렇게 아기장수가 세상에 나설 때를 기다리는 촌로들의 심정을 담담히 형상화하는 데서 작가의 의도를 추론해 볼 수 있다. 그 결과, 아기장수같이 이 세상을 완전히 뒤집어 줄 영웅을 촌로들이 바랄 정도로 이 세상에 문제가 많다는 것을 말하고자 했다고 할 수도 있다. 그러나, 서해가 전가의 보도처럼 즐겨 쓰던 방식들 곧 편집자적 논평이나 작가의 해설 등이 생략된 채, 거의 촌로들의 대화만으로 작품이 구성되어 있다는 사실을 무시해서는 안 된다. 고달픈 세상살이에서 자신들을 건져 줄 무언가를 찾는 촌로들의 심정이란, 여기서도 확인되듯이, 사실 그렇게 절박한 것이 아니기 때문이다. 그들의 이야기는, 무언가 행동을 촉구한다거나 조직을 만들려 한다거나 하는 것과는 질이 다르다. 그저 살기가 어려우니까 이런저런 말들을 해 볼 뿐이다. 그러면서 삶의 고달픔을 잠시나마 잊는 것이리라. 그들에게도 아기장수 이야기는 '옛날이야기'가 아닌가.

「갈등」은 또 어떠한 작품인가. 「갈등」의 내용은 크게 두 가닥으로 이루어져 있다. 서사의 갈래가 이중으로 된 것인데, 하나는 주인공 '박춘식'의 내면을 기술하고 다른 하나는 그의 집안 이야기 구체적으로 말하면 '어멈 부리기'의 이야기를 담고 있다. 두 번째 서사는 매우 자연스럽다. 복잡할 것도 어려울 것도 없는 일상사의 기록이라는 말이다. 반면에 첫 번째 서사는 반성적이며 지적이다. 중산층 지식인인 주인공이 저 자신을 해부하고 나아가 자신이 속한 중산층 계급의 운명을 예견하는 내용을 담고 있다.

하지만 주인공의 반성은 대체로 자기반성에 집중되고 그 성격도 관념적인 것에 그친다. 밖에 나가면 20세기 사람 행세를 하지만 집에 들어오면 17, 18세기 기분에 젖어드는 자신을 반성하고, 밥은 굶어도 양복은 입어야 하고 의복을 전당포에 넣어서라도 극장의 위층을 잡고 앉아야 궁둥이가 편한 듯이 거드름을 피우는 자기네의 생활을 못마땅해하는 정도가 주를 이룬다. 실제적인 차원에서의 변화를 이끌어 낼 실천적인 반성은 아닌 것이다.

첫 번째 서사의 성격이 위와 같은 점도 있고 해서인지, 이 작품은 실상 매우 밋밋하다. 그러나 이 소설이 「홍염」 등과 같은 신경향파 작품과는 달리 밋밋한 작품인 더 큰 이유는, 위에 말한 두 갈래의 서사가 실제적으로는 아무런 관련이 없기 때문이다. 작품의 발단을 이루는 젊은 어멈과, 번차례로 갈리어 몇 차례 주인공 집에 왔다가 떠나가는 어멈들의 문제는 말 그대로 '집안 일'에 해당할 뿐이어서 가장인 주인공 '박춘식'이 직접 관장하는 일이 아니다. 그는 그저 아내나 모친의 이야기를 들을 뿐이요, 그에 대해서 제 생각을 약간씩 비칠 뿐이다. 그것도 저녁 밥상 앞에서만 잠깐인 것이다.

어멈을 넷이나 갈게 되는 과정으로 된 두 번째 서사의 경우도 밋밋하기는 마찬가지이다. 계층 간의 갈등 등속을 떠올릴 수 있는 여지가 어멈들에게 부여되어 있지 않은 탓이다. 가장 극적이라 할 인생행로를 겪은 젊은 어멈이 주인 내외의 아이를 걱정하는 엽서를 보낼 만큼 순진하고 인정 있으며 자신의 고통을 고통으로 생각하지 않는 데서 이 점이 뚜렷이 확인된다. 이로써 사회적 갈등이나 계급투쟁 등속으로 접근할 수 있는 여지가 없어져 버린다.

「갈등」에 대한 이상의 논의는 물론 소극적인 것이다. 이 작품의 의의를 살리는 방식이 아니라, 그 전의 것 혹은 그 옆의 다른 것과 비교해서 부재하는 요소들을 지칭하는 데 집중된 까닭이다. 그렇다면, 말을 돌려서, 앞서 지적한 바와 같이 구성됨으로써 이 작품이 (혹은 이 작품만이) 갖추게 된 것은 무엇인가를 물어야 하겠다.

이렇게 볼 때, 「갈등」은 중산층 지식인의 자기의식을 가감 없이 보여주고 있다는 점에서 그 의의를 갖는다고 할 수 있다.

21장

단성적인 독백의 폭력

이광수의 「육장기(鬻庄記)」

춘원의 「육장기」(『문장』, 1939.9)는 몇 가지 점에서 문제적이다. 작가의 행적과 깊이 관련된다는 사실과 장르적인 성격이 모호하다는 점이 특히 그러하다.

먼저 내용을 보면, 이 작품은, 주인공이 힘들게 지어 6년간 아끼며 살던 집을 팔고 이사 가게 된 시점의 심정을 피력하고 있다. 좋은 일로 파는 것이 아니라 빚을 갚기 위해 어쩔 수 없이 팔게 된 터라, 주변에서도 왜 이사 가느냐고 하고 스스로도 서운한 마음이 없지 않다. 그러나 화자는 『법화경』에 나타난 불교의 진리에 비추어 마음을 다스린다. 더 나아가서 그는, 인생이 괴롭다고 했던 '○○군'에게, 집을 파는 과정에서 자신이 깨친 바를 전해 주기까지 한다. 그에게 보내는 편지가 바로 이 작품이다.

이렇게 「육장기」는, 아끼던 집을 팔고 새 집도 마련하지 못한 채 이사하게 된 개인적 심정을 드러내는 데 그치지 않고, 사바세계를 살아가는 지혜와 전쟁이 진행 중인 세상을 바라보는 안목과 자세 등을 가르치는 내용을 담고 있다. 세속적인 삶의 지혜 등을 담뿍 담고 있지만, 이 소설의 내용상 핵심은 다음에 있다.

'민족주의 운동의 피상성, 도덕적 인격 개조 운동의 무력함'을 깨달은 후에, 법화경의 세계, 종교의 세계로 나아가게 되었다는 고백이 그것이다. 작가의 행적에 비추어 「육장기」의 이런 저런 디테일들이 실제 사실에 기반하고 있음을 확인한 자리에서 보면, 위의 고백 또한 작가의 육성에 해당된다고 할 수 있다.

「육장기」의 내용상 문제적인 점이 여기서 생겨난다. '정치운동 → 민족 개조, 도덕적 인격 개조 운동 → 종교운동'이라는 변화 과정을 제시하여 발전적인 면모를 갖춘 듯이 말하지만, 사실상, 일제 말기에 이르러 식민지 지배체제에 순응하게 된 작가의 내면을 합리화한 것이라는 비판을 피하기 힘들다. 온 우주를 사랑으로 채우는 일에 헌신하자면서도, 춘원은, 공(空)과 대비되는 색(色)의 세계, 사바의 논리를 내세우고 그에 적응할 것을 요구한다. 더욱이 이러한 행위 일체를 '성전(聖戰)'으로 표현함으로써, 일제의 중국침략 전쟁을 사실상 옹호하고 있는 것이다.

요약하여 「육장기」의 세계는, 법화경 행자가 되려는 시점에서, 현실의 제상을 그저 수긍하고 그에 감사하자는 노예 종교적인 방침을 설파하는 것이라 할 수 있다. 따라서 「육장기」는, 춘원의 행적에 있어서, 신체제에 무비판적으로 동조하는 친일의 길로 나아가는 내적 계기 및 근거를 보여 주는 작품이라고 하겠다.

문학작품으로서 「육장기」가 갖는 또 하나의 문제는 장르적인 성격이 모호하다는 점이다. 작품 전체가 편지 형식으로 되어 있으며 문체 또한 시종일관 편지투라는 점이 특징적이다. 이에 더하여, 디테일들이 실제 사실에 기반하고 있다는 점과, 속세의 번뇌에 사로잡혀 있는 수화자에게 온갖 방면으로 훈육하는 설교조로 되어 있다는 점을 고려하면, 이 작품을 소설로 볼 것인지 수필로 볼 것인지가 다소 모호해진다. 논란이 있는 부분이다.

논란보다 주목할 만한 것은, 편지글 형식을 통해 서술자-작가의 의견이 일방적으로 개진됨으로써 비판적인 대화의 여지가 봉쇄되어 있다는 점이다. 사실상 대화 자체가 전무한 독백뿐이라고 할 수 있을 정도로 이 작품은 단성적인 면모를 보인다. 따라서 「육장기」의 경우 편지 형식은, 독자에 의해서 작품이 창조적으로 다시 쓰일 가능성을 원천 봉쇄하는 기능을 한다고 할 수 있다. 그 결과로 작품의 교설적, 계몽주의적인 성격이 더욱 짙어지게 되었다.

22장

중립적인 시선에 비친 삶의 무명

이광수의 「무명」

이광수의 「무명」은 『문장』 창간호(1939.1)에 발표된 중편소설이다. 전재(全載) 사실을 표지에 강조하고 맨 처음에 실을 만큼 『문장』에서 강조한 작품이다. 일찍이 박태원은 '춘원 선생 일대의 명작'이라 극찬하면서, 이 작품으로 해서 한국문학이 외국문학에 뒤쳐지지 않게 되었다고 말한 바 있다.

'무명(無明)'이란, 번뇌의 근원이 되는 마음을 가리킨다. 잘못된 의견이나 집착 때문에 진리를 깨닫지 못하는 마음 상태를 의미하는 말이다. 제목 '무명'은, 이 소설의 주제 효과를 그대로 집약해 주고 있다.

소설의 공간적인 배경은 어떤 형무소의 병감(病監)이다. 인물들은 이런저런 병을 앓고 있는 다섯 명의 죄수들과 두 명의 간병부, 간수로 한정되어 있다. 시간적인 배경은 식민지시대이나, 이 사실이 이야기 내용에 직접적으로 의미를 띠지는 않는다.

방화범 '민'과 사기범인 '윤'이 있는 곳에 서술자인 '나'가 들어간다.

그렇게 셋이 지내는데, '윤'은 기회가 되는 대로 '민'을 헐뜯으면서 음식과 물품 등에서 제 욕심을 챙긴다. '윤'에게 가끔 제동을 거는 인물은, 물품을 가지고 그들을 곤란하게 할 수 있는 간병부뿐이다. '윤'은 간병부 앞에서는 비위를 맞추고 뒤에서는 그를 욕하는 이중적인 면모를 취하며 행세를 한다. 후에 '정'이 들어오게 되면서 상황이 바뀌어, 이제는 '정'이 '윤'을 몰아세우고 제 세상인 듯이 활개를 친다. '윤'보다 더한 '정'이 등장해서 역학관계가 바뀐 것이다. 이러한 관계는, 고등교육까지 받은 바 있는 젊은 사기범 '강'과 함께 지내게 되면서 다시 바뀐다. '정'이 못된 짓을 할 때마다 '강'이 나서서 핀잔을 주거나 응징을 하는 것이다.

이렇게 「무명」의 인물 구성은, 입심 좋고 대가 센 인물이 차례로 등장함으로써 이전 사람들의 기를 죽이는 방식을 보여 준다. 갈수록 더 못된 인간을 제시하여 '무명'한 인생을 강조하는 한편, 자기 죄를 인정하고 순순히 죄 값을 치르려 하는 '강'을 가장 대가 센 인물로 그려 '정'을 징치하게 함으로써, 교훈적인 쾌감을 주기도 한다.

'윤'이나 '정'은 자신이 행하는 못된 버릇은 돌보지 않고, 사실상 똑같고 그나마 정도는 덜한 남의 흠만 과장해서 까발리는 면모를 보인다. '남의 생각을 하지 않는다'며 다른 죄수를 비난하면서 정작 자신은 자기 위주로만 처신하여 남에게 피해를 주는 상황이 연출되는 것이다. '윤'과 '정'의 이러한 면모는, 인간적인 품위도 인정도 염치도 없이 감옥살이를 하는 저급한 인생살이를 보여 준다. 틈만 나면 남을 헐뜯고 허세를 부리며 빤한 거짓말도 태연히 하면서, 자기보다 권세 있는 사람에게는 비굴한 태도를 취하는 이들의 모습이야말로, '무명' 상태에 빠진 인간의 모습이라 할 수 있다.

「무명」의 이러한 주제 효과는, 서술자로 설정되어 이야기를 풀어 주는 '나'의 특징에 의해 한층 강화된다. '나'는 수감 이유도 밝혀지지 않고 어떠한 적극적인 행동도 하지 않는 등, 인물의 구체성을 띠지 않는다. 사실상 '나'는 중립적인 서술자일 뿐이라고 할 수 있다. 물론 조금 깊이 따져보면, '나'의 그러한 중립적인 성격이 가능하게 되는 사정을 추측해 볼 수 있다. 어느 모로 보나 인간 이하인 종자들이 서로 다투면서도 '나'에게 대해서만큼은 예의를 차리는 상황을 고려할 때, '나'의 경우, 그들처럼 잡범이 아니라 식민지 상황과 관련된 정치·사상범이라는 짐작을 가능케 한다. 인물 관계에서 짐작되는 위상이 이렇기에, '나'는 죄수들 사이의 다툼에 연루되지 않고 점잖게 사태를 관망하는 자리를 차지할 수 있게 된다. 이로써 거리를 둔 객관적인 서술, '보여주기'의 작품화가 가능해지는 것이다.

서술자 역할을 하는 '나'가 적극적으로 나서서 다른 죄수를 말리거나 훈계하거나 하지 않음으로써, 그들의 '무명'한 행실이 작품 전면에 생생히 드러나게 되었다. 보석 신청을 하는 '정'을 두고 다소 빈정거리는 말투를 쓰기는 하지만, '나'의 중립적인 성격은 작품 전체에 걸쳐 유지된다. 그 결과, 춘원 문학의 일반적인 특징이라 할 감상벽이나 자기도취, 계몽주의적인 교설적 성격 없이, 「무명」은 저급한 인생들의 '무명'한 상태를 효과적으로 그려낸 빼어난 작품이 되었다.

1장

여섯 차례의 문학 편지

1. 현대사회와 문학 —천의 얼굴, 문학의 죽음 이후

1) 공상과학소설과 SF, 무협지와 무협소설

문학에 대해서 공정하게 이야기하기 힘든 시대에 우리는 살고 있다. 모든 사람에게 길을 안내하는 밤하늘의 달과 별 같은 그러한 문학의 성좌가 흩어진 지 오래된 까닭이다. 전문가들의 문학비평에서부터 인터넷에 널리 퍼져 있는 이런 저런 문학에 관한 이야기들을 보면, 그 각각이 그리고 서로가 한자리에서 논의하기 어려울 만큼 분열되어 있음을 알 수 있다.

어쩌면 오늘날 우리는 사람 수만큼 많은 문학을 가지고 있는지도 모른다. 문학비평가와 대중들이 소통 불가능한 상황에 빠진 것은 이미 오래된 일이고, 이제는 적지 않은 작가들까지도 저들만의 공간으로 들어가고 있다. 약간 비관적으로 그리고 조금 과장해서 말하자면, 작품의 생산과 수용, 전달을 아우르는 문학 활동의 주요한 주체들이라 할 작가, 독자, 비평가, 연구자들이 각기 핵분열을 이루면서 상호간에 만리장성을 쌓고 있는 형편이라고 할 수 있다. 이른바 본격문학 문인과 대중문학 문인은 견원지간 상태에 있고, 대중들은 대중들대로 '똑똑한 사람들'의 이야기와는 무관하게 자신들의 문학 활동을 누리고 있는 것이다.

현재의 상황을 강조하긴 했지만, 따지고 보면, 이러한 사정이 새로운 것만은 아니다. 지금 우리가 소중한 문학적 전통으로 꼽고 있는 전근대 사회의 평민문학 등이 당시 사회에서는 문학으로 대접받지 못했던 것을 우리는 잘 알고 있다. 가까운 예로는, 지금 대중들의 사랑을 받고 있는 SF나 무협소설 등이 불과 20년 전까지만 해도 '공상과학소설'이니 '무협지'니 하여 문학의 격을 갖추지 못한 것으로 규정되어오던 것을 들 수 있다. 위의 예들은, 현재 문학으로 여겨지는 것들 중의 일부를 두고 그것은 문학이 아니라고 규정했다는 사실을 가리킨다.

원리상 동일하나 반대의 예도 많다. 국가를 불문하고 서간문이 오랫동안 문학으로 인정되어온 것은 잘 알려진 사실이다. 지금 기준에서 보면 내용상 철학의 범주로 분류되는 형성기 서구 근대 에세이들의 상당수는 문학적 글쓰기의 주요한 장르로 여겨졌다. 딸이 시집가서 지켜야 할 규범들을 운문 형식에 담아낸 내방가사가 조선시대 문학에서 상당한 비중을 차지하고 있던 것도 여기 보탤 수 있겠다.

이러한 예들은, 수많은 문학들 중에서 어떤 것은 새롭게 자격을 획득한 반면 다른 어떤 것들은 그 자격을 상실하기도 해왔음을 알려준다. 동서고금을 통틀어 쉽게 확인되는 이러한 현상은 두 가지 사실을 의미한다. 문학의 경계가 부단히 변화해왔다는 문학의 역사성이 첫째요, 그러한 변화에서 문학과 문학 아닌 것의 경계를 가르는 논의 곧 '문학성' 관련 담론이 중요한 역할을 해왔다는 것이 둘째다. 지금 우리가 문학에 대해 공정하게 이야기하기 힘든 시대에 살고 있다 할 때, 여기서 중요한 것은 후자다.

2) 문학의 죽음 앞에 서기

현재에 이르러 문학에 대한 논의들이 공정성을 잃게 되었다는 점은, '문학성' 관련 담론들의 위상이 심히 위태로워졌다는 사실을 의미한다. 문학의 역사성이 보여주듯이 문학의 경계가 끊임없이 변화해 온 것은 어제오늘의 일이 아님에도 불구하고, '문학성' 관련 담론들이 권위를 잃게 됨으로써, 문학에 대한 현재의 논의들이 편파적인 것이라고 생각되는 것이다.

'문학전문가들과 대중들 사이에 두루 통용되는 공정한 문학관이 없다는 사실'과, 이것의 원인이자 동시에 그 결과이기도 한 바 '문학 활동 주체들 간의 소통불가능성의 심화와 그에 따른 괴리', 이 두 가지 현상을 두고 일찍이 '문학의 죽음'이 선고되었다. 20세기 전반기까지 생명을 유지해오던 문학 이른바 본격문학 혹은 정통문학은 이제 교과서와 대학 강단에서나 겨우 명맥을 유지할 뿐이라는 서구의 진단이, 우리나라에서도 멀지 않은 장래에 내려질 것 같다. 엄밀히 따지면 사실 관계는 이미 그러한데 선고만이 남은 형편이라 할만하다.

바로 이러한 상황에서 우리는 어떠한 자세를 취해야 할 것인가. 눈길이 닿는 한쪽에 톨스토이가 있고 그 반대편에 황희 정승이 있다.

현재의 우리는 여러모로 톨스토이보다 불행하다. 그에게는 자신의 삶을 규율해주는 원리뿐 아니라 사람들이 살아나가야 할 이상적인 삶의 형태가 밤하늘의 별처럼 찬란히 빛나고 있었다. 불행하다면 불행했던 그의 가정사보다도 더 소중했던 이러한 이상의 결과가 바로 동양에까지 적지 않은 영향을 끼친 톨스토이주의이다.

문학예술에 대해서도 그러해서, 톨스토이는 자신의 신념과 열정을 담아 『예술론』(1898)을 써냈다. 그의 『예술론』은 과격하다 할 만큼 매우 근본적인(radical) 주장을 담고 있다. 자기 시대의 예술을 상류사회의 특권적인 것이라 규정하여 아예 예술이 아니라고 규정한 뒤, 민중들의 삶의 공간, 노동과 땀의 현장에 긴밀히 뿌리내린 것만이 진정한 예술이라고 주창한 것이다.

일흔을 넘긴 나이지만 넓은 의미에서 민중예술론에 속하는 예술관을 역설하는 그의 모습은 그대로 청년의 전형이라 할만하다. 청년 정신을 잃지 않은 것만도 부러운 일이지만, 정작 우리가 그보다 불행하다고 말하게 되는 이유는 다른 데 있다.

톨스토이는 소수의 귀족에게 등을 돌려 자신의 문학을 주창하면서 일반 민중의 삶에 가까이 갈 수 있었다. 자신의 문학성을 추구하는 일이 민주주의의 일반화라는 근대의 흐름에 조응할 수 있었던 것인데, 바로 이 점이 톨스토이가 부러운 점이고 그에 비해 우리가 불행한 이유이다. 그의 경우 사회 일반 민중의 예술을 전범으로 삼으면서도 문학이고 예술일 수 있었던 반면, 우리는 그렇지 못한 상황에 처해 있는 까닭이다.

이러한 상황의 차이가 중요하다. 이 면에 주목할 때 이른바 '문학의 죽음'이라는 다소 선정적인 진단이 가리키는 상황을 제대로 보고 그 의미를 가늠하여 대처할 수 있는 길도 열린다. 문학의 죽음이란 사실 고전의 운명에 관해서만 적실한 표현이다. 1980년대 중반에도 우리는 '소설이 없다'는 암울한 진단을 들은 적이 있고, 1990년대 중반 이후로는 소설문학의 여성적인 편향이 우려할 만하다는 걱정을 해 본 적이 있다. 그러나 이 모든 시기에도 서점에는 소설들이 넘쳐나서 24시간 편의점에까지 제 영역을 확장한 바 있다. 부재가 진단되고 그 양태가 걱정되었던 것은 항상 소위 '본격문학'이었을 뿐이었다. 그때나 지금이나 대중문학은 대형 유통센터의 상품처럼 넘쳐나고 있는 것이 사실이다.

물론 그러한 문학상품만이 활개를 치고 정통적이고 전통적인 문학의 자리가 위축되는 것은 심각한 문제이다. 인터넷의 활성화를 기반으로 하여 대중들의 문학 활동 또한 소수 본격문학처럼 자기들만의 잔치가 되는 것도 바람직한 것일 수 없다.

상황이 이렇다 할 때 일단 우리에게 요청되는 것은 바로 황희 정승의 태도이다. 서로 다투던 이 종의 말도 옳고 다른 종의 말도 옳고 둘 모두가 옳다고 하는 잘못을 지적하는 아내의 말도 옳다 하는 그의 태도는, 줏대 없음이라기보다 차이에 대한 존중으로 읽힐 필요가 있다.

한편으로는 문학성을 따지는 논의들이 서로 토론하지 않고 다른 한편으로는 문학 활동의 주체들이 서로 소통하지 않는 상황을 초래한 이 모든 사태의 궁극적인 사회적 원인을 생각할 때, 무엇보다 먼저 차이를 인정하고 사태를 근본적으로 새롭게 보는 일이 필요하다. 이렇게 한 호흡 길게 보면, 이른바 오늘날 문학의 위기란, 탈산업사회로 지칭되는 전반적인 문화혁명의 일부이자, 인쇄문화가 전자문화로 변형되는 기술혁명의 일부라고 할 수 있다. 전파미디어·시청각미디어에 의해 전통적인 문학이 위기에 몰린 것이다. 이와 더불어서 문자와 종이 책이라는 기존의 존재 형식과 관련되어 있고 그에 근거하고 있던 의미 영역 곧 재래의 '문학성' 또한 위기에 처한 것이다.

3) 문학, 그 천 가지 얼굴 껴안기

문학성이 위기에 처해 문학의 죽음이 이야기되는 것은, 앞서 살핀 진단에 기초하여 거꾸로 보면, 문학의 얼굴이 좀 더 풍요로워졌다는 징표일 수도 있다. 이런 상황에서 우리에게 생산적인 것은 톨스토이의 길이라기보다는 황희 정승의 태도이다. 문학성이라는 창공의 별을 향해 자기 정체성을 수립해온 정통 문학과 시장의 지배권을 행사하고 있는 자본주의 문화산업으로서의 대중문학, 새롭게 등장하고 있는 전자문화 시대의 문학까지 실로 다양한 문학들이 혼재한 상황에서 길을 잃지 않고 풍요로울 수 있는 방식은 일단 자신을 비우고 각각을 인정하는 황희 정승의 길뿐이다.

채우고 다듬기 위한 첫걸음으로서의 비움이 절실히 필요한 시점에 우리는 와 있다. 이렇게 비운 상태에서, 현재의 문학이 보이고 있는 넓은 품, 그 천의 얼굴을 일별해야 한다. 이 자리를 빌려 인간과 사회, 그리고 역사, 대중문화 등과 문학이 어떻게 연결되어 있으며 그 성과와 흔적은 어떤 것이었는지를 거칠게나마 살펴보고자 하는 것도 이러한 뜻에서이다.

2. 문학과 인간 – 인간의 탐구, 신인간의 창조

1) 근대문학, 인간성 해방의 이야기

문학의 본질에 대한 이야기는 수없이 많다. 문학이 갖고 있는 여러 측면 중 어느 것에 주목하는가에 따라 입장이 갈린다. 한편에서는 문학의 역사 전체에 걸쳐 재미와 유흥을 보아왔다. 다른 한편으로 전근대 사회에서 예술로 인정된 문학들은 대체로, 그 시대의 지배적인 이념을 전파하는 기능 면에서 주목되었다.

이러한 사정이 바뀌는 것은 근대에 들어와서이다. 이제 문학은, 이미 존재하는 무언가를 효과적으로 전달해주는 기능이 아니라, 가려져 있던 진실을 파헤치는 주요한 장으로 여겨지기 시작했다. 좀 더 나아가서는, 미지의 것을 탐구하여 진실을 확장하는 것이 문학의 몫으로 여겨지게도 되었다. 이때 근대문학이 탐구의 대상으로 놓은 것은 크게 두 가지이다. 우리가 살고 있는 '세계'가 하나이고, 이 자리에서 살펴볼 '인간'이 다른 하나이다.

근대문학의 주요 과제 중 하나가 인간 탐구로 설정되었다는 사실에서 중요한 것은 다음 세 가지이다. 탐구의 대상이 될 만큼 인간의 본질이 알 수 없는 것으로 여겨졌다는 것이 첫째이고, 그러한 탐구 자체가 인간성을 발양, 확장하는 과정이기도 했다는 것이 둘째이다. 말을 바꾸자면, 문학을 통해 인간을 알아나가면서 새로운 인간을 창출해내었다고 할 수 있다. 셋째는, 이 모든 과정의 바탕에 '인간성의 해방에 대한 열망'이 깔려 있다는 점이다. 인간을 알아나가는 과정은 인간의 자유로운 면모들 각각을 드러내고 승인하는 과정에 다름 아니었으며, 궁극적으로는 각종 금기를 넘어선 보다 자유로운 인간, 신인간의 창조를 향하는 것이었다.

인간에 대한 하나의 관념 즉 기성사회가 제시하는 규범적이고 이상적인 인간형을 폐기하고 살아있는 인간들이 보여주는 자유분방한 모습들을 인정하고 키우는 것, 이것이 바로 근대문학이 인간을 탐구하는 목적이었으며 동시에 그 결과이자 성과라고 할 수 있다.

2) 관념적 인간, 현실의 인간, 인간의 현실

근대문학이 보여준 인간 탐구의 첫 번째 양상은, 현실의 인간을 긍정하면서 전근대적인 인간관을 파괴하는 것이었다. 근대문학의 첫머리에 오는 보카치오의 『데카메론』(1353)이나, 세르반떼스의 『돈키호테』, 중국 근대문학을 연 노신의 『아Q정전』(1921) 모두 이러한 의미를 공유한다.

흑사병을 피해 도시를 떠난 귀부인과 청년들 열 명이 열흘 동안 나눈 100가지 이야기를 담고 있는 『데카메론』은, 현실적이고 세속적인 사람살이의 모습을 다양하게 보여준다. '마음을 즐겁게 하는 얘기 이외는 무엇이고 결코 갖고 들어오지 말라'는 등장인물들의 결의대로, 이 소설에는 성적으로 자유분방하며 재치가 번득이는 보통사람들의 자유로운 모습이 풍성하게 엮여져 있다. 중세 서민들의 이야기 전통을 이어서 인간의 세속적인 모습을 사실적으로 담아낸 것인데, 이를 통해서, 중세적인 세계관에 토대를 둔 이상적인 인간관에 가려져 있던 생생하게 살아 있는 인간이 문학작품의 전면에 등장하게 되었다.

영웅이나 기사, 이상적인 여성 등과 같은 관념적인 인간이 아니라 보통사람들의 자유로운 면모에 주목하는 이러한 근대적 전통은, 초서의 『캔터베리 이야기』(1378~1400)를 거쳐 라블레의 『팡타그뤼엘』(1532)과 『가르강튀아』(1534) 등으로 이어진다. 이들 작품에는 '하고 싶은 바를 행하라'라는 계율 아래 육체적인 만족을 통하여 삶을 즐기고 정신적 쾌활함을 내세우는 현세적인 태도가 잘 드러나 있다.

이렇게 이어진 '새로운 인간성의 옹호' 경향이 제 힘을 키워 전근대적인 인간관을 공격한 기념비적인 작품이 바로 세르반떼스의 『돈키호테』(1605, 1616)이다. 널리 알려진 대로 중세 기사도에 대한 신랄한 풍자인 한편, 이 소설은 새로운 인간의 모습을 담고 있는 점에서도 주목되었다. 예컨대 괴테나 실러 등 독일 낭만주의자들은 '돈키호테'에게서 '자유에 대한 불타는 신념'과 '이상을 향해 강인하게 돌진해나가는 의지'를 가진 근대적인 자아를 보았다.

한편 『돈키호테』는 인간의 행위와 그것을 추동하는 욕망의 원리를 보여준 작품으로도 해석되어 왔다(르네 지라르, 김치수·송의경 역, 『낭만적 거짓과 소설적 진실』, 한길사, 2001). '돈키호테'를 움직이는 힘은 그가 이상적인 기사로 흠모하는 '아마디스'를 모방하고자 하는 욕망이다. 이 욕망에 의해 주인공 자신이 '알론소 끼하노'에서 '돈키호테'로 되는 것이며, 마을 처녀 '알돈사 로렌소'가 숭배의 대상 '둘씨네아 델 또보소'로, 말라빠진 말이 '로시난떼'로 바뀌게 된다. '돈키호테'의 욕망은 사실 '아마디스'의 욕망인 셈이다.

이렇게 우리의 욕망이 대상과의 관계에서 직접 촉발되는 것이 아니라 중개자에 의해 조종되는 것임은, 우리 주변에서도 어렵지 않게 확인된다. 학생들은 부모에 의해, 소비자들은 광고모델에 의해 중개되면서 욕망을 키우며, 같은 원리로, 사랑은 질투에 의해 증식된다. 우리들의 욕망이란 사실 우리 자신 고유의 것이 아니라 우리가 모방하고자 하는 중개자나 라이벌의 것이라는 사실, 근대인의 이러한 특성을 잘 보여준 작품들로 지라르는 스탕달의 『적과 흑』(1830), 플로베르의 『보바리 부인』(1857), 도스토예프스키의 『미성년』(1875), 프루스트의 『잃어버린 시간을 찾아서』(1913~1927) 등을 『돈키호테』에 이어 언급하고 있다. 이들 모두 근대인의 한 특징을 탐구한 성과라는 것이다.

이성에 대한 신뢰를 특징으로 하는 18세기로 접어들면서 문학은 근대인들이 생각하는 새로운 인간상을 직접 제시한다. 다니엘 디포의

『로빈슨 크루소』(1719)가 대표적인 예가 된다. 무인도에 홀로 떨어진 주인공이 무려 28년 동안 살아남을 수 있게 한 합리적인 삶의 자세는 그대로 계몽주의의 인간상 곧 '합리적이고 자율적인 개인 주체'의 핵심에 해당하는 것이다.

이후, 인간 이성의 절대성을 회의하면서 감정의 가치와 자아의 의지를 강조하는 새로운 경향이 인간의 면면을 좀 더 풍성하게 해주었다. 괴테의 『젊은 베르테르의 슬픔』(1774)은 이런 경향의 선구로서, '낭만적 사랑'이라는 주체할 수 없는 욕망을 품은 근대적 개인의 모습을 포착하고 있다.

개인 내부에 존재하는 규율되지 않는 욕망의 발견은, 한편으로는 분열된 의식의 발견으로 이어지고, 다른 한편으로는 이성이나 낭만적 감성 너머에 있는 새로운 영역에 눈 뜨게 하였다. 『악령』(1871~1872)과 『카라마조프의 형제』(1879~1880) 등 도스토예프스키 소설의 광인들은 바로 이러한 인간 발견의 서주로서 계몽주의적, 합리적인 인간상을 해체하고 새로운 인간들의 새로운 세계를 열어보였다.

'의식의 분열'은 모더니즘 소설의 주요 테마로 다루어져 지금까지 이어지고 있다. 새롭게 발견된 인간성의 영역인 비합리적인 것들은 에드거 앨런 포(1809~1849)에 의해 판타지, 그로테스크, 괴기 등의 양식으로 근대문학에 포괄되었다. 스티븐슨의 『지킬 박사와 하이드 씨』(1886) 등을 잇는 현대의 장르문학들이 그 직접적인 후손이라 할 수 있다. 또 다른 갈래인 에로티즘은 18세기 말의 사드(1740~1814)를 선구자로 하여 로렌스의 『채털리 부인의 사랑』(1928) 이후 문학의 인간 탐구 영역으로 끌어들여졌다.

3) 자유로운 인간의 거울, 근대문학

지금껏 살펴보았듯이 문학의 역사는 한편으로 근대인의 다양한 면모에 대한 발견의 역사이기도 하다. 종교와 이념의 눈으로 조명되던 인간상이 르네상스기 이래로 현실의 인간으로 대체되고, 계몽주의를 지나면서는 합리적인 존재로 제시되었다. 여기에 감성과 욕망이라는 새로운 측면이 발견되고, 언어로 규정하기 힘든 비합리적인 속성까지 부가되어 오늘날에 이르렀다.

이러한 개괄에서 중요한 것은, 근대문학은 인간성의 본질을 하나의 전형으로 내세울 수 있다고 보지 않는다는 점이다. 그 반대로 근대문학은 인간들이 보이는 차이와 개성, 새로운 면모에 주목하여, 인간의 다양하고도 이질적인 모습을 강조해왔다.

근대사회에서 인간의 삶이 갖는 궁극적인 의미나 인간의 본질을 추구하기는 하지만, 그 결과를 모아 하나의 전형적인 인간상을 수립하고자 하지는 않는 이러한 태도의 바탕에는, 인간을 자유로운 존재로 보는 관념이 깔려 있다. 대상이 무엇이든 마찬가지이듯, 인간에 대해 하나의 상을 제시할 때 인간성에 대한 억압이 필연적으로 뒤따른다는 점을 근대문학은 잘 알고 있다. 이러한 인식 위에서 근대문학은, 배제되거나 억압되어온 인간성을 새롭게 발견하여 생명을 불어넣어줌으로써 우리의 인간 이해를 진정 자유로운 것으로 만들어온 것이다.

사실 근대문학이 발견해온 이질적인 속성들의 총화가 바로 우리 현대인의 모습이라고 할 수 있다. 사정이 이러하기에 근대문학이 행한 인간 탐구의 역사는 불연속적이되 축적적인 것으로서 끊임없이 우리의 시선을 끄는 것이다.

3. 문학과 사회 ─익숙한 것들과의 결별

1) 현대사회 속의 문학, 그 세 가지 얼굴

현대사회로 접어들면서 문학의 존재 방식은 큰 변화를 겪었다. 후원자(patron)를 잃은 것이 가장 큰 요인이다. 예술작품을 감상하는 높은 안목을 가지고 예술가를 후원하는 일을 명예롭게 생각하던 귀족들이 몰락하면서, 문학뿐 아니라 예술 전체가 실로 딱한 처지에 빠지게 되었다. '놀이'와 마찬가지로 예술 또한 '생산'이 아니라 '소비'와 '탕진'에 가까운 것이어서, 예술가의 생존과 위신을 보장해주던 후원제의 붕괴와 더불어 문학과 예술의 존속 자체가 문제로 되었던 것이다.

이러한 상황에서 문학이 취한 태도는 크게 세 가지이다. 신흥 부르주아지와 손을 잡고 그들의 이상을 실현하는 데 적극 나선 경우가 첫째이다. 다른 하나는, 부르주아 시민사회와 거리를 유지한 채 자신의 문학성을 추구하는 것이다. 이 둘과는 달리, 새롭게 펼쳐진 시민사회를 움직이는 실질적인 원리 곧 시장 논리에 몸을 맡기는 것이 셋째 유형에 해당한다. 이 중에서 앞의 두 가지가 문학이 현대사회와 맺는 고유한 관계를 보여준다.

2) 운동으로서의 문학, 화해와 반목의 스펙트럼

현대사회와의 관계에 있어 첫 번째 경우에 속하는 갈래를 '운동으로서의 문학'이라고 불러볼 수 있다. 우리가 살고 있는 사회를 좀 더 낫게 바꾸고자 하는 모든 행동을 사회운동이라 할 때, 부르주아지들이 품은 사회 변혁의 꿈을 나눠 가진 문학가들이 그것을 실현하기 위하여 적극적으로 나선 까닭이다.

이러한 문학가들은 역사의 전개에 따라서 시민계층과 복잡한 관계를 맺게 된다. 근대 지식인의 등장과 변화 양상을 설명하는 사르트르의 말대로(조영훈 역, 『지식인을 위한 변명』, 한마당, 1979) 이들 또한 유사한 과정을 겪는다. 등장 초기에는 부르주아지들의 이념을 대변하는 역할을 맡았지만, 부르주아 계급 내에서 근대자본주의사회를 비판하는 세력이 등장하게 되었을 때 일군의 문학가들 또한 이에 가담한다. 그 결과 운동으로서의 문학은, 이데올로기상으로 볼 때 좌·우 문학 활동을 양극으로 하여, 여러 갈래로 폭넓게 펼쳐지게 된다.

우리나라 근·현대문학의 경우, 이광수와 염상섭, 이기영이 이러한 포괄적인 모습과 그 분화 양상을 잘 보여준다. 이광수(1892~?)는 우리 민족을 바람직한 근대인으로 개조하려는 소망을 담은 작품들을 줄기차게 발표했다. 『무정』(1917), 『개척자』(1918), 『흙』(1933) 등과 같은 계몽주의 소설이 그 성과이다. 이들 작품을 통해서 그는 자신을 수양하며 사회를 위해 봉사하는 이상적인 인간을 바람직한 근대인으로 제시하고 있다. 그 스스로도 깊은 감명을 받았다고 고백하는 톨스토이의 문학세계 또한 동일한 갈래로 살펴볼 수 있다.

이와는 달리 염상섭(1897~1963)은 자기 시대의 전체적인 모습을 객관적으로 그리는 데 주력한 작가이다. 그의 소설은 인간과 사회를 긴장관계 속에서 형상화하고 있다. 사람살이의 근본적인 힘을 '돈'과 '성욕'이라 보고 그에 따르는 각계각층 사람들의 모습을 추적하는 방식으로 그는 사회의 전체적인 면모를 작품에 담아낸다. 그 대표적인 성과가 바로 한국 리얼리즘 소설의 주요 작품에 해당하는 『사랑과 죄』(1928), 『삼대』(1931) 등이다.

사회의 전체적인 모습을 담아내는 이러한 특징으로 해서, 염상섭의 문학 활동은 흔히 발자크(1799~1850)나 졸라(1840~1902)의 경우와 비교되어 왔다. 이들 또한 19세기 유럽 사회의 총체적인 면모를 작품화하는 데 평생을 바친 작가들이기 때문이다. 약 20년에 걸쳐서 쓴 70여 편의 소설을 통해 19세기 전반기의 프랑스 사회를 탐사한 발자크의 '인간 희극'이나, 유사한 의미를 갖는 졸라의 '루공 마카르 총서'(1871~1893)가 대표적인 예라고 할 수 있다.

중도적인 입장에서 사회의 전체적인 면모를 작품화하려는 이들과는 달리, 보다 적극적으로 사회 개혁에 나서려 했던 경우가 좌파 문인들의 문학 활동이다. 우리나라에서는 1920~1930년대 KAPF(조선프롤레타리아 예술동맹)의 활동이 그러한 경우인데, 이기영(1896~1984)이 주요한 작가이다. 그의 대표작 『고향』(1934)은 당시 사회의 본질적인 문제였던 지주-소작농 갈등을 전면적으로 다루면서 좌파 계급투쟁의 사회관을 작품에 담고 있다. 같은 계열로 소련과 중국의 혁명문학을 들 수 있다.

3) '작품'으로서의 문학, 현대사회의 역설적인 거울

운동으로서의 문학 반대편에 '작품'으로서의 문학이 있어 근현대 사회와 내밀하지만 본질적인 긴장 관계를 이룬다. 예술지상주의를 극단으로 하는 이 흐름은, 자본주의 사회의 반예술적인 성격에 자신의 존재를 걸고 맞서왔다.

노동과 밀접하게 결합되어 있던 원시종합예술(ballad dance) 이후로, 각 시대에 인정받던 문학과 예술은 대체로 삶의 현장에 직접 매어 있지 않았다. 그것은 항상 현실 너머를 동경하며 정체를 규정할 수 없는 자신의 이상을 추구해왔다. 그 결과가 바로 문학예술 작품에 고유한 광채 곧 아우라(Aura)의 획득이다. 아우라를 갖는 문학예술품은 하나의 '작품'으로서 인간이 만드는 다른 모든 산물들과는 달리 유일무이한 생명력을 갖는다.

문제는 이러한 작품의 창조가 현실사회의 논리에서 볼 때는 무용한 일이라는 데서 발생한다. 경제적인 이윤의 창출과는 거리가 먼 이러한 창조 행위에 대해 자본주의 사회는 충분한 보상을 제공하지 않는다. 후원제의 붕괴와 더불어서 '작품'의 창조를 뒷받침해줄 경제 외적인 조건이 없어진 까닭이다.

상황이 이러해서, 자신의 문학성을 계속 추구하고자 하는 문학가는 사회의 이단자가 되지 않을 수 없었다. 현실논리와는 다른 자신들 고유의 원리를 좇아 움직이는 그들은, 사회의 입장에서 볼 때 무익하고 가치 없는 자들이며 더 나아가서는 삶의 안녕을 해치는 위험한 존재였다. 그들이 창조하는 작품 또한 어떠한 실제적인 의미도 갖지 못하거나, 경우에 따라서는, 사회 상태를 유지하는 각종 규범이나 금제를 위협하는 것이기도 하였다.

그러나 '작품'으로서의 문학은 바로 그러한 존재 자체로써 우리 사회의 모습을 새삼 깨닫게 해준다. 어둠이 빛을 밝혀주듯이, 현대사회의 이물질이라 할 이 작품들의 존재가 현대사회의 진정한 면모와 일반적인 원리를 역설적으로 환기시키는 것이다.

우리나라의 경우 김동인(1900~1951)을 시작으로 하여, 나도향(1902~1927), 이상(1910~1937) 등의 문학이 이에 해당한다. 문예사조상으로는 차이를 보여도 이들은 모두 현실 건너편에 자신들만의 문학 세계를 꾸렸다는 공통점을 갖는다. 예술의 창조에 들어가는 각고의 노력과 희생을 강조한 김동인의 「광염소나타」(1929)나 「광화사」(1935) 등은 예술지상주의의 면모를 보인다. 나도향의 「별을 안거든 우지나 말걸」(1922)과 『환희』(1923) 등은 현실을 돌보지 않고 특정 정서를 극대화한 감상주의(sentimentalism)의 극한을 보여주고, 이상의 시와 「종생기」(1937), 「실화」(1939) 등의 소설은 현실과 어긋났던 자신의 삶 자체가 작품으로 된 경우의 좋은 예가 된다.

자신만의 예술을 찾기 위해 경제적 궁핍과 사회의 몰인정, 냉대를 뒤로하는 이러한 모습은 근대의 문학 예술가들에게 널리 퍼진 현상이기도 하다. 멀리는 모더니즘의 선구로 꼽히는 보들레르(1821~1867)가 대표적인 예이며 그 뒤를 이은 상징주의 시인들 곧 폴 베를렌(1844~1896)이나 로트레아몽(1846~1870), 랭보(1854~1891) 모두 이러한 경우에 속한다. 현대 사회의 논리 건너편에서 이들은 몇 편의 시를 이슬처럼 남기고 고단한 생을 마감했다. 현재의 우리 주변에서도, 작가가 되지 않았다면 얻을 수 있었을 물질적인 풍요를 뒤로하고, 일반인들은 쳐다보지도 않는 문예지에 작품을 쓰는 문인들을 어렵지 않게 찾을 수 있다.

4) 문학 감상과 미래 꿈꾸기

지금까지 살펴본 대로 문학은 현대사회를 이해하는 데 직간접적으로 도움을 준다. 사회 이념의 대변자이자 비판자인 운동으로서의 문학은, 현대사회의 참모습을 직접 보여주거나 우리가 이루어야 할 사회상을 제시해준다. 사회로부터 소외되어 자신만의 성채를 쌓는 듯이 보이는 작품으로서의 문학 또한, 현대사회의 본질을 새삼 생각게 하는 힘을 발휘한다.

이 모든 갈래들은 현실에 만족하지 않고 우리에게 익숙한 현실의 모습을 해체한다는 공통점을 갖는다. 현재의 사회를 낮게 만들고자 하거나 그에 귀속되기를 거부하는 태도 모두 현실이 문제적이라고 보는 것이다. 따라서 이들 문학작품을 통해 우리도 현실을 낯설게 보고 좀 더 나은 사회를 꿈꿀 수 있게 된다.

여기서 한 가지 주의할 점은, 문학작품이 그려 보이거나 염원하는 사회의 모습이란 궁극적으로 하나의 상, 하나의 이미지일 뿐이라는 사실이다. 따라서 문학작품을 전공 교재처럼 읽어서는 안 된다. 이들 작품이 의미를 갖는 것은, 작품을 통한 작가와의 대화에 힘입어, 익숙한 것들과 결별한 채, 현재 사회를 꿰뚫어보고 미래를 꿈꾸는 방법을 우리가 얻을 때뿐이다.

4. 문학과 역사 –지워진 것들의 복원

1) 역사물과 역사소설

역사소설에서 사람들은 두 가지를 기대한다. 한편으로는 다른 경우들에서처럼 즐거움을 찾고, 다른 한편으로는 역사소설 읽기 고유의 몫이라 생각하면서 역사의 진실에 대해 알고자 한다. 재미로 읽거나 역사를 알기 위해서 읽는 것이다. 문학전문가들의 용법대로 하자면 앞의 것이 통속적인 역사물이고 뒤의 것이 진정한 역사소설에 해당한다.

이러한 명칭에 담긴 가치평가에 동의하지 않는다 해도, 이 둘 사이의 차이는 알아둘 필요가 있다. 한 편의 역사 이야기가 어느 유형에 속하는지를 알 때, 그에 맞는 적절한 감상이 가능해지고 효과 또한 배가될 것이기 때문이다. 이 두 유형의 역사 이야기는 시간을 사고하고 역사를 대하는 태도에서 차이를 보인다.

2) 순환적인 시간과 재미의 왕국

재미를 위주로 하는 역사소설에서 시간은 순환적인 것으로 인식되고 역사는 반복의 측면에서 조명된다. 순환되는 시간을 타고 전개되는 역사란, 인물과 시대적인 상황이 다르다 해도 겉모습만 바뀌었을 뿐이어서 본질적으로는 동일한 사건의 연속이 된다.

세조에게 왕위를 빼앗기고 끝내 죽음을 맞이하는 단종의 인생이나 (이광수,『단종애사』) 경륜을 못 다 펴고 시운에 뒤쳐지는 대원군의 행적(김동인,『운현궁의 봄』), 무기와 권력이 위세를 떨치는 세상에서 비껴나 소리의 길을 좇는 우륵의 편력(김훈,『현의 노래』) 등은 인생의 덧없음으로 그 주제효과가 추상화된다는 점에서 사실상 동일한 사건이라고 할 수 있다. 이들 소설에서 배경으로 설정된 각각의 역사적 상황은 자기 고유의 목소리를 갖지 못한다. 우륵의 시대가 단종에게서 그리고 대원군에게서 반복되었다고 할 만큼, 인생에 관한 아주 보편적인 의미 곧 덧없음 (vanitas)을 드러내는 역할에 머물 뿐이다.

신라 황실을 뒤흔든 미실의 욕망이나(김별아,『미실』) 자유로운 인간이고자 했던 황진이의 바람(전경린,『황진이』), 주어진 숙명을 자유의지로 선택한 장씨 부인의 이상(이문열,『선택』), 낯선 이국에서 생존을 위해 온몸을 던지는 '연수'의 역정(김영하,『검은 꽃』) 등 또한 개인적인 소망의 주관적인 발현인 까닭에 효과 면에서 실질적인 차이를 갖지 않는다. 여기서 역사는 단순한 배경으로 물러앉는다. 주인공인 인물이 한껏 도드라져서 마음껏 춤을 출 수 있을 만큼 사람들의 시선을 끌지 않는 흐릿한 배경에 그칠 뿐(머물면서), 그의 춤을 제약하거나 그것과 길항관계를 맺는 살아있는 힘으로 기능하지 못하는(기능하지는 않는) 것이다.

이러한 소설들은, 기본적으로, 태양 아래 새로운 것이 없고, 인간의 삶과 사회의 상황이란 근본적으로 동일한 것이라는 인식에 근거하고 있다. 달리 말하자면 순환적인 시간관에 내포되어 있는 궁극적인 불변성에 기초를 두고 있는 것이다. 따라서 현재로부터 멀리 떨어진 이러저러한 과거를 배경으로 하더라도, 여기서 그려지는 것은 언제나 '사실상 비역사적인(a-historical) 동일한 사상(事象, Sache)들'이라고 할 수 있다. 인간 삶의 본질 중에서 시대의 변화에 영향을 받지 않는, 시작과 끝이 일정한 동일사건의 반복인 셈이다.

해서 이러한 작품들 전체를 두고 보면, 각각의 소설들 또한 순환된다고 할 수 있다. 구성원이 바뀌어도 일정한 형식을 갖고 주기적으로 반복되는 축제처럼, 대상이 달라져도 패턴은 변치 않는 부단한 연애처럼, 역사물들은 그렇게 반복된다. 인물과 배경의 역할 관계는 동일한 상태에서 시공간의 설정과 배역이 바뀌는 데 따라 주제가 반복되고 흥미가 재생산되는 것이다. 사정이 이러해서 역사물 읽기는 쾌락 추구의 한 양상이기도 하다. '욕망으로 시작되고 그것의 해소로 끝을 맺는 단일한 과정'이 끊임없이 순환되는 것이야말로 쾌락 추구의 본질적인 속성이기에 그러하다.

이렇게 사실상 반복되는 이야기들을 선보이고 그에 따라 작품들끼리도 순환·반복되는 결과, 역사물들은, 현재적인 관심사 너머에 자기들만의 세계를 갖게 된다. 독자인 우리가 놓여 있는 현재의 특수한 소망이나 이해관계에서 자유로운, 영원한 인간 본성이 가져다주는 즐거움의 공간이 그것이다.

3) 비연속적인 시간과 역사의 재구성

두 번째 유형의 역사 이야기는, 앞서 살핀 역사물들이 역사를 몇몇 개인의 일인 양 그렸다고 즉 사사화(私事化)했다고 비판하면서 자신을 구별 짓는다. 이들 소설은 '역사의 진정한 모습'을 형상화하고자 하며 그러한 탐구심을 독자에게도 요구한다. 참된 역사를 그리고자 한다 해서 역사가 고정될 수 있다고 믿는 것은 아니다. 역사 파악의 진위는 역사의 실정화 여부와 아무런 관계도 없다. 본질적인 의미에서 역사 기술 자체가 항상 그렇듯이, 이러한 소설들 또한 과거의 역사를 현재의 전사(前史)로 '재구성'하는 데 궁극적인 목적을 두고 있다. 이것이 바로 현대 소설의 한 장르인 역사소설이다(루카치, 이영욱 역, 『역사소설론』, 거름, 1987).

이러한 역사소설에서는 시간이 비연속적으로 위계화된다. 중요한 시간과 그렇지 않은 시간, 현재적인 의미를 띠는 시간과 그렇지 못한 시간들처럼 분열되는 것이다. 이러한 분열 상태 그 서열관계의 윗자리를 차지하는 특정한 과거가 현재화된다. 동질적이고 공허한 시간의 연속체를 파괴하면서, 현재적인 관심사가 자신의 미래를 과거의 특정한 시간에서 찾는 것이다. 프랑스혁명이 스스로를 로마의 환생으로 생각하고, 1987년 6월이 4·19와 5·18에서 자신의 모습을 찾았던 것처럼 말이다. 이러한 방식에 의해 역사소설에서 역사는, 동질성과 연속성을 잃고 현재로 충만한 시간 위에서 새롭게 짜이게 된다.

따라서 역사의 진정한 모습을 재구성한다는 것은, 새로운 역사를 만들고자 하는 욕망이 자신에게 의미 있는 과거를 환기해내어 새롭게 실현시키고자 하는 것에 다름 아니다. 주어진 역사를 승리자들의 역사, 야만의 역사로 해체하면서 이러한 욕망은, 기존의 역사에서 지워진 것들을 복원하고자 한다(벤야민, 이태동 역, 「역사철학테제」, 『문예비평과 이론』, 문예출판사, 1987). 이를 두고서, 현재로 의미 있게 귀환하기 위해서 과거를 현재화하는 것이라고 할 수 있겠다. 현대적인 역사소설들은 바로 이러한 욕망을 좇아 과거로 도약한다.

역사소설들이 보이는 역사 재구성의 양상은 단일하지 않다. 현재의 관심사에 따라서 '복원되어야 할 지워진 것들'이 달리 설정되고 복원 방식 또한 변화되는 까닭이다. 역사에 객관적인 발전 법칙이 내재해 있으며 우리가 그것을 알 수 있다고 믿는 역사주의적인 신념이 위력을 떨칠 경우 대체로 정통적인 리얼리즘의 방식이 선택된다. 갑오농민운동을 총체적으로 그려낸 송기숙의 『녹두장군』이나, 한국전쟁 전후의 현대사를 재구성한 조정래의 『태백산맥』, 베트남 참전 문제를 현재의 시각에서 조명한 방현석의 소설집 『랍스터를 먹는 시간』 등이 이에 해당한다. 이들 소설에서 시공간적인 배경은, 시대적인 제약과 현실의 위력으로 힘을 발휘하면서 인물들과 긴장 관계를 맺는 등 주제 구현에 있어서 고유한 기능을 한다. 새롭게 조명되고 재구성된 것이긴 하되, 실제의 현실처럼 제 힘을 잃지 않는 것이다.

역사주의적인 신념이 붕괴된 이후에는 모더니즘적인 기법이나 환상적인 방식 등이 자유자재로 구사되기도 한다. 한국전쟁의 비극과 분단의 고통을 그려낸 황석영의 『손님』이나 4·3사건에서 광주민주화운동에 이르는 현대사의 굴곡에 상처 입은 사람들을 위로하는 임철우의 『백년 여관』 등이, 토속적이고 환상적인 방식을 자유자재로 구사하는 대표적인 예가 된다. 산 자와 죽은 혼령이 만나서 대화하거나 이승 너머의 존재들이 영향력을 발휘하기는 해도, 그러한 설정이 역사를 주관적으로 왜곡하는 것이 아니라 역사의 진상을 파악하는 데 복무하는 방식으로 기능하고 있음에 주목할 필요가 있다. 이러한 경우에서 역사는, 작품 자체를 통해서 재구성될 뿐, 작품 속에서 주관적으로 변형되는 것이 아니다.

4) 역사 이야기를 통한 시간 여행

역사가 고정되지 않는다는 것은 자명하다. 역사란 본질적으로 구성되는 것이라는 점에서도 그러하고 그 기억과 전승이 언어를 통해서만 가능할 뿐이라는 점에서도 그러하다. 그러나 사정이 이렇다고 해서 역사가 주관적인 산물일 수 없음 또한 분명하다. 역사 기술의 궁극적인 목적이 현재를 올바로 이해하고 미래를 기획하려는 것인 이상, 현재 현실의 객관성이 역사 구성의 궁극적인 발판으로 기능하는 까닭이다. 역사소설은 바로 이러한 의미로 역사 기술과 같은 부류에 속한다. 그것은 '지워진' 것들을 복원함으로써 미래를 기획한다.

역사물로 구획되는 또 다른 소설들은 역사 속에서 '잊혀진' 것들을 되살려 문학 본연의 기능을 다한다. 이 경우는 역사의 재구성이 아니라, 문학 읽기의 흥미 혹은 인간 본성이나 인간 삶의 보편적 특징의 구현에 목적을 둔다. 역사를 소재로 하여 인간 삶의 비역사적인 본질을 환기시켜주는 것이다.

두 종류의 역사 이야기가 선사하는 '지워진 것들의 복원'과 '잊혀진 것들의 환기', 이를 통해서, 시간을 넘나들며 우리의 삶과 사회를 새삼 바라보는 것도 좋으리라.

5. 대중문화와 문학 —원한(르상티망)과 재미

1) 분열된 문화의 폭력

우리 사회의 특징 중 한 가지는 문화의 정체가 모호해졌다는 데서 찾을 수 있다. 사람들에 따라서 '문화'라는 말이 의미하는 내용과 가리키는 대상이 큰 차이를 보인다. 그 결과 사람들의 '문화생활'도 천차만별이고 '교양 있는 문화인'의 모습도 각양각색이 되어버렸다. 이러한 상황에서 다소 명확하게 말할 수 있는 것은 두 가지뿐이다.

첫째는, 개념과 경계는 모호해도 우리의 문화가 고급문화와 대중문화로 양분되어 있다는 점이다. 한편에는 오랜 역사와 전통을 가진 예술을 축으로 하는 고급문화(refined culture)가 있고, 다른 한편에는 텔레비전과 컴퓨터, 인터넷 등 과학기술을 바탕으로 하는 대중문화(mass culture)가 있다. 예술과 기술을 축으로 하는 두 문화가 서로 마주보며 있는 셈이다. 이렇게 서로 반대편에 위치해 있지만, 이들 문화는 모두 사람들의 실제적인 삶의 공간과는 거리를 두고 있다. 일상생활과 밀접한 관계를 맺고 있던 민중·민속문화(popular·folk culture)가 소멸된 까닭이다. 이로써 우리 삶의 정수(精髓)로 문화가 피어나는 것이 아니라, 알 수 없는 문화의 논리에 삶이 휘둘리는 상황이 전개된다.

2) 얼리어답터와 타임 걸의 문화

우리 시대의 문화에 대해 말해볼 수 있는 두 번째 사항은, 그 수용 과정에서 유사한 면모가 확인된다는 점이다. '따라하기'와 '과시하기'가 그것이다.

고급문화든 대중문화든 우리는 문화 산물들을 소비하는 데서 남들에게 뒤쳐지지 않도록 노력한다. 집단에서 소외되지 않기 위해서든 남들처럼 산다는 위안을 얻기 위해서든, 새로운 문화 산물들을 끊임없이 소비하는 데 전력을 다하는 것이다. 유행처럼 뚜렷한 근거를 갖지 않은 채 덧없이 변하는 대중문화의 경우 이러한 현상이 좀 더 심하지만, 고급문화라고 사정이 다르지는 않다. 예술 애호가로 자처하기 위해서는 각 분야에서 '무엇이 일어나고 있는가를 아는 것'이 중요하게 되었다. 새롭게 쏟아져 나오는 문화 산물의 동향을 재교육(르시클라주, recyclage) 받아야 하는 운명에 처해 있는 것이다.

새로운 산업 제품이 나올 때마다 곧장 그것을 구매하는 얼리어답터(early adopter)와 다를 바 없는 이러한 상황, 문화의 '르시클라주' 현상이 강화되는 이러한 상황에서, 우리는 전통에서 멀어지고 비판적 사고의 여지를 갖지 못하게 되었다. 의미와 가치를 음미하기 전에 스스로를 재교육시키며 추세를 따라가야 하는 상황이 펼쳐지는 것이다. 이리하여, 문화생활의 영역에서 가장 반문화적으로 행동하게 된다는 우리 시대의 역설이 가능해진다(장 보드리야르, 이상률 역, 『소비의 사회』, 문예출판사, 1991).

현대 문화생활의 또 다른 특징은 '과시하기'의 성격이 강하다는 데서 찾을 수 있다. 이러한 태도도 다시 둘로 나눌 수 있는데 첫째는 '따라하기'의 심리가 극대화된 결과라 할 수 있다. '얼리 얼리어답터'로 자신을 내세우는 경우이다. 둘째는 양 문화의 경계를 넘어서 따라하기가 이루어질 때이다. 대중문화 수준의 안목을 가진 채 고급문화를 따라하여 생기는 조잡한 문화 곧 '키치(Kitsch)'가 대표적인 예이다.

키치에 대해서는, 대중들의 심미안이 발전해나가는 과정을 증명해

주는 것이라고 역사적인 면에서 긍정적으로 볼 수도 있지만(에드워드 쉴즈, 「대중사회와 대중문화」, 노먼 제이콥스 편, 강현두 역, 『대중시대의 문화와 예술』, 홍성사, 1980), 그 원리에 있어, 문화예술을 감상·이해하기보다 그것을 소유하고 소비함으로써 자신의 욕망을 충족시키고 지위를 뽐내는 것이라는 점에서 문제적이라고 하지 않을 수 없다(칼리니스쿠, 이영욱 외역, 『모더니티의 다섯 얼굴』, 시각과언어, 1993). 한강변에 늘어선 고딕 풍의 아파트라든가, 바로크적인 외양을 갖춘 가구와 모조 도자기가 함께 진열되는 우리 시대 중산층의 거실 등이 키치적인 문화 수용의 좋은 예가 된다. 이러한 수용자들은, 제대로 읽지도 못하는 '타임'지를 옆에 끼고 다니며 대학생임을 은연중 과시하던 1980년대 '타임 걸'의 선후배며 동료이다.

3) 대중문학의 두 얼굴

문화의 르시클라주 현상이 우리에게 얼리 어댑터의 강박을 부여하고, 키치적인 면모가 우리들을 타임 걸의 후예로 만드는 현상이 좀 더 짙게 드러나는 것은 물론 대중문화에서이다. 대중문학 또한 예외가 아니다.

인터넷에 산재해 있는 대중문학 사이트의 글들 대부분은, 어떠한 작품이 나왔으며 무슨 작품을 읽었다는 사실의 기록에 그쳐 있다. 작품의 의미나 의의에 대한 생각을 나누는 것이 아니라 주어진 상황과 동향을 파악하고 따라가는 데 집중할 뿐이다. 상황을 주도하는 소수 마니아들의 동향 소개 글이나, 드물게 볼 수 있는 다소 깊이 있는 분석 글들을 퍼나르는 것 또한 동일한 행위에 속한다. 그 글들에 대한 평가나 판단은 거의 없이, 남들보다 빨리 그리고 많이 옮기는 데만 몰두하는 까닭이

다. 대중문학의 부정적인 양상은 이렇게, 예술적으로 저급하기는 한 대
중문학 작품들 자체의 수준에 있다기보다, 그것을 수용하고 전파하는
일반적인 방식이 보이는 무의식성에서 찾아진다.

대중문학 자체가 나쁘거나 부정적인 것은 아니다. 탄생 과정에서부
터 찾아볼 수 있는 역사적인 의의와 더불어 대중문학 작품들의 주제효
과 또한 매우 소중하다.

대중문화 및 대중문학의 의의는 무엇보다도 문화 향유의 민주화를
증대시켰다는 데서 찾을 수 있다. 19세기 중반 프랑스에서 대중문학이
수립된 이후 1950년대 초의 미국 텔레비전 방송에 이르기까지, 형성기
의 대중문화는 말 그대로 문화의 대중화에 크게 기여했다. 책과 신문
라디오 영화 텔레비전 등 대중적인 의사소통 매체를 통해 고급문화가
대중들에게로 확산되어 들어간 것이다. 자본의 논리에 따라 대중문화
의 저속화 현상이 심해지기는 했어도, 대중문화의 발전이 문화생활의
민주화를 증대시킨 공로는 잊을 수 없다.

대중문화의 산물, 대중문학 작품들이 보이는 작품 세계 또한 나름대
로 긍정적인 의미를 갖는다. 초창기 대중문학에 있어서, SF가 보인 과
학적 사고에 대한 지지와 경계나 추리소설이 전제로 하는 합리적인 추
론 능력에 대한 신뢰 등은 그 자체로 소중한 것이다. 과학의 미래를 낙
관하는 줄 베른의 SF는 메리 셸리의 『프랑켄슈타인』이나 올더스 헉슬
리의 『멋진 신세계』 등이 보이는 우려와 균형을 이루고 있으며, '셜록
홈즈 시리즈'는 당대 사회의 사실주의적인 보고 기능도 겸하고 있다.

사실 따지고 보면, 감상성이 짙은 연애소설이나 엽기적인 호러물 또
한 필요한 것이고, 실제 사회와는 무관한 세계에서 나름의 법칙을 가지
고 전개되는 무협소설이나 판타지 등도 유흥을 제공한다는 점에서 순

기능을 인정하지 못할 것이 아니다. 추리와 환상, 과학적 원리, 에로티즘 등이 대중문학에만 고유한 것이 아님은 자명한 일이니, 그러한 요소로 일관하였다고 대중문학을 탓하는 것은 편협한 처사라 할 수 있다. 고급문학과 교양, 여타 예술이 주는 재미 이외의 측면 즉 인간성을 고양시키거나 사회적 삶에 대해 반성하게 해주는 것 등과는 거리가 있어도, 대중문학이 제공해주는 유흥과 재미 또한 인간의 필요에 의한 것이기 때문이다.

4) 원한의 치유, 진정한 향유

우리나라에서 대중문학은 약자의 불행한 역사를 겪어왔다. 1980년대에 이르기까지 대중문학은 저급한 것으로 여겨져 제대로 된 독서물로 인정받지 못했다. 문학의 유흥 제공 기능이 문학 논의에서 거론조차 되지 않는 시대 분위기 등을 이유로 들 수 있다. 그 결과 SF, 추리, 판타지 등 중요 장르문학들은 주로 아동용으로 소개되고, 연애소설은 하이틴문학으로, 무협은 청소년 및 성인들의 저속한 독서물로 낙인찍혔다.

최근 20년간은 이러한 상황이 극적으로 전복되는 시기였다. '전복'이라는 말이 과장이 아닐 만큼 대중문학의 위력이 막강해져서 본격문학 또한 그 물결에 휩쓸리거나 고립되는 형편이다. 대중문학의 득세로 인해서 문학활동 일반이 '따라하기'와 '과장하기'의 위협으로부터 자유롭지 못하게 된 것이다.

이러한 상황을 두고 보면, 지나온 불행한 역사 속에서 대중문학이 원한(르상티망 ressentiment)을 품었다고 할 수도 있다. 약한 노예가 약함을 선으로 강함을 악으로 규정하는 도덕상의 반란을 통해 주인을 부정하고, 끝내는 본능을 전도시킨 명제를 따라 폭력을 행사하듯이(니체, 김태현 역, 『도덕의 계보』, 청하, 1982), 오늘의 대중문학 특히 그 소비 양상은 문학계 전반에 르상티망와 키치 현상을 만연시키며 문학의 죽음을 재촉하고 있다.

이러한 상황에서 우리에게 남아 있는 탈출구는 무엇인가. 문학 감상이 문화의 향유가 되도록 하는 것뿐이다. 작품을 마주할 때 옆을 힐끗거리거나 남을 의식하지 않고 작품에 담겨 있는 요소들을 작품 내에서 충실히 음미하는 것이야말로, 우리의 문학 읽기가 진정한 문화생활이 되게 해 주는 기본적인 자세이다. 대상이 고전이든 장르문학이든 이러한 사정이 바뀔 리는 없다.

6. 문학의 의미 — 정체성 찾기의 여러 길

1) 다시 문학이란 무엇인가에 대하여

P군에게.

문학에 대한 몇 가지 상념을 전하는 일도 이제 막바지에 다다랐네.

문학의 정체를 잘라 말하기 곤란한 상황에서 우리가 취할 자세는 무엇인가에서부터 우리의 이야기가 시작되었네. 한 가지 문학관을 고집하는 것보다는 문학의 다양한 얼굴에 골고루 시선을 던지는 것이 현명하리라 했지. 다소 막연한 이러한 전제에서 우리는 인간과 사회, 역사에 대한 문학의 시선을 살펴보았네. 그러면서 '운동으로서의 문학'과 '작품으로서의 문학'이 보인 다채로운 면모를 시공간적으로 간략히 훑어보았네. 그 결과로 우리는, 인간의 자유로운 면모를 확장하고 사회의 잊혀진 것들을 복권시키며 역사를 재구성하거나 보편적인 즐거움을 제공하는 문학의 갈래들을 정리해볼 수 있었네. 끝으로 우리는 휘황찬란한 대중문화의 한 영역인 대중문학 곧 '유흥으로서의 문학'을 이야기하면서 우리 시대 문화활동의 특징에 대해서도 짚어보았네. '따라하기'와 '과시하기'가 그것이었지.

P군, 이 시점에서 나는 진부한 질문 한 가지를 다시 떠올리네. 바로 '문학이란 무엇인가'가 그것이네.

자네를 포함한 일반인들에게는 생소하겠지만, 문학을 연구하는 사람들에게는 항상 깔려 있는 것이 바로 '문학이란 무엇인가'라는 실체 규정적인 질문이네. 사실 보통 사람들도 의식하지만 않을 뿐, 언제나 이 물음을 바탕에 두고 문학을 접하게 마련이네. 귀여니의 소설을 두고 벌어졌던 네티즌들 간의 공방이나 팬덤(fandom)이라 불리는 장르문학 애호가들의 행동은 극단적인 예일 뿐이지. 서점의 문학 코너에서 책을 골라 지갑을 열 때마다 우리들 각자는 이 질문에 답하고 있는 셈이니 말일세.

사정이 이러하니, '문학이란 무엇인가'라는 질문을 음미하는 것으로 우리 이야기의 끝을 시작하는 것도 좋지 않겠는가 싶네. 지금까지의 문학 이야기를 살려줄 바가 여기에 있는 까닭이네.

2) 미래에 대한 규정

'문학이란 무엇인가'라는 물음은 우리를 곤혹스럽게 하네. 실체를 묻는 인문학의 질문들이 대체로 그러한 것처럼 하나의 명확한 답을 갖고 있지는 않은 까닭이지. 따라서 필요한 일은, 답들 중의 하나를 주장하는 것이 아니라 '답이 여럿일 수밖에 없는 질문을 던지는 일'의 의미를 따져보는 것일세.

사실 이 질문은 문학의 정체를 묻는 것이 아니라고 할 수 있네. 이 질문에 답하는 수많은 논의들을 일별해보면 사정이 분명해지네. '문학이란 무엇인가'라는 질문은, 경우에 따라서 '문학이란 무엇이라고 생각되어 왔는가?' 혹은 '문학은 무엇이어야 하는가' 등을 의미하고 있으며, 경우에 따라서는 '문학은 어떠한 것인가'를 거쳐서 '문학의 기능은 무엇인가' 등으로 사실상 치환되곤 했네. 이렇게 '문학이란 무엇인가'라는 실체 규정적 질문은 실체의 규정에 국한되지 않는 다양한 담론 속에서 제기되어 왔던 것이네. 그럼에도 불구하고 이 질문 형식이 유지되는 것은, 위의 다양한 질문들을 포괄하면서 문학의 실체를 규정하려는 지향성을 내장할 수 있기 때문이라고 할 수 있겠지.

이렇게 이 질문의 성격을 명확히 해 두고 보면 이 질문을 던지는 일의 의미 또한 자명해지네. 결론을 당겨와 말하자면, 요컨대 이 질문은 반성적인 것이라고 할 수 있네. 현재의 문학을 규정하고자 하는 것이 아니라, 과거의 문학을 뒤돌아 살펴봄으로써 문학의 미래 모습을 규정하고자 하는 것이란 말일세. '나는 누구인가'라는 질문을 통해 유추적으로 생각해보게. '나는 누구인가'라고 묻는 궁극적인 목적은 무엇이겠는가. 어떤 상황에서 이러한 질문을 던지게 되는가를 생각해보면 답이 조금 분명해지네. 이 질문은 자신의 실체를 확인하려는 것이 아니네. 그것은 자신의 삶을 어떻게 이루어갈 것인가 하는 문제의식에서 비롯되어 자신의 미래상을 모색하는 질문이라고 할 수 있네. 그렇지 않은가.

같은 의미에서, '문학이란 무엇인가'라는 질문 또한 '탐구'가 아니라 '형성'에 관련된다고 할 수 있네. 현재 우리 주위의 문학이 어떠한 것인가를 알고자 하는 것이 아니라, 우리의 문학이 장차 어떠해야 하겠는가라는 소망과 바람을 담은 질문이라는 말일세. '문학이란 무엇인가'라는 질문은 문학의 과거와 현재가 아니라 그 미래에 관련되어 있네. 달리 말하자면 이 질문은 그러니까 '미래에 대한 규정'을 담은 것이라고 할 수 있네.

따라서 이 질문을 우리가 공유할 때, 우리의 문학활동 곧 문학작품에 대한 향유의 방식과 의미가 달라질 것이네. 나아가서, 그것을 일부분으로 하는 우리의 문화생활 전반의 양상 또한 달라지겠지. P군, 어떤가, 너무 거창한가? 나는 아니라고 생각하네. 우리가 무엇을 묻는가 그 물음을 통해 무엇을 추구하는가에 따라 얻는 것이 달라지기 마련 아니던가. 이 질문이 지금까지의 우리들 문학 이야기를 살려주리라는 뜻이 여기에 있네.

3) 엘리트주의와 팬덤을 넘어서

P군. 이제 우리가 '문학이란 무엇인가'라고 함께 묻는다면, 우리는 이 질문을 통해 무엇을 요구해야 하겠는가.

일단 소극적으로 이야기해보세. 나로서는, 적어도 다음 두 가지 곧 엘리트주의와 팬덤만큼은 바람직하지 않다고 생각하네. 이유는 무엇이겠는가. 바로, 편협하기 때문일세. 편협함이야말로 반문화적이라고 나는 믿네.

엘리트문학도 필요하고 팬덤을 구성하는 장르문학 또한 소중하지만, 그 각각이 문학의 왕자임을 참칭하는 것은 곤란하네. 그럼으로써 문학의 왕국을 자신의 영역으로 한정하는 것은 참으로 불행한 일이네.

누보로망(nouveau roman)에 뿌리를 두고 모더니즘 지향성의 극단을 달리는 난해한 문학이나 독특한 철학세계에 근거하여 보통사람들의 접근을 쉽게 허락하지 않는 문학세계 등과 같은 것만을 애호하여 대중과 소통하지 않는 자세뿐만 아니라, 교과서와 문학사를 장악하고 있는 본격문학만이 진정한(!) 문학이라고 고집스럽게 주장하는 태도 등이 부정적인 엘리트주의의 실상이 될 것이네. 이러한 문학은 참으로 소중한 것이지마는 그것만을 문학인 양 편애하는 것은 문제라는 말일세.

마찬가지로, 장르문학에만 빠져서 주류문학을 뱀과 구렁이 보듯 하는 것 또한 경계해야 하네. SF팬덤에서 이러한 목소리를 듣는 것은 일도 아니라 할 만큼, 대중문학에 대한 우리 사회의 편향 또한 심히 우려할만한 일이네. 교과서 문학과 애호하는 문학 사이에 만리장성을 쌓아두고, 예컨대 무협소설만이 소설인 줄 안다면 이는 불행한 일일 수밖에 없지 않겠는가.

물론, 넓게 생각하면 문학 감상에서의 엘리트주의도 필요하고 팬덤도 필요하다고 할 수 있겠지. 나도 그렇게 생각하네. 하지만 문학 수용자 한 명 한 명의 입장에서 보면 사정이 그렇지만은 않은 것이 현실이네. 엘리트주의와 팬덤 양자에 두루 친숙할 수 있는 사람이 몇이나 되겠는가. 이를 꿈꾸느니 우리의 문학활동 양상이 편견을 넘어선 상호소통의 모습을 띠기를 바라는 것이 옳지 않겠나 싶네.

4) 원하는 만큼 얻는 유토피아

P군, 여기 문학의 왕국이 있네.

끊임없이 경계를 확장해 나아가고, 도로망이 항시 변경되며 건물의 위치와 모양, 위상이 부단히 바뀌는 이곳은 어떠한 지도도 용납하지 않네. 자네가 남기는 자취가 곧 길이며, 자네가 머무는 모든 곳이 집이자 고향이고, 자네 발걸음 닿는 곳까지가 국경이네.

P군 자네는 지금 유토피아를 보고 있네. 한 가지 길과 특정한 모양의 집만 고집하지 않는다면, 그 대상이 무엇이든 자네가 원하는 만큼을 얻게 되는 곳이기 때문이네. 원하는 만큼 얻는 곳, 이야말로 유토피아가 아니고 무엇이겠는가.

문학이라는 유토피아의 왕국 앞에 선 P군이여, 부디 두루두루 돌아다니길 바라네.

무엇보다 행복해지기 위해서, 그리고 미래를 열어두기 위해서도 우리에게는 넓은 시선이 필요하네. 차이를 인정하면서 개별자들 하나하나를 존중하는 태도야말로 우리의 삶을 풍요롭게 해주지 않는가. 바로 이러한 까닭에, 문학의 왕국을 여행하는 군을 위한 안내서에 다음 몇 가지를 적고 싶네.

어슐러 르 귄의 『빼앗긴 자들』에서 사회사상을, 브란튼베르그의 『이갈리아의 딸들』에서 페미니즘을 배우고 이해할 수 있을 걸세. 김주희의 『피터팬 죽이기』나 박민규의 『삼미슈퍼스타즈의 마지막 팬클럽』, 은희경의 『마이너리그』 등에서 군은 보통사람들의 속내를 울고 웃으며 볼 수 있네. 밀란 쿤데라의 『참을 수 없는 존재의 가벼움』에서 군은 사랑의 몇 가지 표정을 읽게 될 것이고, 마르케스의 『백 년 동안의 고독』 속에서는 부단한 인간사로서 역사를 보게 될 것이네. 이들 각 동네에서 군의 발걸음을 넓히게.

군을 위한 안내서에 적힌 이들 주소들의 열린 총합이야말로 '문학이란 무엇인가'에 포함된 모든 질문들에 해답을 주는 것일세. 정체성 찾기란, 원래, 여러 길을 밟는 편력의 다른 이름이 아니던가. 부디, 얻고자 하는 만큼 원하기 바라네.

2장

인터넷과 문화의 위기

1. 문화사적인 격변 그리고 인터넷

세기의 전환에 걸친 최근 한 세대의 시간은 인류문화사의 중요한 격변기에 해당한다. 선진자본주의에 비해 근대화의 도정이 늦게 시작되면서 압축적으로 전개된 한국의 경우에 이 점이 더 강렬하다. 우리 사회의 문화 변동은 그 정도가 너무 커서 사태를 알아차리기가 힘들 정도이다. 너무 큰 소리는 귀에 들리지 않듯이, 지각변동이라 할 만한 변화의 와중에 있기에 우리는 우리가 어떤 변화를 겪는지조차 알아차리기 어렵다.

이러한 변화를 암시해 주는 뚜렷한 징후가 하나 있다. 뚜렷한 현상이되 변화에 대해서는 단지 암시해 주는 데 그쳐 징후일 수밖에 없는 까닭은, 이러한 현상과 앞서 말한 변화를 연관 지어 생각하기가 대단히 곤란한 까닭이다. 문화의 격변을 암시해 주는 이 징후란 무엇인가.

‘정부의 정책을 둘러싼 뜨거운 논란’이 그것이다. ‘국민의 정부’와 ‘참여정부’를 거쳐 이명박 대통령 시대를 지나 현재에 이르기까지, 대북정책이나, 행정수도 이전 문제, ‘역사 바로 세우기’, 한미 FTA, 광우병 소고기 파동, 국정원 선거 개입 문제, 세월호 사태 등과 같이 어느 모로 보나 대단히 중요한 정치사회 문제는 물론이요, 고위 공무원의 임면 및 청문회에 이르기까지 온갖 정치 문제에 대해 찬반 여론이 들끓는 현상, ‘국론의 분열’이라고까지 말해지는 이러한 현상이야말로 우리 사회가 문화의 격변을 겪고 있다는 뚜렷한 징후이다. 위에 예거한 정치적 논란 거리들이 우리 사회가 겪고 있는 문화사적인 격변을 암시해 주는 명백한 징후라니, 엉뚱하다고까지 생각될 것이 틀림없다. 정치 담론의 분열적인 고조와 문화사적인 격변 사이에 어떠한 연관을 떠올리기는 쉽지 않기 때문이다.

양자 사이의 숨어 있는 연관은, 국론의 분열상이 명확히 드러나는 장이 바로 인터넷이라는 점을 고려할 때 조금 선명해진다. 사실 민주당, 새정연 쪽의 진보(?) 정권이든 한나라당, 새누리당 쪽의 보수(?) 정권이든, 해방과 건국 이후 지금까지 명멸한 정권들에 비해 특별한 문제를 지니거나 한 것은 아니다. 그들의 정책 또한 그것을 둘러싸고 국론이 분열될 만큼 특별하고도 심대한 문제를 지니고 있거나 한 것은 아니다. 그럼에도 불구하고 유례없는 국론 분열상이 노정된 데는 다른 이유가 없을 수 없는바, 그 핵심은 바로 인터넷 미디어라는 새로운 미디어의 등장 및 활성화에 있다는 것이다.

정치적 담론의 극한 분열과 혼란을 낳고 있는 문화 상황의 핵심에는 인터넷이 자리 잡고 있다. 인터넷이 핵심인 이유는 인터넷이야말로 이러한 상황을 가능케 하는 물질적인 토대이고 궁극적인 조건인 까닭이다. 인터넷이 토대요 조건으로 작용하는 영역은 정치 담론에 한정되지 않는다. 사실상, 대중들이 관여하는 모든 담론들의 양상을 결정하는 데 있어서 인터넷은 물질적 토대이자 궁극적인 조건으로 위력을 발휘하고 있다. 우리가 겪고 있는 문화사적인 변화 자체가 인터넷이라는 새로운 미디어에 의해 촉진되고 있는 것이다.

인터넷이라는 새로운 미디어가 가져온 낯선 문화 지형 속에 우리는 살고 있다. 기원은 1969년으로 올라가지만 이 미디어가 본연의 모습을 갖춘 것은, 미국의 인터넷 사업자들이 상업용 인터넷을 위한 근간망(backbone network)을 구축한 1992년이다. 우리나라에서는 1994년 6월에 한국통신이 인터넷 상용 서비스를 시작했으니 이제 막 20년을 넘기고 있다. 이렇게 아직 한 세대도 안 된 새로운 미디어가, 우리의 정치 담론뿐 아니라 공적 · 대중적 담론 일반, 더 나아가서는 한국의 사회문화사를 바꾸고 있다는 데 대해서는 설명이 필요하다.

미디어의 의미와 기능 및 새로운 미디어의 출현이 끼치는 영향에 대해서는 일찍이 마샬 맥루한이 주목할 만한 견해를 내놓은 바 있다. 그에 따를 때 미디어는 '우리 자신의 확장'으로서 '인간의 상호 관계와 행동의 척도 및 형태를 만들어내고 제어하는 것'으로 정의된다. 따라서 새로운 미디어의 출현은 기존의 것에 자신을 덧보태는 데 그치지 않게 된다. 그 존재 자체가 인간관계의 방법, 인간이 세계를 이해하고 반응하며 행동하는 데 변화를 낳는 까닭이다. 이러한 사정을 그는 "미디어는 메시지다"라는 명제로 정리한다. 미디어 자체가 메시지인 까닭에, 특정 미디어에 어떠한 내용이 담기는가 혹은 그 미디어를 누가 어떻게 사용하는가는 사실상 큰 의미를 띠지 못하게 된다. 이보다는 어떤 미디어가 지배적인가라는 역사적 사실 자체가 더욱 중요해진다. 전기(電氣)

미디어의 출현에 의해서 선형(線形)의 연속이 마감되고 상관적 배열이 등장한 것이 현대사회의 특징이라는 주장은 바로 이러한 맥락에서 제기된다.[1]

새로운 미디어 기술이 새로운 지각 모형을 낳고 개인 및 사회적 삶이 거기에 적응해 가면서 혁명적인 변화가 일어난다는 이러한 생각은 그의 기념비적인 저작 『구텐베르크 은하계』[2]에서 다각도로 조명되고 있다. 표음문자의 등장이나 문자의 내면화, 인쇄술의 발명과 보급, 카메라 옵스큐라(camera obscura)의 등장, 전기적 동시성·상호의존성 등이 그러한 예로서, 이들의 출현에 의해서 인간의 감각 비율이 재조정되고 공동체적 상호의존의 양식도 변화하게 되었다는 것이다.

바로 위의 설명에서도 확인되듯이 맥루한은 대단히 거시적인 문제의식 위에서 사태를 해석하고 있다. 따라서 그의 논의를 그대로 끌어들여 우리의 문화 상황을 해석하는 데 준거로 삼는 것은 우도할계(牛刀割鷄) 격이 되기 십상이어서 적절치 않다. 텔레비전에 대한 그의 주장이 좋은 예가 된다. 맥루한은 텔레비전의 등장이 인쇄술에 의한 시각 중심의 문화를 대체하여 공감각적인 전통을 복원시켰다고 하여 긍정적으로 해석하고 있다. 자료가 충족되어 있는 상태인 정세도가 낮고 사람들의 참가·보완의 여지가 높은 '쿨 미디어'의 대표적인 현대 미디어가 텔레비전이라는 것인데, 이는 텔레비전은 바보상자라는 일상의 진실에 비추어 보더라도 동의하기 어렵다. 영화에 비해 엉성한 화소로 구성되어 있어서 텔레비전이 시청자의 높은 참여를 요구한다는 그의 설명은 기술적, 감각적인 데에 한정된 것이어서, 텔레비전과 관련된 일련의 인

---

1 마샬 맥루한, 박정규 역, 『미디어의 이해』, 커뮤니케이션북스, 1997, 12~20면.
2 마샬 맥루한, 임상원 역, 『구텐베르크 은하계』, 커뮤니케이션북스, 2001.

간 활동이 보이는 사회문화적인 영향과 의미를 밝히기에는 무력할 수밖에 없다. 거시적인 틀에서 텔레비전이 인간의 감각 구조에 영향을 끼친다는 점에는 동의해도 텔레비전 사회학의 세밀한 내용이 그 틀에서 심도 있게 논의될 수 없음은 자명한 까닭이다. 텔레비전을 포함한 전자 미디어 문화에 대한 그의 해석 일반은 이렇게 큰 틀에서 이루어짐으로써 실제적인 분석틀로 그냥 사용될 수는 없다. 1980년에 죽어 인터넷의 등장과 확산을 보지 못했으니, 그의 이론을 교정할 여지가 그에게 없었다는 것이 아쉽다.

그러나 이러한 한계에도 불구하고 맥루한의 미디어론은 인터넷에 의한 문화의 변동을 이해하는 데 있어서 매우 중요한 기반을 제공해 준다. '미디어는 메시지다'라는 명제의 진의를 잃지 않을 때, 인터넷에 담기는 내용보다도 인터넷이라는 새로운 미디어의 특성 자체가 문제의 근원이라는 점에 주목할 수 있게 해 주는 까닭이다. 앞서 말한바 '국론의 분열'이라 할 만한 뜨거운 담론 현상이나 그것이 징후로서 보여주는 우리 사회의 문화적 격변 모두, 인터넷이라는 새로운 미디어의 등장을 궁극적인 원인으로 갖는 현상이라 할 수 있다.

2. 인터넷 미디어의 특징 다시 생각하기

인터넷은 우리 사회 곳곳에 퍼져 있다. 컴퓨터와 PC방은 물론이요 거의 모든 국민의 생활필수품이 되다시피 한 스마트폰이 사용자를 인터넷으로 이끌어 주는 거대한 기계 체계의 말단부이다. 이 부분은 유비쿼터스 환경의 구축과 착용식(wearable) 컴퓨팅 기술의 발달, 증강현실

(augmented reality)의 구현 등 기술의 발전을 따라 확대일로에 있다. 행정부에서부터 정당, 경제 단체, 각종 시민사회 단체, 언론사, 교육·문화기관 등 사회적으로 유의미한 기관들 모두가 인터넷에 연결되어 있으며, 각종 포털이나 다양한 SNS를 통해 개인 사용자들 또한 자신만의 혹은 서로의 공간을 인터넷상에 꾸리고 있다. 이러한 현상의 결과로 두 가지가 중요해졌다. 사회적으로 의미 있는 어떠한 사안도 이제 인터넷 미디어를 피해서는 전개될 수 없다는 것이 하나요, 지극히 사적이고 개인적인 요소도 즉각적으로 공론의 장을 휩쓸 수 있는 상황이 펼쳐졌다는 것이 다른 하나다. 이로써 '문화'의 범위를 가장 넓게 잡는다 해도 문화 일체가 인터넷 미디어와 결부되어 있다고 할 수 있다.

이러한 사실 자체가 지니는 중요한 의미를 강조해 두자. 사회의 전 분야와 사회 구성원 거의 대다수가 동일한 미디어를 사용함에 따라, 그 전체에 있어서 이 미디어에서 기인하는 커다란 변화가 생겨났다. 사회 각 분야의 관료제적인 분화가 약화되고 사회와 개인, 공적인 것과 사적인 것의 경계 또한 취약해지게 된 것이 그 내용이다. 요컨대 인터넷 미디어의 보편화로 인해 이 미디어와 관련되어 있는 사회 및 개인의 전 영역이 연동되면서 인터넷 미디어의 영향을 입게 되었다고 할 수 있다. 앞서 말한 '국론의 분열상'은 이러한 사실을 떠나서는 제대로 이해할 수 없다.

따라서 우리 사회의 문화 격변을 살피기에 앞서 인터넷 미디어가 갖는 기본적인 특징을 검토할 필요가 있다.

인터넷(Internet)이 가지는 가장 기본적인 특징은 '상호작용적인(interactive)' 미디어라는 데 있다. 인터넷 미디어는 개별적인 유저들이 단순히 정보 소비자에 그치지 않고 텍스트의 생산 및 유통, 소비 전 과정의 주체로서 기능할 여지를 물리적으로 제공한다. 그 결과로 인터넷에서는 정보 제공자와 수용자, 생산자와 소비자의 경계가 매우 모호해지고, 정보의 생산과 제공, 수용에 있어서 사용자들이 적극적, 능동적으로 개입할 여지가 증대된다. 유통의 주체 간 경계와 유통 주체의 정체성이 모호해지는 것인데, 이와 더불어 유통되는 메시지 자체에도 변화가 나타나게 된다는 점을 강조해 두자. 인터넷의 정보는 책으로 인쇄되거나 교육 현장에서 교수되거나 공중파를 통해 전달되는 지식 및 정보들과는 성격이 다르다. 인쇄물이나 텔레비전과 비교해서 두드러지는 이러한 특징들, 상호성에 근거한 이상의 특성으로 해서 인터넷은 전혀 새로운 미디어의 자리를 차지하게 되었다. 통신 및 전자기술의 발전이 인터넷에 이르러 미디어의 역사에 혁명적인 전환을 이루어낸 것이다.

인터넷의 새로움은 상호성에 '동시성'과 '광역성'이 가미되면서 한층 강화된다. 인터넷의 상호작용은 사실상 지구 전역에 걸친 네트워크 전체에서 동시적으로 관철된다. 전 세계에 산재한 사용자들이 시공간의 한계에 구애받지 않고 언제 어디서든지 상호적으로 소통할 수 있게 되었다는 것, 인류 문명사상 유례가 없는 이 놀라운 현상을 실현한 것이 바로 인터넷이다. 공간적으로 떨어져 있는 사람과 인터넷을 통해 자유롭게 소통할 수 있게 되면서 우리 시대는 사람을 만나고 대하는 방식 자체에서도 중요한 변화를 겪고 있다.

미디어 매체 자체의 특성에 주목해서 보면 인터넷 특히 웹(WWW; World Wide Web)의 멀티미디어적인 속성이 눈에 띈다. 인터넷은 단순히, 고도로 발달된 언어기계에 머무르지 않는다. 그것은 언어 이외에 소리와 영상을 주요 소스로 허용하고 나아가 강제하고 있으며 인터페이스 측면에서는 촉각에도 의미를 부여해 준다. 이렇게 다양한 메시지 소스가, 인터넷 미디어가 소통 가능케 하는 텍스트 층위를 두텁게 한다. 여기에 더하여 이러한 텍스트들이 사실상 어떠한 중심도 없이 리좀(rhizome)적으로 연결되어 있는 점 또한 특기할 만한 사실이다. 각종 링크와 하이퍼텍스트, 리플 기능으로 인터넷은 자신이 소통시키는 텍스트를 중층화한다. 사용자들이 이런 저런 정보를 끌어 모아 자기 공간에 저장하면서 다른 사용자들에게 현시하는 행태도 이러한 양상을 한층 강화하는데, 따지고 보면 인터넷 사용자의 이러한 행동은 인터넷 미디어의 기계적·물질적 속성에 연원하는 것이라고 할 수 있다. 우리의 감각으로 돌려 말하자면, 인터넷은 명실상부한 공감각적 미디어로서 우리의 소통 구조와 텍스트 관련 활동, 나아가 우리의 감각 체계 자체에 중요한 변화를 낳고 있다.

사람들의 사용 과정에서 드러나는 특성 또한 인터넷 미디어의 특징을 이룬다. 앞서 지적한 상호작용성과 관련되어, 인터넷 사용자들은 대체로 자신이 인터넷이라는 새로운 미디어의 주체이자 지배자이며, 인터넷상의 특정 공간이 자신의 것이라고 생각하기 십상이다. 이러한 태도와 인식은 인터넷이 중심을 갖지 않으며 특정 자본의 소유도 아니라는 사실에 연원하는 것으로 보인다. 인터넷 게시물의 추적 가능성과 인터넷 근간망 자체에 대한 물리적 통제의 가능성을 고려하면 위의 생각이 잘못임은 분명함에도 불구하고, 많은 인터넷 사용자들은 인터넷 미디어의 사용에 있어서 사실상 아무런 제한이 없는 것인 양 행동하고 있다. '인터넷을 통해서 변소의 낙서가 공적인 것이 되었다'고 할 수 있을 만큼,[3] 오프라인 상황에서라면 삼갈 것을 인터넷상에서는 거리낌 없이 쓰고 남기고 퍼뜨리는 것이다. 이러한 사태의 바탕에는 인터넷 미디어

---

3 가라타니 고진 외 좌담, 「와야 할 어소시에이션이즘」, 가라타니 고진, 조영일 역, 『근대문학의 종언』, 도서출판b, 2005, 283면; 아사다 아키라의 발언.

의 물질적인 특성이 자리 잡고 있다. 인간과 기계를 연결시켜 주는 인터페이스가 개인의 범주에서 작용한다는 사실이 위와 같은 착각과 그에 따른 행태를 가능케 하는 것이다. 일반적인 경우 키보드나 마우스를 동시에 둘 이상이 쓰지는 않으며 인터넷으로 사용자를 이끄는 'PC' 자체가 개인의 사물인 까닭에, 인터넷 사용자들은 부지불식간에 자신이 인터넷의 주인이며 누구로부터도 통제되지 않는다는 환상에 빠지게 되는 것이다. 여기서 미디어 커뮤니케이션 양상의 변화와 커뮤니케이션 감각 자체의 변화가 생겨나는데, 이 또한 인터넷이라는 새로운 미디어가 초래한 새로운 인간관계의 한 양상이다.

3. 문자 활동의 변화 —얼리어답터와 노출증 환자의 텍스트

어떠한 기계의 발명이든 그것 자체에는 문제가 없고 다만 사용하는 인간의 선택이 중요할 뿐이라고 보는 견해가 있다. 인터넷 미디어의 활성화와 가상현실의 창출에 대해서도 그러한 입장을 취할 수 있다.[4] 과학을 기축으로 하는 문명 발달 방향의 현실을 인정할 때 이러한 입장을 부정할 수는 없지만, 그렇다고 해서 모든 것은 인간이 하기 나름이라고만 할 수도 없다. 이러한 태도는 사태에 대한 방관을 낳고 그 결과로 무지를 키우기 십상이기 때문이다. 그런 방향으로 나아가다 보면, 어느 정도는 피하거나 관리할 수 있었을 심각한 양상을 초래하게도 된다. 이

---

4 대중문화계에 영향력을 행사하는 입장에서 이러한 견해를 적극 표명하는 경우로 SF 전문가 고장원을 들 수 있다. 「과잉현실과 가상현실, 그리고 동양 유가사상과의 시너지 효과」, 「누가 미디어의 폭주를 제어할 것인가」 등(www.junksf.net; 이 사이트는 휴면상태여서 '네이버'를 통해 '고장원'을 검색해 들어가야 볼 수 있다).

럴 경우 우리는 자신의 행위가 낳는 결과에 책임을 지지 않는 종족으로 전락할 것이다.

기계·기술 자체가 아니라 운용자의 선택이 중요하다는 일견 옳은 진술이 문제를 확대하기 전에, 인터넷 미디어의 등장과 발전이 갖는 의미와 우리 사회에 끼친 영향을 보다 반성적으로 사고할 필요가 있다. 인터넷에 대한 반성적 사고는 슈퍼컴퓨터나 넷이 인간세계를 지배할 것이라는 사이버펑크적인 상상력 등과는 거리가 멀다. 이러한 유의 상상은 인터넷 기계 자체에 시야를 한정하고 그것이 존재 자체만으로도 위협적인 것인 양 예단한다는 두 가지 점에서 적절치 못하다. 인터넷에 대한 반성적 사고는 인터넷 미디어의 물질적인 특성과 위력을 십분 인정한 위에서, 그것이 인간과 사회에 미치는 실제적인 효과를 인간 본성과 문화를 기준으로 하여 가늠해 보는 것이다. 상술하자면, 인간성과 문화의 운동 방향과 지향에 비추어서, 인터넷 미디어가 인간의 소통 및 지각 방식, 인간 사회의 운용 방식에 강제하려는 변화의 본질을 구명하는 것이다.

사태는 복잡하고 중층적이다. 인터넷이 가져온 담론의 활성화가 이러한 점을 가장 뚜렷이 보여 준다.

전근대사회에서 문자언어의 사용이 특권 계층에 국한되었음은 주지의 사실이다. 그렇게 한정된 문자가 권력의 저장고 역할을 했음도 췌언의 여지가 없다. 지방어의 복권을 특징으로 하는 근대화가 진행되어 오면서 문자생활의 독점은 약화되었지만, 읽기가 아니라 쓰기의 국면까지 생각하면 근대국가의 수립 이후에도 문자생활의 민주화가 요원했던 것을 부정할 수 없다. 이러한 상황을 일거에 바꾼 것이 바로 인터넷 미디어이다.

인터넷이 일반화된 상황에서는 사회 구성원 모두가 항상적으로 글을 읽고, 옮기고, 쓴다. 그 내용 또한 무차별적이어서 국가와 사회 개인의 경계를 문제 삼지 않는다. 인간 산물의 일체라 할 수 있는 광의의 문화 전반에 걸쳐서 만인의 언어생활이 마음껏 펼쳐지게 된 것이다. 바로 이런 점에서 인터넷 미디어가 문자 언어 생활의 민주화를 한껏 증대시켰다고 할 수 있다. 신문고가 개인의 손끝마다 달려 있게 되었다고 소극적으로 생각하더라도, 이러한 상황은 분명 민주화의 발전이요 넓은 의미의 정치 영역에 대한 주체적인 참여 가능성을 확장하고 보장하는 것이라고 할 수 있다.

그러나 인터넷 미디어가 가져온 문자생활의 민주화를 전제로 한 위에서 우리가 검토해야 할 심각한 문제가 적지 않은 것도 엄연한 사실이다. 현상적으로 인터넷이 공론의 장이 되면서 공론성이 취약해진 것은 물론이거니와, 본질적으로는 글을 대하는 태도 곧 문자 활동의 양상 자체에도 문제적인 변화가 생겼고 그에 따라서 인간 지식의 본성에 심각한 위협이 가해지고 있는 것이다.

이 세 가지 중, 인터넷 미디어를 통해 글을 대하는 태도에 생겨난 변화를 먼저 생각해 보자.

이 면에서 첫째로 지적할 사항은 글과 관련된 활동이 다양화되었다는 사실이다. 문자생활의 전통적인 양식이 '쓰기'와 '읽기'였음에 비해, 인터넷 미디어의 문자 활동에는 '옮기기'와 그것을 통한 '전시하기'가 주요한 비중을 지니게 된다. 이른바 '펌'이라 하는 스크래핑(scrapping)이야말로 일반적인 인터넷 유저들이 가장 비중을 두고 행하는 문자 활동인데 그 실질적인 목적은 '전시하기'이다. 좀 더 확장해서 생각하면 비문자적 텍스트 예컨대 이미지 등과 옮겨온 글을 뒤섞는 '장식하기' 또한

‘전시하기’의 주요 수단이자 방법이다. 비 문자적 시청각 자료와 문자 자료를 뒤섞는 거의 모든 활동이 그 효과 면에서 보자면 ‘장식하기’에 해당되어 텍스트를 전시하는 데 기여한다. 이렇게 인터넷 미디어의 문자 활동은 쓰기나 읽기보다 전시하기가 우선적이라는 데서 문자 활동의 역사상 특기할 만한 국면을 열고 있다.

문자 활동의 양태 면에서 확인되는 이러한 변화와 관련되면서, 인터넷 문자 활동의 특성 중 가장 중요한 점은 기능 면에서 찾을 수 있다. 장 보드리야르가 현대사회의 특징 중 하나로 꼽은 르시클라주(재교육·재개발, recyclage) 현상이 두드러진다는 사실이 그것이다. 현대사회 문화의 특징을 두고 그는 “문화변용을 경험하는 모든 사람들을 기다리고 있는 것은 문화 그 자체가 아니라 문화의 르시클라주, 즉 ‘유행에 밝은 것’ ‘무엇이 일어나고 있는가를 아는 것’이며, 매월 또는 매년 자신의 문화적 파노플리를 갱신하는 것”(140면)이라 지적하고 있는데,[5] 시간 단위만 좁히면 이는 그대로 인터넷 문자 활동의 원리로 읽을 수 있다. 검색 사이트들은 ‘실시간으로’ 인기 검색어 목록을 제시하고, 인터넷 사용자들은 매일매일 끊임없이 새로운 화제를 찾아다니며 그것을 ‘옮기고’ ‘장식하여’ 카페와 블로그 미니홈피 SNS 등의 공간에 ‘전시한다’.

이렇게 퍼 옮기고 장식해서 전시하는 그들의 행위를 추동하는 힘은 끊임없이 꿈틀거리는 인터넷의 흐름에 자신들이 뒤처져 있지 않다는 것을 자타에게 확인시키려는 충동이다. 여기서 글은 의미의 저장고나 지식의 생산 현장이기보다, 무언가를 보여주고 드러내는 수단에 가깝게 된다. 옮겨지고 꾸며져 전시된 텍스트는 자신을 노출함으로써 인터

5　장 보드리야르, 이상률 역, 『소비의 사회』, 1991, 138~140면 참조.

넷 사용자들을 유혹하여 옮기고 전시하기를 재생산한다. 노출과 관음의 상승 메커니즘이 옮겨 장식하고 전시하기에서 반복되는 것이다. 인터넷 미디어가 갖는 상호작용적이고 동시적이며 전 지구적인 특성이 이 충동을 가능케 하고 강화한다. 이런 면에서 인터넷 사용자들은, 정도의 차는 있어도 불가피하게, 새로운 산업 제품이 나올 때마다 곧장 그것을 구매하는 얼리어답터(early adopter)의 면모, 다른 네티즌을 유혹할 무언가 새로운 것을 계속 업로드(upload)하는 노출증 환자의 면모를 띠게 된다. 그럴 만한 경우가 적기도 하지만 글의 의미와 가치를 음미하기 전에 추세를 따라 옮기고 장식하며, 자신의 일상을 시시콜콜하게 만천하에 공개하는 상황이 펼쳐지는 것이다.

4. 정보의 홍수 속 의미의 기근

문자 활동의 양태 및 기능 면에서 확인되는 이러한 변화는 글의 성격, 나아가 인간 지식의 본성에 심각한 변화를 낳는다. 이것이 인터넷 미디어가 가져온 문자생활상의 본질적인 문제이다.

인터넷 미디어의 문자 활동을 내용 면에서 보면 지식이 아니라 정보(information)가 전면화되는 현상을 확인할 수 있다. 정보란 의미화 맥락을 지니지 않은 개별적인 내용 요소에 불과하므로 자체로 어떠한 지식을 구성하지 못한다. 기존 지식의 파편이며 기껏해야 새로운 지식의 원료에 불과할 뿐인 이러한 정보가 인터넷 텍스트의 주류가 되는 데는, '옮기기' 및 '장식하기', '전시하기'의 일반화 현상이 자리 잡고 있다. 생각하기 전에 '보고', 이해하기 전에 '판단하여' 옮기고 장식하거나, 부단한 업데이트를 가능케 했다는 것 이상의 의미를 갖지 못하는 글들을 노출을 무릅쓰고(?) 올리는 행위에 적합한 대상은, 두뇌의 활동에 의해 정교하게 구성된 지식이 아니라 단순한 만큼 선명하게 알맹이를 드러내는 정보인 것이다. 요컨대 지금껏 살펴본바 인터넷 미디어의 물리적 특성에 근거한 인터넷 문자 활동의 지배적인 행태들이 지식이 아니라 정보의 주류화를 근본적으로 강제한다고 할 수 있다.

동일한 맥락에서 시야를 넓혀 보면, 인터넷으로까지 발전한 언어 기계의 원리 자체가 언어생활에 있어서 의미화 맥락의 기능을 취약하게 한다고 할 수 있다. 일찍이 하이데거는 언어 기계의 발전이 언어를 관리감독하고 더 나아가 인간의 본질을 지배하게 되리라고 우려하면서, 인간의 사고 능력을 정보 처리 과정으로 귀결시키는 기계적 방식에 주목한 바 있다.[6] 인터넷 미디어에 의한 지식의 정보화는, 인간의 사고를 형식적인 패턴으로 간주한 위에서 그것을 정보 처리 과정으로 치환하여 모방하는 컴퓨터 기술의 출발점에서부터 내재한 위험성인 것이다. 형식적 패턴들은 명료성의 막을 통해서 불가피하게 실제를 걸러낼 수밖에 없으며, 형식적 알고리듬을 벗어나 퍼지 논리로 나아가는 과정에서도 창의적인 의미 연관을 스스로 만들어 내기는 어려운 까닭이다.

여기에 더하여, 인터넷 미디어가 제공하는 놀랄 만한 편의의 부작용도 생각해 볼 수 있다. 무한한 정보를 대상으로 하는 자유롭고 편한 검색 기능과 즐겨찾기나 폴더, 데이터베이스 등을 통한 효율적인 정보 정리 기능 등으로 해서, '기억을 통한 정리 및 의미화'에 의해 가능해지는 지식의 생성 및 문화의 주체화·세련화 과정이 지속적으로 약화된다.[7]

6　마이클 하임, 여명숙 역, 『가상현실의 철학적 의미』, 책세상, 1997, 101~116면 참조.
7　인터넷 자료를 '긁고' 짜깁기하는 방식으로 이루어지는 우리나라 대학생들의 보고서

이 모든 과정은 글쓰기가 해왔던 전통적인 기능 곧 비가시적인 기능과 관계를 가시화하고, 사고를 논리화하며 과학을 발전시켜 온 역할[8]에 정면으로 배치되는 것이다. 인터넷 미디어를 통해 우리는 부스러기 정보들을 주워 모으면서 정신적으로 빈곤해지며 단편적인 지식에 매달리는 습관에 젖게 된다. 의미 처리 능력이 약화되면서, 결국, 더 많은 정보에 접근할수록 얻을 수 있는 의미는 줄어드는 역설적인 상황에 빠져 버린다.[9]

이상은, 인류 문화의 최대 저장고인 문자 활동의 영역에서 가장 반문화적으로 행동하는 역설적인 상황이 벌어지고 있음을 알려준다. 이러한 현상의 바탕에는 문자 활동을 반성과 숙고의 과정이자 도구가 아니라 즉각적인 의사표현의 수단으로 강제하는 인터넷 미디어의 특성이 놓여 있다. 그로 인해 성찰적 글쓰기의 여지가 감소하고 문화 활동의 본래적인 기능 중 성찰적·반성적 안목의 증진 기능이 현저히 약화되었으니, 저 옛날 장자가 말한바 '기심(機心)'이 본성을 해치는 새로운 양상이 인터넷 미디어에서 벌어지고 있다 해도 과하지 않을 것 같다.[10]

들이 이러한 현상을 매우 잘 보여주고 있다.
8　마샬 맥루한, 앞의 책, 2001, 53면.
9　마이클 하임, 앞의 책, 42면.
10　송항룡, 『남화원의 향연』, 성균관대 출판부, 2003, 247~251면 참조.

3장

문학과 과학의 풍요로운
만남을 위한 한걸음

1. 문학과 과학, 그 경계의 낯선 낯익음

'문학과 과학의 만남'은 다소 낯설다. 문학 전문가와 과학자가 만나 이야기를 나누는 경우 자체가 거의 없으니, 이러한 낯섦은 사실 당연하다. 그렇다면 왜 서로들 만나지 않는가. 대부분의 경우 문학 전문가는 과학을 모르기 일쑤고, 과학자는 문학에 문외한이기 십상이다. 불행히도 이것이 우리의 현실이다.

달리 생각해보면, 문학과 과학의 만남은 전혀 낯선 것이 아니기도 하다. 『태평양 횡단 특급』의 듀나를 떠올려보자. 그렇다, 과학소설 즉 SF가 있다. 쥘 베른의 『인도 왕비의 5억 프랑』을 1908년에 이해조가 『철세계』로 번안한 이후, 우리 문학의 흐름 속에는 SF가 줄곧 한 자리를 차지하고 있었다.

문학과 과학의 만남이 이렇게 낯설기도 하고 그렇지 않기도 한 데는 두 가지 이유가 있다.

문학과 과학이 직접 만나 이루어진 SF가, 그 동안 우리 사회에서, 문학도 과학도 아닌 오락물로만 여겨져 온 것이 첫째 이유이다. 1929년에 휴고 건즈백이 명명한 'SF' 대신에 '공상과학소설'이라는 명칭으로 줄곧 불릴 만큼, 우리나라에서 SF는 과학을 다루되 비과학적이고 문학인 체하지만 사이비문학이라는 혹평을 받아왔다. 따라서 문학 전문가들은 대체로 SF를 거들떠보지도 않아왔고, 사정은 과학자 쪽에서도 마찬가지였다.

둘째 이유로는, 이론적으로 볼 때 문학과 과학은 별개의 행위라는 생각이 널리 퍼져있었던 사실을 들 수 있다. 예술의 한 영역인 문학이 과학과 무관한 것이라는 생각은, 문학을 연구하는 일이나 그 일에 종사하는 사람들이 과학적 지식과 담을 쌓게 만들었다.

정리하면 이렇다. 과학이 이성에 근거하는 반면 문학예술은 상상력을 바탕으로 하고 있다는 식의 통념이 널리 퍼진 까닭에, 과학과 문학이 직접 만나 이루어진 SF는 양쪽 모두에게서 찬밥신세가 되었고, '제대로 된' 문학작품의 창작이나 그에 대한 연구 모두 과학적인 지식과는 무관한 것인 양 이루어져 온 것이다. 그 결과 '문학과 과학의 만남'은, SF를 대하면 친숙한 것이지만, 예컨대 문학 교과서를 떠올리면 아주 낯선 것이 되고 말았다.

1990년대 이후로 SF에 대한 인식이 많이 나아져서 그에 대한 문학 전문가들의 연구가 시작되긴 했지만, 크게 보아 사정은 별로 달라지지 않았다.

이러한 상황에서 문학과 과학의 새로운 만남이 조심스럽게 이루어졌다. 과학자들이 긴 것은 아니지만, 과학자들의 터전에 문학 연구자들이 몰려가서 '한국 현대문학과 과학'이라는 학술대회를 열게 된 것이다. 이 만남이 새로운 것은, 본격문학을 대상으로 하여, 문학 속에 과학이 어떻게 들어가 있으며 과학적인 사고가 문학에 어떠한 영향을 끼쳤는가 하는 점들을 탐색해보았다는 점에 있다.

2. 한국 현대문학과 과학의 스펙트럼

'한국 현대문학과 과학'의 주제발표 논문들은 문학과 과학의 관계를 다양한 방식으로 보여준다.

「현미경과 엑스레이—1910년대 인간학의 변전」(권보드래)은 근대과학의 중요 발명품인 현미경과 엑스레이가 문학적으로 어떻게 받아들여졌으며, 그 결과로 인간과 사회에 대한 우리의 생각에 어떠한 영향을 끼쳤는지를 알려준다.

보이지 않던 영역을 보여줌으로써 가시성을 확대해준 엑스레이는 식민지 상태에 빠진 우리나라에 새로운 광명을 가져다주는 것이라고 생각되었다. 1914년에 이광수는 다음과 같이 노래한다.

> 네 눈이 밝고나 엑스 빛 같다 / 하늘을 꿰뚫고 땅을 들추어 / 온갖 진리를 캐고 말란다 / 네가 '새 아이'로구나
>
> —「새 아이」, 『청춘』 3호, 1연

'X 광선'이라고 설명까지 달아둔 '엑스 빛'을 새 아이의 눈에 비유함으로써 미래에 대한 기대를 표현하고 있다. 이러한 태도는 인간과 사회를

이성적으로 파악할 수 있다는 생각 위에서, 국가와 민족 차원에서 계몽할 수 있는 대상으로 인간을 파악한 것이다. 육안을 최대로 확장해준 현미경 또한 이러한 믿음을 불러일으켜서, 인정세태를 사실에 맞게 그려 보이려 한 신소설 중에는 '현미경'을 제목으로 한 경우까지 나온다.

이러한 사고는 그러나 1910년대 이후 신경쇠약과 결핵이 전면에 등장함으로써 바뀌게 된다. 목격할 수도 치유할 수도 없으나 명백히 존재하는 병이 나타나면서, 육체 또한 비가시적이고 '징후'로만 해독될 수 있는 존재가 되는 것이다. 이에 따라 우리 문학은 '죽음'과 '인생'을 발견하고, 인간의 '내면'이라는 비가시적이고 불투명한 세계에 주목하게 되었다.

이렇게 이 논문은, 현미경의 도입이나 결핵의 발견과 같은 과학 문명의 소개가 인간을 바라보는 문학의 관점을 변화시키는 과정을 추적하는 방식으로 문학과 과학의 만남을 보여준다.

한편 「한국 근대소설과 진화론」(장수익)은 다윈의 진화론에서 발전해 나온 사회진화론 사상을 문학작품에서 추적하여 20세기 초의 정세 파악 내용을 점검한다.

이해조의 『철세계』에는 다음과 같은 구절이 나온다. "생존경쟁을 하는 세계에 우등 인종이 이기고 열등인종은 패하며 약한 자가 고기 되고 강한 자가 먹으며 무거운 돌은 잠기고 가벼운 물건은 뜨는 것이 천지간에 떳떳한 이치라." 이를 통해서, 물리적인 현상이 당연한 것처럼 사회진화론의 생각 또한 자명하다는 인식을 찾아볼 수 있다.

이러한 사회진화론의 수용 결과는 문학작품들에서 상이하게 나타난다.

최초의 신소설인 이인직의 『혈의 누』는 부정적인 경우이다. 작중인물 구완서의 입을 통해서 '일본과 만주를 한데 합하여 독일과 같은 문명한 연방국을 만들자'는 주장이 드러나는데, 이는 후에 대동아공영권으로 구체화되는 일본의 입장을 대변하는 것이다. 어쨌든 이러한 생각 또한 사회진화론을 일종의 자연법칙처럼 받아들인 위에서나 가능한 것이다.

이와는 반대로, 경쟁을 당연한 것으로 여기되 거기서 살아남기 위해 투쟁해야 한다는 입장이 바로 신채호의 소설『꿈하늘』에서 나타난다. "육계나 영계나 모두 승리자의 판이니 천당이란 것은 오직 주먹 큰 자가 차지하는 집이요, 주먹이 약하면 지옥으로 쫓기어 가느니라" 하며 '아(我)와 비아(非我)의 투쟁'론이 전개되는 것이다.

이렇게 과학은, 사회사상으로 전화되어 현실 참여적인 문학에 깊은 영향을 남기기도 했다.

문학과 과학의 새로운 만남은 좀 더 전문적인 방식으로도 이루어진다.「김기림 문학 담론에 나타난 과학과 유토피아 인식」(송기한)의 경우가 이에 해당한다.

이 논문은, 1930년대 모더니즘의 대표자인 김기림의 문학론이 이미지즘에 한정되지 않는다는 판단 위에서, 르네상스 시기가 대표하는 근대의 순수한 정신을 유지해갈 유일한 조건으로 김기림이 '과학'을 고려하여 '지성'과 더불어 강조했다는 주장을 선보인다. 그가 근대 과학기술에 대한 낙관적인 신뢰를 굳게 가졌다면서, 해방 후의 시「새나라송」에서도 이 점이 확인된다고 하였다.

어린 기사들 어서 자라나 / 굴뚝마다 우리들의 검은 꽃묶음 / 연기를 올리자 / 김빠진 공장마다 동력을 보내서 / 그대와 나 온 백성의 새나라 키워가자 //

산신과 살기와 염병이 함께 사는 비석이 흔한 마을에 모터와 / 전기를 보
내서 / 산신을 쫓고 마마를 몰아내자 / 기름 친 기계로 운명과 농장을 휘몰
아갈 / 희망과 자신과 힘을 보내자 //

용광로에 불을 켜라 새나라의 심장에 / 철선을 뽑고 철근을 늘이고 철판
을 펴자 / 세멘과 철과 희망 위에 / 아무도 흔들 수 없는 새나라 세워가자
(2~4연)

조국 근대화, 산업화에 대한 열망을 뜨겁게 표현한 것이어서 맹목적
인 과학만능주의를 보는 듯싶기도 하지만, 우리 현대문학과 과학의 거
리가 한 면에서는 얼마나 가까운 것인지를 알려주는 데 부족함이 없다
고 할 수 있다.

이러한 관련성은 「최근 한국시에 나타난 과학적 상상력」(이숭원)에서
보다 잘 확인된다.

이 글은, ① 생물학적 지식에 바탕을 두고 자연물을 소재로 사용하는
경우, ② 자연현상에 근거하여 비유적으로 시상을 전개하는 방식, ③ 과
학적 사유와 인식에 기반하여 대상을 형상화하는 것의 셋으로 '문학작
품의 과학적 상상력'을 나누어, 2005년에 나온 시집들을 검토하고 있다.

이건청의 『푸른 말들에 대한 기억』, 김신용의 『환상통』, 김기택의
『소』가 그것이다. 김기택의 「우글우글하구나 나무여」 1, 2, 4연을 보자.

한 발짝도 움직일 수 없어 답답할 줄 알았더니 / 일평생 꼼짝 못하고 한
자리에만 있어 외롭고 심심할 줄 알았더니 //

우글우글하구나 나무여 / 실뿌리에서 잔가지까지 네 몸 안에 나 있는 모
든 길은 / 가만히 있는 것 같지만 쉬지 않고 움직이는 그 구불구불한 길은 /

뿌리나 가지나 잎 하나도 빠짐없이 다 지나가는 너의 길고 고단한 길은 //
우글우글하구나 나무여 / 추위로 익힌 독한 향기를 몰고 꽃에게 달려가
는 수액은 / 가지에 닿자마자 소리지르며 하늘로 솟구치며 터지는 꽃들은
/ 온몸에 제 정액을 묻힐 때까지 벌 나비 주둥이를 쥐고 놓아주지 않는 꽃
들은

연구자의 말대로 이 시는, 나무를 정적인 사물로 보는 착각이나 편견
을 경계하고 그것에 대한 수정적 반론을 제시하고 있다. 정적으로 보이
는 나무의 역동성을 생물학적인 지식에 근거하여 노래함으로써, 과학
적 사고가 일상적·표피적 사고의 외곽을 깨뜨리고 생명의 실상을 포
착하게 해줌을 시로 보여준 것이다.

3. 문학과 과학의 생산적인 만남

이상 간략하게 소개한 논문들은, 문학과 과학이 만날 수 있는 여러
지층과 다양한 지점들을 다루고 있다. 인간관의 변화나 사회의식의 변
모 및 갈등과 같은 근본적이고 거대한 차원에서부터, 문학이론의 전개
처럼 학문적인 심층 영역과, 문학작품이 과학적 상상력을 발휘하는 방
식과 같이 구체적이고 미시적인 분야까지, 다양한 영역에서 다양한 방
식으로 문학과 과학의 만남을 검토하고 있는 것이다.

물론 아쉬운 점도 없지 않다.

이론적으로는, 문학사의 커다란 변화를 과학사의 변화에 맞춰 해석
해보는 작업이 없는 것이 눈에 띈다. 현대문학사를 양분하다시피 하는

리얼리즘과 모더니즘의 전개 과정이란, 그 발상지인 서구의 경우를 두고 보자면, 상대성이론과 양자역학, 불확정성의 원리 등이 제기된 1910년대의 신과학혁명에 의한 사고의 전환과도 긴밀히 관련된다고 할 수 있다. 과학의 변화가 낳은 세계관의 변화 속에서 문학 역시도 변화한 것이니, 바로 이러한 맥락의 변화를 탐구하는 것 또한 양자의 만남을 의미 있게 해주는 일일 것이다. 더불어서, 문학 연구의 과학성을 심도 있게 따져보는 일 또한 둘의 만남을 깊이 있게 해주리라 믿는다.

다른 한편으로는, 우리들이 손쉽게 접할 수 있는 문학과 과학의 만남의 결과가 바로 SF라 할 때, 이에 대한 검토가 빠진 것을 꼽을 수 있다. 우리에게 올더스 헉슬리나 어슐러 르 귄과 같은 작가가 없다는 점을 탓할 수 있는 것이 아니라면, SF 연구를 통해서 문학과 과학이 만나고 더 나아가 문학 전문가와 과학자들이 교류할 수 있게 되어야 한다. 그렇게 될 때, 문학과 과학 모두에 대한 우리들의 관심 또한 한층 넓고 깊어질 수 있을 것이다.

4장

SF의 공간 상상력

1. SF와 공간의 문제

SF는 일반적으로 'Science Fiction'을 가리키지만 그 의미가 명확한 것은 아니다. 번역어 면에서 볼 때 '과학소설'과 '공상과학소설'이 여전히 혼용되고 있는 것이나, SF의 원어를 'Speculative Fiction'이니 'Science Fantasy'니 심지어는 'Structural Fabulation'으로 풀 수 있다고 주장하는 사람들도 있다는 사실 등이 이를 증명한다. 번역어의 혼용이나 SF의 원어에 대한 이견의 존재 모두 SF의 역사를 살펴볼 때 그 연유를 알 수 있는 것인데,[1] 이를 자세히 짚어 보는 것은 이 자리의 관심사가 아니다. 여기서는 SF를 'Science Fiction'으로 보고, 그 외연을 얼마나 넓게 잡든

---

1 이에 대해서는 서울SF아카이브의 대표인 박상준의 「21세기, 한국 그리고 SF—SF문학의 개괄과 한국적 SF의 반성」, 『오늘의 문예비평』 59, 2005, 57면 및 「SF문학의 인식과 이해」, 『외국문학』 49, 1996, 2절 참조.

그리고 그 하위 갈래를 얼마나 다양하게 구성하든 간에 SF가 SF일 수 있는 필요조건으로서 '과학과의 관련'을 지울 수는 없다는 입장에서, '과학적 상상력이 작품세계 구성에서 중요한 역할을 하는 서사 예술'로 다소 폭넓게 SF를 정의해 두고자 한다.[2]

SF에 대한 이러한 규정은 SF의 특성을 살피는 데 있어서 '과학'과 더불어 '공간'이 갖는 위상이 적지 않음을 시사한다. 위의 정의를 달리 말해 보면, 과학적 상상력이 중요한 역할을 하는 방식으로 구성되는 작품세계가 SF 장르의 핵심적 특징이라고 할 수 있다. 이것이 의미하는 바는 무엇인가.

일반적인 소설에서 작품 배경으로서의 공간 즉 작품세계는 등장인물이나 시간적·시대적 배경, 사건의 구성 등에 비해 특별히 중요한 기능을 하는 것이 아니다. 굳이 경중을 따지자면 시공간 배경이나 사건의 구성이 아니라 인물의 구성이 작품의 효과 구현에 있어서 더 중요하다

---

2 문학의 한 갈래로 정의하지 않고 '서사 예술'로 범위를 넓힌 것은 수용의 측면에서 볼 때 현재 SF의 가장 풍요로운 부분을 영화가 담당하고 있는 사실을 존중하기 위해서이다. 이처럼 포괄적으로 SF를 정의한다 해도 물론 여러 문제가 제기될 수 있다. 여기서 말하는 '과학'의 범주에 인문사회과학도 포함시킬 것인가가 SF 논의의 한 가지 중요 쟁점이어 왔음은 주지의 사실이며(이에 대해 본서는 부정적 입장을 취한다. '자연과학과 공학 및 그에 근거한 기술'로 '과학'의 범주를 설정한다), 과학적 상상력과 작품이 맺는 관계를 작품세계의 구성에 초점을 두어 사고하는 방식에 대해서도 문제제기가 있을 수 있다. 이와 관련해서는 각주 3)을 포함하는 이후의 논의에서 다룬다.
SF의 의미가 다른 장르문학들에 비해 상대적으로 모호하다고 해서 이것이 SF의 위상을 위태롭게 하는 것은 아니다. SF의 역사를 말할 때 기원을 한껏 늘려 고대 그리스에서 찾거나 적어도(!) 토마스 모어의 『유토피아』(1516)를 반드시 언급하는 방식에 편승하지는 않는다 해도 근대적인 면모를 보인 SF의 효시로 꼽히는 메리 셸리의 『프랑켄슈타인』(1818)이 발표된 지도 벌써 200년이 다 되어 가므로, 역사성 면에서 SF의 위상이란 근대문학 일반에 비추어도 손색이 없는 까닭이다. 여기에 더하여, SF가 과학과 무관한 장르일 수 없다는 사실과 현대의 과학이 경계를 알 수 없을 만큼 계속 발전하고 있다는 점을 고려하면, SF의 정체가 모호하다는 점은 오히려, 이른바 '장르코드'의 면에서 SF가 자유를 누리고 있음을 의미하는 것이라고 볼 수도 있게 된다. 이런 의미에서 현대과학과 더불어 끊임없이 발전해 가는 것이 SF라고 하겠다.

고 할 수 있다. 소설이 드러내는 주제효과나 그것이 우리에게 주는 지적 / 미적 즐거움의 효과가 작품의 의의를 이룬다 할 때, 무언가를 추구하는 존재로서의 주인공의 특성과 그를 포함하는 인물관계상의 특징, 작품의 내용을 말해주는 서술자의 양상 등이야말로 작품의 효과를 결정하는 데 있어 중추적인 요소이다. 흥미에 초점을 맞추자면 사건의 구성 방식, 서사학적으로 말하자면 스토리-선들이 배치되는 플롯의 양상 또한 주된 요소로 떠오르지만, 어떤 경우든 작품의 배경이 인물이나 서사구성 방식보다 우위에 서지는 않는 것이다.[3]

그러나 SF에서는 사정이 달라진다. SF가 내용 면에서 '과학적 경이'를 제공하는 것을 목적으로 한다 할 때, 과학적 사실을 제시하는 데 목적을 두는 일반적인 과학 대중서적들과 달리, SF가 취하는 주된 방식은 작품의 배경이 되는 공간을 특이하게 설정하는 것이다. 간단히 말하자면 우리가 살고 있는 이 세계, 이 현실과는 다른 세계를 구성하여 과학적 경이를 주는 것이 SF의 대표적인 특징이라고 할 수 있다.

과학적 경이를 주기 위하여 특이하게 설정되는 SF의 작품세계란 어떠한 것인가.

일반소설의 견지에서 부정적으로 규정하자면 그것은 대중소설을 제

---

[3] 오해를 예방하기 위해 덧붙이자면, 이러한 진술이 근대소설의 주요 특징이 세계에 대한 탐구라는 사실과 배치되는 것은 아니다. 인간의 본성을 탐구하면서 인간관을 확장해 온 것과 더불어 근대소설은 우리가 사는 근대 자본주의 사회의 본질을 탐구하고 형상화하는 데 주력해 왔다(이러한 맥락에서 근대소설의 의의를 찾는 논의들이 떼느의 '환경 결정론'에서 루시앙 골드만의 '상동성 이론', 루카치의 '비판적 리얼리즘'론 및 기타의 '문학사회학'이다). 하지만 이러한 노력 및 그 성과는 주제효과 면에서 가늠되는 것이지 단순히 배경을 어떻게 설정하는가 자체에서 확인되는 것은 아니다. 일부 진지한 SF가 이러한 의미에서의 세계 탐구에 동참하는 것은 물론 사실이지만, SF 일반이 이른바 본격소설과 갈라지는 주요 특징은 세계에 대한 탐구 여부나 그 질적 수준에 의해서가 아니라, 흔히 소설 구성의 3요소라 하는 인물과 사건, 배경에 있어서 배경이 앞의 두 가지보다 더 중요한 요소로 기능한다는 사실에 있다.

외한 근대소설 일반이 공통적으로 전제하고 있는 현실성(reality)이 통하지 않는 세계라고 할 수 있다. 우리가 살고 있는 세상이란 상징적, 사회적 질서와 규범으로 이루어져 있어서 어느 누구도 자신만의 쾌락원리를 내세우며 살 수 있는 곳이 아니다. 그보다는 궁극적으로 공동체의 안녕을 위해 개개인이 받아들이고 지켜야 하는 도덕과 윤리, 규율, 법의 통제가 지배적인 사회 곧 현실원리를 따르며 살아야 하는 곳이다. 이러한 자명한 사실을 염두에 둘 때 SF의 특징이 두드러진다. SF의 작품세계란 '현실성과 현실원리가 그 위력을 상실한 곳'이기 때문이다.

SF 자체에 주목하여 긍정적으로 해명해 보자면, SF의 작품세계는 '과학적 상상력에 의해 창조된 가상의 세계'라고 할 수 있다. 이러한 세계는, 지금 이곳과는 다른 가상의 세계라는 점에서는 판타지, 무협소설 등의 장르문학이나 전근대소설 등의 세계와 유사하지만, 그러한 가상이 과학적 상상력에 의해 구축된다는 점에서는 완전히 다르다고 할 수 있다.

이렇게 만들어지는 SF의 작품세계는 과학적 상상력이 관여하는 방식에 따라 두 가지로 나뉜다. 하나는 과학(의 발전)에 의해 현재의 상태와는 다르게 만들어진 세계이며, 다른 하나는 과학(의 발전)에 의해 발견되(리라고 기대되)는 세계이다. 전자의 경우 과학의 발전에 의해 만들어진 세계의 양상에 따라 다시 둘로 나뉘어, 그 세계가 긍정적인 경우 유토피아적인 미래가 되고 부정적인 경우 종말적 상황 및 그 이후의 세계(Apocalyptic and Post-Apocalyptic World)나 디스토피아적인 세계가 된다. 과학에 의해 발견되는 세계를 그리는 후자의 대표적인 예는 1960년대 이전까지 SF의 지배적인 갈래였던 우주 오페라(Space Opera)로서 주로 외계를 배경으로 하여 극적인 모험을 보여 준다. 우리가 현재 알고 있는 세계와 우주를 확장한다는 점에서는, 해저나 지하 등을 탐사하는 쥘 베른이나 H. G. 웰즈 등의 고전적인 SF나 '내우주(inner space)'로서의 인간을 탐구하는 1960년대 이후의 일부 뉴 웨이브 작품들도 여기에 속한다.

현실성이나 현실원리로부터 자유로운 자리에서 경이감을 주려는 목적으로 과학적 상상력에 의해 창조되는 SF의 작품세계는, 과학적 상상력이 관여하는 방식에 따른 이상의 분류가 SF의 하위 갈래들을 거의 모두 포괄한다는 점에서도, SF의 장르적 특징을 보여주는 핵심적인 요소라 할 수 있다. 이에 더하여, 작품의 공간적 배경에 해당하는 SF의 작품세계가 예컨대 인물이나 사건보다도 더 중요한 요소라는 앞서의 지적을 보다 원리적으로 설명하는 것으로 이 절의 논의를 맺고자 한다.

SF의 경우 소설 구성의 3요소 중에서 공간적 배경 즉 작품세계가 인물이나 사건보다 더 중요하다는 점은, 이들 3자의 관계 자체에서 확인된다. 결론을 당겨 말하자면, SF에서는 과학적 상상력에 의해 창조된 공간의 특성이 인물이나 사건의 구성상의 특징 자체를 규정할 수 있을 만큼 막강한 영향력을 행사한다고 할 수 있다.

작품의 배경이 현재의 세계와 똑같은데 인물의 특성이 유별나서 SF가 된다거나 사건 자체가 특이해서 SF가 되는 경우는 없다. 현재의 과학 수준을 뛰어넘은 존재가 등장하거나 현재의 과학 수준에서는 가능하지 않은 사건이 벌어질 때 비로소 하나의 작품이 SF로 존재하게 되기 마련인데, 이것이 가능해지는 것은 그러한 인물과 사건이 존재하고 벌어지는 세계가 지금 이 현실과는 달리 과학적으로 한층 더 발전한 특이한 세계이기 때문이다. 요컨대 작품세계가 현재의 과학 수준에서는 기대할 수 없는 등장인물이나 사건을 가능케 하는 특이한 세계여야만 SF가 SF로 존재할 수 있다는 것이다.[4]

SF가 보여주는 세계의 이러한 특이성은 앞서 보였듯이 과학적 상상력의 연장선상에서 새로운 세계가 창안·발명되거나 인간을 포함한 등장인물들의 행동 영역이 확장되는 만큼 새로운 세계가 발견되는 방식으로 구현된다. 달리 말하자면 새로운 세계가 도래했다고 할 수 있을 만큼 세계의 양상을 바꾸거나 현재의 인류가 발을 디딜 수 있는 한계 너머로 세계의 외연을 확장할 정도로 '과학이 발전된 상황'이 바로 SF의 기본 특성을 이루는 작품세계의 특징이다. 이렇게 과학이 발전된 세계상은 그 자체로 독자들에게 과학적 경이를 줄 수 있으며,[5] 인물이나 사건의 양상을 근본적으로 변화시킴으로써도 경이를 주게 된다.

과학의 발전 수준이 현재보다 질적으로 차원을 달리하는 환경에 존재하는 인간이란 현재의 우리와 같은 존재일 수 없다. 보다 발전된 과학 문명을 지닌 서양인의 침략적 도래를 맞이한 아시아나 아메리카의 원주민이 존재 변화를 겪고 정보기술의 혁명적 변화를 경험하며 우리의 삶의 양태가 근본적으로 변화하였듯이, 예컨대 고도로 발달된 과학 문명을 보유한 외계 존재와 접하는 상황 속에 있거나, 인간의 몸과 정신을 과학기술적으로 제어할 수 있는 가상의 미래 세계에 살게 되는 인류가 지금 우리와는 다른 존재가 될 수밖에 없음은 자명하다고 할 수 있다. 요컨대 SF의 경우는 작품세계의 특성에 의해 등장인물들 자체도 현재의 우리와는 다른 존재로 변하게 되는 것이다.[6]

---

4 이때 세계의 특이성이 자연과학이나 그에 따른 공학·기술의 발전과 긴밀히 관련된 것임은 따로 말할 것이 못 된다. 이 관련성은 '과학적 상상력이 작품세계 구성에서 중요한 역할을 하는 서사 예술'이라는 우리의 SF 정의나 이로부터 유추한 바 SF의 작품세계란 '과학적 상상력에 의해 창조된 가상의 세계'라는 규정에 이미 전제된 것이기 때문이다.

5 이러한 맥락에서 SF에서는 인물보다 공간이 더 중요하다고 보는 논의로, 고장원, 『SF의 법칙』, 살림, 2008, 51~57면 참조.

6 이러한 변화의 극단적인 경우가 미국의 SF 작가 제임스 블리쉬(James Blish)가 구상한 '팬트로피(Pantropy)'로서, '인류가 외계 환경에서 자연스럽게 살아갈 수 있도록 인간

사건의 경우도 작품세계의 특성에 의해 규정된다. SF가 현재 현실에서는 기대할 수 없는 사건들, 두드러진 예로는 시간여행이나 초광속 비행, 외계인과의 조우나 전쟁, 인간에 대한 철저한 통제 등을 보임으로써 일반소설과 구별된다는 점은 따로 설명이 필요하지 않을 것인데, 그러한 특이한 사건이 바로 SF 고유의 작품세계 즉 과학이 고도록 발전된 사회 상황에 의한 것이다.

SF 고유의 작품세계는 위와 같은 특이한 사건의 설정을 가능케 할 뿐 아니라 사건의 구성방식에도 의미 있는 차이를 낳는다. SF에서 벌어지는 사건은 특정 사건 이후의 전개 양상을 원리적으로 가늠하기 어렵다는 특징을 보인다. 일반적인 소설의 경우 어떠한 사건이 벌어지면, 독자가 갖고 있는 기대지평과 작품의 지평이 '넓은 의미에서의 현실성'과 같은 공통의 코드를 갖고 있기에 그 사건의 향후 전개를 가늠하는 것이 가능해지는 반면, SF의 경우는 그 작품세계 자체가 현실성에 구애받지 않는 까닭에 이야기의 흐름상 다음 부분이 어떻게 될지 알 수 없게 된다. 등장인물의 성향이나 작품의 배경이 현재의 인간이나 현실과 동일한 경우 특정한 사건이 설정되면 이후의 사건전개 가능성들 중 상당수가 배제되는 선택 제약 코드가 작동하게 되지만, SF처럼 고유의 작품세계를 갖고 있으면서 그러한 배경 설정이 등장인물의 성격까지 규정하는 상황에서는 특히 세부 스토리-선의 차원에서 하나의 사건 뒤에 어떤 사건이 벌어질지 가늠할 수 없게 되는 것이다.[7] 미시적인 읽기의 경

자신을 바꾸는 경우'를 뜻한다(위의 책, 89면). 클리포드 시맥(Clifford D. Simak)의 『도시 City』(1952)에 수록된 「탈주자」에서 목성에 적응하기 위해 신체와 신경계를 바꾼 '로우퍼'가 좋은 예이며(같은 책, 53~54면), 박민규의 「깊」(『문학동네』, 2006 겨울)에 나오는 '디퍼' 또한 같은 예라 할 수 있다.

7   이와 관련한 보다 상세한 논의로 졸고, 「읽어서 좋은 것과 읽지 않아도 좋을 것 —SF 소설에 대한 단상」, 『소설의 숲에서 문학을 생각하다』, 소명출판, 2003, 240~244면 참조.

이와 즐거움을 증대시키는 이러한 서사구성상의 특성 또한 SF 고유의 작품세계에 의한 SF 특유의 특징이라 할 것이다.

지금까지 논의한 대로 SF는 그 정의에 있어서나 작품 고유의 특징에 있어서, 무엇보다도 작품세계의 특성이 중요한 역할을 한다. SF를 이해하고 그 특성을 살피는 데 있어서 공간의 문제에 주목하는 이유가 여기에 있다.

2. SF — 공간의 확장과 응축, 창출

한정된 지역에 발이 묶인 상태를 벗어나고자 하는 인류의 오랜 바람이 문명사 전체에 걸쳐 인류의 생활 영역을 넓혀온 데서 확인되듯, 세계의 확장은 인류라는 종의 기본 특성 가운데 하나라 할 수 있다. 이러한 특성을 주요 요소로 활용한 문학이 바로 SF이다. 인간의 활동 영역에 해당하는 세계를 확장하는 SF의 특성은 이 장르의 태동기에서부터 잘 확인된다. 우리가 살고 있는 이 세계가 아닌 다른 세계, 우리가 경험해 보지 못한 별세계를 작품세계로 삼는 것이야말로 SF의 기본 특징인 것이다.

물론 SF가 '과학'소설인 만큼, 공상적인 천상계나 염라국 등 전근대적 사고가 보이는 이계(異界)에 대한 상상은 여기 해당되지 않는다. SF가 보이는 상상의 공간은 과학의 발달로 인해 그 존재가 확인되(리라고 여겨지)는 실재의 영역에 한정된다. SF의 초기 대표자인 쥘 베른의 『해저 2만 리』에서 보이는 아래와 같은 구절은 그대로 SF의 공간 상상력이 갖는 특질을 잘 드러낸다.

나는 인간이 접근할 수 없는 환경 속에서 이루어진 믿을 수 없는 탐험 여행을 충실하게 기록했다. 과학이 진보하면 언젠가는 그곳도 인간에게 문을 열어 줄 것이다.[8]

현재로서는 인간의 활동 반경을 넘어서 있지만 과학의 발달로 인해 미래에는 인류가 발을 디딜 수 있으리라고 여겨지는 한에서 확장된 공간, 이것이 SF가 보이는 초현실적인 작품세계의 기본적 특성이다.

SF가 보이는 공간 상상력의 결과는 작품 속에 형상화되는 세계와 우리의 현실세계를 비교하여 다시 셋으로 나누어 살펴볼 수 있다. 우리의 활동 반경으로서의 세계를 확장하는 경우와 반대로 응축하는 경우, 그리고 가상의 세계를 창출하는 경우가 그것이다. 확장과 응축, 가상세계의 창출이라고 했지만, 우리의 공간 경험을 확충하고 현재의 우리 세계를 넓힌다는 데서는 동일한 기능을 한다고 할 수 있다.

현실세계보다 확장된 SF의 작품세계는 우주 오페라 갈래의 작품들이 전형적으로 보여주듯이 지구에 한정되지 않고 외계 우주를 포괄하는 큰 스케일의 공간을 배경으로 한다. 작게는 달에서부터 태양계, 우리은하를 거쳐 우주 전체(?)에 이르기까지 SF의 작품세계에는 한계가 없다. 인간이 우주로 진출한 최초의 시도가 유리 가가린의 우주비행(1961)으로 아직 두 세대도 되지 않았으며 인간의 발자국이 찍힌 지구 이외의 천체가 우리의 위성인 달밖에 없다는 사실을 생각하면 이러한 설정이 무모해 보이기도 하지만, 최초의 SF 영화인 조르주 멜리에스의 〈달세계 여행〉(1902)이 만들어진 지 67년, 그 원작이라 할 쥘 베른의 『지구에서 달

까지』(1867)와 『달나라 탐험』(1873) 이후 한 세기가 안 되는 1969년에 달 착륙이 실현되었음을 생각하면, 현실성을 따지지 말아야 한다는 주문이 그저 상상력의 자유를 옹호하기 위함만은 아닐 수 있다.

작품세계를 우주로 확장하는 SF들의 경우 대체로 과학기술이 고도로 발달된 외계 문명의 존재를 상정하고 그들이 이끄는 우주 연합체나 은하제국 등을 설정한다.[9] 이러한 양상이 기본적으로 고대 로마를 모방하듯이 역사적인 상상력으로부터도 일정하게 영양분을 공급받고 있다면, 보다 과학적으로 세계를 확장하는 방식은 새로운 우주관을 활용하거나 상상하는 양상을 띤다. 양자역학이나 빅뱅이론 등 현대의 이론물리학에서 연원하는 평행우주나 다중우주 이론과 유사하게, 우리가 알고 있는 우주와는 다른 우주를 상정하여 작품세계를 중층화·병치하는 것이 대표적인 예가 된다. 마이크 카힐 감독의 영화 〈Another Earth〉(2011)나 후안 솔라나스 감독의 〈Upside Down〉(2012)의 작품세계가 바로 그러하다. 시간 여행상의 동일 공간들을 보여줌으로써 활동 영역으로서의 세계가 사실상 확장되는 작품들 곧 로베르트 슈벤트케 감독의 영화 〈시간 여행자의 아내〉(2009)나 라이언 존슨 감독의 〈루퍼〉(2012) 등도 넓게 보아 여기에 포함시킬 수 있다.

SF의 공간 상상력이 발현되는 또 다른 경우는 우주로 나가는 대신에 지구의 내부를 향하여 응축함으로써 새로운 세계를 제시하는 것이다. 초기 SF의 발전을 이룩한 중요한 작가인 쥘 베른의 대표작 중 빼놓을

---

9 우주 연합체로는 어슐러 르 귄의 『어둠의 왼손』(1969) 등으로 이루어진 '헤인 시리즈'에 설정된 '우주 연합'이나 이영도의 「카이와판돔의 번역에 관하여」(2007) 등이 설정하는 '범은하 문화 교류 촉진 위원회' 등을, 우주 제국으로는 조지 루카스 감독의 영화 〈스타워즈〉 시리즈(1977~2005)의 '제국'이나 아이작 아시모프의 '파운데이션' 시리즈(1942~1992)의 '은하제국' 등을 들 수 있다.

수 없는 『지구 속 여행』(1864)과 『해저 2만 리』(1870)가 이러한 작품세계 설정의 주요한 예가 된다. 동일한 경우로, 달이 지구로부터 떨어져 나오면서 태평양 아래에 거대한 동굴을 남겼다는 상상력을 발휘하여 지상과는 다른 삶이 전개되는 해저 거대 동굴의 세계를 그린 A. 매리트(Abraham Merritt)의 『달 웅덩이(The Moon Pool)』와 후속작인 『달 웅덩이의 정복(The Conquest of the Moon Pool)』도 들 수 있다.[10] 우리나라의 작품으로는 박민규의 「깊」(2006)이 대표적인 예이며, 지상이 아닌 새로운 세계를 탐험한다는 설정에서는 김보영의 「땅 밑에」(2007)도 이러한 부류로 묶을 수 있다. 외계 우주가 아니라 지구의 내부를 탐사하는 이러한 작품들은 인간의 활동 영역인 현실세계의 경계를 넓히는 것이어서 '응축'이라는 범주가 SF의 작품세계를 형상화하는 시선의 움직임을 가리킨다 해도 약간 어폐가 있다고 할 수 있는데, 공간의 크기로 보아 말 그대로 응축된 작품세계를 보이는 SF도 물론 존재한다.

물리적인 공간의 극히 일부를 차지하는 개별 인간의 정신세계로 서사의 공간이 좁혀지는 경우가 이에 해당된다. 인간의 마음을 하나의 세계로 간주하는 유서 깊은 사상이나 20세기의 정신분석학과의 친연성이 확인되는 이러한 SF의 예로는, 필립 K. 딕의 「Eye in the Sky」(1957)나 로저 젤라즈니의 「형성하는 자」(1980) 등을 들 수 있다. 이들 작품이 보여주는 것처럼 다른 인간의 정신세계로 들어가 활동하는 이러한 가공의 기술을 '사이코다이브(mind hack)'라고 하는데,[11] 최근의 좋은 예로는 '드림 머신'을 활용하는 크리스토퍼 놀란 감독의 영화 〈인셉션〉(2010)을

---

10 자끄 베르지에, 김정곤 역, 「과학소설」, 대중문학연구회 편, 『과학소설이란 무엇인가』, 국학자료원, 2000, 36면 참조.
11 크로노스케이프, 김훈 역, 『게임 시나리오를 위한 SF 사전』, 비즈앤비즈, 2012, 80~81면 참조.

들 수 있다. 한국 창작 SF 중에서도 이러한 유형의 작품을 적지 않게 찾을 수 있다. 김덕성의 「얼터너티브 드림」(2007)이나 황태환의 「경계」(2012) 등이 그러하다. 여기에 더하여, 지구를 새롭게 의식하게 한다는 점에서는 아서 클라크의 『2001 - 스페이스 오디세이』(1968) 또한 이 부류에 넣을 수 있다.

SF가 보이는 공간 상상력의 셋째 유형은 가상의 공간을 창출하는 것이다. 사이버스페이스(cyberspace)나 시뮬라크르(simulacre)의 세계, 증강현실(augmented reality) 등을 활용하는 작품들이 여기에 속한다. 우주 공간이나 지구 내부를 탐사하거나 인간의 정신세계로 들어가는 등의 작품세계가 현재의 과학기술에 비추어보면 그 실현 가능성이 상당히 떨어지는 데 비해서, 가상의 공간을 작품세계로 하는 경우는 사정이 다르다고 할 수 있다. 가상공간들이 이미 현실의 일부가 되어, SF에게 남은 몫이란 그러한 새로운 공간들을 활성화하는 역할뿐이라고도 할 수 있게 되었기 때문이다.[12] 들뢰즈나 보드리야르 등의 철학에 의해 구명되는 시뮬라크르의 세계를 차치하더라도, 전 세계를 덮은 인터넷으로 사이버스페이스가 보편적인 현실이 된 것은 누구도 부정할 수 없는 수준에 이르렀고, 현실세계에 가상세계를 겹쳐 정보를 보강해 주는 증강현실 기술은 지리정보를 알려주는 스마트폰의 애플리케이션이나 원격의료진단 기술 등에 이미 구현되고 있으며 구글 글래스와 같은 착용식 컴퓨터(wearable computer)의 개발을 통해 더욱 일상화될 단계에 이르렀다.

---

[12] 바로 이러한 맥락에서 장 보드리야르는 이미 1981년 시점에서 "실재로부터 출발하는 것, 실재의 주어진 바로부터 출발하여 비현실, 상상적인 것을 만드는 것은 이제 가능하지 않다. 그 과정은 이제 차라리 거꾸로일 것이다"라며 공상과학(SF)의 역할은 이제 "우리에게 이른바 '실제적인' 세계가 된 이러한 보편적인 시뮬라시옹의 조각들을 다시 생기 있게 하고 다시 현실화시키며 다시 일상 생활화하기를 시도"(202면)하는 것이 되리라고 단언한 바 있다(장 보드리야르, 하태환 역, 『시뮬라시옹』, 민음사, 2001, 202~4면 참조).

　이러한 가상의 세계를 설정함으로써 공간을 확장시킨 대표적인 SF가 개인용 컴퓨터가 일상화되기 이전인 1984년에 발표된 윌리엄 깁슨의 『뉴로맨서』이다. 인간의 뇌와 컴퓨터 네트워크가 연결된 사이버스페이스를 무대로 하는 이 작품은 단순히 새로운 공간을 창출하는 데 그치지 않고 그러한 공간 속에서 인간과 세계의 존재 자체도 변화할 수밖에 없음을 형상화하고 있다. 사이버스페이스가 유기체와 기계의 결합에 의해 생겨난다는 점에서 우리의 존재가 이미 사이보그이며,[13] 육체라는 실재로부터 자유로운 방식으로 소통이 이루어지고 정체성이 마련된다는 점에서 인간은 물론이요 세계의 존재 자체도 본질적인 변화를 겪게 됨을 유추할 수 있도록 상황과 사건이 설정되어 있는 것이다.[14] 이 외에도 필립 K. 딕의 단편 「도매가로 기억을 팝니다」(1966)[15]나 스티븐 리스버거 감독의 영화 〈트론〉(1982), 조세프 루스낵 감독의 〈13층〉(1999), 라나 워쇼스키와 앤디 워쇼스키가 만든 〈매트릭스〉 3부작(1999, 2003)이 이러한 부류의 대표적인 작품이고, 브렛 레너드 감독의 〈론머 맨〉(1992)도 여기에 속한다고 할 수 있다.

13　〈뉴로맨서〉와 거의 같은 시기에 다나 해러웨이는 우리의 존재가 이미 사이보그라고 다음처럼 단호히 선언한 바 있다. "우리의 시대이며, 신화적 시기인 20세기 말에 위치한 우리들은 모두 기계와 유기체의 이론화되고 제작된 잡종인 키메라(chimera)이다. 요컨대 우리들은 사이보그다."(다나 J. 해러웨이, 「사이보그 선언문」(1985), 민경숙 역, 『유인원, 사이보그, 그리고 여자―자연의 재발명』, 동문선, 2002, 268면)

14　임종기, 『SF 부족들의 새로운 문학 혁명, SF의 탄생과 비상』, 책세상, 2004, 153~154면 참조.

15　이 작품은 폴 버호벤 감독에 의해 〈토탈리콜〉(1990)로 영화화되어 전 세계적으로 인기를 끌었으며 2012년에 렌 와이즈먼에 의해 다시 영화화되었다.

3. SF의 공간 상상력이 갖는 의미망

SF가 보이는 공간 상상력의 제 양상이 갖는 의미는 일의적으로 규정할 수 없을 만큼 다양하다. 사실상 작품세계의 특징에 따라 구획되는 하위장르(subgenres)라 하더라도 어떤 경우는 그 의미를 특정하기가 어려운 반면 다른 경우는 전체적으로 보아 의미의 규정이 가능해지기도 한다.

작품세계를 확장하는 양상을 띠는 우주 오페라가 전자의 예가 된다. 쥘 베른 식의 우주 오페라가 과학기술에 대한 낙관적인 기대를 바탕에 깔고 미래사회의 발전을 꿈꾸었던 반면, 휴고 건즈벡이 세계 최초의 SF 전문지 『어메이징 스토리즈(Amazing Stories)』를 창간(1926)한 이래 1940년 대까지 이어지는 초창기 미국 SF의 우주 오페라는 과학적 로망스 혹은 의사과학적 이야기(pseudo-science stories)의 양상을 띠며[16] 흥미 제공에 안주하는 한갓 통속물에 불과하였다.[17] 과학에 대한 태도가 발하는 의미 면에서 볼 때 같은 우주 오페라에 속하지만 정반대의 효과를 띠기도 하는 것이다. 반면, SF의 필수 요소인 과학적 상상력의 미래 전망 면에서 만큼은 SF의 하위장르 자체가 특정한 의미와 긴밀한 관계를 맺는다고 할 수 있다. 과학에 대한 태도나 과학의 발전에 대한 입장이 긍정적일 때 유토피아적인 미래상을 제시하는 갈래(Utopian Fiction)가 형성되는 반면, 부정적인 경우 디스토피아적 미래를 그리거나(Dystopian Science Fiction) 종말 및 종말 이후를 그리는 하위 갈래(Apocalyptic and Post-Apocalyptic Fiction)

---

16   고장원, 『세계과학소설사』, 채륜, 2008, 23~29면.

17   '우주 오페라(Space Opera)'라는 명칭 자체가, 통속적이고 비과학적이며 저급한 문학적 특성을 지닌 이러한 작품들을 '우주를 배경으로 한 서부 활극(Western Opera)'이라고 경멸적으로 지칭한 데서 생겨난 것이다.

가 형성되는 것이다.

이러한 상황에서 논의를 간명하게 하기 위해 여기에서는, SF의 공간 상상력이 과학 및 기술과 맺는 관계를 먼저 점검한 뒤에, 그렇게 상상된 공간 상황이 하나의 작품세계가 될 때 문제되는 사항과 관련된 의미와 결과로서 SF가 제시하는 작품세계의 양상이 갖는 현실적인 의미를 따져보고자 한다. 범박하게 바꿔 말한다면 첫째를 과학 기술적인 측면에서의 의미, 뒤의 두 가지를 사회·정치적인 차원의 의미라 할 수도 있겠다.

공간을 확장하거나 응축, 창출하는 SF적인 공간 상상력이 과학 기술적 측면에서 갖는 관계는 상상과 실제의 영향 측면에서 조명해 볼 수 있다. 많은 경우 SF의 상상이 먼저 있은 후에 그것이 실제 현실에서 구현되거나 미래에 실현될 것으로 기대되는 관련 양상을 띠지만, 모두가 그런 것은 아니다. 앞에서 살핀 대로 가상의 공간을 그리는 SF의 일부는 사실상 이미 현실화되기 시작한 기술을 사후적으로 또는 다소 부정확하게 작품화하였다. 보다 순수하게 이론물리학적인 영역에서도 실제의 과학적 이론이 제시된 후에 SF가 작품에 응용하는 상황이 벌어지기도 한다. 현대 물리학이 제시하는 우주론에 입각하여 SF들이 평행우주나 다중우주를 적극적으로 활용하거나, 아인슈타인의 일반상대성이론 이후 이론물리학에서 전개된 웜홀(wormhole) 논의를 끌어와 SF가 시간여행에 구사하는 것 등이 대표적인 예가 된다. 이론물리학자인 프리먼 다이슨이 『사이언스』에 발표한 논문에서 제안한 '다이슨 환천체(Dyson Sphere)'(1960)를 변형하여 래리 니븐이 상상한 『링 월드』(1970) 또한 특기할 만한 사례이다.

물론 과학과 SF가 맺는 영향관계는 반대 사례가 대부분이다.[18] SF적인 상상의 산물로만 보였던 것들이 긴 시간을 두고 보면 실제 현실의 일부로 되어 오는 양상을 부정할 수 없는 것이다. 초광속 여행이나 시간여행 등을 제외하면, 쥘 베른이나 아이작 아시모프, 필립 K. 딕 등이 과학적 상상을 통해 선보인 많은 기계장치나 사회 상황 등이 더러는 기술의 발전에 따라 이미 현실이 되기도 했고 그 나머지들 또한 과학적으로 실현 가능성을 부정당하지 않은 채 추구의 대상이 되고 있다. 가상현실(virtual reality)이나 인공지능(artificial intelligence), 로봇 등이 대표적인 예라 하겠다.

요컨대 과학 기술적인 측면에서 볼 때 SF의 세계와 실제 현실은 상보적인 관계를 맺어 왔다고 할 수 있다. 상상이 과학을 이끌고 과학의 발전이 다시 SF의 상상을 풍요롭게 하는 것이다.[19]

SF의 공간 상상력이 갖는 의미망의 둘째는, 확장된 공간에서의 이동 및 소통의 문제에서 생겨난다. 태양계 수준이든 전 우주 차원이든 확장된 공간이 상상될 때, SF에서 그러한 공간이 의미를 가지기 위해서는, 일차적으로는 공간 내의 제 영역이 서로 연결되어야 하고 궁극적으로는 그러한 공간들에 존재하는 사회 사이에 접촉과 소통이 이루어질 수 있어야 한다. SF의 서사가 가능하기 위해서는 이동과 소통으로서의 네트워크가 작품 내 세계에서 활성화되어 있어야 하기 때문이다.

공간 내의 물리적인 이동의 문제는, 앞서도 언급된 바 웜홀 같은 이

---

18 SF의 과학적 상상이 현실화되지 않는 한 이를 제대로 된 의미에서의 영향 관계로 볼 수는 없지만, 아직 현실화되지 않았다는 사실이 그러한 관계 자체를 부정할 근거가 되지는 않는다는 점에서는 우리의 논의를 아낄 이유가 없는 것도 사실이다.

19 여기서는 이러한 관계의 확인에 그치지만, 과학과 기술의 발전과 그 산물이 우리가 살고 있는 이 세계를 변화시키면서 근본적으로는 우리의 존재 자체의 변화까지 이끌어 내기 마련이라는 점을 고려하면, 과학기술과 SF의 이러한 상보적 관계 양상이 갖는 의미 자체를 진지하게 고찰할 필요가 제기된다는 점은 명언해 두지 않을 수 없다.

론물리학적 개념을 차용하거나, 초광속 우주선 같은 공상적 산물을 등
장시키거나, 가상의 동시적 정보·정신의 전송 매체인 '앤시블(ansible)'
을 설정하는 등의 방식으로 해결된다. 현재 과학기술의 수준에서 보자
면 이들 대부분이 실현 가능성이 없는 것처럼 여겨지기는 해도 관련된
세부 기술이나 이론들까지 모두 그러한 것은 아니다. 초광속 우주선은
이론적으로 불가능하다고 판명되었지만 워프나 텔레포테이션 등의 물
질 전송 관련 아이디어는 3D 프린팅 기술에 의해 실현 가능성이 일정
부분 증대된 것도 사실이다.[20] 어슐러 르 귄이 자신의 소설에서 처음 도
입한 이래 여러 SF들이 차용하고 있는 앤시블 또한 이론적으로는 불가
능하다고 판단되지만, 시간적 동시성이라는 조건을 떼어 내면 전파를
통한 물질의 전송이라는 측면에서 불가능한 것만은 아니라고 할 수도
있겠다.[21] 이 위에서 보자면, SF가 상상하는 확장된 공간이 인간의 활
동이 가능한 영역이 될 때 우리의 세계관과 현실관에 가해질 충격이 어
떠한 것이며 그 결과로 인간 사회 및 우리의 존재 자체가 입게 될 변화
는 어떠할지에 대해서도 진지하게 성찰할 필요가 있다고 하겠다.

이상은 SF 속에서 확장된 공간의 물질적 연결에 따른 의미여서 그 자
체로 이삼중의 상상 속에 있는 것이지만, 또 다른 의미망을 낳는 이러
한 공간 속에서의 소통의 문제는 좀 더 실제적으로 다가온다.[22] 인간을

---

20 고성능 3D 프린터와 재료를 화성에 갖다 두게 되면 화성 개발에 필요한 도구를 지구에
  서 만드는 것이 가능한데, 현재의 과학 기술 수준에서도 이것은 전혀 불가능한 일이 아
  니게 되었다.
21 전파를 통한 데이터의 전송은 100년 전인 1913년 에펠탑에서 라디오 전파를 발송하면
  서 처음으로 실현되었다. 그로부터 한 세기가 지난 현재, 전파를 이용하여 에너지를 전
  송하는 기술이 초보적인 수준에서 개발되어 예컨대 전선이 없는 상태로 휴대폰을 충
  전하는 것도 가능해졌다. 에너지의 전파 전송이 가능하다면, 그렇게 전송된 에너지를
  질량으로 바꾸는 것 또한 가능하리라고 생각하는 것은 SF의 맥락에서 전혀 이상할 것
  이 없다……

포함한 외계 존재들 간의 소통을 그리는 SF들의 빼어난 예들이 지금 이곳의 우리에게 제기하는 것은 진정한 소통의 가능성과 어려움이라는 문제이기 때문이다. 두 가지 유형의 사례만 들기로 한다.

첫째는 소통이 불가능한 상황을 보여주는 경우이다. 스타니슬라프 렘의 『솔라리스』(1961)가 대표적인데, 자신의 의식이 실제로 투영되는 상황에서 미쳐 버리는 사람들의 이야기가 전개되는 가운데 그러한 현상을 야기하는 것이 바로 인간과 소통하고자 하(는 것으로 여겨지)는 솔라리스의 바다라는 놀라운 설정을 통해, 소통은 물론이요 상대방의 정체를 파악하는 것조차 불가능한 상황을 보여 주고 있다. 홀연 태양계에 나타난 거대한 원통형 우주선이 인간들의 다양한 탐색에도 아무런 반응을 보이지 않다가 그냥 사라져 버리는 아서 클라크의 『라마와의 랑데부』(1973) 또한 외계와의 근원적 소통 불가능성의 문제를 제기하고 있다. 지구에 사는 인간 사회와 중성자성의 표면에 살고 있는 외계인 칠러스(Cheelas) 사회와의 만남을 그리는 로버트 포워드의 〈공룡 알(Dragon's Egg)〉(1980)도 이러한 계열에 속한다. 칠러스는 우리가 사는 것보다 천 배 빨리 살아 그들의 하루가 인간에게는 1분밖에 되지 않는 상황인데, 서로 간의 의사소통이 대단히 짧게 단 한 번 이루어진 뒤 서로 다른 길을 가는 것으로 그려짐으로써,[23] 외계 존재와 어떠한 소통이 이루어진다 해도 진정한 의미의 소통은 불가능함을 보여주고 있다.

둘째는 외계 존재들 간의 소통이 가능하다는 전제 위에서 서로 존재 조건이 다른 주체 간의 소통이 얼마나 어려운 것인지를 보여 주는 경우

---

[22] 물론 그렇게 확장된 공간 속에서 소통의 한 축으로 그려지는 존재들 즉 외계 존재는 그 자체가 아직은 상상의 산물이므로 이제는 논외로 한다.

[23] 프리먼 다이슨, 신중섭 역, 『상상의 세계―과학소설의 상상력을 통해 내다본 인류의 미래』(1997), 사이언스북스, 2000, 148면.

이다. 어슐러 르 귄의『어둠의 왼손』(1969)이 대표적이면서도 아주 뛰어
난 예가 된다. 우주 연합의 지구인 사절 '겐리 아이'와 행성 겨울의 존재
인 '에스트라벤'을 주인공으로 하는 이 소설은, 두 등장인물이 살아온
세계의 문화의 차이와 둘 사이에 존재하는 생물학적인 차이가 그들의
소통을 얼마나 어렵게 만드는지를 핍진하게 그리고 있다. 이를 통하여
문화적, 인류학적 차이와 더불어 생물학적이자 동시에 사회적인 성적
차이의 문제를 진지하게 제기하고 있다.

이상 두 가지는 SF의 공간 상상력이 공간의 확장을 낳으면서 필연적
으로 제기하는 문제들이어서, SF에서의 작품세계의 설정이 단순히 형
식 차원에 그치는 문제일 수 없음을 알게 해 준다. 여기까지 와서 보면,
서사 예술 중 그 장르적 특성에 따라 제시하게 마련인 작품세계 자체가
이렇게 중요한 의미를 지니는 것은 SF가 유일하다는 점에서, SF에 있어
공간이 갖는 중요성이 새삼 강화된다고 할 수 있다.

SF의 공간 상상력이 갖는 의미망의 마지막으로, 작품세계의 양상이
갖는 사회·정치적인 차원의 현실적인 의미도 간략히 짚어 보기로 한
다. 이는 주제 구현상의 공간 설정 의도에서 쉽게 확인되는데, 고도로
개발된 지역과 낙후된 지역이라거나 지배 / 피지배, 식민 / 피식민 등
의 이분법적 공간 분할을 통해 현실에 대한 알레고리적 해석을 보이거
나 유토피아 / 디스토피아적 상상력을 펼침으로써 사회 공동체의 이상
향을 숙고해 볼 수 있게 하는 의미 효과를 갖는다. 우리의 현실에서 공
간이 경제적·정치적 권력의 근본적인 원천[24]이라는 점에 주목하여 공
간의 문제를 심도 있게 파헤치고 있지는 못하지만, 계급갈등이나 전체

24　최병두,『근대적 공간의 한계』, 삼인, 2003, 28면.

주의, 기술 문명의 발전, 냉전기 세계 체제, 자본주의 세계의 문제 등을 효과적으로 형상화하고 널리 퍼뜨린다는 점에서 그 의미가 적지 않다고 할 수 있다.

계급갈등은 일찍이 프리츠 랑(Fritz Lang) 감독의 영화 〈메트로폴리스(Metropolis)〉(1926)에서부터 효과적으로 다루어졌으며, 계급갈등이나 전체주의, 기술문명의 발전에 따른 인간 통제의 문제 등은 SF의 역사를 수놓는 훌륭한 작품들 곧 잭 런던의 『강철 군화』(1907)나 예브게니 쟈마틴의 『우리들』(1924), 올더스 헉슬리의 『멋진 신세계』(1932), 조지 오웰의 『1984』(1949), 레이 브래드버리의 『화씨 451』(1951), 앤서니 버지스의 『시계태엽 오렌지』(1962), 필립 K. 딕의 『안드로이드는 전기 양의 꿈을 꾸는가?』(1968) 등과 장 뤽 고다르 감독의 영화 〈알파빌〉(1965)이나 테리 길리엄 감독의 〈브라질〉(1985), 앤드류 니콜 감독의 〈가타카〉(1997), 커트 위머 감독의 〈이퀼리브리엄〉(2002), 워쇼스키 감독의 〈매트릭스〉 3부작(1999, 2003), 그리고 앨런 무어의 그래픽 노블 『브이 포 벤데타』(1988) 등에서 잘 표현되고 있다. 여기에 냉전 체제의 문제를 그린 작품으로 어슐러 르 귄의 『빼앗긴 자들』(1974)을, 자본주의의 상업주의를 비판하는 작품으로 프레데릭 폴과 콤블루스의 『우주 상인』(1952)을 더할 수 있다.

『1984』나 『멋진 신세계』 등을 예외로 하면 이른바 SF적인 한계라 할 문제의 단순화 소지가 없지 않고 그런 만큼 깊이 있는 문제의 탐구는 못 되지만, 이들 작품이 보이는 공간 상상력의 사회 · 정치적 의미 효과는, 당대에 행해진 그러한 문제의식들의 효과적인 반영이라는 점에서 만큼은 인간과 사회, 과학의 발전이 어우러지는 문제 상황에 대한 중요하고도 효과적인 표현이라는 의의를 갖는다고 할 수 있다.

5장

크로스로드 SF컬렉션으로 보는
한국 창작 SF의 오늘과 내일*

1. 과학과 현실의 크로스로드

1) 무한 소통의 시대에서 살아남기

우리가 사는 21세기는 각종 경계가 사라지는 시대이다. 국경의 의미
조차 약화되면서 정치경제적인 통합뿐 아니라 문화적인 교류도 한껏
확장되고 있다. 이러한 상황에서 우리나라는 서구 선진문화를 일방적
으로 수입하던 상황을 벗어나 문화적인 상호 교섭의 시대에 들어서고
있다. 정통 클래식 분야에서 일찍 두각을 나타냈던 한국 음악계는 이제
K-Pop을 주요 요소로 하는 한류를 통해 전 세계로 퍼져 나가기 시작했

---

* 이 글의 다섯 절은 아시아태평양이론물리센터가 운영하는 웹진 크로스로드에 게재된
한국 창작 SF들을 묶은 앤솔로지들의 서문이다. 여러모로 어려운 상황 속에서 한국 창
작 SF의 발전을 위해 노력해 온 크로스로드의 의의를 기리는 의미에서, 별다른 수정 없
이 이 자리에 모아 둔다.

으며, 한국 영화가 고유의 색채를 갖고 여러 방면으로 진출한 지는 제법 오래되었다. 한국 드라마와 게임 등의 외국 진출이 한층 활성화되고 있음은 물론이다.

경계를 넘어 소통하는 이러한 흐름은 새로운 세기의 문화 전체가 보이는 주된 특징이다. 어떤 분야든 도태되지 않고 발전하기 위해서는 이러한 흐름을 탈 수 있어야 한다. 과학 분야조차 통섭을 지향하는 마당에 예외가 되는 경우란 있을 수 없다. 하지만 어떠한 경계도 인정하지 않는 소통이 장밋빛 미래를 마냥 약속해 주는 것은 아니다. 소통이 주고받는(give and take) 행위라는 점만 생각해도 이는 당연하다. 따라서 무한 소통의 흐름에서 발전을 기약하기 위해서는 우리 자신의 고유함을 갖출 수 있어야 한다. 문화의 소통에 있어서도 사정이 다르지 않다. 우리 특유의 문화적 토양을 지키고 다듬으면서 소통에 임해야 바람직한 발전을 기대할 수 있다.

2) 한국 SF의 발전 아젠다(Agenda)

이런 점에서 볼 때 한국 SF의 현황은 사실 밝지 않다. 문학 시장 전체 속에서 SF가 차지하는 비중 자체가 크지 않을 뿐 아니라 장르문학들 속에서조차 SF는 지지부진한 면모를 벗지 못하고 있다. 장르문학 시장을 대표하는 판타지와 무협은 제쳐두고 보더라도, 연애, 스릴러, 추리 등에 비해도 SF는 판매량 면에서 뒤쳐져 있다. 그나마 호러에 앞서 겨우 꼴찌를 면하고 있는 수준이다. 시장의 규모보다 더 문제적인 것은 출판·유통되는 SF의 절대다수가 외국 작품이라는 데 있다. 한 인터넷 서점의 2007년 1월 판매량 현황을 보면, 영미 계열의 작품이 72%, 프랑스와 일본의 경우가 각각 10%인 데 반해 한국 작가의 SF는 고작 6%에 그치고 있음을 알 수 있다. SF 독자들의 사랑을 받는 주요 작가들의 면면 또한 아이작 아시모프, 어슐러 K. 르귄, 로저 젤라즈니, 필립 K. 딕, 아서 C. 클라크, 로버트 A. 하인라인 등으로, 이들의 작품이 판매량 50위 내의 도서 중에서 약 45%를 차지하고 있다. 이러한 점을 종합해 보면 한국 고유의 창작 SF란 사실 겨우겨우 명맥을 유지하고 있는 상태라 하지 않을 수 없다.

한국 SF의 이러한 상황은 심각한 문제이다. 시장 면에서 SF가 차지하는 비중이 적은 것이나 그나마 있는 SF 시장의 절대다수가 수입물로 채워지는 현실은, 앞서 말한 대로 무한소통을 특징으로 하는 21세기의 문화 환경에 비춰볼 때 한국 SF의 미래 전망을 어둡게 만드는 까닭이다. 한국 SF팬덤의 열기와 자부심은 그 무엇과 비교할 수 없을 만큼 뜨거운 것이 사실이지만, 배타성을 띠기까지 하는 온라인 커뮤니티 수준의 이러한 열기만으로는, 무한한 상호소통의 시대에서 한국 SF의 발전을 기약하기 어렵다.

문제는 심각하지만 해결 방안은 사실 간단하다. SF팬덤의 열정이 한국 SF 발전의 토양이 될 수 있도록 새로운 여건을 마련하는 것이 필요하다. 요컨대 국내의 창작 SF가 양산될 수 있는 여건을 갖추는 것이 답이 된다. 국내 작가가 '제대로 된 대접을 받고 SF를 창작할 수 있는 환경'을 조성할 때 무한 소통의 문화 환경 속에서 한국 SF의 발전을 기대해 볼 수 있는 것이다.

3) 크로스로드의 얼터너티브 드림

아시아태평양이론물리센터(APCTP)에서 과학커뮤니케이션 사업의 일환으로 2005년 10월 창간한 월간 웹진 크로스로드[2]는 바로 이러한 문제의식과 문제 해결방안을 갖고 한국 창작 SF의 발전을 위해 노력해 왔다.

한국 창작 SF의 발전을 위한 크로스로드의 구체적인 방침은 두 가지이다. 한편으로는 복거일, 듀나, 이영도 등 SF팬덤의 깊은 사랑을 받고 있는 기성 작가들의 옥고를 실어 한국 SF의 수준을 업그레이드하는 데 기여하고, 다른 한편으로는 가능한 대로 신진 작가들의 작품을 폭넓게 실어 한국 SF계의 작품 생산력을 획기적으로 증진시키자는 것이다. 그동안 크로스로드는 이 두 가지 방침을 지키면서 꾸준히 국내 창작 SF를 게재해 왔다. 그러는 과정에서 사실상 신인작가의 등용문 역할까지 맡게 되며 SF팬덤의 잠재적인 창작의욕을 북돋우게까지 되었다고 감히 자부한다.

지난 3년간 크로스로드는 한국의 창작 SF를 발전시키는 데 미력이나마 기여하기 위해 위와 같은 방침을 계속 지켜왔다. 이제 그러한 노력의 성과를 묶어 크로스로드가 기획한 첫 번째 한국 창작 SF 앤솔로지 『얼터너티브 드림』을 세상에 선보인다. 지금보다 훨씬 이른 시점에 출판할 예정이었으나 예기치 못한 여러 가지 문제들로 해서 이제야 내놓게 되었다. 이 또한 한국 SF의 현주소를 말해 주는 듯싶어 우리 스스로 유감이고, 귀한 작품을 보내 주신 작가분들께 두루 죄송스럽다. 유감과 죄송함의 크기만큼, 어려운 시기에 출판을 결심하고 멋진 모습의 작품

2　크로스로드(http://crossroads.apctp.org).

집을 펴내 주신 황금가지에 깊은 감사를 드린다. 일 년에 한 권씩 작품집을 출간하고자 한 애초 계획은 다소 어그러졌지만 크로스로드의 게재 작품들을 일 년 단위로 묶고자 하는 우리의 바람에는 변함이 없다. 우리의 바람이 현실이 되는 데 큰 힘이 될, 독자 여러분들의 따뜻한 사랑과 관심을 기대할 뿐이다.

4) 얼터너티브 드림의 세계

『얼터너티브 드림』은, 크로스로드 창간호에 실은 듀나의 「대리전」을 포함하여 중편 세 편과 단편 일곱 편, 도합 열 편의 창작 SF로 이루어져 있다. 작품 각각의 특징이 있지만, 전체를 일별해 볼 때 지적하고 싶은 것은 한국적, 토착적인 성격이 짙다는 점이다. 구체적으로 말하자면 한편으로는 배경이나 주제의 일상화 경향을 읽을 수 있고 다른 한편으로는 한국적인 문제의식이 드러나 있다는 점을 꼽고 싶다. 『얼터너티브 드림』을 일관하는 이러한 특징은 앞서 말한 대로 무한 소통의 양상을 보이는 21세기 문화 상황에서 한국의 창작 SF가 발전하기 위해 갖춰야 할 고유성에 해당하는 것이라는 점에서 매우 바람직한 모습에 해당한다.

한 편 한 편 모두 보석 같은 작품들에 쓸데없는 군말을 보탠다는 두려움도 없지 않지만 아직 SF에 친숙하지 못한 독자 여러분들도 있을 수 있기에, 개별 작품들에 대해서도 몇 마디 덧붙이고자 한다. 한편으로는 『얼터너티브 드림』을 보다 재미있게 읽는 데 필요한 최소한의 가이드라인을 제공하는 것이고, 다른 한편으로는 작품 선정의 변을 밝힘과 동시에 감상의 포인트를 제시하는 셈이라 여겨주시기 바란다.

첫째 포인트는 변형의 측면이다. 오경문의 「오래된 이야기」나 김보영의 「땅 밑에」, 고장원의 「로도스 섬의 첩자」 등에서 보이는 극적 반전의 특성이나 상호텍스트성 차원의 특징은 SF를 읽는 재미를 한층 더해준다. 「오래된 이야기」는 성경 창세기와 「땅 밑에」는 아서 클라크의 『라마와의 랑데부』와, 「로도스 섬의 첩자」는 시오노 나나미의 「로도스 섬 공방전」과 직간접적으로 연결되어 있다. 힌두 신화 및 로저 젤라즈니의 『신들의 사회』와 관련되어 있는 김덕성의 「얼터너티브 드림」 또한 이 맥락에 보탤 수 있다. 기존 텍스트와의 관련 속에서 의미 있는 변형을 보이는 이러한 연계를 고려하며 읽을 때 이들 작품의 재미는 곱절이 된다.

『얼터너티브 드림』을 재미있게 읽는 둘째 포인트는 한국적인 특성에 주목해 보는 것이다. 듀나의 「대리전」은 부천이라는 우리나라 중소도시의 구체적인 특성을 외면하며 읽고서는 그 재미를 십분 즐길 수 없다. 마찬가지로 이영도의 「카이와판돔의 번역에 관하여」는 남북으로 분단된 우리 현실의 연장선상에서 읽을 때 의미가 증폭되며, 복거일의 「꿈꾸는 지놈의 노래」는 한국적 정서와 연결 지어 감상할 때 읽는 즐거움이 배가된다.

감상의 셋째 포인트는 과학과 상상력을 결합시키는 SF 장르의 기본적인 특성에 주목하는 것이다. 이러한 점이야 이 앤솔로지에 실린 모든 작품에 다 해당되는 것이지만 위에서 언급하지 않은 몇몇 작품에 대해서는 따로 특기해 둔다. 신윤수의 「필멸의 변」은 네 가닥의 서사를 통해 대중문화의 여러 코드를 구비하면서 SF 고유의 과학적 사고를 펼쳐내고 있다. 노성래의 「향기」와 이한범의 「사관과 늑대」는 로봇이나 사이보그 등에 갇히지 않고 존재 전이의 상상력을 기발하게 구사하면서

사회적 소통과 존재 인정의 문제를 다루고 있다.

한 편 한 편 모두 다 자기의 특색을 지키면서 한국 창작 SF의 현재와 미래를 보여주고 기약하는 이들 작품을 '얼터너티브 드림'이라는 제목으로 세상에 선보인다. 과학과 현실의 크로스로드야말로 21세기를 살며 새로운 미래를 이뤄야 하는 우리 시대의 대안이라는 점에서 SF를 읽는 의의가 자못 크다는 점을 고려할 때, 이 책을 읽는 독자 여러분들의 즐거움에 거는 우리의 기대 또한 적지 않다. 모쪼록 즐거움 속에서 밝은 길이 열리길 바란다.

2. 한국 창작 SF 향연에의 초대

1) 한국 창작 SF를 발전시키는 방법

SF에 관해서 재미있는 점 하나는, 한때 SF를 좋아해 본 적이 없는 사람은 거의 없는 동시에 내내 SF를 좋아하는 사람 또한 드물다는 사실이다. 유감스럽게도 우리나라의 경우는 이러한 사실이 잘 들어맞는 편이다. 한국에서 SF는 청소년들의 꿈을 풍성하게 하는 데 기여해 오다가 그들이 성인이 되어 현실에 들어서면 잊혀지고 마는 아동문학의 한 갈래로 상당 기간 존재해 왔다. 1990년대 이후 상황이 많이 바뀌었지만 독서 대중 전체를 염두에 두고 보면 이 글 첫머리의 진술은 여전히 틀린 말이 아니다. 세계 유수의 SF들이 제대로 번역되어 나오고 SF팬덤이 열성적으로 자기 몫을 하고 있는 반면, 보통사람들에게는 SF가 여전히 '공상과학소설'로서 어른이 탐할 만한 것은 아니라는 생각이 자리 잡고 있다.

이러한 불행한 상황은 SF 자체 내에서도 문제로 드러난다. 두 가지를 꼽을 수 있다. 하나는 마니아 정서와도 다른 팬덤 특유의 폐쇄성으로 해서 일반 대중과의 거리 좁히기가 다소 어려워 보인다는 사실이다. 다른 하나는 작은 시장이나마 그 판도를 보면 세계적으로 널리 알려진 해외 유명작가의 번역 작품이 주도권을 쥐고 있어서 한국 창작 SF의 발전을 기대하기 쉽지 않다는 점이다. 이 두 가지는, SF에 대한 사람들의 생각을 바로잡고 SF가 널리 사랑받게 하는 데 있어 먼저 해결되어야 할 문제이다. 이런 문제가 원인이 되어 위의 불행한 상황이 초래된 것은 아니지만 그러한 상황을 넘어설 수 있는 주요 방안이 이들 문제의 해결이라는 데는 의심의 여지가 없다.

SF팬덤의 특징과 시장 상황을 이야기했지만 문제가 이들 각자에서 따로 풀리는 것은 아니라고 생각된다. SF팬덤의 폐쇄성은 사실 달리 보면 SF 애호가들이 갖고 있는 건강한 응집력의 다른 측면이어서 문제될 게 없다. 그들의 열성으로 한국의 SF가 그나마 명맥을 이어오고 있는 현실을 고려하면 SF팬덤에 문제가 있다고 보는 시각이 문제일 수도 있다. SF를 포함한 문학계의 시장 상황 또한 인정하고 받아들이는 수밖에 없다. 문제가 확인되는 곳이 시장임은 분명하지만 시장 논리 자체를 건드릴 수는 없는 까닭이다.

그렇다면, SF가 일반대중에게 널리 사랑받지 못하는 상황을 넘어서는 방법은 무엇일까. SF팬덤이 보다 많은 사람들이 쉽게 찾아가고 편히 소통할 수 있는 장이 되는 한편, 외국의 번역 작품이 주도권을 쥐는 상황을 반전시킬 수도 있는 해법은 무엇일까. 실행이 쉽지 않아서 그렇지, 답은 자명하다. 우리나라의 창작 SF가 보다 많이 나오는 것이고, 그럴 수 있도록 창작의 장을 확대 강화하는 것이 모범답안이다. 창작 SF

의 층이 두터워지면 그럴수록 일반 독서대중이 우리 SF를 찾을 가능성
이 커진다. 시장의 주도권을 찾아오는 것은 두 말할 나위도 없다. 문학
은 똑같은 문학이되 한국문학이 한국인의 사랑을 받는 이치가 SF라고
예외일 리 없다. 따라서 관건은 이렇게 된다. 우리나라의 창작 SF가 보
다 많이 생산되고 그 질이 계속 높아질 수 있도록 작품 발표의 기회를
넓히는 것, 이것이야말로 한국 SF의 미래를 밝게 하는 지름길이다.

  2) 크로스로드와 한국 SF의 특징

  『앱솔루트 바디』의 첫째 의의는 바로 여기에서 찾아진다. 이 책에 실
린 12편의 중단편은, 아시아태평양이론물리센터(APCTP)에서 펴내는 월
간 웹진 크로스로드에 발표된 작품들이다. 크로스로드는 2005년 10월
에 창간된 이래 지금까지 매월 SF를 게재하고 있는데, 2007년에 첫 번
째 앤솔로지 『얼터너티브 드림』을 펴낸 바 있다. 그러니까 『앱솔루트
바디』는 크로스로드 SF의 2차 앤솔로지에 해당한다. 이 책의 발간이 앞
서 말한 한국 SF의 불행한 상황을 해결하는 데 일익을 담당하는 의의를
갖고 있다는 데 대해서 조금 더 설명을 해 두자.
  약간 돌아서 APCTP와 웹진 크로스로드에 대해 이야기할 필요가 있
다. APCTP는 포항공대(POSTECH)에 본부를 두고 있는 국제연구소로서
아시아태평양지역 물리학자들의 교류를 증진하는 곳이다. 이에 더하
여 한국 과학문화의 발전을 위해서 여러 가지 사업을 벌이는 것 또한
APCTP의 주요 업무이다. 과학과 현실의 상호 소통을 목적으로 발행되
는 웹진 크로스로드 또한 이 사업의 일부이다.
  크로스로드의 SF 게재 및 앤솔로지 발행이 갖는 의의는 이러한 맥락

에서 크게 세 가지로 말해 볼 수 있다.

첫째는 앞서 말한 바 SF가 널리 사랑받지 못하는 불행한 상황을 타개하는 주요한 방안 곧 한국 창작 SF의 발전을 위해서 발표 지면 역할을 충실히 하는 것이다. 온라인상의 SF 사이트나 각종 동호회 게시판 등 기존의 발표 지면 옆에서, 기존의 문단과 동일하게 작가들을 대우함으로써 그들의 창작 의욕을 북돋우고 신인들을 적극적으로 발굴하며, 기성 문인과 SF의 경계를 허무는 것이 크로스로드의 임무라고 믿는다. 박민규와 송경아, 서진의 작품은 바로 이러한 면에서『앱솔루트 바디』더 나아가 한국 SF 문학계의 소중한 성과이다.

둘째는 이 과정에서 한국 SF의 특징이 보다 잘 드러나도록 노력하면서 SF의 저변확대에 기여하는 것이다.『앱솔루트 바디』에 소개된 작품들은 이전과 마찬가지로 한국 SF 고유의 특징을 잘 보여주고 있다. 얼핏 보면 하드SF와는 다소 거리가 있다는 소극적인 측면이나 우리나라의 상황이 유추되는 모티프나 사건 설정 등만이 눈에 띄지만, 이들 소설이 보여주는 한국적인 특징은 여기에 그치지 않는다.『앱솔루트 바디』의 작품들이 보이는 고유한 특징은 일상성에 주목하는 점에서 찾아진다. 이 소설들은 일상적인 생활에서 제기되는 관계의 양상과 심정적인 진실을 놓치지 않는다. 지금 이곳의 시공간에 갇히지 않는 SF적 상상력을 한껏 펼치면서도 지금 이곳의 바로 우리가 겪는 일상적이고 소소한 문제들을 환기시키고 섬세하게 파헤치는 것이다. 이러한 특징은, 보다 많은 사람들이 SF에 흥미를 갖게 되는 데 있어 매우 소중한 자질임에 분명하다.

끝으로 셋째는 궁극적으로 문화의 발전에 기여하는 것이다. 좁게는 과학문화의 증진에 넓게는 우리 시대의 문화를 풍요롭게 하는 데 일조하는 것이야말로, 크로스로드가 처음부터 설정한 기본적인 목표라 할 수 있다. 문화에 대해서 한마디 하라면 나는 언제나 다양성을 꼽는다. 문화의 본질에 대해서든 그 건강성이나 아니면 문화 발전의 원리에 대해서든, 첫손에 오는 것은 항상 다양성이어야 한다고 나는 믿는다. 하나로 환원되지 않고 서로의 차이를 유지하며 다양한 상태에 있는 것이 오랜 세월 문화가 존재해온 방식이며, 그렇기 때문에 다양성은 문화의 본질이 된다. 건강함을 자신의 확대재생산을 가능케 하는 상태라고 본다면 다양성이야말로 하나의 문화가 발전할 수 있는지 여부를 가늠케 하는 확실한 지표일 것이다. 요컨대 문화는 다양성을 유지할 때 문화로서 존재하고 발전할 수 있다. 바로 이런 의미에서, 과학자와 일반인들의 상호소통을 목표로 하는 크로스로드가, 과학과 예술이 만나 생기는 대표적인 문화 산물인 SF에서 소중한 결실을 보는 것은 자연스러운 일이라 하겠다.

3) SF의 향연, 음미하며 즐기기

무릇 좋은 것은 가리는 법이 없다. 좋은 것은 이름을 가리지 않고 갈래에 갇히지 않는다. 좋은 소설은 좋은 소설이지, SF라고 해서 혹은 리얼리즘이나 포스트모더니즘이라고 해서 좋은 것이 아니다. 따라서 SF를 즐기는 법도 따로 있는 것이 아니다. SF를 Science Fiction으로 보든 Speculative Fiction으로 읽든 특정한 독법이 강요되는 것은 아니다. 문학작품을 읽는 데 있어서 우리가 갖춰야 할 자세가 있다면, 그것은 오직 하나, 작품을 존중해 주는 것뿐이다. 작품이 말하는 바에 귀를 기울이는 것, 작품이 말하는 방식에 눈길을 주는 것, 이렇게 내용과 형식을 보듬어서 작품을 새로 태어나게 하고 그 속에서 즐거움을 누리는 것, 이것이면 충분하다. SF라고 다를 리 없다.

『앱솔루트 바디』에 실린 작품들은 매우 자유롭고 다양하다. 전통적인 로맨스에서부터 악한소설에 이르기까지 폭넓은 면모를 보이되 모두 SF다. 로봇과 복제인간에서부터 스페이스 오페라에 이르기까지 SF의 다양한 세부 갈래에 닿아 있되 이들은 모두 잘 빚어진 내러티브, 고유의 작품들이다. 유사한 주제를 그리더라도 빛깔이 다르고, 익숙한 모티프를 끌어 쓰되 문체와 기법에서 기발한 특징을 보인다. 내용과 형식양 측면에서, 미시적인 요소와 거시적인 틀 모두에서, 상상력의 나래가활짝 펼쳐져 있다. 말 그대로 SF의 향연인 것이다.

잔치는 마련됐고, 주인은 여러분들이다. 잔칫상을 수놓은 귀한 작품을 보내주신 작가 선생님들과 시속을 돌보지 않고 상차림에 애를 써 주신 해토의 고찬규 선생님께 감사드리며, 모쪼록 여러분들 모두가 SF의향연을 천천히 음미하며 마음껏 즐기시기 바란다.

3. 길 위의 SF, 그 미래를 위하여

1) 한국 창작 SF 대표작가의 향연

크로스로드 SF 컬렉션의 셋째 권 『죽은 자들에게 고하라』를 2009년 여름, 세상에 내놓는다. 『얼터너티브 드림』(황금가지, 2007)과 『앱솔루트 바디』(해토, 2008)에 이은 이번 앤솔로지는 아시아태평양이론물리센터(APCTP)에서 발행하는 웹진 크로스로드에 최근 게재된 작품들 위주로 구성하였다.

이전 작품집들과 마찬가지로 기성작가와 신인을 망라하여 2009년 현재 한국 창작 SF의 현황을 한눈에 볼 수 있게 하였다. SF에 조금이라도 관심이 있는 이라면 누구나 익히 알고 있는 듀나와 이영도, 송경아, 김보영으로부터, 크로스로드가 낳은 기성작가라 할 임태운, 설인효, 그리고 크로스로드와 이번 작품집을 통해 일반 독자와 만나게 되는 노기욱, 김몽, 김선우, 백종혁 등 한국 창작 SF를 대표하는 작가들의 작품을 함께 묶은 것이다. 『죽은 자들에게 고하라』는 이러한 필진 구성에서부터 우리 시대 창작 SF의 현주소를 보여주고 있다.

이 자리를 빌려, 귀한 작품을 보내주신 작가 분들 모두에게 깊은 감사의 인사를 드린다. 또한, 한국 SF의 발전을 위한 여러 노력에도 불구하고 여전히 척박한 창작 SF의 시장 상황을 무릅쓰고 둘째 권에 이어 이번에도 선뜻 출판을 맡아 주신 해토의 고찬규 선생님께도 감사의 말씀을 전한다.

2) 『죽은 자들에게 고하라』의 세계와 한국 창작 SF 읽기의 의의

여러분이 손에 든 것은 겉으로 볼 때 평범한 한 권의 종이책이지만, 이 속에서는 다채로운 면모를 지닌 또 하나의 세계가 펼쳐진다. 세상을 시끄럽게 하는 온갖 사회문제들이나, 근래 들어 부쩍 심해진 유난스런 무더위와 게릴라성 폭우 등을 잊게 만들어줄 이 세계는, SF만이 가져다줄 수 있는 즐거움으로 시작된다.

우주오페라적인 요소를 갖추거나 이문명 간의 조우, 우주인과의 만남, 인간복제 등 SF의 고전적인 장르문법을 활용한 몇몇 작품들이 과학

에 근거를 둔 기발한 상상력을 원동력으로 하여 읽는 즐거움을 선사한
다. 이러한 SF 일반의 즐거움을 넘어 들어가면, 한국 창작 SF만의 고유
한 세계가 펼쳐진다. 우리들의 보편적인 정서에 대한 섬세한 형상화를
날줄로 하고 우리가 발 딛고 있는 한국 현실의 문제에 대한 날카로운
시선을 씨줄로 하는 독특한 작품세계들이 다채롭게 펼쳐지는 것이다.
한국의 입시교육 현장이나 중국 노동자의 문제가 끌어들여지기도 하
고, 애틋한 부정(父情)과 면면한 효심이나 한국적인 사랑의 가치가 진지
하게 다루어지기도 한다. 주제적인 면에서의 탐구는 보다 보편적인 차
원으로까지 확장되어 사변소설적인 면모까지 보인다. 문명에 대한 반
성적 사유나 인간본성에 대한 핍진한 탐구 및 사회상황에 대한 자유로
운 해석 등이 이에 해당된다.

『죽은 자들에게 고하라』가 담고 있는 이와 같은 작품세계는, 근 몇
년간 뚜렷이 확인되는 한국 창작 SF의 특징을 다시 보여주고 있다. 두
가지를 들 수 있다. 작품 내 세계를 설정하고 이야기를 구축하는 데 있
어서 지금 이곳의 일상 현실을 주목하여 내용형식 양면에서 적극적으
로 작품화하는 것이 첫째요, 그 결과로 SF 일반의 과학적, 사변적 특징
에 더하여 현실에 대한 문제의식을 바탕으로 사회소설적인 내용요소
를 가미한 것이 둘째다. 이상의 특징으로『죽은 자들에게 고하라』는 우
리 독자들에 대한 흡인력을 증대시키고 있다. 요컨대 SF의 장르문법 속
에 한국소설의 전통적인 특징을 녹여내고 있는 것이다.

'한국 창작 SF'라는 이름에 걸맞은 이러한 특징은, 시간에 강박된 이
데올로기들이 만들어놓은 편협한 역사 해석과 인간 활동의 모든 것을
경제적인 것으로 환원시키는 맹목적인 현실논리에 대한 유쾌한 반성
의 장을 제시한다. SF의 장르문법에 기대어 가벼워진 몸으로 새로운 자

리에 서서, 우리의 일상 현실을 전혀 다른 시각으로 새삼스럽게 음미할 수 있게 해주는 것이다. 따라서 『죽은 자들에게 고하라』 읽기는, 무더위와 더불어 번잡한 사회문제에 대한 온갖 잡설들을 물리치고, 인간과 사회에 대한 근본적이고 본질적인 시선을 회복할 수 있게 한다. 소박한 만큼 진리에 가까운 이러한 시선의 회복이야말로 이 혼탁한 시대에 SF를 읽는 궁극적인 효과라 할 수 있다. 물론 시종일관 우리를 놓아주지 않는 즐거움 속에서 말이다.

3. 길 위의 SF, 그 미래를 위하여

이전 작품집들의 서문에서도 밝혔지만, 한국 창작 SF의 현황은 초라한 편이다. '환상문학 웹진 거울'이나 'HAPPY SF', 'SF 카페 안드로메다' 등 몇몇 주요 사이트를 중심으로 SF팬덤의 전통이 유지되고 그 속에서 사랑받은 작품들 중 일부가 다양한 형식으로 출판되어 왔으며, 월간에서 계간으로 뜸해졌지만 『판타스틱』이 제자리를 지키고, 일부 출판사에서 간헐적으로 창작 SF 작품집을 간행하고는 있지만, 사태를 낙관할 수 없는 것이 엄연한 현실이다. 터놓고 말하자면, 위기라 하는 것이 옳은 형편이다.

물론 창작 SF의 위기는 사실 문학 일반의 위기의 한 부분에 불과함을 우리는 알고 있다. 서구에서 '문학의 죽음'이 논의된 것도 벌써 반세기 전의 일이고 얼마 전에는 한국문학 또한 사망선고를 받기도 하였다. 한국의 본격문학 진영이 정부나 기업의 후원에 힘입어 문학전문가들 사이에서 명맥을 보존하고 교과서와 입시를 통해 예술로서의 권위를 유지하는 것은 숨길 수 없는 사실이다. 이렇게, 한국 창작 SF만이 홀로 위기에 처한 것은 아니다.

우리는 또한 위기의 원인도 알고 있다. 경제에 모든 것을 거는 신자유주의의 흐름이 이러한 위기의 근본원인이며, 1990년대 이후 출판 시장이 다변화되면서 소설 외에도 재미있게 읽을 수 있는 책들이 많아진 것이 주요원인이라 할 수 있다. SF에 초점을 맞추어 보자면, 창작 SF를 발전시키려는 노력보다는 해외 SF의 번역, 소개에 중점을 두어온 것이 직접적인 원인이라 하겠다.

이러한 사정을 두루 고려하면, 한국 창작 SF는 새로운 탄생기를 힘겹게 지나가고 있는 중이라 할 수 있다. 나로서는, 이 시기를 어떻게 넘기는가가 한국 창작 SF의 명운을 결정할 것이라 생각된다. 새삼 길을 나섰지만 나침반도 이정표도 부실하고 여행의 동반자 또한 찾을 수 없는 상태, 그렇다고 팬덤으로 되돌아가 주저앉으면 다시는 넓은 세상으로의 여행을 기약할 수 없는 상태에 한국 창작 SF가 서 있다.

길을 만들어내기 위해 힘겨운 여행에 나선 한국 창작 SF의 미래를 위해 필요한 것은 무엇인가. 여러 가지가 중요하겠지만 그 중 으뜸은, 밝은 미래를 기약하기 위해 힘차게 발을 내디딘 작가들 특히 신진작가들을 격려하는 것이다. 그들에게 작품 발표의 장을 주고 창작의 노고에 정당한 보상을 제공하는 것이야말로, 한국 창작 SF의 미래를 밝혀 주는 유일하고도 올바른 해법이다.

아시아 태평양 지역 물리학자들의 연구, 교류 기관인 APCTP가 2005년 10월 이래로 웹진 크로스로드를 운영하면서 기성문단과 동일한 대우로 SF를 게재해 온 것은, 바로 이러한 상황판단과 문제 해결방안에 따른 것이다. 우리는 해오던 일을 계속함으로써 한국 창작 SF의 발전을

위해 미력이나마 보태고자 한다. 이 글을 읽는 여러분들이 우리와 뜻을
함께 하는 길은, 한국 창작 SF의 발전사에 남게 될 『죽은 자들에게 고하
라』를 여러분의 책장에 꽂고 두고두고 보듬으며 읽어주는 일이다. 그
러할 때, 마지막 발전의 길 위에 있는 한국 창작 SF의 미래가 어둡지만
은 않게 되리라 믿는다.

4. 우리 안의 미래를 통해 보는 현재의 파노라마

1) 새로운 세상에서 만나는 새롭고도 익숙한 이야기

상상력이 세상을 바꾸고 있다. 해서 우리의 현실은 상상의 세계이다.
실제의 필요에 의해 사회가 움직이던 시대는 자본주의 이전의 먼 옛
날이 되어 노년층조차 기억하기 어렵다. 텔레비전 드라마와 광고가 부
추기는 욕망 속에서 성장한 중년층에게도 사회의 실제는 어느덧 가물
가물한 것이 되어 버렸다. 철이 들 무렵 인터넷 환경 속에 놓인 자신을
발견하게 된 젊은이들의 경우는 어떠할까. 이들에게 '실제 세계'란 추
상적인 개념에 불과한 셈이다. 가상현실, 증강현실의 산물이 우리의 피
부에 직접 와 닿는 시대가 되었으니 말이다.
아이폰으로 대표되는 스마트폰의 등장이야말로 세상이 바뀌었다는
위의 판단이 전혀 호들갑스러운 것이 아님을 알려준다. 한 손에 잡히는
작은 스마트폰을 통해, 우리가 맺는 주된 인간관계와 하루하루의 생활
방식이 조정되고 결정되는 시대에 우리는 살고 있다. ID나 아바타로 이
루어지던 인터넷 생활(net life)에 트위터나 페이스북과 같은 SNS가 더해

져서 인간관계의 대부분이 명실공히 인터넷 인터페이스를 통하게 되었다. 대학 캠퍼스들의 유비쿼터스화가 한창 진행되고 사회 곳곳에서 증강현실(augmented reality)이 구현되는 것도 이러한 추세를 강화하고 있다. 요컨대, 바로 우리가 살고 있는 오늘의 시점에서 세상이 크게 변하고 있는 것이다.

이러한 모든 변화의 진원지는 현실이 아니다. 일상생활의 필요에 의해서 촉발된 변화가 아닌 까닭이다. 인터넷의 진화와 스마트폰 네트워크의 구현, 증강현실의 출현 등은 사실상 우리 육체나 일상현실의 요구와는 거리가 멀다. 종이편지가 이메일로 대체된 것은 실제 현실의 필요에 따라 기술이 발전한 결과라 할 수 있지만, 오늘날 우리 주변의 신 테크놀로지 세계는 테크놀로지 자체의 진화에 따른 것이라 할 수 있다. 핸드폰의 다양한 변화 발전이 소비자들의 필요에 의해서가 아니라 생산자의 아이디어에 의한 것임을 새삼 지적할 필요가 있을까.

스스로 진화하면서 우리에게 새로운 욕망을 불어넣고 새로운 필요를 만들어내는 이러한 테크놀로지의 문법은 무엇인가. 간단히 말하자면, 현실 너머를 꿈꾸는 상상력과 그것을 풀어내는 스토리텔링이 아닐 수 없다. 이러한 상상적 스토리텔링이야말로 다양한 테크놀로지의 발달을 이끌고 우리 시대를 특징짓는 변화를 낳은 원동력에 해당한다. 따라서 최소한 새로운 사회변화에 뒤처지지 않기 위해서라도 상상적 스토리텔링의 목소리에 귀를 닫아서는 안 될 것이다.

세상의 변화를 낯설고 두렵다 느끼는 것이 아니라 그러한 변화를 통해 삶을 보다 풍요롭게 할 수 있는 길이란 무엇인가. 답은 자명하다. 그러한 변화를 낳는 원동력 곧 상상적 스토리텔링에 익숙해지는 것이다. 이를 위해서는, 새로운 테크놀로지의 세계에 당당하게 들어가서 의식적으로 활발히 움직이는 것도 방법이 되겠고, 상상력을 증진시키기 위해 필요한 학습을 할 수도 있다. 그러나 가장 좋은 방법은, 상상적 스토리텔링의 전통적인 보고인 문학, 그 중에서도 테크놀로지의 발달에 예민한 촉수를 들이대는 과학소설을 탐독하는 것이라 하겠다.

과학소설 읽기는 과학이 가져다 줄 긍정적인 측면뿐만 아니라 과학만능주의에 의해 파생될 수도 있는 문제 또한 의식하게 함으로써, 상상력을 증진시키는 효과에 더하여 우리의 균형감각을 살려주는 이점 또한 지니고 있다. 과학기술의 발전에서 유토피아에 대한 분홍빛 전망과 더불어 디스토피아에 대한 회색빛 경고 또한 놓치지 않아 온 것이 전통적인 SF의 역사인 까닭이다.

과학소설 읽기에서도 정수는 바로 한국 창작 SF를 읽는 것이다. 한국 창작 SF는, 한편으로는 SF의 이러한 전통을 이으면서 다른 한편으로는 우리나라 SF 고유의 특징을 구축해 옴으로써, 우리 현실에서 필요한 상상력과 균형감각을 키우는 데 있어 안성맞춤이다. SF 일반의 상상력에 더하여 한국적 작품세계가 주는 친숙함이 가미되어 읽는 즐거움이 한층 강화되었으니, 그 외의 사정이야 더 말할 나위도 없으리라.

2) 『목격담, UFO는 어디서 오는가』의 세계

『목격담, UFO는 어디서 오는가』(이하, 『목격담』)에는 모두 11편의 한국 창작 SF가 실려 있다. 듀나와 서진 등 기성문단에서도 활동하는 작가와 더불어, 설인효, 라퓨탄, 김창규 등 자신의 입지를 다져가는 전문작가들 그리고 SF팬덤에서 빼어난 작품으로 호평을 받아온 신예 작가들이 어우러진 필진은 그대로 2010년 한국 창작 SF계의 축도라 할 만하다. 이러한 점은 주제나 형식적 특징 등 작품의 면모에서도 확인된다. 『목격담』을 재미있게 읽는 안내문을 겸하여 이번 앤솔로지에 실린 작품들의 특징을 짚어 본다.

가장 먼저 꼽을 것은 '현실적 상상력'이다. 상상이 허황한 공상이나 망상과 구별되는 정신활동임을 생각하면 '현실적 상상력'이란 어느 정도 동어반복처럼 느껴지기도 하겠지만, 이때의 현실이 2010년 한국사회의 현실을 바탕으로 한 것이라는 점을 주목하면 그러한 오해의 여지는 줄어든다. 요컨대, 바로 '우리의 현실에 닿아 있는 상상력의 구현'이 『목격담』의 주된 특징인 것이다.

'외계고시'를 패스하고자 고민하고 노력하는 학생들이 있고 '외계어 능력평가'가 시행되는 사회, 장애인이 된 과학자가 사회의 냉담함과 애인의 변심으로 실의에 빠지는 현실, 도시 기층민이 월면도시 정착의 꿈을 안고 지구에서 쫓겨나고 서울시청 앞에서는 시위가 벌어지는 상황 등이 「우주와 그녀와 나」, 「전화 살인」 그리고 「달에게는 의지가 없다」의 작품세계를 특징짓는다. 이들 작품이 그리는 미래사회는 2000년대 한국 현실의 문제가 여전히 지속되는 곳으로서, 이러한 설정이 우리의 현재 문제를 새롭게 성찰하게 해 준다는 점은 따로 설명이 필요 없다. 한국 창작 SF가 보여 주는 '현실적 상상력'이란 이를 의미한다.

시야를 조금 넓히면, 작품의 배경이 한국인 경우들까지 여기에 포함할 수 있다. 북한의 붕괴 이후 한반도를 둘러싼 4대 강국의 집결을 서사의 전제로 삼고 있는 「시공간 항」, 출근길 서울시내의 분주한 상황을 배경으로 하는 「목격담, UFO는 어디서 오는가」, 서울과 인천 송도, 서해 등이 주인공의 동선이 되는 「수련의 아이들」, 서울을 배경으로 하는 「물구나무서기」, 「백중」 등이 그러하다. 우리가 일상적으로 접하고 있는 우리 주변의 공간 속에서, 시간여행이나 외계인과의 조우, 지구 종말, 인공지능 등 SF를 구성하는 다양한 하위장르들의 서사를 읽는 것은, 막연한 우주공간이나 대체우주를 상정한 전통적인 서양 SF를 읽을 때와는 다른 재미를 느끼게 되는, 색다른 경험이 아닐 수 없다.

『목격담』이 주는 또 다른 특징은 형식 차원의 즐거움에서 찾을 수 있다. 몇몇 작품들이 보여주는 서술방식상의 특징이 이에 해당된다. 정체가 불분명한 외계생명체가 서술자로 등장하는 「수련의 아이들」이나, 모든 상황을 자기 입장에서만 생각하는 편집증적 정신병자의 고백체로 이야기를 전개하여 자기풍자를 넘어서는 섬뜩함을 효과적으로 제시하는 「사랑, 그 어리석은」, 이원적인 서술구조를 구사하여 열린 결말의 여운을 짙게 드리우는 「물구나무서기」, 컴퓨터 모듈을 이식한 데 더하여 인공지능과 연결된 의식의 다원성을 설정하고 그 메커니즘을 치밀하게 묘사하는 「백중」, 전체 서사를 두 부분으로 나누어 대비적인 서술자를 등장시키고 있는 「목격담, UFO는 어디서 오는가」, 컴퓨터게임의 세계와 작품 내 현실의 세계가 중첩되어 있는 교차현실을 바탕으로 하는 「양호실에서 도서실까지의 거리」 등은, 내용 혹은 주제상의 특징보다, 지금 요약한 서술상의 특징이 작품의 효과와 재미를 높이는 데 크게 기여하고 있다.

『목격담』이 보여 주는 이러한 특징은 두 가지 의미를 갖는다. 하나는 '무엇을 말하는가'에서보다 '어떻게 말하는가'에서 소설을 읽는 즐거움이 더 커진다는 문학론 일반의 견해를 한국 창작 SF에서도 확인하게 되었다는 것이고, 다른 하나는 앤솔로지의 모든 작품들이 문체나 서사구성에 있어서 기본을 확실히 갖춘 위에서 한걸음 더 나아가 형식의 묘미를 선사하는 수준에 이르렀다는 점이다. 이는 우리의 SF가 문학적으로 자신의 입지를 한결 더 공고히 했다는 주요한 근거에 해당하는 것이어서 매우 소중하다.

'현실적 상상력'과 '형식 차원의 즐거움'에 더하여 『목격담』이 보여주는 특징 한 가지를 더 지적해 두자. SF 읽기 고유의 즐거움을 선사하는 '과학적 상상력에서의 독창성'이 그것이다. 이 면에서는 열한 편의 소설 모두가 자기 몫을 갖고 있지만, 이들 작품의 독창적 상상력을 손쉽게 확인하는 방법으로 시간여행 모티프를 이야기의 중심 요소로 삼고 있는 세 편의 소설만 따로 뽑아 간단히 비교해 본다. 「시공간 항」과 「관광지에서」, 「목격담, UFO는 어디서 오는가」가 그것이다.

이들 소설에서 시간여행은 위급한 상황에서 만들어진 기계장치에 의해서 가능해지기도 하고, 시간관광 회사의 상품으로 제시되기도 하며, 미래의 교통수단으로 등장하기도 한다. 시간여행 자체에 대한 다양한 사고가 확인되는 것이다. 그 원리나 메커니즘을 묘사하는 차원에서는 각 작품의 특성이 더욱 두드러진다. 평행우주의 난립이나 시간여행에 의한 과거의 변경, '시공간의 방랑자'를 예방하기 위해 '시공관리사'가 배치되어 있는 '시공간 항구'를 설정하는 과학적이고도 현실적인 상상이 제시되기도 하고, 웜홀을 통한 '물질-정보-물질'의 텔레포트 방식으로 시간여행의 메커니즘을 상세히 설명하는 한편 우주 안의 사건들은 인과관계에 따라 연결된 상태로만 존재하기 때문에 동일한 과거를 반복적으로 여행해도 자신을 만나게 되지는 않는다는 친절하고도 독특한 가설(?)이 등장하기도 하며, 웜홀을 이용하는 미래의 공간이동 수단인 '애이로플레인'이 오늘 우리의 시점에서 UFO로 포착된다는 기발한 상상력이 펼쳐지기도 하는 것이다. 아인슈타인의 이론에 의해 미래로의 시간여행이 불가능하며 과거로의 여행 또한 흔히 상상하는 것처럼 과거의 사람들과 교류하거나 과거 사건에 개입하는 것일 수는 없음을 우리가 알고 있다 하더라도, 『목격담』이 보여주는 SF 차원의 과학적 상상력을 음미하는 즐거움이 줄지 않음은 물론이다. 이들 세 작품의 경우에서 확인되듯이, 독창적인(!) 과학적 설명들을 비교해 보는 재미까지 더해져 있으니 더욱 그러하다.

3) 한국 창작 SF의 발전을 꿈꾸며

이상의 작품들이 묶인 『목격담, UFO는 어디서 오는가』는 아태이론물리센터(APCTP)가 발행하는 웹진 크로스로드(CrossRoads)의 네 번째 SF 앤솔로지이다. 『얼터너티브 드림』(2007)과 『앱솔루트 바디』(2008), 『죽은 자들에게 고하라』(2009)에 이어지는 이번 작품집은, 크로스로드 SF 앤솔로지의 특징을 한층 강화하면서 2000년대 한국 창작 SF의 주요 줄기를 이룬다는 데 큰 의의를 가진다.

다른 장르문학들과 마찬가지로 SF의 경우 또한 아직까지는 대중들의 폭넓은 사랑을 받지 못하고 있다. SF팬덤을 이루는 애호가들이 있고 그들의 사랑이 뜨거운 것은 사실이지만, 우리 문학계에 창작 SF가 우뚝 설 수 있기 위해서는 보다 많은 사람들의 관심과 애정이 절실한 것 또한 엄연한 현실이다.

SF의 가치와 의미를 공유하고 그 즐거움을 한껏 누릴 수 있는 분위기가 확산될 때 우리 사회의 문화가 한층 발전될 것이다. 건강한 문화, 발전하는 문화란 각 문화 산물들의 차이를 존중하며 각각을 향유하는 포용력을 핵으로 하기 때문이다. 이론물리학자들의 교류의 장인 아태이론물리센터가 과학문화사업의 일환으로 한국 창작 SF의 발굴에 힘을 쏟아온 것도 바로 이런 까닭에서이다.

아태이론물리센터의 작은 노력에 동참해 주신 작가분들, 아직 기회가 닿지 못했지만 끊임없이 작품을 보내주시는 투고자 분들, 그리고 어려운 시장 상황에도 불구하고 기꺼이 출판을 맡아 멋진 책을 만들어주신 사이언티카의 김형근 사장님과 편집부원들께 이 자리를 빌려 깊은 감사의 말씀을 드린다. 끝으로,『목격담』을 통해 한국 창작 SF의 세계에 발을 들여놓으신 독자 여러분께 뜨거운 환영과 감사의 마음을 전한다.

5. 스토리텔링 시대의 한국 SF

1) 스토리텔링의 사회와 역사

바야흐로 스토리텔링의 시대다. 우리 주변의 곳곳에서 이야기가 그리고 이야기하기가 힘을 발휘하고 있다. 텔레비전의 오락프로그램이 연예인들의 이야기로 채워진 지는 다소 오래라 할 만큼 되었다. 기업들의 광고가 이야기가 있는 콘셉트를 중시해 온 것도 제법 되었다. MMORPG와 같은 게임이 이야기 만들기로 생명력을 더하고 있음은 주지의 사실이다. 지자체들에서 열고 있는 각종 행사들도 사람들이 참여하여 어떻게 자신들의 이야기를 만들 수 있게 할까를 고민한다. 이들이 지향하는 할리우드나 디즈니랜드, 유니버설 스튜디오 등의 막강한 흡인력은 각 사이트마다 품고 있는 생명력 강한 이야기 구조 덕이다.

이렇게 주변 세상에서만 그러한 것이 아니다. 스토리텔링은 우리 각자의 삶에서도 중요한 일이 되고 있다. 대학이나 기업에 들어가기 위해 쓰는 자기소개서 또한 스토리를 만드는 작업에 다름 아니다. 자신이 살아온 내용이 변할 리는 없지만, 그것을 어떻게 꿰어 한 편의 매력적인 이야기로 만들 수 있는가 아닌가가 인생에서 중요한 역할을 하게까지 된 것이다. 전 세계적으로 하루 3천만 건 이상이 행해진다는 프레젠테이션 또한 스토리텔링을 어떻게 수행하는가에 따라 그 성패가 좌우된다. 그뿐인가. 부모자식이나 애인 등 가까운 사람들과의 관계 또한 어떠한 이야기를 가지고 서로를 대하는가에 따라 그 양상이 사뭇 달라지기 마련이다.

이렇게 우리 시대는 어쩌면 내용 자체보다도 그 내용을 어떻게 풀어내는가가 더 중요한 그러한 국면으로 넘어가고 있다. 그렇다고 해서 예전에 이야기되던 '자기 PR 시대'와 비슷한 것은 아니다. 스토리텔링은 과장도 일방향적인 것도 아니기 때문이다. 여기서 스토리텔링이 '텔링(telling)'인 이유를 생각해 볼 필요가 있다. 이 명칭은 두 가지 의미를 갖는다. 진행형이라는 것이 하나고, 행위의 주체가 우리 모두라는 것이 다른 하나다. 즉 스토리텔링이란 누군가가 이야기를 해주고 우리는 그저 듣는 것이 아니라 우리 모두가 무언가에 참여하여 우리 각자의 스토리를 만들 수 있게 해 주는 시스템이라고 할 수 있다. 따라서 스토리텔링의 시대란, 달리 말하자면, 우리들 각자가 자기 나름의 이야기를 마음껏 펼칠 수 있는 시대를 말한다.

현재 유행하고 있는 다양한 커뮤니케이션 도구나 문화시설 들 곧 SNS 매체들, 대중문화의 장들, 커뮤니케이션 상황들, 놀이공원이나 미술관, 박물관, 기념관 등의 문화시설, 지자체의 각종 축제 등이 모두 기본 이야기와 더불어 그것에 더하여 우리들 각자의 이야기를 만들 수 있는 기회를 제공한다. 그러한 도구나 장들을 접하면서 우리들 모두가 저마다

의 이야기를 새롭게 만들어 가고 있다. 이러한 이야기가 우리의 생활을 다채롭게 하고 우리의 인간관계를 풍요롭게 만들어 줌은 물론이다.

이러한 점을 생각하면 현대사회를 정의하는 여러 특성들 중에서 정작 우리들의 삶에 밀접하게 관련되어 있는 것은 스토리텔링이라고 할 만하다. 전통적인 제조업보다 IT나 통신, 금융이 더 막강한 영향력을 행사하는 후기산업사회가 완숙해지는 것이나, 각종 시각 매체의 발달에 더하여 네트(net)와 웹(web)의 발전으로 인해 실제보다 가상이 앞서는 시뮬라크르(simulacre)의 세계가 강화되는 것, 여가생활이나 문화생활은 물론이요 일상의 소비 라이프스타일 모두가 특정 코드에 의해 이루어지는 르시클라주(recyclage)의 사회로 접어드는 것 모두가 어느 정도씩은 우리의 현재 사회를 설명해 주고 있지만, 지나치게 낙관적이거나 비관적인 자세를 취하지 않는다면, 스토리텔링만큼 이 시대의 특징을 온당하게 잘 짚어주는 것도 없어 보인다.

이야기라는 것이 전통사회에서 행사했던 막강한 영향력을 생각하면, 사실 이야기하기는 우리 모두의 본능이라고 할 수 있다. 텔레비전이나 라디오가 없던 시대의 주요 오락이 마을사람들이 모여 앉아 입담 좋은 사람의 이야기를 듣는 것이었음은 물론이다. 조선시대의 이야기꾼인 전기수(傳奇叟)는 사람들의 심금을 울리는 마법사의 역할을 담당했다. 사회 지배계층에게도 이야기는 아주 중요한 역할을 했으니, 영웅서사시로 남은 동명왕 이야기나 악장으로 전해지는 용비어천가 등은 모두 국가의 통치를 위하여 왕조를 신화화한 이야기에 다름 아니다. 소설이 등장하기 훨씬 이전부터 이야기는 이렇게 다양한 형태로 사람들의 생활과 사회 조직 전반에 걸쳐 중요한 기능을 수행해 온 것이다.

2) 한국문화의 세계화와 K-SF

오랜 역사에 걸쳐 스토리텔링이 수행해온 다양한 역할을 돌아보면서, 우리가 살고 있는 시대의 특징적인 이야기란 어떤 것일까를 생각해보는 것은 자연스러운 일이다. 어느 시대에나 있던 것이 아니라 우리 시대에 고유한 것, 우리 사회가 보이는 현재의 특성 및 현재의 연장이라 할 미래를 특징지을 만한 그러한 요소를 가진 이야기란 무엇일까. 현대사회가 보이는 다양한 면모나 근대 이래의 역사가 보인 놀랄 만한 변화와 발전 모두가 과학기술의 성과에 따른 것이며, 우리가 직면하고 있는 전 사회적, 전 지구적 문제들 또한 과학의 부산물이라는 점, 인간의 정체성이나 윤리에 관한 우리 시대 고유의 문제의식이나 위기 등도 과학과 무관한 것일 수 없다는 점 등을 생각하면, 이 질문에 대한 답으로서 SF를 능가할 만한 것은 있을 수 없다.

이런 의미에서 SF란 어떤 의미에서도 공상적인 것이 아니다. 근미래를 다루는 것이 아니라 해도 거의 모든 SF는 과학이 맹위를 떨치고 있는 우리의 현재 상황과 무관하지 않고 우리가 직면하고 있는 문제들로부터 멀리 떨어져 있지 않다. SF 발전의 초기 양상이나 SF의 대중화에 크게 기여한 서양 주요 작가들의 작품 경향과도 달리, 근래 우리 주변에서 발표되는 한국 창작 SF, 아시아태평양이론물리센터(APCTP)가 발행하는 월간 웹진 크로스로드를 통해 이 앤솔로지로 묶이는 작품들의 경우는 특히 그러하다. 하드 SF적인 면모가 약하다면 약하고 판타지적인 요소도 별로 띠지 않는다 할 이들 작품은, 부분적으로는 그 상쇄 요소 때문일 수도 있고 부분적으로는 중단편이라는 형식 탓인지도 모르겠지만, 사회역사적인 문제의식을 짙게 띠는 특징을 보인다.

표제작 「연애소설 읽는 로봇」을 비롯한 9편의 작품들 거의가 이런저런 방식으로 우리의 문제의식에 닿아 있다. SF의 하위 갈래로 따지자면, 인류 종말이나 대재앙 이후를 다루는 것에서부터 디스토피아, 시간여행, 인공지능, 외계인 조우 및 침공 등으로 다양한 양상을 보이고 있지만, 이들 작품들 모두 우리가 발 딛고 있는 이 사회의 여러 양상들에 직간접적으로 관련된다는 특징을 보인다. 배경이 한국이라는 점을 말하는 것이 아니다. 그보다는, 작품의 현실을 특징짓는 등장인물들의 사고방식이나 문화적 코드 등에서 한국적인 특징이 드러난다는 사실이 중요하다. 사건의 구조나 전개 양상이 장르 코드를 충실히 따를 때도, 이야기의 육체를 이루는 인물의 심리나 생각은 물론이요 작품 내 상황에 대한 서술자의 해설과 논평은 우리의 문화에 깊이 뿌리를 두고 있다. '강남스타일'로 대표되는 K-pop을 선두로 하여 한국문화의 세계화가 실체를 얻고 있는 오늘, 한국 창작 SF의 이런 고유한 특징이 K-SF의 세계화를 예고하는 전조라고 하면 지나치게 낙관적인 전망일까!

3) 『연애소설 읽는 로봇』의 다채로움

이 앤솔로지에 실린 9편의 작품이 보이는 공통 특성을 한국적인 것에서 찾았지만, 물론 이들 작품 각각의 개성이 무시될 수는 없다. 앞서 말한 SF의 하위 갈래별로 그 대강을 살펴봄으로써 『연애소설 읽는 로봇』을 제대로 음미하기 위한 애피타이저(Appetizer)를 만들어 본다.

「메다스」와 「고요의 언어」는 대재앙 및 인류 종말과 관련된다. 유럽입자물리연구소(CERN)가 세운 세계 최대의 강입자가속기(LHC)에서 발생한 웜홀을 통해 외계로부터 유입된 것으로 추정되는 정체불명의 전

염병 '메다스'에 의해 인간이 좀비가 되거나, 대격변 이후 인류 대부분이 사망하고 혹독한 추위가 기승을 부리는 상황에서 시체들을 일으켜 사회를 움직이는 상황은 대재앙-인류 종말의 전형적인 시나리오라고 할 수 있다. 여기에 등장인물들이 보이는 한국적인 관계 양상이 더해지고, 버키볼로 만든 치료제 개발팀이 죽음에 처하거나, 죽은 자들의 도시를 위해 데려온 '감응자'가 의도와는 반대로 행동하는 등의 반전적 전개가 흥미를 높여 준다.

이 두 작품의 연장선상에서 읽을 수 있는 것이 디스토피아적인 미래 상황을 다루고 있는 「시티 해븐」과 「사고」이다. 「시티 해븐」은, 문명을 수십 세기 전으로 돌려놓은 대재앙과 그 이후 초래된 에너지 부족 상태에 따른 전쟁 이후를 배경으로 한다. 전쟁고아들을 잡아들여 강제수면 기계인 드림 컨트롤러에 넣고 그들의 꿈이 발생시키는 뇌파를 증폭, 전기화하여 도시의 에너지로 사용하는 도시국가가 그려진다. 어슐러 르 귄의 오멜라스와 유사한 작품 세계이지만, 매트리스와도 유사한 구성으로 인해 이야기 전체는 극적인 반전으로 마무리된다. 「사고」는 의미 있는 박사논문을 쓴 심리역사학자가 자신이 예약한 최고의 휴양선 스카이엔젤에 탑승이 보류되었다가 1등석으로 승급되는 우여곡절 끝에 비행을 하게 되지만 의문의 추락사고에서 겨우 목숨을 건진 후 디스토피아적 진실을 알게 되는 이야기이다.

SF의 영원한 주제라 할 외계인 침공 및 외계인과의 조우에 해당하는 작품도 포함되어 있다. 「장군은 울지 않는다」와 「플레그매틱 프랜드」가 그것인데, 외계인의 침공 방식이나 그 귀추에 대한 기발하고도 현실적인 설정이 읽는 재미를 높여 준다. 「장군은 울지 않는다」에서는 1만 명의 외계인 군대가 지구를 정복하기 위해 파견된다. 우주선을 타고 오는 것이 아니라 각 개체를 전송하는 방식으로 침입하는데, 지구로의 투입 과정에서 그들이 취한 조건은 '인간과 가까우면서 가장 안전한 곳'이었다. 이러한 조건에 따라 이들 외계인이 지구에 나타나는 방식은 무엇일까를 생각해 보고 작품을 펼친다면, 언뜻 기상천외한 듯 보이지만 매우 설득력이 있는 그 양상에 무릎을 치게 된다. 「플레그매틱 프랜드」도 침공 방식이나 그 경과를 보면 유사한 점이 없지 않다. 592광년 떨어진 '므잉와옹기엥'에서 해파리 모양의 외계 생명체들이 지구로 와서는 명왕성을 요구하는데, 계약이 체결될 무렵 외계 과학자에 의해 본국의(?) 음모가 밝혀지고 그에 대항하는 방법이 치밀하게 마련된다. 이와 병행하여 외계인과 지구인의 사랑과 결혼이 진행되므로, 외계인과의 조우가 침공으로 전환되는 SF를 읽으면서 한 편의 스릴러 혹은 추리물에다 연애소설까지 감상하는 효과를 누릴 수 있게 된다.

본격적인 연애소설적 SF로는 인공지능 및 로봇의 이야기를 담고 있는 「연애소설 읽는 로봇」이 있다. 제품인 동시에 자유인민연합 시민권을 소유한 인공 인격체 NRX 시리즈의 '윤지수'가 업무 현장인 인천시립도서관에서 명확한 이유가 없는 행동을 해서 조사를 받게 되는 것으로 이야기가 시작된다. 섬세하고도 치밀한 묘사를 통해 전개되는 조사과정에서 그녀(?)가 사람과 동성애에 빠졌다가 최근 실연했음이 밝혀진다. 인간과 구별되지 않게 만들어진 로봇의 이러한 상황을 통해, 인간과 로봇의 경계, 이들 상호간의 관계, 감정의 정체 등 실로 진지한 문제들이 현실성 있게 짜인 작품 세계에서 벌어지는 재미있는 이야기 속에서 효과적으로 제기된다. 양자두뇌를 가진 로봇 '윤지수'의 모습을 떠올리면서 그녀에게 공감하는 만큼 그녀를 사랑하게 되는 우리를 발견하는 즐거움도 크다.

SF 앤솔로지에서 빠질 수 없는 시간여행에 대한 갈망을 풀어주는 작품이 「왕의 노래」이다. 세계범정부기구인 시간안전보장이사회의 각국별 산하기관인 시간안전국의 승인을 받아, 수퍼양자컴퓨터에 의해 가능해진 시간여행을 다닐 수 있는 22세기 말을 배경으로 하고 있다. 설명을 하자니 이렇지만, 실상 작품의 전반부는 고구려 시대의 궁중 이야기여서 우리를 의아하게 만들 정도이다. 한 편의 연애소설로서 전혀 손색이 없는 매끄러운 이야기를 따라가다 보면, 왜 이러한 상황이 펼쳐지게 되었는지에 대한 궁금증이 계속 커지고, 그것이 해결될 즈음이면 미래 사회에서의 삶의 양상이 현재 우리의 그것과 별로 다르지 않다는 데 또한 놀라게 된다. 고증을 거친 역사 지식에 근거를 두고 유려한 문체로 전개되는 이야기를 읽는 재미 자체도 쏠쏠한 작품이다.

특정한 하위갈래로 분류하기 곤란한 작품도 하나 있다. '꿈의 여행자'라고도 불리는 '차원의 문 능력자' 이야기를 다루고 있는 「경계」가 그것이다. 모기나 쥐와 같은 다른 존재나 타인의 몸에 들어가 그를 조종할 수 있는 능력을 소유하게 된 주인공이 벌이는 모험과 운명을 흥미진진하게 그리고 있다. 황당하다고 할 수 있을 이야기임에도 불구하고 바로 우리 옆집에서 벌어지는 듯한 현실감을 띠고 있기에 그 재미가 더하는 한편, 결말 부분의 반전이 작품의 의미를 곱씹게 해 주어 여운이 길기도 하다.

4) 한국 창작 SF의 발전을 바라며

『연애소설 읽는 로봇』은 크로스로드 SF 컬렉션의 다섯 번째 권이다. 바로 앞의 『목격담, UFO는 어디에서 오는가』(사이언티카)가 2010년 말에 출간되었으니 이번 앤솔로지는 무려 2년의 공백을 두고 묶이는 셈이다.

　간격이 벌어진 데는 몇 가지 요인이 있었는데 가장 큰 것은 출판시장의 어려움이라고 하지 않을 수 없다. 이 문제가 어제 오늘의 일은 아니지만, 한국 창작 SF의 시장 상황은 여전히 긍정적인 빛이 보이지 않는다. 주위가 어두울수록 작은 불빛이라도 눈에 띄고 그 소중함이 커진다는 점을 위안 삼고자 해도, 책을 출판하는 입장에서는 그러한 심리적 위안이 실제적인 힘이 되지는 못할 것이다. 이러한 점을 잘 아는 만큼, 한국 창작 SF의 발전에 기여한다는 소명의식 하나로 『연애소설 읽는 로봇』을 출판하기로 흔쾌히 결심해 주신 사이언티카의 김형근 대표께 대한 감사의 마음이 깊고 마음 한 구석은 무겁기까지 하다. 이 글을 읽는 독자 분들이 SF 읽기의 즐거움을 만끽하면서 나의 이 불편함을 덜어 주시기를 바랄 뿐이다.

　한국적인 특성을 짙게 띠면서도 SF 일반의 특성과 재미, 문제의식을 잘 갖추고 있는 『연애소설 읽는 로봇』. 여기 실린 작품들에 대한 우리의 관심과 사랑이, 작게는 한국 창작 SF의 발전을 가능케 하는 원동력이며, 크게는 스토리텔링의 시대에 부합하는 방식으로 우리의 문화, 한류를 발전시키는 힘이기도 하다. 풍요로움과 다양성을 생명으로 하는 문화의 발전을 위하여, 한국 창작 SF의 세계에 보다 많은 사람들이 발을 들여놓을 수 있기를, 이 작은 책이 그 작은 발판이 되고 마중물이 되기를 바란다.

제4부

새로운 시대, 문학의 길

1장

슬픔을 슬퍼하기

치유로서의 문학의 존재 방식

1. 상처와 문학

올해 5월에 출간된 한강의 신작 장편 『소년이 온다』(창작과비평사, 2014)를 읽으며 가슴이 아팠다. 고통스러웠다고 말할 만큼은 아니었지만, 읽어가면서 여러 차례 책을 덮고 호흡을 가다듬어야 했다. 간혹은 눈물을 들이기 위해 눈을 감고 고개를 젖혀야 했고……. 사나흘에 걸쳐 나눠 읽으면서, 이제는 한 세대도 더 전의 일이 되어 버린 저 1980년의 '빛고을'을 떠올렸다. 중학교 1학년 '동호'와 그를 둘러싼 사람들을 통해 한강이 들려주는, 그때 그곳에서 스러져간 많은 사람들의 이야기들을 하나씩 하나씩 몸으로 겪듯이 따라가면서, 나는 새삼 괴롭기까지 했다.

1983년에 대학에 들어간 내게 1980년의 광주는 너무 크기에 성스럽다고 느껴질 만한 그러한 상처였다. 동시에 그것은, 친구들 사이에서라도 대낮의 야외에서는 직접 호명될 수 없는, 그만큼 위험한 현재적인 상처기도 했다. 세상을 덮을 만큼 크고 일상을 지배할 만큼 현재진행형인 그것은 말 그대로 피가 듣는 그러한 상처였던 것이다. 1988년 광주 학살 진상 규명 청문회를 거쳐 그 정황이 어느 정도 밝혀지고, 1997년 5월 법정기념일로 제정되면서 한국 현대사의 한 장면으로 설정되기까지 했지만, 그 깊고도 긴 광주의 상처는 아직 다 낫지 않았다. 정도상, 홍희담, 임철우, 황지우, 최윤, 정찬 등으로부터 한강에 이르기까지 여러 차례 진혼곡이 쓰였지만 상처가 다 아문 것은 아니다. 어쩌면, 2014년 오늘 그 슬픔을 되살리는 것 자체가 그 역사적 상처를 제대로 치유하기 위해 요청되는 불가피한 과정일지 모른다.

큰 상처는 치유에 있어서 그 크기에 걸맞은 오랜 시간을 요한다. 너무도 큰 상처는 거기에 접근하기 위해 숨을 고르고 적절한 자세를 취하는 데만도 적지 않은 시간이 요구되는 까닭이다. 아우슈비츠에 대한 독일이나 프랑스의 접근이 바로 그러한 경우인데, 거리를 둔 전승국인 영국이나 미국과 달리 이들 두 나라에서는 전후 두 세대가 지난 지금에야 겨우 '역사화' 단계에 들어가고 있다 한다.[1] 여기 비추어 보면, 광주민주화운동의 미학화가 진행형인 것 또한 자연스러운 현상이라고 해야 할 것이다. 무릇, 상처가 다 아물기도 전에 슬픔을 이긴 듯이 가장해서는 안 될 일이다.

이렇게 보면, 막 발생했거나 우리 옆에서 진행 중인 비극들의 경우, 그 상처가 얼마나 길게 이어지고 그 고통이 얼마나 깊을 것인지는 감히 측량할 수조차 없다고 하겠다. 국경 안팎으로 세월호 사건과 팔레스타인 사태를 들 수 있을텐데, 이들 사건의 상처와 슬픔이 어떠할지에 대

---

1   이상빈, 『아우슈비츠 이후 예술은 어디로 가야 하는가』, 책세상, 2001, 19면 참조.

해서는 성급하거나 성마른 생각을 갖지 않는 것이 필요해 보인다. 세월호 사건의 경우 지난 100일 간 우리가 겪은 것은 즉각적인 슬픔과 고통일 뿐이다. 상처가 발생함과 동시에 느낄 수밖에 없던 즉자적인 슬픔과 고통일 뿐, 시간이 흘러가면서 상처가 덧나고 상흔이 헤집어지면서 새롭게 생겨날 고통들, 메아리 없이 비껴가는 이야기들마다 생겨날 고통의 파장들은 아직 고개조차 들지 않았다고 하겠다. 이스라엘이 가자지구에 지상병력을 투입하면서 팔레스타인 사상자 수가 급속히 증대된 2014년 7월 하순, 두 세대 넘게 지속되어 온 팔레스타인 문제는 여전히 뜨겁게 진행되는 상처여서 그 고통이 얼마나 심대해질 것인지 전 세계 누구도 짐작조차 하기 어렵다.

새롭게 피어나는 상처든 일상의 삶 속에서는 이제 상흔조차 찾기 어려워질 만큼 묵은 상처든 간에, 우리 시대 세계 각처에 흩뿌려진 상처들은 예술을 통해서 특히 문학을 통해서 주목되고 감싸지고 위안 받아 왔다. 폭력을 폭로하며 야만을 고발하는 순간에서부터 슬픔을 나누어 덜고 상처 자국을 의미로 지우는 단계에 이르기까지, 근대문학은 언제나 전 세계적인 상처를 지켜 온 것이다.

아우슈비츠가 안네 프랑크나 프리모 레비를 거치고 〈쇼아(Shoah)〉 등을 통해 순치되어 온 것이 가장 두드러진 예가 된다. 시선을 좀 더 과거로 두자면, 일찍이 저 멀리 아프리카의 피식민 역사가 조지프 콘래드나 치누아 아체베 등의 소설을 통해 조명되며 위무를 받은 것을 떠올릴 수 있다. 조금 가까이로는 중국의 문화대혁명에 따른 상처가 다이 호우잉의 『사람아 아, 사람아!』를 통해서 여물어지는 것도 이에 보탤 수 있겠다. 우리나라의 역사에서도 적지 않은 사례들이 찾아진다. 120년 전의 갑오농민전쟁에서부터, 한국 현대사의 가장 큰 비극이라 할 4·3과 한국전쟁, 그리고 그 이후의 광주 등이 한국 근대문학의 소중한 성과들에 의해 지속적으로 진정되어 온 것이다.

이렇게 크고 작은 과거의 상처와 고통들, 전 세계 도처에서 현재 만들어지고 벌어지는 상흔들과 그에 따라 미래에 다가올 크나큰 고통, 이러한 모든 슬픔들을 과거로부터 우리 시대로 실어 나르고 발생 지역에서 전 세계로 퍼뜨림으로써 그 무게를 덜어 치유하는 것이 바로 근대문학이 해 온 주요 기능 중의 하나라 하겠다.

2. 슬픔을 대하는 문학의 자세

어떠한 병도, 있는 것을 없다 말한다 해서 치유되지는 않는다. 육신의 병뿐 아니라 정신과 영혼의 병 또한 그러하다. 특히나 마음의 병은 사정이 반대여서, 상처와 슬픔이 조명되고 주목되며 위안을 받고 나서야 비로소 치유되게 된다. 병의 정체가 무엇인지 모를 때조차 이러한 메커니즘은 작동된다. 윤동주의 시 「병원」이 보여주듯이 '자신도 모르는 오랜 아픔'조차도 '늙은 의사는 알 수 없는 젊은이의 병'으로 명명되고 두루 애송되면서 치유되는 것이다. 이렇게 문학예술과 관련해서 봤을 때 병이나 상처들은, 명명되거나 고백되고 응시됨으로써 치유된다.

한 편의 문학작품이 행하는 치유의 기능이란 형상화 과정 자체로부터 시작되는 것 같다. 일찍이 플라톤이 지적한바 예술의 두 가지 방식 곧 대상을 서술하거나(디에게시스, diegesis) 모방하는(미메시스, mimesis) 두 경우 모두 치유의 원리에 닿아 있다고 할 수 있다. 말하기(telling)와 보여주기(showing)로 바꿔 말할 수 있는 이러한 두 가지 주요 형상화 방법 자체가, 상처를 보이고 슬픔을 이야기하는 심리치료의 기본 방식에 해당되기 때문이다.

이러한 원리로 만들어지는 문학작품이 슬픔을 형상화 대상으로 삼아, 슬픔을 낳는 사건을 고백하거나 그 결과인 상처를 응시할 때, 문학예술 고유의 치유의 기능이 벌어진다. 그것은 다름이 아니라, '공감에 의한 치유'이다.

사회와 역사의 상처나 세대에 걸쳐 공유되는 슬픔과 같이 한 개인을 넘어서는 아픔에 대한 문학의 치유는, 어떤 경우에서든 교설적인 것일 수 없다. 교설은 뜻을 움직이는 것이지 우리의 감정을 달래주는 것일 수 없기 때문이다. 문학의 치유는 또한 정책적이거나 처방적인 것일 수도 없다. 시대의 슬픔이나 사회의 슬픔이 슬픔으로서 갖는 특징은 어느 정도의 시간 동안 지속되기를 요한다는 데서 시간을 당겨 결과를 만들어 내고자 하는 정책적 처방이란 무용할 수밖에 없기 때문이다.

이렇게 교설도 정책도 낳지 않는 채로, 슬픔을 배태한 사건을 이야기하고 그에 따른 상처를 응시하는 것, 그럼으로써 또는 그렇게 하면서 슬픔을 슬퍼하는 것이야말로 문학적 치유의 본질이다. 한마디로 말하자면 슬픔을 공감하는 것이야말로 문학적 치유의 핵심이라고 할 것이다.

슬픔을 공감함으로써 치유하는 문학이란 자기 스스로도 슬퍼하는 문학이다. 슬픔과 상처를 거리를 두고 조명하는 것이 아니라, 스스로 슬픔이 되고 상처가 되는 것이다. 이렇게 슬픔에 공감하는 문학은 그럼으로써 슬픔을 증폭시키게 된다. 세상의 슬픔과 상처에 공감하여 자신을 이룸으로써 스스로 슬픔이자 상처가 된 문학작품이, 다시 독자들에게 그 슬픔과 상처를 퍼뜨림으로써 슬픔을 온 세상에 증폭시키는 것이다. 이것이 어떤 결과를 낳을까. 문학작품이 전해지는 한 온 세상이 함께 슬퍼하게 되는 상황, 그 결과 그렇게 나누어진 만큼 슬픔의 무게가 줄어 우리가 저마다 위안을 얻을 수 있게 되는 상황, 즉 슬픔이 치유되는 상황이 마련되는 것이다. 세상의 슬픔에 공감하는 문학작품은 이렇게 세상을 슬프게 함으로써 슬픔을 치유한다.

슬픔에 대한 공감이 주는 이러한 치유의 기능, 위로의 기능을 잘 보여주는 작품으로 정찬의 『세상의 저녁』을 꼽을 수 있다. 연이은 고통과 구원에 대한 갈망, 구도의 길을 보여주는 주인공의 행적에서 추론되기도 하지만, 정찬은, 슬픔이 어떻게 극복되는지를 보다 직접적으로 드러내기도 한다. 절대자에 대한 문답이 그것이다.

'그리스도가 십자가에 못 박힐 때 하느님은 무엇을 하셨을까'라는 질문에 대해 그는 하느님이 아파하고 슬퍼했을 뿐이라는 답을 제시한다. 자신의 아들인 예수의 죽음을 앞에 두고도 신이 단지 아파하고 슬퍼했을 뿐이라면, 저 아우슈비츠와 광주에서 그리고 이라크와 팔레스타인에서 수많은 사람들이 죽어 갔을 때 그때도 신은 아파하고 슬퍼했을 뿐이리라는 점을 우리는 알 수 있다. 이렇게 정찬에게서 하느님은 전지전능한 존재가 아니라 무력한 존재로 새롭게 설정된다. 독신(瀆神)처럼 보일 만한 이러한 생각을 좀 더 밀고 나아가서 정찬은, 무력한 존재인 신의 그러한 '무력함 속에 진정한 힘이 있다'고 주장한다.

우리가 고통을 당할 때 누군가 똑같이 그 고통을 느끼면서 슬퍼하고 있다고 생각해 보게. 한없이 큰 위로가 될 걸세. 이 위로야말로 고통을 응시하고 초극하게 하는 힘이지. 더구나 슬퍼하는 이가 무한히 높은 존재라면 위로의 힘은 한층 더 클 걸세. (…중략…) 하느님에게는 권능도 영광도 없어. 오직 슬퍼하는 능력만 갖고 계시지. 이런 하느님의 모습에서 난 비로소 신성을 느낄 수 있었다네.[2]

통상적인 생각과는 너무도 달라 역설처럼 느껴지기까지 하는 이러한 통찰, 절대자의 힘이란 바로 우리가 상처를 입고 힘들어 할 때 우리와 함께 고통을 느끼며 슬퍼함으로써 우리로 하여금 고통을 응시하고 초극할 수 있게 하는 위로의 힘이라는 이러한 인식은, 신의 섭리와 현실의 고통을 함께 받아들이면서 이해하고자 하는 노력의 소산으로 보인다. 특정 종교에 매이지 않는 중립적인 자리에 서서 그리고 지금껏 이야기해 오던 치유의 맥락에서 보자면, 절대자에 대한 이러한 이해는, 커다란 슬픔을 극복하는 근본적인 원리로 슬픔의 공유를 제시해 주는 것이라 할 수 있다. 또한 이러한 인식은, 앞서 말했듯이, 슬픔을 대하는 문학의 방식을 말해 주는 것이기도 하다. 인간의 슬픔을 공유함으로써 그가 고통을 응시할 수 있게 위로하는 것, 함께 아파하고 같이 울어줌으로써 끝내 고통을 넘어설 수 있게 해 주는 이러한 방식은 그대로, 스스로 슬픔이 되고 상처가 되어 세상을 슬프게 함으로써 슬픔을 극복하게 하는 치유로서의 문학의 방식이기도 한 것이다.

3. 치유로서의 문학, 그 손길들

아쉽게도 우리는 문학작품의 치유의 손길이 여전히 요청되는 시대에 살고 있다. 달리 생각하면 우리 시대의 문학은 언제나 치유로서의 문학이기도 해야 하는 상황에 우리가 놓여 있다고 할 수도 있다. 모든 문학이 다 슬픔을 공유하는 것은 아니어도, 슬픔에 대한 공감으로 제

2　정찬,『세상의 저녁』, 문학동네, 1998, 210면.

몫을 설정하는 문학이 항상 존재하는 것이 우리 시대, 근대의 특징인 것이다. 미학적 근대성은 물론이요 정치사회적 근대성 자체도 언제나 미완의 기획에 해당되는 이상, 참된 근대적 이상에 대한 영원한 추구에 불가피하게 따르는 상처를 치유하는 일 또한 지속될 수밖에 없는 까닭이다. 간단히 말해서 개인의 행복 차원이든 사회 공동체의 안녕 차원이든 항상적인 결여가 우리 시대를 특징짓는 이상, 그러한 결여에 따른 상처를 치유하는 문학작품 또한 언제나 요청된다 하겠다.

치유로서의 문학이 대상으로 삼는 것이 상처와 고통 및 그에 따른 슬픔에 한정되는 것은 아니다. 원인에 해당하는 상처가 불분명한 채로 우리를 엄습하는 공포도 대상이 되며, 운명이나 사회 상황 혹은 개개인의 성정 때문에 발생하는 비극도 대상이 되고, 더 나아가서는 슬픔에 대한 공감 능력의 상실 또는 상처에 대한 부당한 망각 또한 치유의 대상으로 끌어들여진다. 치유 대상과 마찬가지로 치유 방법 또한 다양한 양상을 띤다. 이러한 대상들을 치유하는 근본적인 방법이 슬픔의 공유임은 앞서도 강조했지만, 그것을 다시 나누어 보면 다음과 같은 하위 갈래들을 생각해 볼 수 있다.

무엇보다 먼저 꼽을 것은 상처를 들여다보고 고통의 소리를 들어 주는 것이다. 상처의 응시와 피해자 육성의 청취는, 특히 사회역사적인 차원에 걸쳐 존재하는 큰 상처, 큰 슬픔을 치유하는 문학의 첫 번째 포즈로서 '아픔의 공유' 방식에 해당된다. 이 단계의 문학작품들은, 상처를 들여다보면서 상처 입은 자들이나 굴곡진 역사에 묻혀 버린 희생자들의 소리를 들어줌으로써, 즉 그들의 이야기를 육화함으로써 그들의 상처를 우리 모두의 것으로 확장한다.

위에 이어지는 것이 호명이나 기억, 재구성을 통해서 여운이 긴 상처를 보듬는 경우들이다. 상처를 낳은 폭력이 상처만을 남기는 경우는 없다고 할 수 있다. 그러한 폭력들은 육신(들)에 가해져 상처를 남길 뿐 아니라 마음의 상태를 심각하게 손상시킴은 물론이요, 피해자들의 존재 자체를 사회역사적으로 훼손하기 마련이다. 심신뿐 아니라 상징체계 내에서의 위상 자체에 상처를 주는 것이다. 이것을 바로잡는 일이 바로 문학이 행하는 두 번째 치유인바, 피해자들을 새롭게 호명하고, 상징체계 내에서 그들의 일을 재구성하는 것을 그 내용으로 한다. 이 단계의 작품들을 통해서야 아픔과 슬픔의 진정한 공유가 가능해진다고 하겠다.

끝으로 생각해 볼 수 있는 것이 위로·위안으로서의 치유이다. 사태를 바로잡는 데서 나아가, 상처받은 자들의 존재의 의의와 가치를 회복시켜 주는 것 즉 모든 인류에게 부여된 존엄성을 그들 각각에게 되살려 주는 것이다. 그 누구도 그 어떤 경우에도, 누구에 의해서든 죽임을 당할 수 있는 벌거벗은 생명이자 추방된 자인 '호모 사케르(Homo Sacer)'[3]로 취급되어서는 안 된다는 점을 인류의 이름으로 명확히 함으로써, 희생자 한 명 한 명이 우리와 똑같은 존엄성을 지닌 존재라는 인식을 공유하는 것이다. 이러한 인식의 공유는 희생자의 슬픔을 나의 슬픔 우리의 슬픔으로 전화시킴으로써 더욱 증폭시키고 그렇게 증폭시키는 만큼 공감을 키워 치유의 효과를 두텁게 한다.

이상의 세 가지 유형이 꼭 통시적인 계열체를 이루고 있는 것이 아님은 따로 말할 필요가 없을 것이다. 예컨대, 어떠한 상처에 대해 위로와 위안이 행해졌다 해도, 못 다 들은 고통의 소리를 새로 듣는 일은 언제나 필요하고 의미를 가지는 것이기 때문이다. 오월의 그날 그곳을 조명

---

3   조르조 아감벤, 박진우 역, 『호모 사케르』, 새물결, 2008, 168~179면 참조.

하고 있는 한강의 『소년이 온다』가 바로, 역사적인 위로·위안이 행해진 한 세대 전의 상처를 새삼 응시하는 이러한 경우라고 할 수 있다. 이와는 달리 새롭게 벌어지는 상처에 대해서는 응시와 청취로서의 공감이 무엇보다 먼저 요청되고 수행되는 것이 자연스럽다. 세월호 사태와 관련하여 예컨대 한국작가회의 소속 시인들이 선보이고 있는 '세월호 희생자에 바치는 조시' 시리즈나, 한국작가회의와 '세월호를 잊지 않는 음악인들', 그리고 서울문화재단이 공동으로 주최하는 '세월호 참사 100일 추모 시낭송 그리고 음악회'와 같은 문학예술 행사 등이 이에 해당된다.

치유로서의 문학이 보이는 위의 세 가지 손길이 현재의 우리 앞에 공존할 수 있음은 위와는 조금 다른 경우들에서도 확인된다. 최근에 다시 불거지고 있는 팔레스타인 문제를 포함한 아랍의 불행에 대해서 오수연이 보여 온 공감의 보고[4]는 위의 세 단계가 뒤섞인 상태로 우리의 인류애적인 본성을 일깨우는 경우라 할 것인데, 여기에는, 사태의 공간적 전파에 걸리는 시간적 지체나 지정학적 거리감을 넘지 못해 온 과거 우리의 무딘 인류사적 감각의 문제 등도 작용하고 있을 것이다. 이와 같이 이런저런 복잡한 이유로 뒤늦게 우리의 공감을 사게 된 치유로서의 문학에는 할레드 호세이니의 『연을 쫓는 아이』(이미선 역, 열림원, 2007)나 캐스린 스토킷의 『헬프』(정연희 역, 문학동네, 2011) 등도 포함된다.

사실 어떠한 슬픔은 특정한 역사적 사건에 국한되지 않고 우리 시대 즉 근대(modern times) 내내 지속되어 오는 까닭에 그러한 상처를 응시하

---

4 오수연의 아랍 관련 작품들은 이라크 반전 평화팀의 경험을 담은 다큐멘터리 『아부 알리, 죽지 마』(향연, 2004)를 1차 성과로 한 위에, 「꽃비」(『문학동네』, 2004 겨울)를 첫 작품으로 「길」, 「황금지붕」, 「소리」, 「문」으로 이어지며, 작품집 『황금지붕』(실천문학사, 2007)으로 묶였다.

고 어루만지는 문학작품들은 언제나 현재적인 의미를 지니기도 한다. 경쟁에서 실패한 자들이나 사회에서 왕따 당하는 존재를 위무하는 박민규의 『삼미 슈퍼스타즈의 마지막 팬클럽』(한겨레출판, 2003)이나 『핑퐁』(창작과비평사, 2006) 같은 경우를 나는 이 부류로 꼽고 싶다. 이렇게 작품들을 꼽아 본 위에서, 우리들의 삶에서 돌아보아 상처 아닌 것이 얼마나 될까 생각해 보면, 문학의 주된 기능으로 치유를 꼽는 것이 전혀 어색하지 않음을 알 수 있게 된다.

2장

폭력에 맞서는 문학의 길을 찾아서

오수연의 소설 세계

1. 한국문학의 위기를 넘어서는 한 가지 통로

이게 꿈은 아닐까. 전 세계가 반대해도 결국 전쟁은 나고,

해방군인 줄 알았던 미군이 점령군으로 돌변하고,

도덕적 우월성으로 집권에 성공했던 한국 정부건만 대외 정책은 침략군 파병이고.

모든 일이 최악으로, 가장 나쁘게 귀결될 수밖에 없는

이 강고한 법칙이 과연 현실인가.[1]

새로운 세기로 넘어오면서 더욱 심각해진 근대의 문제는 인간과 사회, 자연과 생명의 근본에 대한 감각을 상실하는 것이다. 유적 존재로

---

1   각 절 처음에 달린 제사들은 모두 오수연의 『아부 알리, 죽지 마』(향연, 2004)에서 따온 것이다.

서의 인간성을 해치고 우리 또한 그 일원인 환경을 교란하는 문제들을 문제로 알아보게 해 주던 준거들은 이제 그 빛을 잃고 존재감마저 희미해져 버렸다. 우리 자신과 세계에 대한 이 둔감함은 매스미디어에 의해 가속화된다는 점에서 문명의 문제이자, 우리 스스로 성찰의 지점들을 약화시켜온 탓에 증대되었다는 점에서 의식의 문제이기도 하다.

포의 소설 「잃어버린 편지」에서 편지를 숨기는 방식이 정보화 사회의 정보 관리 원리임은 널리 알려져 있다. 꽁꽁 숨기지 않음으로써 감추는 '드러내는 은폐'라는 이 방식은 이제 멀티미디어의 확산과 발전에 힘입어 모든 것을 항상적이고도 다각적으로 제시하는 '무차별적인 드러내기'를 통해 한층 강화되었다. 그 과정에서 각 사건들은 우리에게 충격을 주는 제 고유의 의미를 잃고 정보로 추상화된다. 이라크 공습이나 9·11테러 같은 사건도, 사소한 다른 정보들의 홍수 속에서 텔레비전을 통해 피상적인 영상으로 한시도 쉬지 않고 반복적으로 제시되는 바로 그 메커니즘 때문에, 고유의 세계사적인 의미를 잃고 전자오락의 장면들과 유사할 정도로 순치된다. 현재의 미디어 환경이 모든 것을 전면화함으로써 각 사건 고유의 빛을 흐리는 것이다.

이러한 현상은 이성중심주의의 해체와 맞물리면서 한층 강화되었다. 근대사회에서 억압되고 배제된 것, 가려짐으로써 잊히게 된 것, 소수이기에 이단시된 것들을 복권시키는 과정에서 우리는 잃어버리면 안 될 위계 관념까지 내던진 감이 있다. 소수자의 복권은 중요한 과업이지만 지난 10년간의 운동은 나름의 한계를 보여 왔으며,[2] 거대담론에 대한

---

2 우리나라의 소수자 운동은 체계와 시스템에 대한 지속적인 사유를 수행하지 못함으로써 결국 일종의 권력 재분배에 국한되는 인정투쟁 수준에 갇히게 되었다고 할 수 있다(오창은, 「지구적 자본주의와 약소자들」, 『실천문학』 2006 가을, 323~325면 참조).

회의와 부정 속에서 '실제에 기초하여 의미의 위계를 구성할 필요성'을 사실상 부인하는 경향과 불행히도 보조를 맞추어 왔다. 후자로부터 이제, 모든 것을 드러낸다는(복권해 준다는) 메커니즘 자체가 독립하게까지 된 듯하다. 이 상태에서, 드러내기 곧 탐색하고 제시하는 행위 자체가 중요하며 그로부터 의미가 생산된다는 논법이 발흥하였다.

하지만 의미의 위계가 실종되는 상황에서는 복권된 것들 또한 제 빛깔을 잃게 마련이다. 다원주의와 상대주의, 가치중립성이 혼효된 자리에서는 어느 것도 제 빛깔을 낼 수 없고 그들 간의 거리와 위계는 사라지고 만다. 의미 발생의 사회·역사적인 메커니즘이 실종되다시피 약화되는 까닭이다. 그 결과는 우리의 존재 상황에 대한 우주적·자연적 고찰과 사회에 대한 인식, 세계에 대한 이해 모두가 추상화되는 것이다. 이들이 발붙이지 못하는 빈자리에, 일체의 사상(事象)에 의미를 부여하는 매개로서 경제적 가치만이 위력을 떨칠 뿐이다.

현대사회의 이러한 문제는 우리의 심상지리에서도 확인된다. 사회의 체계와 사회적 존재로서의 우리들 자신에 대한 이해의 추상화는 외국 및 외국인을 대하는 시선과 국가들 사이의 역학 및 세계정세 등에 대한 이해의 추상화를 수반한다. 여기서도, 구체적인 의미를 가지는 경우는 오직 경제적인 맥락으로 한정된다. 그것도 현실의 구체성이 아니라 현상과 사실의 개체적 고정성 차원에서 그러할 뿐이다.

근래 평단의 주의를 끌었던 '문학의 위기'나 '문학의 죽음'에 대한 경고들 또한 이 맥락에서 본의를 생각해 볼 수 있다. 이들은 자본주의화로서의 근대화에 내재된 이러한 메커니즘을 거리를 두고 조명해왔던 정신 활동의 대표적인 예가 바로 근대문학이었으되 최근 들어 그 기능이 현격히 약화된 것을 문제시하고 있다. 현실의 움직임이 안고 있는 문제를 문제로 볼 수 있는 문학적 안목의 상실, 본질적인 문제를 보기 어렵게 된 우리들의 시야에 충격을 주는 문학적 기능의 위축을 경계하는 것이 이들의 근본적인 의도라 할 수 있다.[3]

앞서 언급한 현대사회의 문제와 관련지어 거시적으로 볼 때, 문학의 '위기'나 '죽음'을 운위하는 일은 문학이 수행해 왔던 소중한 기능을 복구하고자 하는 염원의 소극적인 표현이라고 할 수 있다. 소극적이되 진정한 염원이지만 유감스럽게도 우리의 상황은 그러한 바람의 성취 가능성이 커질 기미가 보이지 않는다. 이러한 안타까움은 두 가지 점에 근거한다.

첫째는, 최근 들어 미세한 균열이 감지되지만, 여전히 한 방향으로 내달리는 문학계의 동향이다. 1990년대 이래의 우리 소설계가, 거대담론을 의심하면서 사회의 현실성과 거리를 두고 개인의 내면이나 추상적인 인간관계에 주목하는 특성을 강화해온 것은 주지의 사실이다. 그 과정에서 전통적인 근대문학의 엄숙주의에 의해 배제되어 왔던 다양한 자질들이 복권된 것이 다행한 일이기는 하다. 하지만 이 과정이, 역사주의를 멀리하면서 역사를 외면하고 리얼리즘을 의심하면서 현실 자체를 벗어나려 하는, 사실상 불가능하고 부당한 일에 문인들이 침잠하는 도정이기도 했음을 부정할 수 없다. 둘째로 위기를 위기로 인정하지 않는 태도 또한 문제이다. 우리 주위에서 '문학의 위기' 담론을 주관적인 것으로 치환하거나, 일반화하여 사실상 무화시키거나 하는 태도를 보는 일은 전혀 어렵지 않다.

---

3 문단 주도권 논쟁으로 왜곡되기도 하고 어느 정도는 그렇게 기능하기도 했지만, 문학계 내외의 주목을 끌었던 '주례사 비평' 논란의 합리적인 핵심은 한국 근대문학이 수행해 왔던 사회적 기능의 실종을 문제시하는 것이었다(고명철 · 김명인 외, 『주례사 비평을 넘어서』, 한국출판마케팅연구소, 2002). 2003년에 가라타니 고진이 '문학의 죽음'을 선언하면서 한국문학의 변화를 지적할 때 주목한 것도 다른 무엇이 아니라 정확히 이러한 현상이었다(가라타니 고진, 조영일 역, 『근대문학의 종언』, 도서출판b, 2006).

이러한 상황에서 문학의 죽음 여부에 대한 논란을 생산적으로 해소하고 2000년대 한국문학의 앞길을 모색해 보는 가장 좋은 방식은, 문학의 소생과 발전을 믿을 수 있게 하는 작가적 실천에 주목하는 일일 것이다. 그러한 경우가 없다면 그저 소망을 피력하는 안타까운 상황을 벗지 못할 터인데, 다행히도 우리는 몇몇 원로·중견 작가와 더불어 오수연을 갖고 있다.

현재의 문학 상황에서 오수연의 소설은 낯선 만큼 제 빛깔을 가지고 있다. 몇몇 곡해 외에는 평론가들이 제대로 주목하지 않은 셈이지만,[4]

---

4 등단 10년이 훌쩍 넘었지만 1990년대 이후의 문학계 동향과 거리를 두고 있는 대부분의 비슷한 연배 작가들과 마찬가지로 오수연은 별다른 주목을 받은 적이 없다. 이러한 상황은, 현실 변화의 힘에 의해 자의든 타의든 문학계의 변화를 읽고 있는 최근 평단에서도 여전하다. 한국문학이 다루는 공간·배경·지역을 문제시하면서도 오수연의 아랍 계열 작품세계를 조명하지 않는 것은, 이런 시도들이 기존의 관성을 크게 벗어나지는 못했음을 의미한다 : 디아스포라 문학(『문학들』, 2006 가을 특집), 이주노동자 문제(『작가』, 2006 겨울 특집), 공간과 장소의 문제(『문학수첩』 2006 겨울 특집) 등 참조. 아니 어쩌면 사정은 더욱 나쁘다고 해야 할 것 같다. 그와 유사한 의미를 갖는 작가 작품들과 더불어 오수연의 아랍 계열 소설에 대해, 무관심과 냉대보다 더 문제적인 오독과 왜곡이 행해지기도 하기 때문이다.
『문학동네』(2006 겨울)가 마련한 특집 '길 위의 인생―이동, 탈출, 유목'에 실린 복도훈의 「연대의 환상, 적대의 현실―최근 한국소설의 연대적 상상력과 재현에 대한 비판적 주석」을 보면, 이른바 '한국문학의 탈현실적인 경향'이 한국문학의 실제가 아니라 1990년대 이래 그에 덧씌워진 비평 담론의 일탈에 의한 가공물이 아닌가 하는 의구심이 부쩍 커지게 된다. 그는, 김재영의 「코끼리」 등이 '현실의 단면'이 아니라 '스테레오 타입의 이미지 다발'이라고 규정하거나, 방현석의 「존재의 형식」이 '과거(부채)에 대한 애도를 멈추지 않는, 끝내려고 하지 않는' 환각에 사로잡혀 '가까운 곳, 주변의 타자에 대한 사랑과 관심은 형편없거나 빈곤하다'고 매도하는 폭력을 휘두른다. 수전 손택의 『사진에 관하여』의 한 구절이나 맥락을 알 수 없는 '상징적 동일시' 운운의 논의 등으로 논리의 곡예를 벌이며 심심찮게 마르크스를 들먹이는 방식으로 (작품의 논리에 구애받지 않고 자유롭게) 자기 논의를 구성하는 사실을 고려하면, 이러한 이론적 폭력은 더욱 심각한 문제라 하겠다.
복도훈의 자유로운 읽기 / 쓰기는 오수연의 아랍 소설까지 포괄하고 있다. 작품의 주제효과를 구성하는 전체적인 의미 구조를 무시한 채 자신이 보고 싶은 것만 골라내어 교묘하게 짜깁기하는 그의 논의(?)는, '편의적인 독해 자의적인 글쓰기'의 요술 상자라 할 만하다. 그의 요술 속에서는, 「길」이 '연대의 환상에 감춰진 자기만족과 기만을 해 그의 문학세계는 자신이 가야 할 목적지를 향해 한 방향으로 꾸준히 전진해 왔다. 그의 소설이 향해 온 방향이 현재의 위기를 극복하는 데 유효한 것이며, 오수연에게는 걸어온 길보다 걸어갈 길이 훨씬 길다는 점도 다행스럽다는 판단 위에서, 이제 그의 소설 세계를 따라가며 그 특징과 의의를 살펴보고자 한다.

2. 일상의 허위와 폭력에 맞서는 여성의 시선

나이지리아에서 사회의 동의에 따라 여성들이 돌에 맞아 죽을 수도 있는 한,

내 삶은 불안정하다.

나는 내 삶을 지키기 위해 주장한다.

어떤 시대와 장소에서도 지켜져야 할 정의가 있으며,

그 정의에 비추어 아랍 전통일지언정 부당한 것도 있다고.

오수연 소설의 출발점은 『난쟁이 나라의 국경일』(현대문학, 1994)이다.

___

부할 뿐'인 것이 되고, 「황금지붕」이 '자신의 주변부적 위치에 대한 자각'을 드러내는 소설이 되며, 「문」이 '정체성을 이루는 요소들이 증발되는 비-장소이며, 삶이 근본적으로는 추방임을 선언하는 법정'으로 '문'을 제시한 작품으로 둔갑한다. 이라크와 팔레스타인, 아랍을 소거시키는 요술을 부리면서 그는 "오수연의 소설은 전쟁을 감정이입의 대상으로 생각하지 않으며 그러한 이입을 불러일으킬 만한 맥락과 정보를 거의 소거시킨다"(496~497면)고 억지를 부린다. 오수연의 아랍 계열 소설들에서 그러한 이입을 강력히 환기하는 저 풍부한 맥락과 정보를, 카프카나 레나타 살레클 등을 끌어와 독자를 현혹하면서 이렇게 쓸어 없애고 탈색시키는 그의 맹목과 폭력, 현학 취미가 두려울 지경이다.
이러한 경우를 만나면, 이른바 문학의 '위기'나 '죽음'은 어쩌면 '문학을 대상으로 하는 담론의 위기'에 불과한 것이 아닐까, 혹은 그러한 담론들이 조장하고 강조하고 과장하기까지 하는 '새로운 문학'이라는 신기루 때문이 아닐까 하는 의심을 사실이라 믿고 싶어지기까지 한다.

현대문학 장편 공모 당선작인 이 소설에서는, '열린 사회 열린 문화'라는 이벤트를 추진하는 '장민철'과 그 주위 사람들이 벌이는 사건이 중심 서사가 되면서, 1990년대를 살아가는 삶의 유형으로 '이미선'과 '최양숙', '장민영'-'김성수'의 삶이 각기 원을 그리고 있다. 이 원들과 '장민철'의 그것이 합쳐져서 『난쟁이 나라의 국경일』이 완성된다.

다섯 개의 원을 중심으로 1980, 90년대의 삶의 모습을 어느 정도 포괄해 냄으로써 이 소설은 이 시기 리얼리즘 문학의 한 성과에 해당된다. 범칭 문화인이라고 할 수밖에 없는, 안정된 삶의 궤도에 들지 못한 30대들을 중심으로 하는 한편, '장민영', '김성수'와 그들 주변 사람들을 통해 중산층 이하의 일상사가 구성지게 그려진다. 다소 작위적인 면이 없지 않지만, 모든 인물이 일반적이면서 개성적인 면모를 갖추고 있는 점도 주목할 만하다. 여기에 더하여, '미선'의 회상을 통해 보이는 1970, 80년대 고교생활이나 '민철'의 상념을 통해 제시되는 1980년대 운동권의 논리와 변화된 1990년대에 놓인 그들의 의식 또한 사회역사적인 인식에 바탕하고 있다. 이렇게 이 소설에서는 사회상황과 역사가 시공간적으로 교직되어 소설의 뼈대를 이루고, 소소한 일상사와 인물심리에 대한 세밀한 묘사가 소설의 육체를 구성하면서 리얼리티를 구축하고 있다.

오수연의 소설 세계 전반을 염두에 둘 때, 이 소설에서 주목할 점은 시선의 문제이다. 시점화자를 바꾸면서 상황에 대한 단선적인 파악을 지양하고 있는 이 소설은, 시점화자의 역할이 커질수록 주체의 주체적인 면모가 약해지면서 미시적인 시선을 구사한다는 특징을 보인다. 중심인물의 내면 심리를 통해 주체의 머뭇거림을 유발하는 내적인 갈등이 세밀하게 그려지고 있는 것이다.

이러한 점이 주목할 만하다 한 것은, 비주체적인 주체가 서술자와 겹

처지면서 미시적인 시선으로 소설의 육체를 꾸리는 현상이 오수연의 소설에 보편적이기 때문이다. 「벌레」와 「빈집」의 아내가 그러하고 『부엌』 연작의 서술자가 전형적이며, 아랍 문제를 다루는 최근 소설의 시점화자들 또한 유사한 면모를 보인다. 이들이 대체로 여성이라는 점 또한 놓칠 수 없다. 세상을 제 맘대로 주무르는 것은 물론이요 제 한 몸이나마 제 뜻대로 해 보기 어려운 그러한 인물들이라는 점이 중요하다.

오수연의 작가의식과 관련해서 볼 때 『난쟁이 나라의 국경일』이 문제시하는 것은, 이념이 사라진 시대에 사람들은 무엇으로 어떻게 사는가 하는 질문이라고 할 수 있다. 중심인물들이 엮인 '열린 사회 열린 문화' 이벤트의 실패를 통해 이 소설은, 우리의 삶이 한낱 투기라는 사실을 폭로하고 있다. 살아남기 위해서 자신을 던지는 이들의 삶이 보여주듯이, 이념의 위력이 사라진 1990년대 자본주의 한국사회에서 살아가는 것은 자신의 투기이고 그럼으로써 타인에 대한 결과적인 폭력이라는 것, 이것이 이 소설의 주제이다. 사회적 존재인 우리가 타인에게 행하는 폭력의 문제에 주목한 것인데, 이 또한 오수연의 소설 세계 전반에 걸치는 기본적인 특징이다.

첫 번째 소설집 『빈집』(강, 1997)에 실린 단편들은 일상의 차원에 초점을 맞추고 있다. 이들 작품은, 여성 주인공을 내세워 그녀 주변의 상황이 갖는 의미를 다각도로 그려 보인다. 시정의 리얼리즘의 면모를 갖춘 여성소설에 해당되는 이들 작품은, 오수연 소설세계에 특징적인 문제의식의 원형을 한층 발전시킨다는 점에서 주목할 만하다.

이들 소설은 '평범한 일상 속에서의 행복'이라는 사회 일반의 지향을 여성-지식인의 입장에서 정면으로 문제시한다. 사회의 일반적인 규준에 도전하는 문제적 개인을 그리는 것이 근대문학의 주된 특징이라고는 해도, 이 경우는 대체로 (남성) 주인공이 모든 것을 걸고서라도 성취하고자 하는 지향점을 갖고 있었다. 이와는 달리 『빈집』의 소설들은, 그러한 지향점을 갖지 못한 여성 주인공이 '남들처럼 일상적으로 살자'는 남성 안타고니스트의 주장을 거부하는 특징을 보인다. 여기서 주목할 점은, 여성 주인공들이 자신의 해방을 꿈꾸되, 작품의 주제가 여성해방이라는 대의에 한정되지는 않는다는 사실이다. 이들 주인공과 거리를 두고서 오수연은 사회 전체의 문제에 주목하고 있다. 요컨대 폭넓은 주제를 다루되 여성 주인공의 시선과 심리를 미시적으로 그려내는 방식을 취하는 것이 『빈집』의 특징이라고 할 수 있다. 달리 표현하자면, '여성' 등장인물과 '지식인' 작가가 이중나선 식으로 교차되면서 『빈집』의 주제효과를 중층화하고 있다 하겠다.

『빈집』의 소설들을 일별하고자 할 때는, 여성 주인공의 정체성 확보 문제에 주목하는 것이 효과적이다. 개인의 정체성 면에서 볼 때 여성인 자신에게 부과되고 요청되는 역할을 받아들이는 데 있어 그들은 주저하고 고민한다(「그들은 총을 가졌다」). 결론은 극단적인 양상 두 가지뿐이다. 끝내는 거부하거나 실패하는 것이 하나며(「빈집」), 다른 하나는 이전의 자신을 잃어버리는 것이다(「사물을 보는 일곱 가지 방법·둘」, 「밀회」, 「벌레」).

주제 면에서 여성의 정체성 문제에 주목하는 작품은 「벌레」와 다음 두 작품이다. 파탄 난 사랑을 보여주는 「그들은 총을 가졌다」(1995)의 경우, 아직 '여자'가 즉 '아내가 될 사람'이 되지 못한 상태의 자각을 드러내고 있다. 「사물을 보는 일곱 가지 방법·둘」(1996) 또한 같은 맥락에서 정체성 확보의 곤란함을 '자기 아닌 자신'이 되어가는 삶의 행태를 통해 그려 보인다.

이들과는 달리 「밀회」(1994)와 「빈집」(1995)은 보다 폭넓은 문제를 다루고 있다. 「밀회」는 1980년대 운동권 시절의 기억과 신념을 정리하는 문제, 그것과 현실을 조화시키는 어려움의 문제를 '죽은 친구'의 환영을 끌어들여 반성적으로 강조하고 있다. 사실상 현실에 투항하는 것일 뿐인 '어른의 논리'를 거부하고, 젊은 시절과 현재의 화해되지 않는 거리를 그대로 드러내는 데 이 소설의 특징이 있다. 이러한 거리는 역사적이자 동시에 심리적인 것이기도 하다. 소설의 뼈대 면에서 볼 때 역사적인 거리이지만, 주인공과 남편의 관계로 채워지는 소설의 육체 면에서 보자면 여기서도 여성의 정체성이 문제시되는 까닭이다. 따라서 「밀회」의 주제 또한 중층적이게 된다. 1980년대의 역사의식을 정리하는 문제 위에, '남들처럼 행복하게' 가정을 꾸리자는 남편과 갈등하는 그녀를 통해 일상적인 행복의 문제가 중첩되고 있다. 「밀회」와는 달리, 전자보다 후자가 전면에 나선 경우가 「빈집」이다. 여기서는, 가출한 남편과 자신의 문제를 고민하는 여성 화자의 문제가 서사의 줄기를 이루면서, 새로운 현실 속에서 아무 일도 없다는 듯이 살아가는 것이 죄스럽고 몰염치한 것 같다는 심리가 조명되고 있다. 일상적인 행복의 문제에 역사적인 해석이 덧붙여진 형국이라 할 만하다.

오수연의 소설 세계 전반에 비춰볼 때 『빈집』에서 주목되는 작품은 「벌레」(1994)라고 할 수 있다. 남편의 요구를 수용하고 의사의 주목을 받고자 하는 '여자'가 끝내는 벌레로 변신하는 이야기를 통해서, 여성에게 요구되는 남편과의 관계 설정, 일상적인 삶에의 적응이 문제시된다. 가출이라는 극단적인 방법을 동원해서 남편이 강제하는 '아내 되기'의 과정, 그렇게 되기까지의 갈등과 그렇게 되는 일의 의미로 주제효과가 구성된다. 표면적으로는 온갖 벌레의 등장으로 생긴 피부병을 치료하기 위해 찾아간 병원 의사와의 대면 양상이 서사를 이끌지만, 핵심은 여전히 여성이 타인에게 인정받는 문제이다. 결론은 비참하다. '여자들의 벌레 되기'로 규정할 수 있을 만큼 그것은 대단히 폭력적인 메커니즘으로 그려진다.

남편이 원하는 바는 '사람답게 사는 것', 가정을 꾸리고 아이를 낳아 '인간으로서 누려야 할 기쁨과 슬픔을' 누리는 것이다(162~164면). 바로 '남들처럼 살기' 곧 일상의 행복을 누리며 평범하게 사는 것이 그의 바람이다. 이에 대해 '여자'는 반대한다. 적어도 알 수 없다고 느껴 버티는 과정에서 이 소설의 갈등이 마련된다.

이 갈등의 의미를 따지기 위해서는 '여자'가 어떤 인물인가를 살펴야 한다. 그녀는, 직업인인 의사가 일의 대상으로 환자를 대하는 현실의 양상에 충격을 받을 정도로 사물화된 사회의 논리를 견디지 못한다. 그러면서 동시에 사물화를 넘어서는 강력한 의지와도 인연이 없다. 상황이 이러하기에 그녀는 남편이나 의사 등에 비해 '약자의 입장'에 내몰린다. 타인의 폭력에 의해 스스로 사물화되어 있는 셈이다. 이 상태에서 '여자'는, 저 냉정한 의사도 일을 쉬는 날에는 가정에 헌신적이라는 신문기사를 보고, 비로소 '인생의 법칙'과 남편을 위해 자신이 행해야 하는 일을 깨닫게 된다.

나만 빼고 다른 성인들은 모조리 알고 있었던 사랑의 비밀을 깨우친 것이었다. 남편이 요구하고 암시했던 기술, 결혼을 함으로써 여자들이 전연 다른 사람이 되는 그 비결을 드디어 터득한 것이었다.

모든 사람들 중에서 오직 한 여자 혹은 한 남자만 특별하게 구분해내는 기술을, 세상이 무너지더라도 오로지 그 사람한테만 바치는 순정을. 아파

트 문턱을 넘어서면 도살자요 문턱을 들어서면 수호천사가 되는 이 경이
롭고도 행복스러운 변신의 주문을.

남편을 위해서 나는 변해야 했다. 나를 위해 변신해줄 유일한 인간인 그
를 위해 나는 둔갑이라도 해야 했다.(179면)

의사의 면모는 공사를 분리(해서 사적인 울타리 내에서만 인간적인 면모를
취)하고, 결과적으로 공적인 인간성을 말소하는 전형적인 사례에 해당
한다. 이를 두고 '여자'가 위와 같이 각성하게 함으로써 오수연은, '여자'
의 문제와 변신 이유를 일상 차원에서 설명하는 대신, 인간의 공적인
활동·관심과 사적인 그것이 분리되는 현대사회의 문제로 일반화하여
제시하고 있다. 요컨대 「벌레」는, 최인훈이 『광장』에서 남한 사회를 비
판하며 지적해 낸 바 '인민의 적이 자상한 아버지가 되는 사회'의 특성
이 여성에게 가하는 폭력의 문제를, '그녀'의 고민과 변신을 통해 여성
의 정체성 문제로 탐구하고 있다.

여기에 오수연 소설의 특징이 있다. 여성소설이되 여성소설의 범주
에 갇히지 않는다는 점, 개인의 심리와 내면에 주목하는 소설계의 동향
과 유사하되 그에 그치지 않고 사회상황과 역사의 문제를 고민하는 점
이 그것이다.

3. 존재의 폭력 속에서 어른 되기

나는 무엇이 한 개인을
주위의 다른 인간들과는 달리 사고하고 행동하게 만드는가 생각했다.

왜 당신은 주류가 아니라 소수 의견을 갖게 됐는가, (…중략…)

교육 때문인가? 출신 계급 때문인가? 천성인가? (…중략…)

도덕의 문제가 아닐까?

「부엌에서 무슨 일이 일어나는가」(이하, 「부엌에서…」)와 「나는 음식이다」의 두 단편과 중편소설 「땅 위의 영광」 한 편으로 이루어진 연작소설 『부엌』(이룸, 2001)은 오수연의 이전 소설들에 비해 일견 낯설어 보인다. 작품의 배경이 인도로 추정되는 외국인데다, 두 단편의 경우 주인공의 집이 주요 무대가 됨으로써 작품세계가 대단히 축소되어 있기 때문이다. 요컨대 두 단편의 경우 시정의 리얼리즘이라 할 면모가 매우 약화되어 있다.

하지만 주제의식의 면에서 보면 『부엌』도 이전 소설들의 연장선상에 있다. '남들처럼 살자'는 일상의 논리가 행하는 폭력 속에서 '행복하게 살아도 되는 것인가'를 묻는 『빈집』의 의문은, 어떻게 살 것인가의 문제에 대한 탐구에 해당한다. 이러한 문제가 『부엌』에 와서는 '서로 상처를 줄 수밖에 없는 존재의 상황'으로 조명되고 있다. 살아가는 일이 타인들 속에서일 수밖에 없는 존재 조건 위에서, 서로가 서로에게 주는 상처와 폭력의 문제를 조명하고 그것의 지양 방식을 보편성 차원에서 모색하는 것이 『부엌』의 세계인 것이다. 이런 의미에서 『부엌』은 『빈집』이 다루던 문제를 한층 근본적으로 탐구한 경우라 하겠다.

『부엌』의 소설들은 연작다운 연관성을 보인다. 「부엌에서…」와 「나는 음식이다」 두 편은 육식과 채식의 대립 쌍을 뼈대로 하여 밀접하게 관련된다. 정치경제적인 요인들도 끼어들어 단순한 것이 아니지만 이러한 대립의 핵심은 존재 자체가 주는 상처와 폭력의 문제에 대한 탐구이다. 물론 두 작품은, 「부엌에서…」에서는 존재 상황 자체에 주목하고 「나는 음식이다」로 오면서 관계의 문제를 탐색하는 차이를 보인다. 이러한 변화는 「땅 위의 영광」으로 오면서 그러한 문제의 지양책으로 '타인과의 경계 설정 방식'을 본격적으로 탐구하는 데로 이어진다. 이렇게 『부엌』을 이루는 세 편의 연작소설들은 일목요연한 관계를 이루면서 인간 존재의 상처 주기, 폭력의 문제를 조명한다. 이를 두고, 행복하게 살아도 되는 것인가를 묻던 『빈집』의 (역사적 성격이 짙은) 윤리적인 문제의식이 『부엌』에 와서는 존재론적인 질문으로 전화되었다고 하겠다.

「부엌에서…」는 해결책 없는 문제 상황을 보여 준다. 주인공 '나'의 부엌을 함께 쓰는 채식주의자 '다모'와 육식주의자 '무라뜨'가 공존할 수 없다는 것이 문제이다. 「나는 음식이다」에서도 동일하게 반복되는 이 문제의 이면에는, 삶과 사회를 대하는 채식주의와 육식주의의 근본적인 차이가 놓여 있다. '다모'가 채식주의자가 된 이유, 채식주의의 바탕에 깔린 삶의 태도는 무엇인가. '다모'의 경우는 남으로부터 상처를 받지 않고 남에게 상처를 주지 않기 위해 채식을 선택한다. 요컨대 남과 더불어 존재하는 상황 자체가 주는 상처와 폭력을 경계하는 것이다. 그러기 위해 그는 세상과의 교류를 최소화하고 타인과의 거리를 유지하고자 한다. 상처를 받지 않기 위해 상처를 주지도 않으려는 것이다. 하지만 반론 또한 만만찮다. 채식주의의 지향과는 달리 실제로는 상처 주기를 피할 수 없는 까닭이다. 채식주의자가 의도와는 무관하게 행하게 되는 폭력은, 채식을 강요하는 주변 상황에서 실제적으로 고통 받고 있는 육식주의자 '무라뜨'의 분개에서 잘 드러난다.

흥! 위선자들! 땅에 기어다니는 개미의 생명까지 존중하는 그 자상한 인간들이 왜 전 세계적으로 자행되는 학살과 압제에 대해서는 이다지도 무관심하냐 말이에요! 자기가 잘 먹고 잘 삶으로써 암묵적으로 동조하고 있는 사회악에 대해서는 왜 죄책감을 느끼지 않느냐 말이에요! 왜 다들 뛰쳐나가 그 지극한 사랑의 이름으로 분신이라도 하지 않느냐 말이에요! (27~28면)

이러한 대립에서 세 가지를 확인할 수 있다. 첫째는 이전 소설들과 마찬가지로 『부엌』 연작에서도 '잘 먹고 잘 사는 것' 곧 '남들처럼 행복하게 사는 것'을 여전히 문제시한다는 점이다. 둘째는 공분모 위에서의 차이로, '다모'와 '무라뜨' 개인 차원에서 성립되는 대립을 통해 '사회생활에서의 행복의 문제'가 '존재 자체가 피할 수 없는 상처의 문제'로 전화되었다는 것이다. 이러한 변화를 통해서 『부엌』의 서사가 현실 사회의 폭력의 문제에 대한 알레고리로 읽히게 된다는 점이 셋째 특징이다. 알레고리적 독해의 필요성은, 아래와 같은 주인공의 의식 등을 통해 더욱 분명해진다.

안 지고 안 빼앗기겠다고 밀고 당겼던 그때의 나나 다모나, 그 상대방들도 단지 각자 삶의 욕구로 충만했을 뿐이라면 아무도 잘못하지는 않았다. 잘못한 사람은 없는데 다들 상처받았다. 생명의 욕구란 원래 차고 넘치는 것이어서 개체들끼리 빈틈없이 꽉 짜여 서로 밀치고 부대낄 수밖에 없는 것이라면, 그런 생명체로 가득 찬 이 우주는 얼마나 분란스러울까. (…중략…)
나는 미안하다고 얘기하고 싶다. 내 주변에 존재한다는 이유만으로 나와 부딪혀 내게 상처를 주고, 자신도 상처받았을 모든 사람들에게 어쩔 수가 없었노라고 사죄하고 싶다. 나는 다만 살고 싶었을 뿐이라고. (23면)

「나는 음식이다」에서 주인공에 의해 보다 명확히 인정되는 인간의 존재 상황 또한 전 세계 차원의 현실에 미만한 폭력을 환기시켜 준다. "살기 위해 남에게 상처 주고, 남의 생명을 해치고, 남을 먹었으므로 언젠가는 상처를 받고, 생명을 빼앗기고, 먹힐 차례가 돌아오는 운명 (…중략…) 먹고 먹히는 생명의 법칙의 아가리"(81면)가 그것이다.

이러한 상황에서 주인공이 선택하는 것은 자기희생이다. '살아 있는 한 멈출 수 없는 이 노역, 자기를 방어함으로써 다른 누군가를 해치는 이 안간힘'(73면)을 멈추는 방법으로 피식자·음식이 되기를 꿈꾸는 것이다. 자신을 내세우지 않고 물러나며 포기하려는 것, 그럼으로써 마음의 근심과 존재한다는 죄를 벗고자 하는 이러한 지향은 대단히 의식적이며 간절하다.[5]

물론 「나는 음식이다」의 주인공이 지향하는 바는 어떤 의미에서도 문제의 해결책이 아니다. 자기희생만으로는 살아갈 수 없는 것이 엄연한 사실이기 때문이다. 따라서 결국은 타인과의 공존 방식이 모색될 수밖에 없다. 「땅 위의 영광」이 보여주는 바는 좀 더 성숙해진 상태에서 이러한 공존 방식을 체득해 가는 과정이다.

「땅 위의 영광」은 두 가닥의 서사로 되어 있다. '라즈'와 그 모친인 하녀를 다루는 문제가 하나이고, '다모'와 그의 애인과 관련된 문제가 다른 하나이다. 앞의 것은, 타인으로부터 상처를 받지 않기 위해 내 편과 네 편을 가르고 경계를 설정하는 문제를 핵심으로 한다. 전작들에 이어

---

5 희생을 통해 구원을 희망하는 이러한 자세는, 일상 너머를 바라되, 결국은 낙오자가 되지 않는 선에서 더욱 더 일상에 빠질 뿐인 보통사람을 그리고 있는 「미인」으로도 이어진다. "저 너머 다른 세상이 있다. 우리가 살기 위해 가졌던 모든 집착은 무지요 착각이었다. 우리의 구원은 너는 너고 내가 아닌 이 각박한 차별에 있지 않고 저 너머, 어떤 구분도 무화시키는 저 혼돈, 불결하고 질척거리는 무질서 속에 있다. 파멸하고 실패하고 자포자기함으로써 나는 자유로워진다."(『작가세계』, 2002 여름, 209면)

지는 후자는 주인공이 '다모'의 애인과 자신을 등치시키게 되면서 어른
되기의 문제로 변화하고 있다. 이렇게 타인과의 공존 방식을 체득해야
하는 필요성을 강조한 뒤 그 과정을 세밀하게 추적함으로써 「땅 위의
영광」은 성장소설의 면모를 띠게 된다.

연작 전체로 보자면, 존재의 문제에서 관계의 문제로 구체화된 것이
여기서는 보다 실제적인 문제로 심화되었다고 할 수 있다. 존재의 의미
란 관계 그것도 '가슴 아픔' 곧 상처를 주고받는 관계에서 마련된다는
주인공의 의식에서 이 점이 확인된다.

나 때문에 가슴 아픈 사람이 더 이상 없다면 내 존재는 어떻게 증명될 수
있을까. 내가 그들을 잊고 있듯이 그들한테 나는 잊혀지고 있을 거라는 생
각이 들면 나는 질량감을 잃는 느낌이다. 점점 농도와 밀도가 희박해져 무
화될 것만 같다.(170~171면)

타인에게 상처를 주고 가슴 아프게 하는 것이 존재의 어쩔 수 없는 조
건이라는 점을 인정하는 이러한 의식에 이르러서야 비로소 주인공은
'라즈'를 외면하고 해고할 수 있게 된다. 자신의 모든 것을 내주지는 않
는 경계 긋기를 실행에 옮길 수 있게 되는 것이다. 이러한 상태는 겉보
기에 일상인의 모습과 흡사하지만, 실상은 존재의 조건을 통찰한 '불쌍
한 포식자'에 다름 아니라는 점에서 차이를 갖는다. 실은 두렵기 때문에
타인과 거리를 띄운다는 것, 타인의 폭력에 따른 희생을 줄이기 위해 타
인에게 상처를 주면서 거리를 확보한다는 것, 상처 주기와 폭력을 피할
수 없는 존재의 근본 상황 속에서 어른이 되는 원리로 오수연이 제시하
는 답은 이렇게 '피식자를 두려워하는 불쌍한 포식자'의 상태이다.

　　존재의 상황에 대해 『부엌』 연작이 다다른 이러한 인식은 매우 소극적인 것으로 보인다. 그러나 사정은 반대에 가깝다. '타인에 대한 두려움을 갖춘 성인'이라는 인간 이해야말로, 우리가 세계의 폭력성을 외면하지 않는 경우 그에 강력하게 맞서게 하는 진정한 윤리성을 내장하고 있는 까닭이다. 타인을 두려워하는 것과 인간에 대한 존중은 오수연의 소설 세계에서 떨어져 있는 것이 아니다.

4. 우리 마음속의 팔레스타인

　　억울하지 않은 죽음은 없다. 모든 죽음은 부당하다.
　　전쟁은 학살자 사담 후세인을 내몰았으나, 그것은 또 다른 학살이었다.
　　전쟁 통에 죽어간 것은 적이 아니라 개인들이었다.
　　죽음은 죽음을 보상할 수 없다. 죽음은 그냥 죽음이다.
　　나는 전쟁이 무섭다. 전쟁은 죽음이고, 죽음을 정당화하기 때문이다.
　　나는 죽기 싫다.

　　『부엌』 이후, 「마니아」(『문예중앙』, 2002 여름)와 「달이 온다」(『문예중앙』, 2003 봄)를 통해 어머니와 아버지 등을 중심으로 한국사회의 일상을 그려보이던 오수연은, 이라크 전쟁과 더불어 아랍으로 나아간다. 이후 그는 민족문학작가회의의 파견 작가로서 그리고 이라크 반전 평화팀의 일원으로서 자신이 보고 들은 것들을 보고하기 시작한다. 그 성과가 『아부 알리, 죽지 마』(향연, 2004)이다. 이라크와 팔레스타인에 관한 소설이 나오는 것은 그 후이다.

사실로서의 보고 후에 소설이 나왔다는 것, 오수연의 경우 이 점은 특히 주목할 만하다. 일반적으로는 소설적 형상화에 필요한 시간의 문제로 이해될 수 있겠으나, 작가의 행적을 생각하면 달리 볼 여지가 크다. 수차례의 강연과 인터뷰를 통해 이라크전의 부당함과 팔레스타인의 고통을 알리는 데 힘써 온 작가의 모습을 고려하면, 그에게는 소설보다 사실의 신속하고도 폭넓은 보고가 중요했음을 알 수 있다.

해서 현재 우리에게 주어진 아랍 관련 작품은 그리 많지 않다. 「꽃비」와 「길」, 「황금지붕」, 「소리」, 「문」이 그것이다.

이들 작품은 대체로, 선이 굵은 이야기를 꾸리는 대신 주인공의 내면이나 피점령지 사람들의 가슴 아픈 실정을 미시적으로 포착하는 데 주력한다. 서술자의 시선이 물론 여기에만 머물지는 않는다. 명예욕이 앞서는 국제주의자들에 대한 비판이나, 구호활동에 나선 이들의 무력감, 원주민·피점령자들의 참담한 생활상에 대한 깊이 있는 관찰, 빈곤과 참경 속에서도 확인되는 인물들의 의지 구현 등도 포괄하고 있다. 대상을 불문하고 주목할 점은 이런 모든 경우에 있어서 시점화자의 시선이 미시적이라는 점이다.

이와 관련하여 오수연의 아랍 소설들이 갖는 보다 중요한 특징을 말할 수 있다. 낯선 상황에 대한 미시적인 다면적 관찰에 그치지 않고 그의 작품이 우리를 훨씬 더 아프게 한다는 사실이 그것이다. 직접적으로는 명확하게 제시된 작가의 언어 몇몇을 통해서 간접적으로는 이전 소설들의 특징이 연장되고 있음을 알게 하는 주인공의 시선 처리 방식이나 관심사 등을 통해서, 이들 소설은 이스라엘과 그 지지자들 그리고 궁극적으로는 이러한 사태에 대해 침묵하고 있는 우리들을, 자신의 안일과 행복을 위해 타인을 불행하게 하고 학살하거나 적어도 방조한다는 점을 들어 고발하고 있다. 침략군의 침략 행위가 아니라 일반 독자인 우리를 겨냥함으로써, 오수연의 아랍 소설들은 주제효과의 여운이 길고 무겁다.

간접적인 방식이라고 했지만 이야말로 문학이 문학의 정체성을 유지하며 잘못된 세상에 맞서는 본질적인 방식이라 할 수 있다. 만연한 폭력에 맞서는 문학의 길이란 어떠한 것이어야 하는가. 점령군의 탱크에 저항하는 문학은 무엇에 주목해야 하는가. 이러한 질문을 대하는 작가의 자세는 조급하지 않다. 팔레스타인 문인들의 경험을 몰랐다면 겪게 되었을지도 모를 시행착오들을 그는 유연하게 피해가고 있다. 불의와 폭력에 맞서고 저항하면서 자신도 모르게 적을 닮게 되는 위험을 오수연은 잘 알고 있다. 오수연의 아랍 소설들은 폭력을 고발하되 폭력의 현상 형식에 갇히지 않아야 한다는 점을 알고 있는 자리에서 씌어진다. 탱크를 노래에 담지 않는 방식이 그것이다. 바다 속 저 깊은 곳에서 거대한 폭발이 일어났음을 알려 주는 해수면의 작은 거품들, 그 포말을 그리는 것, 이것이야말로 문학의 방식이요 길이라는 것이 오수연의 생각이다. 오수연의 아랍 소설들이 전쟁과 학살, 저항과 싸움으로 구성되는 선이 굵은 서사를 취하지 않는 것은 바로 이러한 인식 위에서라고 할 수 있다.

따라서 그는 극적인 사건을 구성적으로 그리는 대신에, 한편으로는 여러 등장인물의 심리, 다른 한편으로는 일상화되다시피 한 사건과 상황의 의미에 주목한다. 앞서 말한 대로 미시적인 시선의 주체에 대한 내면 묘사와 더불어서, 침해당한 자들의 상흔과 그들의 심정, 그리고 그 주변에 있는 사람들의 무력감과 애정에 근거한 봉사정신 등이 첫째 맥락에서 소설의 육체를 이룬다. 다른 한편 오수연의 소설은 상황에 주목하면서 역사의 상흔, 세계정세의 폭력성을 캐내고 있다. 현상을 보되 그 너머의 본질까지 간취하려는 것인데, 검문소 지나가는 일의 어려움을 처처에서 강조하는 것이 좋은 예가 된다. 검문소의 통과 문제 때문에 시간을 기약할 수 없는 상황 자체가 실제로 중요한 의미를 갖는다는 판단 위에서,[6] 이동의 부자유야말로 폭력성의 극치라는 점을 새삼 부각시키는 것이다.[7]

오수연의 아랍 관련 작품들 중에서 가장 먼저 발표된 「꽃비」(『문학동네』, 2004 겨울)는 내용에 있어서도 서주에 해당된다. 이 소설은, 가상의 공간을 설정하고 환상적인 수법을 강화하면서, 이라크와 팔레스타인의 문제가 당사자들에게 있어 얼마나 절망적인 것인지를 극적으로 강조하고 있다.

'봉쇄' 직전에 빠져나와 살아남은 '그'와 '그녀'는 '신사숙녀'의 세계에서 배제된 상태에서 신으로부터도 버림받고 타인에 의해 운명을 규정당할 뿐이다. 이런 상태의 그들이 피할 수 없는 절망이, 서로의 육체에 대한 현실 도피적인 탐닉이나, 보상에 대한 '그'의 속절없는 기대, 그러한 '그'를 탈출구이자 깨진 틈으로 보는 '그녀'의 심리 변주 등을 통해 계속 증폭된다. '그녀'의 경우는 '남들처럼 살고자 하는 소망'과 그럼에도

---

6   팔레스타인인들의 발을 묶는 수많은 검문소들은 자유의 억압일 뿐 아니라 팔레스타인 경제의 가장 큰 장애이기도 하다(오수연, 『아부 알리, 죽지 마』, 향연, 2004, 17~30면 참조).

7   길을 가던 소년이 총을 맞는다든가 하는 사건은 대중미디어의 뉴스거리로 사실 충분히 정보화된 셈이고, 『아부 알리, 죽지 마』에서 (정보 아닌) 사건성을 십분 강조하면서 스스로도 충분히 제공한 바 있다. 이러한 사건들을 제치고 검문소 통과 문제를 자주 등장시키는 것은 그의 아랍 소설들이 보다 근본적인 문제 상황에 주목하는 증거라 할 수 있다.

불구하고 그럴 수 없는 자신(들)에 대한 부끄러움을 반복적으로 드러내면서 더욱더 깊은 절망에 빠져 버린다. '그'에게 목이 졸리는 순간 들려온 외국어 연설을 통해 '그녀'가 자신이 흡혈귀로 규정되고 마는 냉혹한 현실을 깨달을 때, 이 절망은 극에 달한다. '그녀'에게 구원의 문은 원래부터 닫혀 있었음이 이로써 확인된다. '그녀'를 떠난 '그'의 경우는 어떠한가. 그에게 있어 주변 사람들은 모두, 자신들이 빠져나온 삶의 터전을 '흡혈귀 마을'로 규정하고 그 주민을 몰살시킨 진짜 흡혈귀로 비쳐질 뿐이다. 해서 '그'는 '남을 죽이고 사는 고통'으로부터 그들을 구원하고자 신의 입장에서 섭리를 취소하고자 한다.

이상을 통해 두 가지를 확인할 수 있다. 첫째는 불행하고 고통스러운 상황을 정치·역사적인 맥락에서 해석하고 규정하는 대신 일상에서 그 무게가 느껴지게 작가가 그리고 있다는 점이다. 둘째는 아랍계 소설에 와서도 오수연 소설의 기본적인 문제의식 곧 '남들처럼 살자는 일상의 주장이 상처를 가하는 상황 설정'이 계속 유지된다는 점이다. 앞서 지적한 형식적 특징과 더불어 이러한 점들은, 그가 최근에 쓰는 아랍계 소설이 이라크전의 경험이라는 시사적이고 따라서 어찌 보면 우연적인 문제에 의해 결정된 역시 우연적·일과적인 작업은 아님을 알려 준다.

주제 면에서 우리의 주목을 끄는 점은, 테러리스트의 길을 향하는 듯한 '그'의 변모와 더불어, 절망에 찬 '그녀'가 우리 모두에게 던지는 매우 불편한 문제이다.

너희들은 흰 빵을 덜 먹지 않고 더운물을 덜 쓰지 않기 위해, 남을 탱크로 밀어버린 학살자들한테 투표했다. (264면)

신사와 숙녀들은 자신들의 고귀한 희생을 무릅쓰고, 다름 아닌 그들을 위해 그들에게 폭탄을 보내기로 결의했다. 그들을 독재로부터 해방시켜줄 민주주의와 인권의 폭탄이었다.(268면)

이러한 규정에는 두 가지 판단이 깔려 있다. 독재에 대한 공격이란 실상 독재하의 사람들에 대한 폭격이며, 이 모두가 일상의 안일을 지키기 위한 우리들의 이기심에서 연원한다는 것이다. 이러한 파악은 작가의 관심이 어디에 놓여 있는지를 잘 알려준다. 사태가 발생하기 전에는 명분을 앞세운 정치적 수사에 가려지기 십상이고 이후에는 미디어의 정보로 소비될 뿐인, 민간인에 대한 전면적인 폭력이라는 전쟁의 실제에 그는 주목한다. 이러한 시선과 결합된 까닭에 우리의 이기심을 겨냥하는 근본주의적이며 윤리적인 그의 주장은 쉽게 부정하고 외면할 수 없는 힘을 획득한다.[8]

「꽃비」 이후의 네 작품은 이라크 전쟁과 팔레스타인 문제에 대한 몇 가지 문제의식의 복합체를 지속적으로 또 다각적으로 보여주고 있다. 문제의식의 복합체라는 것은 이들 소설 전반을 이루는 주요 의미소들이 상호 관련되어 있음을 가리킨다. 아랍 세계의 고난의 역사와 현재 상황에 대한 보고이자 탐구가 하나요, 보다 미시적으로 아랍인들의 삶과 내면에 대한 탐색이 다른 하나며, 사태의 해결에 도움을 주고자 그곳을 찾은 자원봉사자들의 행적과 그 의미가 또 다른 하나다. 이러한 문제의식의 복합체가 실제 대상인 아랍 문제의 복합성에 연유함은 물

---

8 오수연의 이러한 입장은 비폭력 평화 운동가들을 인터뷰한 보고문에서도 명확히 제시된 바 있다. "과거와 현재가, 미국이나 유럽의 안정과 제3세계의 위기가, 자신이 아침에 마시는 진한 에스프레소 커피와 아랍인의 피눈물이 별개가 아니라는 사실을 외면하지 않는 것이었다. 이를테면 양심이었다. '팔레스타인은 바로 내 문제다.'"(오수연, 앞의 책, 285면)

론이다. 여기에 더하여 한국인이자 여성인 개인의 정체성의 문제, 아랍의 진실을 알리는 행위의 의미와 가능성에 대한 탐구와 회의, 자원봉사자들 상호 관계에서 빚어지는 미묘한 심리적 갈등 등도 주의 깊게 포착되어 이들 소설의 의미를 풍성하게 한다.[9]

「길」(『문학수첩』, 2005 봄)은 아랍의 문제와 그것을 대하는 오수연의 문제의식이 복합적이라는 점이 잘 드러나 있는 작품이다. 미국인 '리안', 일본인 '코지'와 한국인 '나'의 3인이 함께 하는 상황에서 자원봉사자들 각각의 의도와 지향, 사태에 대한 인식 및 일처리 방식의 상이함이 국적, 인종, 개성 등의 맥락에서 그려지면서, 각종 자원봉사 및 구호 단체들의 욕망과 정치성에 대한 복합적인 인식으로 이어진다. 이러한 장면에서는 맹목적인 열정과 방관자적인 냉소 양 극단을 경계하며 문제를 자기 것으로 고민하는 작가-서술자의 면모가 돋보인다.

이 소설의 주된 서사는 위의 3인이 '하이달'을 운전기사로 고용하여 '종족은 쿠르드, 생활방식은 이라크, 종교는 이란 쪽에 가까워서 셋 다로부터 적의 첩자라는 의심을 받는' 난민촌을 다녀오는 전후의 이야기다. 3중으로 소수이고 피해자인 난민촌은 이라크 문제의 해결이 얼마나 어려운 것인지를 함축적으로 알려준다. 이 어려움은 여정이 끝난 뒤에 벌어진 '하이달'과의 대립에서 한층 명확해진다. 시행착오를 겪으며 갖은 고생을 마다 않는 자원봉사자들과 그들에게 바가지를 씌우려는 원주민 사이에 벌어지는 이 갈등이야말로, 아랍의 문제가 매스미디어가 간명하게 해석하고 처방까지 제시하는 그런 문제가 아니라, 보다 구체적이

---

9 작품 하나를 두고 보면 의미의 분열일 수도 있지만 아랍 계열 소설들 전체를 두고 보면 풍성함으로 읽을 수 있다는 점에서, 이러한 '문제의식의 복합체'에 대한 평가는 평가자의 문학적-실천적인 입장을 강요한다고 할 수 있다.

고 자질구레한 온갖 문제들이 착종되어 있는 수렁임을 알려준다.

이 문제에 대한 해결방안이 곧 이 소설의 중심 주제인데, 작가는 고전적이라 할 만큼 근본적인 방식을 제시하고 있다. '제 동포를 돕고자 하는 우리를 돕고 싶다고 스스로 찾아온' '알리'에 의해 사태가 해결되고, 국제연대를 한다면서 그러한 '알리'를 단 한 번도 회의에 끼워주지 않았던 자신들에 대한 '나'의 반성으로 결말이 맺어진다. 이는 이라크 문제의 궁극적인 해결자는 이라크인들일 수밖에 없다는 점, 이 자명한 사실을 확인하는 것이다.

이어지는 「황금지붕」(『문학판』, 2005 가을)은, 아랍 문제에 대한 오수연 소설의 진전을 잘 보여 준다. 겹겹이 쳐진 바리케이드를 어렵사리 통과한 자원봉사자들이 난민촌을 찾아와, 마을 전체를 깔아뭉개려는 이스라엘군의 탱크에 맞서 인간 사슬을 펼치는 것이 이 소설의 뼈대이다. 여기에, 일 년 전에 자살 폭탄 테러로 죽은 '오마르'의 집을 지키는 그들이 그 가족과 나누는 이야기와 '사진 찍기'가 더해져 소설의 육체를 이루고 있다.

이 소설의 위상은 다음처럼 확인된다. 「길」에서 묘사되었던 자원봉사자들의 문제가 한편으로는 대화와 상념을 통해 보다 명확히 제시되고, 다른 한편으로는 주인공 자신의 오리엔탈리즘 그리고 자신과 자기 국가를 심상지리의 중심에 놓아온 것에 대한 반성으로 심화되고 있다. 오수연의 아랍 계열 소설들 중에서 서사의 구체성이 가장 강화된 점도 「황금지붕」의 특징이다. 여기서는 자원봉사활동의 위험성이 봉사자들의 죽음과 부상 소식으로 간명히 제시되는 한편, 매우 열악한 상황에서의 '인간 사슬' 활동이 구체적으로 형상화되고 있다. 이와 병행하여 팔레스타인 주민들의 불행한 역사가 '오마르' 가족과 주민들의 삶을 통해 구체적으로 제시되고, 점령국의 탱크 앞에 놓인 절박한 상황이 핍진하게 묘파된 것도 십분 강조할 만하다. 이렇게 서사의 뼈대와 지절들이 구체성을 획득한 위에서 '황금지붕'에 대한 지향을 통해 이들의 삶의 조건과 어려움이 상징적으로 강조됨으로써, 「황금지붕」은 아랍계 소설의 한 정점을 차지한다.

주제 면에서 이 소설이 갖는 의미는 다음에서 명확해진다.

"이런 질문을 용서해. 오마르의 폭탄이 터졌을 때 죽은 사람들에 대해서 어떻게 생각해?"

망설이다가 나는 어머니 앞에서는 할 수 없었던 질문을 기어코 꺼냈다. 오마르의 형은 내 얼굴을 가만히 쳐다보더니, 제 손을 내려다보고는 고개를 들었다.

"죽은 사람들에 대해서는 나는 감히 할 말이 없다. 명복을 빈다. 그들 가족의 슬픔을 이해한다. 우리는 수십 년간 가족과 친구들을 잃어왔기 때문에 그 고통을 너무나 잘 안다. (…중략…) 내 동생의 죽음은 스톱 사인이다. 그만하라고. 제발 그만하라고."(158면)

'테러의 응징'이 세계를 떠들썩하게 하고 다국적군을 움직여 더 많은 인명피해를 낳게 되는 악무한의 상황에서, 팔레스타인인들의 자살 폭탄 항거를 해석하는 일은 쉬운 문제가 아니다. 이에 대해 「황금지붕」이 내린 위의 해답은, 세계사적인 문제를 조명하고자 할 때 문학의 시선이 어디에 놓여야 하는가라는 문제에 대해 중요한 시사점을 제공하는 것이라 하겠다.

이어지는 「소리」(『한국문학』, 2006 봄)와 「문」(『아시아』, 2006 여름)은 약간

거리를 두고 호흡을 간추리면서 아랍 문제를 사고하고 있다.

아랍 계열 소설의 의미망 속에서 볼 때 「소리」의 주제는, 비극을 함께 느끼고 진실되게 전달하는 일의 어려움에 맞춰져 있다. 이에 주목하지 않으면, 'J'와 'H'의 만남과 대화라는 겉 뼈대와 '세계 각처의 끔찍한 사건을 알리는 일'에 종사하는 프리랜서 남자와 'J'의 에피소드, 그 속에서 'J'가 보이는 행동과 상념 등으로 작품의 의미망이 분산되어 버린다. "재앙이 있는 곳이라면, 자기도 거기 있었다"라는 '멋진 말'로 자신의 일을 요약하는 프리랜서는, '현장은 현장, 나는 나'이며 '일은 일, 생활은 생활'이라고 자신과 사건 사이에 금을 긋는다. 요컨대 재앙의 보고라는 일과 자신의 생활 각각의 코드를 달리하는 인물이다. 그러나 'J'가 보기에 그는 금 긋기에 성공하지 못한 상태인데, 이는 그의 슬럼프로 확인된다. 그의 슬럼프란 무엇이고 어디에서 연유되는가, 이 문제와 그에 대한 해답에 이 소설의 주제가 있다.

> 요즘은 슬럼프, 완전히 슬럼프입니다. 나는 끔찍한 일들을 너무 많이 봤어요. 아무리 사진을 잘 찍어도 그 끔찍함을 어떻게 전달합니까? 자기가 안 당해본 사람들한테 어떻게 그걸 느끼게 할 수가 있습니까? 나는 한계를 느껴요. 사실만으로 부족해요. 세상에 어떤 일들이 벌어지는지, 사람들이 몰라서 아직도 이런가요? 사실로 진실을 어떻게 보여줍니까?(70면)

여기서 제기되고 있는 문제는 '사실로 진실을 알린다'는 일의 본질적인 측면이다. 재앙을 보고하는 행위를 '일'로 설정하고 자신의 생활과 거리를 띄우는 방식으로는 그 행위의 목적을 제대로 달성할 수 없다는 사실, 현대의 매스미디어 환경을 생각하면 일견 자명한 만큼 당연하다고 할 수도 있는 이 상황을 문제시하는 것이다. 이렇게 정리하면 이 문제가 작가 오수연 자신의 고민임을 쉽게 알아차릴 수 있다. 사정이 이러한 까닭에 이에 대한 해답 또한 주목을 요한다. 오수연이 제시하는 답은 무엇인가. 녹음이 아니라 '뼈로 듣기'가 그것이다.

> 나는 다시 무릎에 얼굴을 묻는다. 쿵쾅거리는 심장소리 사이로 엇박자가 끼어든다. 쿡쿡거리는 내 웃음소리. 뼈로 들어야 들리는 소리를 녹음하려 들다니. 녹음해봤자 소용없는 소리, 누구나 다 이미 들었고, 들었는데도 안 들으려는 저 소리를. 나는 웃음을 참기 위해 숨마저 멈춘다. 머릿속에서 타악기 악대가 당당하게 행진한다. 세상이 끔찍해도 그것만이 진실은 아니다. 포기하면 안 된다. 세상에는 절망만이 아닌 다른 진실이 있다. 남자가 나지막하게 신음한다. 나는 쏟아지는 땀을 바지에 문지르며 고백한다. 저 위에는 있다. 뭔가 다른 진실이 저 위에 반드시 있다. 나는 믿는다. (74~75면)

누구나 알되 사실상 모르는 것, 모두가 듣되 들으려 하지 않는 것을 듣게 하고 알리는 방식이 바로 '뼈로 듣는 것'이다. 물론 이러한 진술은 평범한 휴머니스트만 되어도 누구든 할 수 있는 말이기도 하다. 그러나 오수연은 이에 그치지 않고 '현장 너머에 뭔가 다른 진실이 있다는 신념'까지 나아간다. 여기서 중요한 것은 '현장' 자체도 아니요 '뭔가 다른 진실'도 아니다. 그 진실의 존재를 일깨우는 신념이야말로 핵심이라 할 수 있다.

오수연의 아랍 계열 소설들을 가능케 하는 힘은 바로 이 신념이다. 그의 소설들은 어떠한 추상적 진실을 따르는 것도 혹은 반대로 그것을 세우는 것도 아니며, 경험적인 현장성의 부산물로 나온 것은 더더욱 아니다. 실정적으로 규정되지 않(음으로써 스스로 폭력으로 전화되는 위험을 피하)는 '진실에 대한 믿음', 폭력에 의해 희생되는 사람들의 아픔을 공감하고 경험적으로 공유할 수 있는 인간 능력에 대한 신뢰를 뒷받침하는 그러한 믿음이야말로 이들 소설의 토대이다. 그의 소설들이 이라크와 팔레스타인에 다녀왔다는 작가의 이력에 기대어 쓰이는 것만은 아님을 여기서 알 수 있다. 아랍 계열 소설들은 실상 저 앞의 『부엌』을 낳은 문제의식을 벗어나지 않으며, 『난쟁이 나라의 국경일』과 『빈집』에 공통되는 시선을 연장한 것이다.

아랍 계열 소설의 가장 최근작인 「문」은 서로 분절된 별개의 이야기를 시점화자를 바꿔가면서 다섯 개의 절로 제시하고 있다. 점령군 초소 앞에서 문이 열리기를 기다리는 사람들에 대한 관찰과 상념, 이라크로 출국하는 2진을 안내하는 인솔자가 느끼는 '출구 없음'의 심리, '형' 일행이 외국인 전용문을 통과하기까지의 이야기와 경찰 끄나풀들과의 일화에 대한 회상, 입국사무소에서 대기하게 된 여성 자원봉사자가 '모든 곳이자 아무 데도 아닌 오직 한 지점'에 있는 자신을 자각하는 복합적인 심리, 지킬 것을 모두 잃고 이제는 스스로를 지켜야 하는 주민들과 그들과 함께 밤을 새우는 자원봉사자들 사이의 대화와 상념, 이 다섯 가지가 각기 독립되면서 상호 관련되는 방식으로 「문」을 이루고 있다.

이 다섯 에피소드의 주제 요소가 앞서 발표된 아랍 계열 소설들의 주제효과들에 닿아 있음은 물론이다. 이런 점에서 「문」은 오수연의 아랍 계열 소설들을 일차 정리하는 작품이라 할 수 있다. 약간은 매끄럽지 않게 읽히는 옴니버스 식 구성이 취해진 것 또한 하나의 단편에 이런 의미를 담아내기 위해서였다고 이해해 볼 수 있다.

물론 새로운 면모가 없을 리 없다. 아랍 계열 소설들을 포괄하면서 「문」이 보여주는 자기만의 몫은 다음에서 잘 드러난다.

> 나이를 먹을수록 땅이 줄어들었다. 최고급 양탄자를 무식하게 세탁기에 처넣어 돌린 것처럼, 그것도 한두 번이 아니라 연거푸 그런 것처럼 쑥쑥 줄어들었다. 그들은 항구에서, 도시에서, 저수지가 있는 들판에서 쫓겨났다. 샘물이 솟는 산기슭에서도 쫓겨났으며, 돌투성이 산꼭대기에서도 그들은 계속 쫓겨나고 있는 중이다. 시간은 거꾸로 흘러갔다. 탈것은 자동차에서 말로 당나귀로, 물은 집 안에서 수도꼭지를 틀면 나오는 지하수에서 두레박으로 푸는 우물물로, 저장 탱크에 반년씩 묵히는 빗물로 퇴행했다. 전깃불은 등잔불로, 불도저는 삽과 곡괭이로, 최종 학력은 마을 자치회에서 운영하는 교실 하나뿐인 초등학교로. 장작더미 위에 앉은 청년들은 화톳불에서 멀어 얼굴이 침침하게 보였다. 바다도 저수지도 본 적 없고, 자동차를 타본 적도 집 안에서 수도꼭지를 틀어본 적도 없는 그들은 잠자코 듣기만 했다.(164면)

삶의 터전을 잃게 된 자들이 문명의 퇴행을 겪고 있다는 점을 일깨우는 이러한 시선, 그 어떤 정치적·역사적 분석보다 생생하게 아랍의 참상을 일깨워주는 이러한 시선이야말로 「문」의 진면목에 해당한다. 더 나아가서 이는, 오수연의 아랍 계열 소설들에 공통되는 섬세한 시선의 구사가, 현상 너머를 보지 못하는 차원에 갇히지 않고 문명사적인 시간 감각 위에 놓여 있음을 알려 준다. 현실을 꿰뚫어보는 문학적 안목이란 바로 이런 경우에 적합한 말이 아닐까 싶다.

5. 폭력에 맞서는 문학의 길

비폭력 자체는 탱크나 미사일을 파괴할 수 없기 때문에,
직접 행동은 현장에서 끝나지 않는다.
그 저항을 널리 알려 지구촌 인간들의 선택과 결정을 바꾸는,
일상적이고 문화적인 운동이 되지 않을 수 없다.
"가라, 너희 나라로 돌아가서 우리의 진실을 알려달라"고
팔레스타인인과 이라크인들은 내게 말했다.

이 글의 첫 절에서 우리는, 오수연의 소설이 자신이 가야 할 목적지를 향해 한 방향으로 꾸준히 전진해 왔다고 하였다. 그의 작품들에 대한 다소 긴 검토 끝에 이제 우리는, 그 목적지를 밝히고 그 의미를 가늠해 볼 자리에 이르렀다. 이를 위해, 오수연의 소설 세계가 보이는 공통 특징 두 가지를 먼저 정리해 둔다.

첫째는 주제 면에서 그의 소설 세계가 지속적으로 탐구해온 문제이다. 1990년대 이후 우리 소설계의 궤적을 따라 말해 보면 후일담 문학, 여성문학, 탈현실의 문학, 아랍 계열 소설 등으로 유형화해서 지칭해도 좋을 만큼 오수연의 소설들은 다양한 면모를 보여 왔다고 할 수 있다. 하지만 이러한 현상의 차이에도 불구하고 그의 문학세계는 대체적으로 보아 '폭력의 문제에 대한 응시'라는 공분모를 갖는다. 작게는 일상에서 크게는 국제적인 차원에서, 인간들이 빚어내는 다양한 폭력의 양상과 그 폐해를 형상화하면서 그에 맞서는 방식을 탐구하고 폭력이 지양된 상황을 희구하는 것이야말로, 오수연의 소설들이 부단한 변모 과정 속에서 깊이와 폭을 더해가며 붙잡아 온 문제라고 할 수 있다.

오수연의 소설 세계가 보이는 둘째 특징은 사회적 약자에 대해 동조적인 태도를 보이는 서술자가 미시적인 시선으로 문제를 형상화한다는 점이다. 작가-서술자의 태도라는 형식적인 면에서, 역사와 인간 삶의 문제를 조명하되 '작은 이야기를 마련하고 미시적인 시선으로 풀어 가는 방식'을 취하는 것이다. 역사적·여성주의적·존재론적·문명사적인 인간 이해에 바탕을 두면서도 그의 소설들은 스케일이 큰 이야기를 꾸리지 않는다. 거대서사가 가지기 쉬운 거리감과 그에 따른 주제의 약화를 경계하는 것인 양, 사회와 역사의 문제를 다루는 경우에도 그 속에서 살아가는 구체적인 사람들과 호흡을 맞추면서 밀도를 극대화하고 있다.

이상을 통해 우리는, 오수연의 소설 세계가 피해자에게 동정적인 서술자의 미시적인 시선을 통해 폭력의 문제를 다각도로 탐구하는 특징을 보여 준다고 할 수 있다. 이러한 특징의 의미는 아랍 관련 소설들을 통해 볼 때 뚜렷해진다.[10]

아랍 계열 소설에서 보이는 폭력에 대한 미시적인 탐구는, 전쟁을 문제시하되 전쟁에 소외되지 않는 문학적인 방식이라 할 수 있다. 이는, 시를 통해 탱크에 맞서고자 끊임없이 탱크를 이야기할 경우 결국 시 자체도 탱크에 점령당하고 마는 아이러니한 상황을 벗어나기 위해, 아예 시에서 탱크를 언급하지 않기로 했다는 한 아랍 시인의 깨달음에 닿아 있는 것이다. 요컨대, 세계 도처에서 자행되는 폭력과 전쟁을 어떻게

---

10 시정의 리얼리즘이나 여성문학에 해당하는 작품들의 경우와는 달리, 여기서는 다루어지는 문제와 그에 대한 형상화 방식이 의식적으로 결합되었다고 할 수 있는 까닭이다. 전쟁과 침탈이라는 거시적인 폭력을 다룰 때 자연스럽게 구사될 법한 선이 굵은 서사의 형식이 아니라 미시적인 동정적 형상화 방식이 취해진 데는 작가의 의도가 크게 작용한 것이다.

세상에 알릴 것인가, 그 본질을 오롯이 전달하여 궁극적으로는 그것을 종식시킬 수 있는 가장 효과적인 표현 방식을 문학은 어떻게 달성할 것인가 하는 문제에 대한 오수연의 모색의 결과가 바로 일련의 아랍 관련 소설이라고 하겠다.

아랍 계열 소설들이 '전쟁에 의해 소외되지 않은 전쟁 고발 문학'이라는 점에서, 이제 우리는 오수연의 소설 세계 전반이 보이는 이상의 특징을 '폭력을 문제시하되 폭력에 소외되지 않는 방식'으로 일반화해 볼 수 있다.

인간의 존재 상황에서부터 가정과 사회의 일상, 나아가서는 세계사적인 차원에 이르기까지 다양한 방식으로 벌어지는 폭력의 문제를 오수연은 각각에 적합한 인식 층위에서 파악하고 있다. 음식과 관계 맺기의 맥락에서 존재론적인 폭력을 다루고, 여성주의적인 시선으로 부부 관계 및 가정의 폭력을 포착하며, 시정의 리얼리즘이라 할 인간 형상화를 통해서 일상의 폭력을 주목하고, 문명사적인 감각을 갖추고 아랍 문제를 다루는 것이다. 이렇게 대상의 다양성에 맞게 인식의 층위를 조정하면서도 그 형상화 방식은 대체로 미시적인 시선을 통해 피해자의 상처에 공감하는 방식을 일관되게 취하고 있다. 대상에 종속되지 않는 이러한 형상화 방식의 일관성이야말로 오수연의 작가의식에 따른 것일 터이다. 이것이 그가 2000년대 한국문학에 제시하는 '폭력에 맞서는 문학의 길'이 아닐까 싶다. 따라서 오수연 소설이 향해 온 목적지도 바로 이 길의 끝 곧 폭력의 지양이라고 말할 수 있다.

문학의 위기와 죽음이 거론되어 오는 위에 미세하나마 평론계의 지각 변동이 조금씩 관측되는 현재 한국 문단에서,[11] 폭력의 지양을 향해 꾸준히 제 길을 이뤄 온 오수연의 소설세계는 우리가 소중히 살피고 북돋아주어야 할 한 갈래 희망이라고 할 수 있다.

이는 그의 소설 세계가, 현실의 문제를 문제로 직시하는 근대문학의 기능이 현격히 약화된 상황을 돌이킬 수 없는 것으로 받아들일 수는 없게 하는 한 가지 반증에 해당하기 때문이다. 그의 소설 세계는 현실 세계에 대한 관심이 휘발되었다 할 만큼 약화된 현재 소설계의 문제를 문학적으로 극복하는 주요한 사례에 해당한다. 세상의 폭력을 직시하여 정보로 순치하지 않으면서 제기하는 문학의 방식에 대한 오수연의 모색과 성취는, 한국 근대소설사를 이끌어 온 '운동으로서의 문학' 전통의 붕괴 위험을 넘어, 그것이 못 다 했으나 여전히 요청되는 근대의 기획을 새삼 일깨워 주는 것이다.

또한 그의 소설은 국제화된 현실의 흐름에 부응하는 한국문학 배경의 외적인 확장 경향에 질적인 의미를 부여한다는 점에서도 소중한 의의를 갖는다. 디아스포라 소설을 포함하여 외국을 배경으로 하는 작품들의 양상이 사실상 공간의 양적 확대 수준에 그쳐 있는 상황에서, 오수연의 소설세계는 리얼리즘의 확장을 통해 세계시민 되기의 긍정적인 한 양상을 보여주는 것이라 할 수 있다.[12] 그의 아랍 계열 소설들은

---

11 새로운 계간지 『아시아』의 등장(2006 여름)과 『창작과 비평』의 특집 '2000년대 한국문학이 읽은 시대적 징후2'(2006 겨울), 『실천문학』의 특집 '젊은 작가들의 전복적 상상력'(2006 겨울)에 실린 비판적인 글들, 그리고 그간의 경향과 길을 달리하는 작품들을 온전히 읽어냄으로써 비평계에 생산적인 긴장을 일으키는 『작가』의 특집 '이주노동자와 한국문학'(2006 겨울) 등이 좋은 예가 된다.

12 이러한 경우에 해당하는 다른 예로 전성태의 『국경을 넘는 일』(창작과비평사, 2005)이나, 박범신의 『나마스테』(한겨레신문사, 2005), 김재영의 『코끼리』(실천문학, 2005) 등을 보탤 수 있다. 접근 대상과 방식, 작품의 공간은 서로 달라도, 현실의 변화를 포착하고 그것을 추상화하지 않으면서 한국이라는 틀을 생산적으로 넘고 있다는 점에서는 이들 모두 동일한 계열로 묶어 볼 수 있다.

진정한 세계시민의 길을 모색하면서 국가 경계를 넘는 리얼리즘 문학의 한 가지 가능성을 제시한다. 세계화 시대에 진정으로 걸맞은 새로운 리얼리즘의 구현이야말로 '문학의 죽음'에 저항하는 주요한 방식일 수 있다는 점에서, 이러한 의의는 시대적인 것이라고 하겠다.[13]

이렇게 오수연의 문학 세계는, 최근 유행이 되다시피 한 디아스포라 문학과 더불어서 한국문학 전체의 긍정적인 '확장'에 해당되면서, '리얼리즘-민족문학'의 경계를 넘어서 리얼리즘을 확장하는 2000년대 한국 소설의 한 가지 방식, 혹은 적어도 그 문턱을 가리키는 시금석이라고 할 수 있다.

---

[13] 국경을 넘나드는 오수연의 경우와 달리 베트남을 주요 대상으로 한다는 차이를 보이지만, 방현석의 『랍스터를 먹는 시간』(창작과비평사, 2003) 또한 리얼리즘문학의 성취라는 점에서 주목할 만한 성과로 함께 고려할 작품이다.

3장

한없이 초라한 인류에게
주는 박민규의 영가

1. 박민규 소설의 자리

문학비평이란 위대한 작가의 예외성을 드러내는 것이라고, 김현이 말한 바 있다. 위대함과 예외성이 항상 함께 가는 것은 아니지만, 위대한 작가가 당대에 예외성을 띠는 것은 대체로 사실이다. 위대함이란 역사적인 평가여서 변화된 지형을 기준으로 과거를 사고할 때 실체를 얻게 되며, 미래의 평가란 무릇 자신을 정점에 놓는 진보의 구도 속에서 기존의 평가를 재평가하는 것이기 때문이다. 물론 동시에 위대함은 연속의 계기도 포함한다. 어떠한 역사주의도 유산과 전통을 버린 적은 없다는 사실, 그것이 쉽게 찾아지지 않으면 만들어내서라도 자신의 계보를 꾸린다는 사실이 이를 말해 준다. 따라서 위대함이란 연속의 계기를 바탕에 깔고 새로운 것을 표면에 드러내는 운동의 빛나는 성과에 해당되는 것이라 할 수 있다.

문학으로 좁혀 비유적으로 말하자면, 위대한 작가란 '집안을 일으킨 유복자'라 할 것이다. 그는 족보와 가계로 규정되는 전통의 방향 위에서되, 아비가 없는 듯이 새롭게 일가를 이룬 자수성가형 인물이다. 물론 스스로 아비 없는 자식이라 여긴다 해도 발을 디딜 지점을 지속적인 문학의 흐름 위에서 찾아내고 있다는 점에서 그는 전통의 연장선상에 있다. 이제 100년을 착실히 넘기고 있는 한국문학사, 한국 현대소설사의 전통이란 무엇인가. 넓게 말해 보자면, 인간과 세계, 그리고 둘의 교호관계로서의 인간의 삶, 이 세 가지를 탐구하여 참모습을 찾아가는 부단한 노력이라고 할 수 있다. 이러한 노력은 기존의 인식을 해체한다는 점에서 인간과 세계, 삶을 자유롭게 하는 것에 해당된다.

인간과 세계 및 그 교호관계로서의 삶을 자유롭게 하는 일은 필연적으로 '새롭게 보기'를 수반하게 마련이다. 그 양상은 두 가지다. 첫째는 그동안 간과되었던 새로운 측면을 부각시켜서 새로운 대상으로 제시하는 것이다. 리얼리즘·민족문학이 민중을 창출하고 사실(fact) 너머의 현실(reality)을 내세워 온 것이 좋은 예가 된다. 둘째는 기존의 대상을 변형시켜 새로운 정체성을 부여하는 일이다. 우리 소설사를 수놓는 주요 작가들이 인간의 새로운 측면을 작품 속에 담아내며 예외적인 작가로 출발해 온 사실이 이에 해당된다. 이렇게 새로움과 전통, 예외성과 위대함은 밀접한 관계를 맺고 있다.

그런데 과거를 대상으로 하는 문학사와는 달리 현재를 대상으로 미래를 꿈꾸는 문학비평에서, 예외성과 위대함이 결합된 작가와 작품을 어떻게 찾아낼 것인가. 비평의 처지에서 이처럼 막연하고 어려운 일도 없는 것이, 당장 눈에 보이는 것은 예외성뿐이고 위대함이란 저 미래에 부여될 것이기 때문이다. 따라서 우리의 과제는 예외적인 것들 속에서

면면히 지속되는 것에 닿아 있는 경우를 찾아내는 일이 된다. 바로 이러한 연유에서 나는 앞에 소개한 김현의 말을 다음처럼 고쳐 쓰고자 한다. 문학비평이란 예외적인 작가들 속에서 위대함을 감지하는 것이라고.

오늘날 이러한 의미에서의 예외적인 작가를 떠올리면 박민규가 가장 앞에 온다. 예외성 면에서 박민규만 한 작가가 드물다는 데는 누구나 동의할 만한데, 이에 더하여 나는, 그가 단순히 새롭기만 한 작가는 아니라고 보는 까닭이다. 단순히 예외성으로서의 예외성 자체만을 생각하면 박민규보다 더한 작가를 몇몇 꼽을 수도 있지만, 그들은 우리 소설사의 지향성과는 너무 멀리 떨어져 있다. 의미 있는 예외성이란 예외성을 예외성으로 볼 수 있게 해 줄 공통성·연속성 위에 있는 것이며 따라서 공통성·연속성을 돌아보게 하는 예외성이라 하겠다. 이런 의미에서, 겉보기의 새로움과 파격에도 불구하고 우리 소설의 연속성 위에 서 있는 작가라 할 박민규가 주목된다. 이질적이되 유사성의 끈을 놓지는 않고 있어서 자신의 존재와 소설사 사이의 긴장감이 최고조에 이른 경우로서 말이다.

박민규가 한국소설의 연속성 위에 있다는 점은, 등단 7년 만에 여섯 개의 주요 문학상을 수상했다는 사실에서부터 확인된다. 이상과 황순원, 이효석, 신동엽과 같은 주요 문인을 기려 제정된 문학상의 수상자가 한국문학사의 이단자일 수는 없다. 이렇게 한국소설사의 줄기 위에 있되, 물론 박민규의 소설세계는 전통의 답습과는 거리가 멀며, 그 자체로도 단순하지 않다. 위의 문학상들이 지니는 편차나, 문학동네 신인작가상으로 등단하면서 같은 해에 한겨레문학상까지 받은 사실에서 그의 소설세계의 폭이 짐작되고도 남는다. 박민규 소설세계의 폭은 그가 평단과 독자 모두에게서 고루 사랑받고 있는 현상에서도 잘 확인된

다. 요컨대 그는 다양한 문학전문가들로부터 문학적 성취를 인정받음
과 동시에 대중들의 사랑까지도 얻고 있을 만큼 연속성·보편성과 예
외성을 동시에 갖추고 있는 소설가다.

시선을 돌려 작가에 주목해도, 연속성과 예외성의 긴장을 찾아볼 수
있다. 예외적인 측면을 보자면, 외양 혹은 제스처도 포함된다. 고글을
상용하고 머리를 길게 기르는 평소의 옷매무새 등에 큰 의미를 부여할
수는 없지만, 문학상 수상식에서의 해프닝, 문단에 대한 거리두기 등을
생각하면 그의 작가적 제스처를 그냥 넘기기 어렵다. 이런 면에서의 박
민규는 아직 그 이름을 부여하기 곤란한 전혀 새로운 문인 유형에 해당
되는 것 같다. 근대의 문인들이 '지사(志士)'나 '예술가'를 자처해왔고
1990년대 이래로 어깨에 힘을 뺀 '직업인'으로서의 문인이 추가되었지
만, 극소수 모더니스트들을 제외하면 이들 중 누구도 자신을 대중들에
게 이미지화하지는 않았다. 전화를 쓰지 않고, 인터뷰마다 인터뷰를 꺼
린다고 명언하는 것 또한 그의 예외성을 강화해 준다.

물론 박민규는 '이미지'라는 어감과는 달리 예외성 면에서 보더라도
가벼운 작가가 아니다. 앞서 말한바 소설사와의 긴장 때문인데, 이는
작품세계의 특징 외에 작가적 태도에서도 확인된다. 그의 태도는 '겸손
과 도발'로 요약된다. 그는 40대 중반이 가까웠으면서도 여전히 '신인'
을 자처하고 부지런히 성실히 쓰겠다는 약속을 꿋꿋이 지키는 '겸손'을
보이는 한편, 문단의 실체를 몇몇 주식회사로 규정한다든가 자신에 대
한 평단의 지적과 평가에 대해 다소 오만하게 반응하는[1] 등의 도발적

---

1 평자들을 비아냥거리듯, 「근처」 등을 충분히 쓸 수 있었으나 그때까지 안 썼을 뿐이라
   는 투로 말하는 것이나(「황순원문학상 수상 인터뷰」, 『황순원문학상 수상작품집』, 중
   앙북스, 2009, 339~340면 참조), 이상문학상 관련 자선 대표작으로 「딜도가 우리 가정
   을 지켜주었어요」를 배치함으로써 문학상의 권위에 자신의 흔적을 남기는 행위 등을

태도로, 자신의 예외성에 무게를 더한다. 단편의 독자를 자기 주변사람으로 밝히는 것 또한 (적어도 문단이나 문학전문가의 입장에서 생각하면) 예외적인 문학적 도발에 해당될 터이다. 문장과 문단 차원에서 어법을 무시하는 글쓰기를 감행하고, 글자의 크기나 색깔을 의미 표현의 요소로 구사하는 등 디지털문화 취향에 부응하는 것 또한 이에 속할 것이다.

문학장의 규범이나 불문율을 무시하는 이러한 도발적·예외적 행태에도 불구하고 박민규는 우리 소설의 연속성 위에 있다. 그가 폭넓은 사랑을 받는 것은, 다소 도발적이기까지 한 예외성보다 더 면면히 작품의 바탕을 이루고 있는 연속성의 측면 덕분이다. 인간과 세계, 인간 삶에 대한 탐구가 그것이다. 박민규 소설의 등장인물이 대체로 사회의 주변부로 밀려난 인물들이거나 열악한 상황의 기층민임은 자명한 사실인데, 이야말로 우리 소설사가 지속적으로 다루어온 인물형에 해당된다. 이렇게 보면 박민규의 소설세계란, 형상화의 대상 혹은 지향성에 있어 우리 소설의 연속성 위에 서되 형상화의 방법에서는 새로운 문화지형까지 끌어안으며 독특한 상상력을 발휘하는 경우라 할 수 있다. 이른바 디지털문화의 취향에 부응하되(굳이 말하자면 형식) 그것을 가로지르거나 타고 넘으면서(역시 굳이 말하자면 주제의식) 한국소설사의 줄기를 벗어나지 않는 것이다. 이 두 가지가 절묘하게 어우러져, 박민규의 소설은 교설을 마다하지 않는 내용 구성 의지를 강력하게 유지하면서도 교설적으로 읽히지 않는 놀라운 효과를 낳는다.

들 수 있다.

2. 다사다난함 속의 땀내기

박민규 소설의 새로움은 두 차례로 다가온다. 우주의 신성처럼 갑작스레 다가오는 문체와 발상의 새로움이 단연 첫째다. 『지구영웅전설』(문학동네, 2003)이나 『카스테라』(문학동네, 2005)를 새롭게 하는 주된 요소가 그것이다. 그런데 이에 어느 정도 익숙해지면 그가 낯선 형식으로 다루는 바가 낯선 것은 아니라는 점이 새삼 확인된다. 주제의식 면에서 우리 소설의 연속성에 닿아 있음이 뚜렷이 의식되는 까닭이다. 이러한 새삼스러움이 둘째 새로움에 해당되는데, 『핑퐁』(창작과비평사, 2006)에서 보이듯 이를 내용 면에서 극한까지 밀고 나아가는 경우를 보면, 형식에 현혹된 눈이 느끼는 새삼스러움에 내용상 극한적이라는 새로움이 더해지고 있음을 알 수 있다. 요컨대 박민규의 소설세계란 겉보기의 새로움에 비추어보면 의외라 싶을 만큼 한국 현대소설사의 전통적인 추구의 연장선상에 있되, 바로 이 연속의 측면에서 획득하는 예외성으로 자기 개성을 찾고 있다.

기존의 소설적 흐름에 연속적으로 이어져 있는 예외성의 측면을 먼저 살펴보자. 사회현실에 대한 관심 차원에서의 새로움이 그것이다. 두 가지를 지적할 수 있다.

첫째는 역사의 사회사화(社會史化) 경향이다. 박민규의 소설에서는, 사회의 제반 사건들이 끊임없이 참조된다. 1982년의 한국 사회사가 집약적으로 소개되는 『삼미 슈퍼스타즈의 마지막 팬클럽』(한겨레출판, 2003)의 허두 「프롤로그, 플레이 볼」이 대표적인 예다. 야간 통행금지 해제나 중고생의 두발과 교복 자율화에서부터 일본의 나카소네 야스히로 내각의 출범, 북예멘의 강진 등을 거쳐 금성사의 미국 현지 공장 설립, 전두

환 전 대통령의 아프리카 순방 등 각종 정치·사회·경제사를 망라하는 사건들이 잡다하게 소개되고 있다. '아니나 다를까 다사다난했던 한 해'를 실감하게 하는 이러한 경우는 다른 작품들에서도 쉽게 찾아진다. 장편들만을 꼽아 봐도, '편을 나누는 것이 생활화'되어 있던 1979년의 풍속이나(『지구영웅전설』, 27~28면), '역시나 많은 일들이 있었던 한 해'인 1985년의 풍경을 다각적으로 제시하는 것(『죽은 왕녀를 위한 파반느』, 예담, 2009, 40~43면) 등이 그러하다.[2]

역사의 사회사화 경향의 결과로 드러나는 풍속지적인 기술은 두 가지 점에서 특징적이다. 배경의 실재성을 강화하는 기능을 하되 작품 내 사건과는 직접적인 연관이 희박한 단순 소개라는 점이 하나요, 역사적 해석의 외피를 입지 않는다는 점이 다른 하나다. 역사적 의미 부여는 생략한 채, 작가-서술자의 '개인 차원에서' 행해지는 촌평을 작게 달 뿐이다. 역사주의적인 인식, 거대담론적 사유구조와는 확실히 거리를 두는 것인데, 이는 20세기와 결별한 새로운 세기 일반의 속성에 해당하는 것이다. 따라서 박민규 소설이 보이는 새로움은 사태를 거꾸로 볼 때 확인된다. 역사적 해석을 배제한 상태에서라도 이렇게 사회사적 사건들을 참조한다는 사실 자체에서 그의 예외성이 빛나는 것이다. 『지구영웅전설』과 같이 세계 차원의 큰 스케일에서 직선적·단면적 해석을 취하는 경우를 제외하면, 미시적인 차원에서 행해지는 이러한 기술은 한국 현대소설의 연속성에 뿌리를 내리는 것으로서, 1990년대 이래 한국소설의 세계가 현실로부터 휘발되는 경향에 대한 하나의 저항이라 할 수 있다.

2　특정한 시점을 정해두지 않는 『핑퐁』의 경우도 풍속사적인 의미에서의 사회상황에 대한 참조는 여전하다. 예컨대 145~146면 등.

박민규의 소설이 보이는 사회현실에 대한 관심 차원에서의 새로움 둘째는 '일상생활의 현실성'을 중시하는 태도이다. 아무리 형식이 낯설고 스토리가 황당해 보이더라도, 박민규 소설에서 인물들은 생존과 생계에 관련된 생물학적, 사회·경제적 필요와 요구의 간섭 속에서 살아간다. 성욕이나 허기, 땀으로 거북해진 몸, 외모 등 적나라한 육체성이 인물의 심리와 행동에 관여하고, 돈과 계층 및 사회적 지위, 학력 등 일상의 사회적 힘이 인물을 구속하고 규정한다. 한편으로는 인물의 몸과 정체성이, 다른 한편으로는 사회경제적인 요소가 작품 내 세계 전체에서 자신의 영향력을 행사하고 있는 것이다. 이렇게 박민규의 소설에서 인간 일상의 현실은 언제 어디서든, 어느 국면에서든 작품세계의 양상을 조건 짓는다. 아무리 추상적인 주제에 몰입한다 해도 마찬가지이고, 심지어 현실의 구속을 피해 전개되기 십상인 SF 장르를 활용할 때조차도 사정이 달라지지 않는다.[3] 요컨대 박민규의 소설세계는 가공의 문학적 장이 아니라 우리의 일상 현실에 확실하게 닿아 있다.

『삼미 슈퍼스타즈의 마지막 팬클럽』에서는 '프로화의 흐름'이 사람들을 몰아대기 시작한 1980년대 이래 한국사회의 일상이 넘쳐나고 있으며, 프로가 될 수 없는 일반인의 생리를 지켜내려는 주인공 등의 지향을 통해 일상의 현실을 바로잡자는 저항 의지를 담는다. 인류와 세계에 의해 '깜박' 소외된 인물을 내세운 『핑퐁』이 우리 사회 일상의 암울한 현실을 폭로하고 있음은 자명하며, 『죽은 왕녀를 위한 파반느』의 경우 인물 설정이 다소 극단적임에도 불구하고 그들 삶의 현장은 언제나 일상생활에 닿아 있다. 『카스테라』에 묶인 단편들의 경우도 원칙적으

---

3 「크로만, 운」이나 「깊」의 경우 모두 사회적·계급적 위상이 중요한 요소로 작용하며, 「굿바이 존 웨인」의 경우 섭생에 의한 신체의 유지가 작품의 뼈대를 이루고 있다.

로 사정이 다르지 않다. 「갑을고시원 체류기」나 「그렇습니까? 기린입니다」는 물론이요, 다른 모든 작품들 또한 주인공의 삶을 형상화하는데 있어서 일상의 지표를 적극적으로 활용하고 있다. 실제 현실에서는 있을 수 없는 사건 전개를 보이는 경우에서조차, 인물들은 무언가를 먹으며 일상을 살고 계속 그럴 수 있기 위해 특정한 행동을 하며, 그들을 둘러싼 사회는 그것을 강제하는 위력을 잃지 않는다. 이러한 점은 보다 후에 나온 「누런 강 배 한 척」이나 「근처」의 경우에서도 명확하다.

　일상생활의 현실성이 작품의 기조를 이루는 박민규의 소설세계는 어떠한 문제라도 인간의 문제라면 나날의 삶의 실제로부터 자유로울 수 없다는 인식에 근거한 것이다. 해서 그가 그리는 세계는 언제나 '다사다난한 한 해'이고 그의 인물들은 그 속에서 '땀을 내며' 돌아다닌다. 다사다난함과 생활인의 땀을 직시하는 것, 이는 일상 현실이 언제나 어디서나 우리에게 영향을 끼친다는 사실을 명확히 견지하는 작가의식에서 나온다. 이러한 점으로 인해 박민규의 소설은, 그가 구사하는 현란하며 실험적인 새로운 형식이 주는 선입견과는 달리, 우리 소설의 전통에 성공적으로 뿌리를 내리고 있는 경우 곧 연속성 위에서 자신의 예외성을 멋지게 빛내는 경우라 할 수 있다. 사실 박민규 소설의 형식은 작가의 의식이나 작품의 주제효과와 긴밀히 관련되어 있다. 뒤에서 자세히 밝히겠지만, 박민규 소설 고유의 형식적 특징을 낳는 상상력의 원동력 자체가 실제의 삶이 비속한 일상에 간섭·포획되어 있음을 무시하지 않으면서 인간 삶의 본성을 탐구하려는 작가의식의 산물이기 때문이다.

3. 한없이 초라한 삶의 인류를 위하여

이제 박민규의 소설세계를 특징짓는 가장 중요한 요소인 상상력에 대해 살펴보자. 『지구영웅전설』이나 『카스테라』 소재의 단편들, 『핑퐁』 등에서 뚜렷이 확인되듯이, 박민규는 모든 표상을 독자적인 방법으로 통합하는 종합적 상상 능력이 매우 뛰어난 작가이다. 그의 소설들을 보면, 한편으로는 일상생활이나 사회사가 사실주의적인 기술로 구현되고, 다른 한편으로는 그것을 변형·왜곡시키고 현실 바깥을 끌어들이는 환상적인 처리가 종횡무진 구사되는데, 결과적으로는 이 둘의 경계를 알아차리기 어려울 정도로 두 국면이 잘 어우러지면서 인간과 세계에 대한 성찰이 이루어지고 있다. 요컨대 그의 소설에서 상상력은, 현실을 자유로이 초월하면서 일상의 소재를 독자적으로 변형시켜 인간과 세계 그 자체를 근본적으로 성찰하는 힘을 발휘한다.

상상력과 관련하여 박민규의 소설세계에서 특징적인 것은 다음 두 가지다. 하나는 그것이 사실주의적인 처리 방법과 맞닿아 있다는 점이고, 다른 하나는 내용 면에서 볼 때 인류와 우주에 근거를 두는 새로움을 보인다는 점이다.

박민규의 소설은 앞에서 살펴보았듯이 '역사의 사회사화'와 '일상생활의 현실성' 형식으로 부단히 사회현실을 참조한다. 사회현실을 형상화의 궁극적인 대상으로 놓는 것은 아니지만, 인간의 삶을 조건 짓는 근본적인 요소의 하나로 간주하고 그에 대한 추구를 견지하는 것이다. 따라서 얼핏 보면 이러한 사실의 요소와 상상의 요소가 함께 어우러져 있다는 것이 다소 모순처럼 여겨질 수도 있겠지만, 바로 이러한 어우러짐이 알아차리기 어려울 정도로 완미하게 처리된다는 점이야말로 박민규 소설의 중요한 성취 중 하나라 할 것이다. 한편에서는 『지구영웅전설』이나 「고마워, 과연 너구리야」 등에서처럼 두 요소가 전체적으로 뒤섞여 있는 경우가 있고, 다른 한편에서는 「코리언 스텐더즈」, 「딜도가 우리 가정을 지켜줬어요」 등에서와 같이 둘의 경계가 모호한 채로 사실 차원이 상상의 차원으로 자연스럽게 이어지기도 한다. 어느 경우에서든 예컨대 리얼리즘적 기율 등에 얽매이지 않으면서 그에 걸맞은 성과를 이끌어내는 종합적 상상 능력이 빼어나게 발휘되었다고 할 수 있다.

상상력이야 물론 문학예술의 역사와 나란히 지속되어 온 것이므로 그것을 잘 구사한다고 해서 특이하다 할 것은 아니다. 이런 의미에서 볼 때 상상력 측면에서 박민규 소설의 새로움, 예외성은 상상력이 펼쳐지는 지평, 혹은 사실 기술까지 포함하여 상상의 소산들을 종합해 내는 지평의 특이함에서 찾아진다. 인류와 우주가 그것이다. 풀어 말하자면, 박민규의 소설이 선보이는 새로운 상상력의 요체는 인류·인간을 화두로 삼고 시선이 우주에까지 미친다는 사실에 놓여 있다. 요컨대 전 인류적·우주적 상상력이 박민규 소설세계의 예외성을 강화하는 주요 요소이다.

전 인류적·우주적 상상력은 두 차원에서 확인된다. 하나는 작품 내 세계의 영역이나 소재의 출처 등 작품의 표면이고, 다른 하나는 인물의 의식이나 작품의 주제효과 등이 펼쳐지는 작품 이면의 차원이다.

소재를 독립시켜서 주목하지 않는 한 이 두 차원을 분리할 수 없음은 물론이다. 이 글에서는, 우주선이나 외계인, 대왕오징어, 도도새, '지구를 지키는 슈퍼특공대' 등 비현실적인 존재가 등장한다거나 가공의 공간 이동, 존재 변환 등이 기술되고 심해나 가상의 우주공간, '스테이지 23', '탁구계' 등 현실 너머의 작품 세계가 설정되는 등 작품 표면 차원의 우주적 상상력에 대해서는 따로 주목하지 않는다. 중요한 것은 이러한 요소들을 포함하여 박민규의 상상력이 주제효과의 구현에서 발휘하는 기능인 까닭이다. 요컨대 박민규의 소설이 선보이는 상상력의 주목할 만한 예외성은, 표면에 드러나는 작품 내 세계의 설정 등에서보다는, 인류를 화두로 삼고 주제를 구현해 내는 작품 이면의 차원에서 두드러 진다는 것이다.

이러한 점을, 상상력의 맥락에서 가장 멀리 떨어져 있는 것처럼 보이는 작품 중 하나인 『죽은 왕녀를 위한 파반느』에서 확인하는 것으로 논의를 시작해 본다. 'Writer's cut'을 설정한 구성상의 기발함도 주목할 만한 것이지만, 이 작품에서 가장 빛나는 상상력의 성취는 '세기를 대표하는 추녀'를 설정함으로써 인간과 세계의 한 진실을 보여주는 데 성공하고 있다는 점이다. 그녀에 대한 주인공의 사랑은, 아름다운 것만을 사랑해 온 아버지와는 달리 살고자 하는 욕망의 사례 정도로 축소되지 않는다. 그렇게 좁혀지는 대신 이 작품에서는, 아름다움 자체가 권력이 되는 세상의 논리와 그에 맹목인 채로 자신들의 가치를 인정하지 못하는 '존재감이 없는 인간들'에 대한 반성으로 상상력의 방향이 확장되고 있다. 그 결과로 이 소설은 가볍고 재미있는 연성의 연애소설에 그치지 않고, 인류사를 뒤집어보는 발상을 통해 우리의 삶을 성찰하게 하는 묵직한 주제효과를 설득력 있게 발하고 있다. 따라서 "단언컨대, 인류는 단 한 번도 못생긴 여자를 사랑해 주지 않았습니다"라는 판단과 '부와 아름다움은 우리를 지배하는 가장 강력한 이데올로기'라는 인식 위에서, '우매할 정도로 아름다운 것만을 사랑해 온 진화의 방향', '인간을 이끌고 구속하는 그러한 힘'에 대해 저항할 것을 선동하는 「작가의 말」은 전혀 과장된 것이 아니다. 다소 유별난 「작가의 말」이 자연스럽게 서사화될 수 있었던 데에는 전 인류적 상상력이 작동하고 있었던 것이다.

이러한 상상력의 작동 방식을 좀 더 구체화해 본다.

> 우리가 짐을 푼 곳은 삼천포항에서 조금 떨어진 '하이면(下二面)'이라는 이름의 해변 마을이었다. (…중략…) 그리고 그 주변으로 어마어마한 크기의 논과, 하늘과, 바다가 있다. 논은 지구의 일부였고, 하늘은 은하계의 일부였고, 바다는 태평양의 일부여서— 학교와 우체국과, 농협과 집들은 더욱 작아 보인다. (…중략…) 즉, 인간의 여러 가지 기준들을 한순간 달라지게 만드는 힘을 이 마을은 지니고 있었다.
>
> —『삼미 슈퍼스타즈의 마지막 팬클럽』, 한겨레신문사, 2003, 276면

여기서 주목할 점은, '하이면의 힘'이란 인간적인 기준들을 뛰어넘는 시선 곧 '전 인류적·우주적 상상력'의 소산이라는 사실이다. 일반적으로 보아 박민규의 소설들은 학교나 우체국, 농협, 집 등을 작품에 끌어넣을 때 그러한 공간이 배치되고 관계되며 그 속의 인간들이 각축을 벌이는 각종 사회적·경제적·인간적 기준들에 갇히지 않는다. 박민규의 시선은 논을 지구의 일부로 보고, 하늘을 통해 은하계를 떠올리는 우주적 상상력의 지평에 놓여 있다. 박민규의 상상력은 또한 시간성의 측면에서 "어차피, 지구도 멸망한다"[4]는 긴 호흡의 성찰적 지평을 마련한다.[5] 『삼미 슈퍼스타즈의 마지막 팬클럽』이 '사회의 맹목적인 프로화'를 반성적으로 통찰할 수 있게 되는 것은 이러한 지평 위에서이다.

---

4 박민규, 「작가의 말」, 『삼미 슈퍼스타즈의 마지막 팬클럽』, 한겨레신문사, 2003, 303면.
5 동일한 인식을, 돈이나 학력, 직위 등에 매달려 인생을 소진하는 삶을 비판적으로 인식케 하는 『죽은 왕녀를 위한 파반느』(144~145면) 등에서도 찾을 수 있다.

전 인류적·우주적 상상력에 의해 박민규의 소설들이 인간과 세계에 대한 의미 있는 통찰을 얻어내는 방식, 곧 박민규 소설에서의 상상력과 주제효과의 관련 양상은 「그렇습니까? 기린입니다」를 통해 일목요연하게 정리해 볼 수 있다.

> 다릴 뻗고 고갤 젖히고, 그래서 구름이 흘러가는 걸 쳐다보며 나는 말했다. 형, 지구는 진짜 돌고 있어요. 그러냐? 이렇게 지구가 도는 게 느껴질 땐 말이죠, 문득 그런 생각이 들어요. 뭐가? 그러니까 …… 정말 우주에서…… 행성 위에서 살고 있는 거잖아요. 그래서? 이런 곳에서…… 왜 고작 이따위로 사는 걸까, 라고요.
>
> ─「그렇습니까? 기린입니다」, 『카스테라』, 문학동네, 2005, 87면

여기서 우리는 일상생활의 삶을 '고작 이따위로 사는 것'으로 보게 만드는 힘, 우리의 삶이 한없이 초라한 것임을 인식케 하는 힘이 바로 우리가 우주에서 살고 있음을 새삼 의식하는 것임을 알 수 있다. 삶을 바라보는 지평을 삶의 현장에 매어두는 대신에 우주로 확장하는 것, 그렇게 확장된 시야 속에서 끊임없이 인류를 사고하고 우리의 일상생활을 바라보는 것이 바로 박민규가 전 인류적·우주적 상상력을 통해 인간 삶을 통찰하는 전형적인 방식이다. 그 결과는 무엇인가. '차마 인류라고는 할 수 없다', '차마 인간의 삶이라고는 할 수 없다'는 고통스러운 목소리의 고백에서 명확히 감지되는바 '인류의 초라함에 대한 비판과 반성'이다.

> 좋아요, 다 좋은데 그러니까 당신이 기억하는 인류의 얼굴을 말해보란 얘기야. 화성의 누군가로부터 그런 추궁을 받는다면 나는 적잖이 고통스

러울 것만 같았다. 다른 행성의 존재에게 알려주기엔, 인류의 몽따주는 얼마나 슬픈 것인가. 지금 열차가 들어오고 있습니다. 파아, 하아. 그래 전철만 다녀라, 은하철도 같은 건 아예 생각지도 말아야 한다. 지금 이대로의, 인류라면 말이다.

— 「그렇습니까? 기린입니다」, 81면

이상의 두 인용에서 확인되듯이, 박민규는 우주의 차원을 사고의 바탕으로 두고 인류를 사고의 대상으로 삼음으로써 우리의 삶이 얼마나 초라한 것인지를 비판적으로 조명한다.

한 가지를 더 부연해 두자. '인류'가 다루어지는 두 가지 방식을 갈라둘 필요가 있는 것이다. 박민규의 소설에서 '인류'는 때로는 평가의 기준으로 때로는 평가의 대상으로 설정된다. '우주'와 더불어서 '인류'가 박민규 식 상상력을 독특한 것으로 만드는 평가 기준으로 구사될 때, 그것은, 일상생활의 삶을 부정적인 것으로 판단하게 하는 이상적인 상태로 기능한다. 즉 인류란 어떠한 존재이다 혹은 존재여야 한다는 식으로 그 내용이 실정화되지는 않지만 사람들의 일상을 두고 차마 인간의 삶이라고는 볼 수 없다고 판단하게 하는, 인간의 삶에 대한 반성적 인식을 가능케 하는 기능을 발휘하는 것이다. 이렇게 평가 기준으로 작용하는 '인류'는, 그 완성태의 부재로서만 사고되는 일종의 이상형이자 위계적 가치판단의 '비어있는 중심'이라 할 수 있다. '인류'라는 이념에 비추어볼 때 '있어서는 안 되는 상황으로 몰린 사람들'의 이야기를 통해 인간 삶의 문제를 환기시키는 작품들 곧 「그렇습니까? 기린입니다」나 「몰라 몰라, 개복치라니」, 「갑을고시원 체류기」, 『죽은 왕녀를 위한 파반느』 등을 이 맥락에서 하나로 묶어 사고할 수 있다.

다른 한편에서는 인류가 실재하는 인간들로서 비판적·반성적 평가의 대상이 되기도 한다. 「야쿠르트 아줌마」나 「대왕오징어의 기습」 등처럼 인류에 대한 반성적 거리가 확인되는 경우, 인류는 현실을 돌아보게 하는 하나의 이상형이 아니라 문제가 많은 실재 인간들을 지칭하는 기호에 가까워진다. 물론 박민규의 소설세계는 기본적으로 따뜻하여 이런 경우가 많지 않다. 비판적·반성적 사유를 견지하는 대부분의 작품들에서도 박민규가 주목하는 것은 비판과 반성의 대상이 되는 부정적인 인물·상황이 아니라 그 부정성에 의해 소외되고 상처받는 사람들이기 때문이다. 이러한 면에서, 인류에 대한 비판이 극단적으로 드러난 문제적인 경우로 『핑퐁』이 주목된다.

『핑퐁』의 극단적인 성격은 등장인물 중 어느 누구도 긍정적이지 않다는 점에서부터 확인된다. '치수'라는 악한을 제시하여 '왕따' 문제를 정면으로 다소 과장되게 다룬 사실 또한 이 작품의 극단적인 성격을 강화한다. 물론 부정적인 인물이나 왕따 현상 모두 비판의 대상이 되면서 이 세상에서 소외된 자들의 삶을 통찰하게 하는 것이므로, 이러한 비판의 극단성 자체가 문제적일 수는 없다. 『핑퐁』의 문제성은 이 작품 전반에 깔려 있는 반인간주의적인 성격에서 유래한다. 이는 두 가지 점에서 확인된다. 첫째는 지구가 사실 인류와 아무 상관이 없는 곳이라는 인식[6]이 우주적 상상력에 부가되었다는 점이다. 둘째는 그 결과로서 지구 생명체의 지배종이 수차례의 'reset'을 거쳐 인간이나 공룡 등으로 변해 왔다는 설정이다. 이러한 '우주 중심적·반인간적'인 설정이야말로 인류를 비판하는 전 인류적·우주적 상상력의 극점에 해당하며,

---

6 작품에서 이러한 인식을 직접적으로 표현하는 것이 '메스녀'의 상상이다(박민규, 『핑퐁』, 창작과비평사, 2006, 228면).

『핑퐁』을 박민규의 소설세계에서 극단적인 문제작으로 만든 근본 원인이다.[7]

4. 가볍지만 먼 울림

따지고 보면, 요즈음 활동하는 소설가들 중에서 사회현실이나 인류에 대해 박민규만큼 비판적·반성적인 목소리를 높이는 작가도 찾기 어렵다. 팍스아메리카나를 비판하면서 미국에 맹목적인 한국의 현실 또한 부정적으로 폭로하는 『지구영웅전설』과, '치수' 패거리의 폭력과 그를 방조함으로써 동조하는 '다수인 척하면서 세상을 살아가는' 사람들 곧 '41명의 급우, 637명의 동기, 1,900명의 동문, 59,205명의 동년배, 60억의 인류'에 대한 비판적인 인식이 전편의 기조저음으로 작동하면서 끝내 인류사 전체를 소거시키는 『핑퐁』을 정점으로 하여, 그의 소설들은 거의 모두 인간과 세계에 대한 비판적 인식을 함축하고 있다. 『삼미 슈퍼스타즈의 마지막 팬클럽』에서는 우리의 삶을 '돈과의 교미'에 눈먼 '발정 나기 5분 전'의 상태로 규정하고 있으며 『죽은 왕녀를 위한 파반느』는 아름다움과 권력에 대한 선망과 맹목의 역사로 인류사를 파악하고 있다. 이 사회의 소외된 자들을 따뜻한 시선으로 형상화하는 것 자체가 그들을 소외시키는 현실과 지배계층에 대한 비판적 태도에서 연원하는 것임을 고려하면, 저 재기발랄한 많은 단편들 또한 동일한 맥

---

7   사건 설정의 극단성만으로 보자면 박민규의 적지 않은 작품들이 해당되며, 이상문학상을 수상한 「아침의 문」 또한 예외가 아니다. 이러한 점을 짚어보면, 『핑퐁』에 대한 문단 안팎의 무관심은 그 소재의 극단성이 아니라 반인간주의적인 설정의 과격성 때문이라고 추정해 볼 수 있다.

락에서 해석할 수 있게 된다.

앞서 지적했듯이 이러한 비판적·반성적 인식은, '역사의 사회사화'
와 '일상생활의 현실성' 범주를 통해 사회현실 및 그 속에서 소외된 인
간을 작품에 끌어들인 뒤 '전 인류적·우주적 상상력'을 통해 이들을 조
명하는 방식을 통해 얻어진다. 요약하자면 일상의 언어와 본질의 사유
가 뒤섞이면서 인간과 세계에 대한 비판적·반성적 인식이 생겨나는
것이다.

물론 박민규의 소설세계를 비판적·반성적 인식으로 환원하는 것은
부당한 일이다. 무릇 어떤 문학예술도 내용만으로 환원될 수 없음은 당
연한 것이며, 앞에서 밝혔듯이 박민규 소설의 이러한 특징은 그의 작품
을 거듭 읽을 때 새삼스레 느껴지는 것이기에 더욱 그렇다. 이렇게 새
삼스러움을 거쳐서 재구성되는 인식이기에 그 울림은 좀 더 길게 이어
지지만, 그럴수록 더욱 더, 그 소리를 듣기 전에 거쳐야 하는 형식의 가
벼움이 어떤 측면에서든 결코 무시될 수는 없다. 무엇보다도 이것이 독
자들에게 박민규의 소설을 그만의 소설로 각인시켜 주는 일차적인 지
표이기 때문이며, 궁극적으로 볼 때, 그의 비판적·반성적 인식이 갖는
연속성 위의 예외성을 지켜주는 것이기 때문이기도 하다.

박민규의 소설들이 보이는 형식의 가벼움이 비판적·반성적 인식의
예외성을 보장한다는 것은 무슨 말인가. 이를 설명하기 전에 먼저 가벼
운 형식이 무엇인지를 생각해 보자. 내용과 형식이 분리될 수 없는 것
이라 보는 입장에 설 때 이를 규정하는 것은 그리 어렵지 않다. 상호 불
가분리적인 한 측면의 정량적 파악은 다른 한 측면을 척도로 기술될 수
있는 까닭이다. 따라서 가벼운 형식이란 의미의 무거운 구성을 방지하
는 형식이라고 정의할 수 있다. 달리 말하자면 완결되고 위계화된 의미

체의 구성을 저지하는 형식 곧 거대담론의 구축 가능성을 일소하는 형식이 가벼운 형식에 해당된다.

박민규의 트레이드마크가 되다시피 한 도발적인 글쓰기 방식 곧 문장, 문단 차원에서 어법을 무시하면서까지 분절을 행하는 독특한 문체를 사용하는 것이, 박민규 소설의 형식을 가볍게 하는 기초적인 수법에 해당된다. 박민규 소설의 문체는, 호응되는 말을 생략하거나 문장 혹은 문단 밖으로 밀어내고 쉼표를 거침없이 사용하는 방식으로 어절을 토막토막 끊음으로써 의미의 선형적인 연쇄를 저지한다. 더 나아가서는 이렇게 분절된 어절들에 등장인물의 언어와 서술자·작가의 언어 등 이질적인 언어들을 분산 배치함으로써, 하나의 문장 차원에서부터 의미의 단일한 구성을 용납하지 않기도 한다. 이러한 문체 위에서 완결되고 위계화된 의미가 구성될 수 없음은 물론이다.

의미가 구조화되는 방식으로서의 내적 형식의 측면에서 볼 때도 동일한 양상이 감지된다. 역사를 끌어들이되 사회사화하고 일상생활의 현실성을 포착하되 개인적인 촌평을 덧붙이며 풍속지적으로 개진하는 방식 또한 형식의 가벼움을 강화하는 것이다. 더 큰 차원에서 확인되는 특징 곧 사실주의적 기술과 환상적·상상적 기술을 종횡무진 혼용하는 것도 작품 구조 차원에서의 형식적 가벼움에 해당된다.

이렇게 박민규의 소설들은 어절에서 작품의 전체 구성에 이르기까지, 의미체의 완미한 구축을 저지하는 기능을 행하고 있다. 이러한 상태에서 사회와 역사를 일목요연하게 설명하는 거대담론이 구축될 수 없음은 따로 설명이 필요 없을 만큼 분명해진다. 사정이 이러하기에, 인간과 세계에 대한 비판적·반성적인 인식을 뚜렷이 내포하고 있을 때조차도 박민규의 소설은 진지함을 띠고 공격적으로 나아가는 대신에(경우에 따라서는 교설적으로 나아가는 대신에), '차마 말할 수 없다'는 소극적인 자세에 자연스럽게 머물게 된다. 이러한 소극적 태도는 내용면에서 볼 때 '역사의 사회사화 경향'과 '일상생활의 현실성'이 손쉽게 섞이지 않고 적절히 거리를 유지하는 형세와도 상통하는 것이다.

일상생활과 사회사를 끊임없이 참조하면서 전 인류적·우주적 상상력에 근거하여 인간의 삶을 비판적·부정적으로 조명하되, 형식의 가벼움을 통해서, 가치평가 체계를 내재화한 완결된 의미체를 용납하지 않고 소극적인 자세를 견지하는 것, 이것이 바로 박민규의 소설세계가 현재의 소설계에서 보이는 주된 특징이요, 예외성에 해당된다.

이 모두는 역사주의적인 거대담론을 앞세워 인간을 이상주의적으로 왜곡하거나 현실의 일상성을 무시하는 오류를 지양하려는 작가의 의도에 따른 것이다. 따라서 크게 보면 문학적 패러다임의 변화 위에 있는 것으로서, 교설을 가능케 할 역사주의·거대담론이 사라진 1990년대 이래의 문학 환경에 조응하는 것이다. 물론 이러한 조응 속에 있음에도 불구하고, 눈에 두드러지는 '가벼운 형식'과 전 인류적·우주적 상상력에 기초한 '인간과 사회에 대한 발본적인 비판적·반성적 사유' 양자를 이접시켜 견지한다는 데서 박민규 소설세계의 연속성 위의 예외성이 두드러진다. 이렇게 두드러지는 예외성 속에서 나는 우리 시대 소설의 위대함을 본다.

4장

지혜의 시선, 지혜의 언어

1. 자신을 육화하는 시선의 힘

문학 작품의 의미를 구현하는 최종심급은 내용과 형식의 이분법 너머에서 감지된다. 작품이 자신을 말해 나아가는 방식이 그것인데, 이를 두고 작품의 시선이라 할 수 있다. 편의상 간명하게 말하자면, 특정 제재를 형상화해 내는 원리 곧 어떤 사상(事象)을 작품으로 육화하는 방식이라 하겠다.

어떠한 시선이 대가적인 역량과 단단히 맞물리게 되면, 이제는 시선이 대상을 찾아 나서고 자기가 포착해 낸 대상을 자기 방식대로 요리하는 것이 가능해지기까지 한다. 그렇게까지 해도 작품이 된다는 것이다. 「먹다 남은 배낭 속 반병의 술까지도」나 「새벽 이슬에 뜨는 그 꽃들」 등 신경림 선생의 근작 시편들이 이러한 점을 잘 보여 준다. 이들 작품에는 시선만이 살아 있다. 대상에 의탁해서 주제 효과가 구축된다기보다는 자기 의미를 띠고 있는 시선이 몇몇 사상(事象)을 끌고 와서는 자신을 작품으로 육화하고 있는 것이다.

소설로 눈길을 돌릴 때, 김원일, 윤흥길 두 선생의 최근 소설집 역시 바로 이러한 측면에서 특징적이다. 김원일의 『물방울 하나 떨어지면』(문이당, 2004)과 윤흥길의 『소라단 가는 길』(창작과비평사, 2003)은 시선이 주체화될 경우 소설의 면모가 어떻게 되는가를 잘 보여 준다. 이들 작품은 대가급 작가들의 작품의 한 가지 전형을 보여 줌으로써, 다양한 작품들이 쏟아져 나오는 오늘의 문학 상황을 더욱 풍성하게 해 주고 있다.

『물방울 하나 떨어지면』과 『소라단 가는 길』은 두 가지의 공통점을 보여 준다. 하나는 각자가 빚져 왔던 것들을 풀어내놓은 결실이라는 점이다. 전자에서 그려 보이는 장애인이나 암울한 역사의 희생자들과 후자가 다루고 있는 한국전쟁기 소년 세대의 체험은 두 작가의 가슴 한켠에 유폐되어 있던 것들이다. 이러한 점은 두 소설집의 「작가의 말」에서도 분명하게 표명되어 있다. 작가의 말을 조금이나마 믿어 줄 만큼의 순진함을 벗은 지는 오래지만, 이들 작품들이 보여 주는 면면을 파헤치다 보면, 빚인 양 잠겨서 작가의 의식을 잡아당기고 있던 것들, 자신들을 형상화해 달라는 원망의 신호를 계속 보내고 있던 것들이 적지 않은 세월을 지나 비로소 작품이 되었다는 사정이 확연해진다.

작가가 만들었다기보다 작가의 전의식에 잠재되었던 것들이 자신의 육체를 드러낸 결과로 작품이 이루어졌다는 것인데, 이를 근거지어 주는 것이 두 번째의 공통 특징이다. 이는, 잠재되었던 것들의 소설적 육화가 시선의 독특함에 의해 가능해졌다는 것, 표현을 바꾸자면 시선의 힘이 주도적이 되어 작품이 꾸려졌다는 점이다. 결론을 당겨 말하자면, 인생의 경륜과 그에 따른 지혜를 엿보게 하는 시선의 독특한 처리 방식을 통해 작품화된 사실이 두 소설집이 보이는 또 다른 공통 특징이라 할 수 있다.

물론 둘 사이의 차이 역시 엄연히 존재한다. 이상의 공통점이 드러나는 양태의 차이인데, 『물방울 하나 떨어지면』의 경우는 '고도의 보여주기'로, 『소라단 가는 길』의 경우는 '소년 시점의 설정과 언어 층위의 자립화'로 드러나고 있다. 두 작가가 구축해 온 소설세계의 일반적인 특징인 리얼리즘적인 면모에 비춰보거나 여타 젊은 작가들의 작품 세계에 견주어볼 때 이러한 점은 상당히 낯설다.

2. 작가적 경륜에 따른 보여주기의 극대화

『물방울 하나 떨어지면』은 불행한 상황에 놓여 있는 인물들을 그린 작품들로 채워져 있다. 주인공들이 빠져 있는 불행은, 한국전쟁이나 유신체제와 같은 광기의 역사에서 유래하기도 하고 장애인이라는 존재 조건에서 말미암기도 한다. 미친 역사나 장애라는 천형 모두 그것을 겪는 인물들이 어찌해 볼 수 없다는 점에서 절대적인 불행이라 할 수 있다.

여기서 주의할 점은, 그러한 불행이 '배경'으로 물러나 있을 뿐 탐구의 대상으로 설정되지는 않는다는 사실이다. 『물방울 하나 떨어지면』이 주목하는 것은 역사나 존재 조건 자체가 아니다. 불행을 배면으로 돌리고 앞으로 나아온 인물들이 그렇게 나아온 과정과, 그것을 통해 얻어낸 혹은 지니게 된 심정이 형상화의 초점이다. 1급 복합장애인 남편을 헌신적으로 보살피는 데서 나아가 장애인을 위한 복지센터를 짓고자 하는 여인의 행적을 그리는 「물방울 하나 떨어지면」이나, 인혁당 재건위 사건으로 체포되어 부당한 사법 살인의 희생양이 되는 주인공이 '죽음이 죽음을 이길 수 있다는 안도감'(151면)을 갖추게 되는 「고난 일지」가 대표적인 예가 된다. 장애인 아들을 성실한 미화원이 되게 하면서 자신의 죽음을 차분히 기다리게 되는 아버지를 제시하는 「미화원」이나, 고난의 역사를 거치면서 갖은 풍상을 겪었지만 제각기 앞가림하며 살아가는 풍성한 자손을 두게 된 노인의 복합적이면서도 만족하는 심사로 분위기를 채색하는 「손풍금」 등도 마찬가지다. 인민군 점령하에서 신체적 정신적으로 돌이킬 수 없는 상처를 입게 된 '김명구' 노인의 삶을 통해 전쟁의 상흔을 부각시키는 「4가 네거리의 축대」가 약간 예외지만, 노인의 혼몽한 의식을 섬세하게 따라가며 축조된다는 점을 고려하면 이 소설 역시 객관적인 역사의 복원보다는 인물의 심정에 초점을 맞춘다는 특성을 공유한다고 할 수 있다.

『물방울 하나 떨어지면』에 수록된 작품들은 이렇게 역사의 불행 속에서 사라진 것, 잃은 것에 초점을 맞추거나, 가혹한 존재조건에도 불구하고 소중하게 보듬을 수 있는 가치를 부각시키고 있다. 이러한 특징은, 과거로 향해 있되 의미 규정의 욕망으로부터 자유로운 시선 처리 방식에 연유한다고 할 수 있다.

과거로 향한 시선은 자연스럽게 회상의 방식으로 드러난다. 「고난 일지」, 「4가 네거리의 축대」, 「손풍금」의 경우는 서사 자체가 회상을 축으로 하여 짜여 있다. 역사의 불행에 희생당한 사람들의 과거를 복원하는 것인데, 불행한 역사라는 식의 의미 규정이 전제되지도 추구되지도 않음을 다시 강조해 둘 필요가 있다. 회상의 주체인 인물의 주관적인 시선 내에서, 역사의 불행 속에서 사라진 것, 잃은 것을 형상화하는 데 초점을 두고 있을 뿐이다. 이 점에서는 「고난 일지」도 예외가 아니다. 인혁당 재건위 사건에 대한 역사적 판단을 추구, 모색하는 것이 아니라, 의문사 진상 규명 위원회에 의해서 조작된 사건이라고 규정된 것을 전제한 위에서 씌어져 있는 까닭이다. 「물방울 하나 떨어지면」의 경우도 지난 7년을 회상해 내는 방식을 지니고 있다는 점에서 동일하다. 「미화원」만이 다소 예외가 되지만, 아들 '종수'를 '굽어보는' 김씨의 시선이 죽은 아내와 살아온 날들에 대한 회상과 짝을 이루는 까닭에 큰 차이를 보이지는 않는다.

이들 작품이 의미 규정의 욕망으로부터 자유롭다는 점은 회상의 방식이 구현되는 '고도의 보여주기'적인 특성에 말미암는다. 바르트 식으로 말할 때 「물방울 하나 떨어지면」이나 「고난 일지」의 경우 독자에 의해 '씌어질' 여지가 거의 없다. 단지 '소비'될 수 있을 뿐인데, 서술자의 문제적인 논평이 사실상 부재함으로써 서사에 빈틈이 없는 까닭이다.

「물방울 하나 떨어지면」의 경우 1인칭 주인공 시점에 기대어 인물의 자의식을 중점적으로 펼칠 뿐 서술자가 거리를 두고 반성적으로 조명하지는 않고 있다. 비판적으로 읽을 여지를 봉쇄함으로써 그녀의 삶의 모습을 교훈적인 것으로 바라볼 수밖에 없도록 하고 있다. 이러한 점은, 장애인의 복합적인 내면을 섬세하게 묘파한 바 있는 윤영수의 「착한 사람 문성현」과 비교해 볼 때 쉽게 확인된다. 「4가 네거리의 축대」에서도 죽음을 앞에 둔 '김명구' 노인의 환시, 환청이 어우러지면서 대화다운 대화의 가능성이 소거되어 있다. 그 결과 작가 자신과 맞서지 않는 한 독자가 창조적으로 재구할 여지가 없다. 자체로 완미하게 짜여진 작품인 것이다. 「미화원」 역시 주변 사람들이 관여할 수 없는 내면과 행동 양상을 갖고 있는 수줍고 내성적인 장애인 '종수'를 주인공으로 함으로써 비슷한 효과를 빚어낸다. '종수'의 내면세계가 측량될 수 없는 까닭에 그것과의 거리 두기도 불가능하며 따라서 비판적으로 읽을 여지도 봉쇄되는 것이다. 「손풍금」의 경우가 예외일 뿐이다. '박도수' 노인과 손자 '경식'의 시선을 빌어 두 가닥의 서사로 이루어져 있는데다가 '종호'에 의해서 부정적·비판적인 시선이 가미되어 다성적인 면모를 갖추고 있다.

보여주기의 극대화라고 규정할 수 있을 만큼 의미 규정의 욕망을 배제한 시선 처리 방식으로 해서 이들 작품은 대체로 자기완결적인 면모를 갖추고 있다. 이러한 완결성은 내용의 전개 및 구현 과정에서 자신의 힘을 발휘한다. 교과서적인 주제의 교설적인 특성을 순화하고 쉽게 읽히게 하는 것인데, 이야말로 작가적 경륜과 지혜를 소설화하는 한 가지 방식이 아닐까 싶다.

「물방울 하나 떨어지면」과 「미화원」의 경우 바른생활 교과서 같은 식의 내용을 담고 있다. 그런데 서술자의 주관적인 개입이나 교설적인 언사의 편집자적인 논평이 부재한 까닭에 주제 효과에 대한 거부감이 현격히 약화되고 만다. 가능치도 않은 것을 억지로 꾸며 그럴싸하게 주장하는 것이 아니라, 이미 그렇게 되어 있는 혹은 어쩔 수 없이 그렇게 하지 않을 수 없는 그러한 상태의 인물을 그리고 있을 뿐이라는 효과를 발하고 있는 것이다.

「고난 일지」와 「4가 네거리의 축대」, 「손풍금」은 인간적으로 귀중한 소망이나 삶의 즐거움 등이 역사 속에서 훼손되고 상실되는 상황을 절실하게 형상화하고 있다. 불행을 환기시킬 뿐 역사에 대한 이념적인 파악을 앞세우지 않는 까닭에 객관적인 역사 파악에 미치지 못한다는 비판이 가능할 수도 있겠지만, 이러한 비판이 역사에 대한 독단적인 해석을 전제한 것임을 염두에 둘 필요가 있다. 그보다는, 역사를 비판적으로 조명할 수 있게 해 줄 궁극적인 근거인 삶의 풍요로움에 대한 여유 있는 성찰의 결과로 불행의 절실함을 효과적으로 구현했다고 보는 것이 생산적인 독법이라 하겠다. '불행한 역사'가 아니라 '인간의 불행'에 초점을 맞추면서 삶의 의미와 의의를 부각시킨 대가다운 지혜의 소산이라고 말이다.

3. 역사의 성채로서의 언어, 방언의 구축

『소라단 가는 길』은 옴니버스 식으로 구성된 연작소설이다. '졸업 40주년 기념 홈커밍 행사'로 모교를 방문한 재경 동창들이, 밤을 새워 가며 초등학생 시절의 기억을 번차례로 풀어내고 있다. 한국전쟁 전후에 걸쳐 있는 그들 소년기의 회상이란 불행한 역사의 불행한 사연으로 점철되지만 그것이 펼쳐지는 방식은 그렇지 않다. 과거를 들춰내는 그들의 심정이 놓인 자리가 특화되어 있기 때문이다. 도시에 창궐한 흑사병을 피해 모인 사람들이 자신들만의 이야기 세계를 구축했듯이, 이 작품집에 담긴 소설들은 소년 시절의 진한 사투리로 옹위된 그들만의 성채 속에 존재하고 있다. 바로 이 성채가 '고향땅에 묻어두었던 어린 시절 보물들을 다시 파낼 수 있었던 하룻밤'(309면)을 가능케 해 준다. 사투리라는 언어의 층위가 소년을 시점화자로 설정하는 회상 형식과 맞물리면서 이 연작 소설집의 세계를 구축하고 있는 것이다.

『소라단 가는 길』은 「묘지 근처」에서 「종탑 아래에서」에 이르는 아홉 편의 작품을 축으로 하고 그 앞뒤에 「귀향길」과 「상경길」을 두어 전체를 갈무리하고 있다. 고향으로 향하고 떠나오는 길에서의 이야기를 담은 처음과 끝의 두 편은 다음 두 가지 기능을 한다. 첫째 형식상으로 볼 때 이들은 작품집 전체를 갈무리해 주는 액자구성상의 액자 기능을 한다.

이 두 작품의 참된 기능은 전체적인 주제 효과의 구현에서 행하는 역할에서 찾아진다. 그것은 다시 둘로 나뉘는데, 첫째 연작소설 각각의 주제를 특화하는 언어 층위상의 특징을 명확하게 잡아 주는 것이다. 고향으로 가까이 갈수록 서울말 표준어를 버리고 사투리를 쓰게 되며 반대로 귀경길이 다해갈수록 다시 사투리의 세계를 벗어나게 된다는 점을 작가-서술자는 명백히 내세우고 있다. 이러한 지적은 연작들에서 작가가 주목하는 것이 추상화를 목표로 하는 '실제 역사의 객관적인 구현'이라기보다는 '방언만이 담아낼 수 있는 삶의 구체적인 굴곡이나 심정적인 세부적 진실'임을 짐작하게 해 준다. 둘째로는 자살을 결심하고 내려왔던 '하인철'의 사연을 통해 앞의 작품들에서 관철되었던 시선의 설정, 방언의 사용이 갖는 자기 충족성을 오늘의 현실과 대비시킴으로써 작품집 전체에 균형 감각을 부여하는 것이다. '하인철'이 겪은 비참한 사건을 폭로함으로써 동창들이 나눴던 하룻밤의 회상들을 낯설게 만들고 현재와 과거를 새삼 돌아보게 한다는 것이다.

이 두 편에 감싸여진 아홉 편의 소설들은 작품집 전체의 구성상 특징을 고스란히 재현하고 있다. 각 작품의 허두와 말미에 초로의 동창들이 나누는 이야기가 배치되어 있는 것이다. 허두에서는 앞의 이야기 화자를 지칭하든가 하는 식으로 연작의 성격을 강화하고 말미에서는 현재의 소회와 판단들을 나누는 방식을 취하고 있다. 말미 부분은, 서로 엇갈리기도 하는 인물들의 주관적인 판단을 서술자의 개입을 자제하면서 극적으로 제시함으로써, 작품의 시선이 에피소드에 대한 의미 규정이나 역사성 규명이 아니라 그 속에서 스러져간 사람들의 애절한 사연을 다면적으로 부각시키는 데 있음을 분명히 한다.

작품들의 주된 내용은 1950년대 한국 전쟁기에 대한 포괄적인 풍속 보고의 면모를 띠는데, 이는 두 가지 점에서 특징적이다. '전쟁에 의해 폐인이 된 사람들의 이야기'를 주서사로 하되 '어린 소년의 눈에 비친 모습대로 제시'한다는 점이 그것이다. 어린 소년을 내화 부분의 시점화자로 취한 것인데, 이러한 시점 설정이 기술적인 데 그치지 않은 점이 새롭다. 윤흥길의 작가적 위상을 탄탄히 세워 준 「장마」 역시도 소년을 시점 화자로 설정한 바 있지만, 이 경우 갈등의 설정과 진행이 대화에 의해서 충분히 구현되고 있는 까닭에 소년의 시점을 빌은 것은 사실 작품에 직접 담기 곤란한 내용들을 가리기 위한 방편처럼 읽히기도 한다. 이에 비해서 『소라단 가는 길』에 수록된 작품들의 주 서사는 소년의 시선 안에서 고유하게 형성되는 유년기의 추억 곧 소년들만의 세계를 작품 전체의 주제 효과에서 중요하게 위치지우고 있다.

『소라단 가는 길』은, 전쟁이라는 역사의 격동에 의해 자기 인생을 잃어버린 힘없는 자들의 모습을 펼쳐 보인다. 상이군인의 행패와 그에 대한 두려움을 할머니의 착각을 통해 극대화한 「묘지 근처」, 이름 있고 생명 있는 것들이 존중될 수 없는 광포한 상황에 좌절하여 '울새'가 되고 만 학교 선생과 광녀(狂女) 및 혼혈 영아 사체 등을 통해서 사회 상황이 개인에게 남긴 상흔을 조명한 「농림핵교 방죽」, '뽈갱이 자석놈'이라고 동네 사람들에게 손가락질을 당하는 꼬마 대장인 전쟁고아가 담력 시합 끝에 기차에 치여 죽게 되는 「큰남바우 철둑」, 타고난 반편이면서 동네 궂은일을 도맡아 하던 선량한 사내가 '전투 중에 홰까닥 돌아' 폐인이 되어 돌아와서는 불행하게 죽는 이야기를 보인 「안압방 아자씨」, 전쟁고아가 된 소년이 누이를 찾으려다 끝내 좌절하고 마는「소라단 가는 길」, 부모의 살육을 목도한 이래 맹인이 된 서울 출신 소녀의 소망을 이루어 주기 위해 위험을 무릅쓰는 소년의 애틋한 경험을 그려낸「종탑 아래에서」, 판잣집을 철거당해 큰 창고에 함께 살게 된 서민들의 신산한 삶 속에서, 어영부영 살림을 차렸다가 야반도주하게 되는 쓰리꾼과 창녀의 인생을 제시한「역사는 밤에 이루어진다」등이 모두 그러하다. 대체로 가난한 사람들이 등장하지만 이는 시대의 반영일 뿐 계층·계급적 시선에 제한된 것이 아니다. 오히려 이 사건들을 재현하는 소년의 시선에는 따뜻한 연민이 수반되어, 과거를 추억으로 전환시키고 있다.

이와는 달리「아이젠하워에게 보내는 멧돼지」는 무식한 허풍쟁이 청년이 각종 반공 궐기대회의 열혈 투사가 되어 날뛰다가 끝내 불구가 되어 쓸쓸히 귀향하는 이야기를 통해서 북진·멸공 통일을 기치로 휴전을 반대하던 당대 상황을 간접적으로 풍자하고 있다.「개비네 집」은 좌익 운동에 발을 담근 여학생과 그 친구인 부잣집 딸의 엇갈리는 운명을 보임으로써 이념 대립과 빈부 격차 문제를 작품의 틀거리로 삼고 있으며「큰남바우 철둑」에서도 비슷한 모티프를 사용하고 있다.「역사는 밤에 이루어진다」는 서사의 말미 부분에서 유신 체제에 대한 비판을 함축하고 있다. 그러나 이들 작품 모두 어린 시점화자를 내세우고 심리적인 거리와 애절함을 주제 효과로 삼는 점에서는 다른 작품들과 큰 차이를 보이지 않는다.

끝으로 언어의 문제를 따로 지적할 필요가 있다. 앞서도 말했듯이 전라도 방언의 기능에 대한 작가-서술자의 주의가 명확히 기술되는 한편 말과 인식의 문제에 대한 등장인물들의 자각이나 말의 의미 구현 기능에 대한 인식 등도 적지 않게 드러나 있다. 그만큼 의식적으로 언어가 구사되어 있는 것인데, 「농림핵교 방죽」이나 「아이젠하워에게 보내는 멧돼지」 등은 '말의 층위가 갖는 독자적인 세계' 혹은 '말이 행하는 세계 구성 기능의 층위' 위에서 짜여진 대표적인 예라 할 만하다. 다른 작품들 역시 '안압방'이나 '개비네', '소라단'이라는 고유의 조어가 만들어지고 소통되는 고유의 공간을 전제하고 있다. 언어 층위의 자립화라고 할 수 있는 이러한 특징은, 이 작품집 고유의 언어의 성채가 의미 구조, 주제 효과 면에서 주도적으로 기능하고 있음을 보여 준다. 이를 통해 우리는, 역사 혹은 과거의 성채가 바로 토착어·방언이라는 점, 우리들의 유년의 기억 역시 바로 그러한 언어 속에서 살아 있음을 새삼 깨닫게 된다.

5장

소설의 숲,
그 속에 선 산책자의 명상

청소년기의 황홀한 독서 체험을 잃어버린 지는 오래고, 역사라는 추상에 기대어 편히 자신의 잣대를 휘두를 수 있었던 청년기의 맹목으로부터도 떠나온 자리에서, 소설을 그것도 당대에 나오는 소설들을 따라가며 읽는 행위의 의미란 무엇일까. 진부한 답임에 틀림없지만 진부한만큼 진정성을 확보하는 모범 답안은, 사람들의 삶을 조금 엿보는 것, 우리네 삶에 대한 작가들의 개성 있는 시선을 따라가며 오늘 우리들의 삶의 모습을 보고자 하는 것이 아닐까……

다소 유감스럽게도 이 글은, 이런 자신 없는 자문자답 위에서 씌어진다. 맹목 아닌 신념을 갖는 일이 곤란해진 시대에서, 정치사회적인 문제가 아니라 문학을 대상으로 하는 마당에, 이렇게 소심한 자세로 생각을 풀어 보는 것은 어쩌면 부끄러운 일이 아닐지도 모른다. 무릇 문학이란 어느 때건 답이 없는 질문을 좇는 행위가 아니었던가 생각하면, 마음이 한결 더 놓이게도 된다. 이것이 목적지를 다른 데 두지 않은 산책자, 출발점으로 다시 돌아오는 것을 부담스러워하지 않는 산책자의 심정이리라. 2003년 가을에 나온 계간지 소재의 소설들에 대한 우리의 여정은 이런 심정으로 시작된다.[1]

물론 한 자락 기대가 없지는 않다. 우리 시대 소설들의 다양한 색채 속에는 분명 과거로부터 뚜렷이 이어져 오는 계통을 가지는 것이 있는 한편 새로움을 향하여 도약하는 몸짓이 있으며, 지향성은 무엇이든 간에 '참된 소설'이고자 몸부림치는 움직임과 더불어 기존 소설의 틀을 깨고자 하는 의도의 소산도 없지 않은 까닭이다. 이러한 차이를 안고 있는 풍요로움을 산책자의 발길이 그저 지나치지는 않게 될 때, 한 계절에 나온 작품들을 훑어보는 일도 가치 있는 작업이 될 수 있을 터이다. 각각에 대해서 말할 수 있는 것을 말함으로써, 소설의 숲이 연주하는 총주를 들을 수 있으리라 기대되는 까닭이다. 발걸음은 여유롭되 시선은 그렇지 못한 까닭이 여기에 있다.

1. 일상을 다루는 두 가지 양상

'소설이란 무엇인가'라는 질문에 대한 답은 몇 가지 있지만 가장 무난한 것 중의 하나가 바로 일상의 기록이라는 지적이다. 이 명제를 조금 깊이 따져 들어가면, 소설과 일상성의 관계는 일상의 수용과 그에 대한 반성이라는 복합적인 면모를 띠고 있음을 알게 된다.[2] 근대사회

1 　이후 작품의 인용에 있어서는 본문 괄호 속에 계간지명과 면수만 밝힌다.
2 　이에 대한 요령 있는 정리를 우리는 한수영의 「1990년대 문학의 일상성」(『소설과 일상성』, 소명출판, 2000)에서 찾아볼 수 있다.

의 일상성에 특수한 의미를 부여하게 됨에 따라, 소설과 일상성의 관계가 우리들의 시대에 대한 반성의 맥락에서 조명되는 까닭이다. 딱히 위계화의 기준으로 삼지는 않는다 해도 이러한 인식 곧 일상의 사물화하는 위력에 대한 반성적 인식 여부는, 일상을 다루는 소설들을 갈라보는 기준 한 가지가 될 수 있다. 외부 대상에 대한 재단적인 평가로부터 거리를 두고 소설의 숲을 어슬렁거리며 그 풍요로움에서 즐거움을 찾는 자신의 행보를 음미하는 산책자의 경우에도 말이다.

일상의 소설화라 할 수 있는 작품들의 첫 번째 부류는 일상성에 대한 반성적 통찰을 닮고 있는 소설들이다. 조선희의 「경리 7년」(『한국문학』)이나 표명희의 「누드 에스컬레이터」(『작가』), 정지아의 「민들레 화분」(『실천문학』), 권정현의 「고양이 대학살」(『문학판』) 등이 우리 사회의 일상성을 포착하면서 그 의미를 묻고 있다. 「경리 7년」의 주인공 '정희'는 우리 시대 사람들에 대한 비전형적인 전형이다. 그녀는, 자신이 경리로 일하는 출판사의 재무 업무는 물론이고, 주변의 식당가들뿐만 아니라 이종사촌의 제사 굿에서까지 회계를 따지고자 한다. 다소 희화적인 설정으로 보이기도 하지만 '계산 삼매경'에 빠지는 그녀를 '기계 한 대'로 취급하는 인물들의 자리에서 작가-서술자가 어깨에 힘을 빼고 짐짓 능청을 부리는 덕분에, '정희'는 어느덧 우리들 모두의 한 가지 모습으로 다가오고 있다. 개인적인 특성이 무화되는 직장 생활의 모습을 깔끔하게 그린 「누드 에스컬레이터」나 생활의 어려움을 끌어안는 서민의 모습을 부차적으로 담고 있는 「민들레 화분」 역시 이 맥락에서 그 의미를 찾을 수 있다.

다음으로 비일상적인 일상을 다루는 소설들을 꼽을 수 있다. '비일상의 일상'이라 했지만 이는 수사적인 표현이 아니다. 조금만 생각해 보

면 우리의 일상적인 삶이 두 가지로 나뉘어 있음을 누구라도 인정하게
된다. 말 그대로 일상적인 일상으로 전개되는 경험 차원의 세계에 덧붙
여, 우리가 직접 겪게 되지는 않지만 다양한 매체들을 통해서 끊임없이
그 존재를 확인하게 되는 비일상적인 일상이 우리 삶의 한 측면을 채워
주는 것이다. 신문이나 방송 등에서 사회문제로 현상시키는 무수한 사
건들, 우리가 직접 체험할 가능성은 꽤 작지만 언제나 접할 수밖에 없
는 정보의 홍수 속에서 자신의 실제를 주장하는 비일상적인 사건들이
그것이다. 이렇게 보면 우리의 삶이란 실제 세계 저편의 정보의 세계가
환기시켜 주는 사건들의 자장 속에 말려 있는 것이라 할 수 있게도 되
는데, 바로 이러한 예외적인 상황 혹은 경계적인 사건들의 형상화 역시
소설의 한 가지 몫이 된다. 다소 극단적인 사건을 통해 우리 시대의 한
자락을 선명하게 보여 주는 데서 이 경우의 가치를 말할 수 있다. 유괴
혹은 납치극을 다루고 있는 권지예의 「비밀」(『작가』)이나 김도언의 「소
년, 여인을 만나다」(『세계의문학』)가 재미있게 읽히는 것은 이 때문이다.
「비밀」의 경우는 신용카드 빚에 몰린 부부와 계모 아래 있는 소년을 설
정함으로써 이 시대 사회 현상의 보고서라는 측면을 좀 더 강화하고 있
다. 소년의 시점을 벗어나지 않는 서술전략을 통해 사태에 대한 상식적
인 그리고 당위적인 해석의 여지를 차단한 채로 서사를 냉정하게 이끌
어가는 작가의 역량이 더해져서 작품의 문학적인 성취가 보장되고 있
다. 비일상적인 일상에 대한 포착은 풍속 차원의 묘사도 자신의 품에
끌어안는다. 서성란의 「당신의 몸」(『작가』)과 한성우의 「꿈은 이루어진
다 2」(『문학동네』)가 이 경우에 든다. 이들은 의미를 부여하려는 시도가
거북한 제스처로 떨어지기 십상인 상황을 포착하여, 가볍고도 단정하
게 읽을거리 하나를 제공해 주었다.

2. 이야기의 바다로 나아가는 소설의 풍경

소설과 이야기의 관계는 복잡하다. 지난 시대의 소설은 이야기의 자식이면서도 애비를 부정하려는 노력을 그치지 않았던 반면, 요즘 소설의 일부는 돌아온 탕아처럼 애비의 품을 그리워함에 틀림없는 것도 사실이다. 이러한 마당에서는, 경험의 공유 가능성을 기준으로 하여 이야기와 소설을 갈랐던 벤야민의 명석한 논의도 실상 효력을 잃고 만다. 민담이 아닌 현대소설로서의 이야기야말로 경험 공동체의 지평으로부터 매우 자유로운 자리에서 만들어지는 것이 아니던가.

이러한 사정은 이야기의 과거와 현재에 닿아 있는 다음 작품들을 맞세워 놓을 때 더욱 또렷해진다. 양준석의 「지평리 가는 길」(『문예중앙』)과 김도희의 「그 시절」(『동서문학』)을 한편으로 한 뒤, 그 옆에 편혜영의 「맨홀」(『문예중앙』)과 서준환의 「투틀즈와 타이거릴리를 찾아서」(『파라21』)를 세워 보자. 앞의 두 작품은 영락없이 일종의 삽화에 해당하고 뒤의 두 작품은 영화적 상상력의 소산임에 틀림없다. 「그 시절」과 「맨홀」이 향수 혹은 충격을 불러일으키며 나름의 의미 효과를 발하고 있기는 하지만, 이들 작품은 크게 보아 이야기-소설 혹은 소설-이야기의 친연성을 보여준다는 공통점을 갖는다. 소설의 주요 특징으로 의미 탐색을 들자 할 때, 배경 설정의 비현실성으로 해서 의미 모색이 사전에 차단되는 「맨홀」의 자리와, 의미 추구와는 무관한 기술로 시종하다 마지막에 엷은 상징 장치를 마련함으로써 오히려 이야기의 통일성에 해를 입은 「지평리 가는 길」의 자리는 결코 먼 것이 아니다.

이야기와 친연성을 갖는 이 시대의 소설들은 그 친분을 바탕으로 세 가지 모습을 보여 준다. 이야기와의 친연성에 힘입어 획득한 가벼움,

형식적 진정성을 벗어버리게 하는 가벼움을 통해서 유쾌한 상상력을 동원하며 질문을 던지는 것이 첫째 경우이다. 한승원의 「흰 구름 한 장이 지나가고 있었다」(『실천문학』)나 김종광의 「낙서문학사 발흥자편」(『실천문학』), 주인석의 「외계인 구보씨의 하루 1」(『문학동네』)은 모두 작품 자체의 구성적 완성 여부와는 무관하게 이 면에서 함께 묶인다. 주역과 노장 사상에서 종교 일반, 실학에서 '대북 송금 문제', '김대중 확실하게 죽이기'까지, 정약전의 일대기와 주인공 작가의 현실에서 끌어들여질 수 있는 사건들이 이것저것 들어와 이야기되는 「흰 구름 한 장이 지나가고 있었다」의 경우, 형식 실험의 소산이라 보기도 부적절하고, 소설이 아니라 하기도 다소 곤란한, 뭐라 말하기 참으로 난감한 작품이다. 이 난감함은 소설의 굴레를 벗고 이야기성에 주목할 때에만 면할 수 있게 된다. 「낙서문학사 발흥자편」 역시 그 주제적인 의미가 자신에게로 돌려지지는 않는 가벼운 이야기이다.

　소설과 이야기의 습합 혹은 이야기성의 구비는 소설의 경계를 확장하는 데 주요한 통로이기도 하다. 소설의 세력이 융성해질 때 다른 모든 장르들이 다소간 소설화된다는 바흐찐의 거시적인 지적[3]을 미시적으로 적용하고픈 유혹을 어쩌기 힘든 것은 다음 작품들을 볼 때이다. 이야기로서의 이야기의 풍성함을 보여주는 소설들 곧 이기호의 「그날이 멀지 않다」(『문학판』), 전성태의 「존재의 숲」(『문학동네』), 신경숙의 「그 여자에 관하여」(『문학수첩』) 등과 다소 통속적이긴 하지만 박영규의 「메기」(『문예중앙』), 성석제의 「인지상정」(『한국문학』), 안혜정의 「뜨거운 세숫대야」(『작가세계』) 등이 그에 해당된다. 앞의 세 작품은 환상적인 요

3　바흐찐, 전승희 외역, 『장편소설과 민중언어』, 창작과비평사, 1988, 21면.

소를 끌어들여 소설의 풍요로움을 더해 주고 있다.

소설과 이야기의 관계 맥락에서 주목해 볼 수 있는 작품으로 엄창석의 「해시계」(『세계의문학』)를 우리는 갖게 되었다. 이 작품은 이야기에 대한 이야기로서 하나의 진경을 구축하고 있다. 「해시계」는 '세상에 편만한 온갖 이야기를 가지고 하나의 이야기로 담아내는'(98면) 설낭(設囊, 이야기꾼) '채물음'의 행적에 대한 이야기이다. 두 가지 점에서 주목할 만하다. 하나는 이야기의 본성에 대해 특기할 만한 통찰을 보인다는 점이다. 이 작품에 따르면 이야기는 '공간에 편만한 무수한 햇살을 단 하나의 그릇에다 모아, 태양의 위치를 알려주는'(같은 곳) 해시계와 비슷하게 작동한다. 세상에 떠도는 무수한 이야기를 자기 한 몸에 받아들여 새로운 이야기로 만들어 냄으로써 그것이 사람들을 통해 수천 가지 이야기로 펼쳐지기를 기도하는 '채물음'을 그려냄으로써, 이 작품은, 민간의 이야기가 증식되고 의미 기능을 강화하는 방식 곧 끊임없이 섞이고 갈라지면서 위력을 더해가는 방식을 알려 준다. 이 작품에서 주목할 만한 두 번째는, 이야기에 대한 이와 같은 통찰이 매우 빼어나게 형상화되었다는 사실이다. 여기서 '채물음'의 행적을 좇는 서술자는, 거리를 둔 관찰자로서 균형 잡힌 시각의 소유자이자 이야기의 본성에 대해 사려 깊이 숙고하는 인물이다. 이 인물에 의해 작품의 의미망이 촘촘하고도 품격 있게 짜여지는 한편, 그와 마찬가지로 '채물음'의 이야기가 지니는 기능을 간파한 다른 인물이 그를 살해하게 됨으로서 별다른 무리 없이 서사가 완결되고 있다. 민간전승 이야기의 운명을 구성이 담보하고 있는 셈인데, 이로서 「해시계」는 이야기에 대해 말해야 할 바를 빠뜨리지 않은 작품의 자리에 올라선다. 서술자의 탐색과 살해자의 등장이 추리소설적 흥미를 돋우어 주는 것은 물론이다. 요컨대 이 작품은 주제의 효과적인 부각과 더불어 흥미성, 구성적 완미함 등을 두루 갖춘 수작이라 할 만하다. 「해시계」와 같은 경우로 해서 우리는 소설의 경계를 지나치게 좁게 잡거나 고정적으로 사유하는 것이 얼마나 부질없는 일인가를 새삼 느끼게 된다.

3. 인간 그리고 관계에 대한 탐색으로서의 소설

근현대소설의 가장 빛나는 성과를 소설의 구성 요소들 중에서 찾으라 한다면 나는 작중인물의 창출을 꼽고 싶다. 근대소설은 일종의 인간 탐구의 장이며 바로 그러한 한에서 스스로를 풍성하게 발전시켜 올 수 있었다. 한 시대를 대변하거나 새로운 시대를 예견하는 인물들 및 그들의 관계를 그림으로써, 소설은 사회와 역사의 본질적인 국면을 가리킬 수 있었다. 일찍이 아리스토텔레스가 문학의 본질적 특성으로 인간 행동의 모방을 지적한 것 역시 이 맥락에서 다시 읽어도 좋다. 해서, 문제적인 인물을 그려 보이거나, 겉으로는 평범한 인물의 저 깊은 심층 혹은 내면을 섬세하게 열어 보이는 작품은 어느 때건 우리의 주목을 요한다. 그러한 인간 탐구의 결과가 우리 시대를 비춰 주는 거울을 마련해 주는 것일 때는 더욱 그렇다.

이런 맥락에서 공선옥의 「연민」(『한국문학』)과 김원일의 「물방울 하나 떨어지면」(『파라21』), 천운영의 「멍게 뒷맛」(『파라21』), 정영문의 「배관공」(『문학수첩』) 등이 주목을 요한다.

공선옥의 「연민」은, 어쩔 수 없는 일을 어떻게 대할 것인가를 화두로 해서, '완강한 당신과 당신들' 그리고 완강한 혹은 비정한 현실 앞에서,

'어떻게 해볼 수가 없어서······'(70면) 울어 버리고 마는 사람들의 내면을 조명하고 있다. 지방에 있는 전남편에게 아이를 데려다주고 데려오는 여인이 있다. 노동운동에 투신했던 그녀의 오빠는 아내의 죽음 이후 실의에 빠져 옛 고향에 머물러 있다. 아이는 제 아빠를 좋아하지만, 이전 시어머니의 그늘에 가려 있는 전남편은 재혼을 할 예정이고, 그녀는 앞으로 아이의 바람을 실현해 줄 수 없다. 오빠의 상태를 보면 그의 아이들을 자기가 건사해야 할지도 모르는 상황이다. 이런 모든 상황이 그녀를 이전 시어머니 앞에서 울게 만든다. 그녀의 내면은 무안함과 민망함이다. 이 무안함, 민망함은 쑥스러움과 통한다. 기차 차창 밖으로 보이는 작은 밭들을 그대로 둘 수 없어서 돈과 무관하게 씨를 뿌리고 곡식을 거두는 사람들이 빈 밭을 보고 느꼈을 쑥스러운 심정과 외로움에, 무안함과 민망함이 유추되고 있다. 서술자의 반복되는 언명으로 지칭되기는 해도, 그 함의는 결코 옅지 않다. 그녀의 오빠가 우는 것, 이름 없는 사람들이 되지도 않는 밭에 작물을 심는 것 등과 어우러져서, 그녀의 울음이 좀 더 보편적인 맥락으로 확장되는 까닭이다. 작품 말미의 얼음과자 먹는 아이 에피소드에 연관되어, 녹아내리는 얼음과자를 든 채 속말을 뇌는 그녀는, 타인과의 관계에서 혹은 운명 앞에서 또는 사회 현실 속에서 어찌해 볼 수 없는 자들의 초상이 된다. 그렇게 「연민」은 우리들 내면의 심층 어딘가로 깊이 파고든다. 기법 및 구성 차원에서 다소 도식적이기는 하지만, 의미 효과 및 그것을 잡아내는 작가적 시선의 진정성이 형식적인 소박함에 눈을 돌리지 않게 한 경우라 하겠다.

김원일의 「물방울 하나 떨어지면」(『파라21』) 역시 의미의 무게가 소중하게 다가오는 작품이다. 이 소설은, 1급 복합장애인의 아내가 된 여인이 탁월한 신심과 봉사심으로 장애자 복지시설 건립에 나서는 이야기를 보여 준다. 이렇게 정리하면 일견 지나치게 바른 윤리관의 소산이라 여겨져 거부감을 줄 수도 있지만, 사정은 그렇지 않다. 인물들이 얽이는 사태 및 심리를 단순화하지 않고, 부정적인 현실에 대해서는 명명백백하게 그 부정성을 폭로하는 서술자의 시선이 작가의 원숙한 필치의 힘과 더불어서 스토리에 균형감을 부여하는 까닭이다. 교훈주의가 부정적인 경우는 그것이 자신에 대해 맹목일 때뿐이다. 이 경우를 넘어서 있다면, 옳은 소리는 옳은 소리로 곧게 받아들이는 것이 또한 성숙한 독자의 태도라 하겠다.

천운영의 「멍게 뒷맛」과 정영문의 「배관공」은, 인간 삶의 다소 비의적인 면모를 깔끔한 형식 속에 포착해 낸 가편(佳篇)들이다. 「멍게 뒷맛」은, '광적인 소유욕'에 사로잡힌 남편의 폭력에도 불구하고 행복한 표정을 달고 사는 아름다운 이웃 여인의 불행을 확인하고자 하는 여성의 내면 심리를 그리고 있다. 관음증과 의사-사디즘이 복합된 심리의 소유자인 그녀는 끝내 '당신'(=이웃 여인)에게 사로잡히고 만다. '당신'이 부재할 때 그녀 자신도 더는 존재할 수 없게 되는 것인데, 이는 욕망의 끝자락을 향하는 자의 일반적인 운명인 듯하다.[4] 강도는 다르지만 「배관공」 역시 하나의 독특한 인물형을 제시하고 있다. 이 작품의 주인공은 우연히 만나게 된 아이를 데리고 며칠을 보낸다. 그는 사실을 사실적으로 느끼지 않는 / 못하는 자이며, 자신의 행위에 아무런 의미도 두지 않는 까닭에 아무것도 알 수 없는 그런 인물이다. 삶의 우연성과 무의미함을 고스란히 체현한 인물인데, 이러한 육화는, 주인공이 지식인의 관

---

4 이 작품에서 드러나는 작가의 욕망 탐구는 사드의 다음과 같은 진술을 떠올려 준다. "인간을 잘 파악하기 위해서는 온갖 본성을 드러내는 인간의 군상들을 만났어야 하며, 그들의 진가를 파악할 수 있으려면 그 희생물이 되었어야 한다."(샹탈 토마, 심효림 역, 『사드, 신화와 반신화』, 인간사랑, 1996, 70면)

넘성과는 무관하게 배관공으로 그려져 있는 까닭에 한층 더 선명하게 다가온다. 의미 규정의 분칠을 벗어난 그의 모습을 통해, 우리들 모두 자신의 심연 한 자락에 슬쩍 닿게 되는 까닭이다.

이들 작품 옆에 표명희의 「탑소호족N」(『실천문학』)과 정미경의 「달은 스스로 빛나지 않는다」(『문예중앙』)가 놓여 있다. 이 두 소설은 '타인과의 관계 맺기'를 대하는 우리 시대의 새로운 자세를 보여 준다. 나름대로 전문직에 종사하며 자신의 생활을 '쿨하게' 꾸리고자 하는 인물들이 주변 서민들과 맺게 된 관계에 거리를 두고자 하는 모습을, 전자는 내면의 창을 통해서 후자는 실제적인 어우러짐을 통해서 찬찬히 그려 보이고 있다.

타인과의 관계 맺기란 실상 모든 소설의 테마라 할 수 있으며, 1990년대 이후 한국소설의 주된 특징 한 가지로서 그 관계가 남녀의 이합에 초점을 맞추게 된 점을 꼽을 수 있음도 사실이다. 지금 검토하는 계간지들에도 남녀 관계의 현재적 양상을 중심으로 인간관계를 탐색하는 작품들이 가장 많다. 김연수의 「쉽게 끝나지 않을 것 같은, 농담」(『문학과사회』)과 박인성의 「호텔 티베트」(『문학과경계』), 김남일의 「사북장 여관」(『문학과경계』), 윤대녕의 「낯선 이와 거리에서 서로 고함」(『문학동네』), 강영숙의 「시티투어버스」(『창작과비평』), 김이은의 「슝카 그리고 그녀의 花」(『문학판』), 김미진의 「룰렛을 돌려봐」(『문예중앙』) 등이 그것이다. 이들 작품은 부부 혹은 동거인이나 연인간의 만남과 헤어짐을 축으로 짜여진다.

김연수의 「쉽게 끝나지 않을 것 같은, 농담」은 육 개월 만에 우연히 만난 전처와 돌아다녔던 시내 골목길을 되짚으면서 그녀와의 인연을 반추하는 남자의 이야기이다. 그는 역사책을 읽는 것이 취미이다. 원인과 결과가 뚜렷한 까닭이다. 스스로 진단하듯, 그렇기에 그는 농담을 못하는 사람이다. 그런 그가 전처와 걸었던 길을 재구하면서, 그녀와의 삶이 하나의 농담에 불과했다는 것, 수많은 우연으로 점철되어 파경의 원인을 딱히 찾을 수도 없는 농담에 다름 아니었다는 것을 깨닫게 된다. 이러한 인식은 두 가지를 보여 준다. 한편으로는 나무의 유래에 대한 언설과 섞이면서 사람살이 일반에 대한 통찰로 나아가고, 다른 한편으로는 우리네 삶 특히 남녀의 이합(離合)에 있어서 이제 고부갈등이나 생활의 구차함 등과 같은 외적인 문제가 아닌 좀 더 내면적인 무언가가 의미 있는 것이 되었음을 알려 준다. 여기까지 와서 보면, 결연의 파기는 이제 한 개인의 내면의 문제가 된다. 필연을 인정하지 않는 심정적 지형 속에서는 사람들이 갈라서게 되는 외적 요인을 따져 보는 것이 실상 무의미하다. 자신의 꿈이야말로 농담이 아니겠는가고 생각하는 그녀가 '이게 어째서 웃긴 얘기가 아니야?'(1152면)라며 따지듯 묻고, 그들이 '분명한 작별인사도 없이' 어정쩡하게 헤어지는 것은, 이들에게 있어 이합의 문제는 이제 명확히 인식될 수 있는 상호간의 관계망 바깥에 놓이게 되었음을 분명히 해 준다.

　이러한 사정은 박인성의 「호텔 티베트」와 김남일의 「사북장 여관」에서도 다르지 않다. 「호텔 티베트」의 두 주인공 '그'와 '강'은 모두 딱 집어 말하기 곤란한 이유로 아내 그리고 현실을 떠나 있는 인물이다. '그'는 복귀하고 '강'은 그렇지 않다는 차이가 있고 '강'에게는 암울한 시대가 남긴 가족사적 상처가 유랑의 원인으로 놓여 있기는 하지만, 실상, 두 사람이 자기 배우자에 대해 소원해지게 된 데 있어서는 그 이유를 뭐라 단정하기 곤란하다. 자신이 아이를 버릴까 두려워하는 아내를 두고 '강'이 "더 늦기 전에 놓아주고 싶은 거야. 내가 변할 자신이 없으니까"(192면)라고밖에는 말할 수 없는 심정적인 메커니즘은, 불현듯 옛

연인의 이름이 떠올라 꼭 만나야 될 것 같은 강렬한 욕망에 시달리며 아내와의 잠자리를 기피하게 된 '그'의 경우와 별반 다르지 않다. 이들 인물의 행적을 설명해 주는 직접적인 코드는 분명, 어쩔 수 없이 안게 된 '알 수 없는 미혹'(199면)이 '어처구니없는 탐욕'으로 이어지는 저 불가사의한 심리적 궤적이라 할 수 있다. 제삼세계에서 현재도 확인되는 역사의 폭력에 대한 '강'의 시선은, 내세에 성실한 가장으로 다시 태어나 아내와 함께 살고 싶다는 그의 진정 앞에서는 그다지 의미 있는 것이 못 된다. 후일담 소설의 맥락이 보다 강화된 「사북장 여인」에서도 사정은 유사하다. 처자를 버리고 '정원'과 여행을 하면서 자신의 현재 모습을 선명하게 인정하지 못하는 어정쩡한 상태에 빠져 있는 주인공의 문제는, 내밀한 맥락에서의 남녀 결연의 미끄러짐 외에 달리 원인을 찾을 수 없다. 여기서 좀 더 나아가면 '알 수 없음'의 대상이 이제 타인인 배우자에게로 넘겨진다. 윤대녕의 「낯선 이와 거리에서 서로 고함」의 경우가 특히 그러하며, 이 맥락에서는 김미진의 「룰렛을 돌려봐」 역시 유사한 의미망을 띤다. 딱히 부부의 연이라는 맥락에서 남녀의 문제를 다룬 것으로 한정되지 않는 윤대녕과 강영숙, 김이은의 소설은, 전통적인 가족 범주로는 포착되지 않는 관계를 제시하고 있는 까닭에 후속 작업이 기대된다.

4. 질문하기로서의 소설 쓰기

2003년 가을호 계간지에 실린 소설들은 우연찮게도 재미있는 현상을 한 가지 보여 주고 있다. 청장년의 작가들이 사람살이의 현상을 주목하는 반면, 연배나 역량 면에서 대가급에 이른 작가들이 대체로 인간 내면 혹은 그 너머를 탐구해 준 것이다. 그와 더불어 소설문학의 정체를 새삼 궁구하게 하는 작품들까지 보여 주면서 말이다. 이 맥락에서 박범신의 「항아리야 항아리야」(『창작과비평』)와 윤후명의 「초원의 향기」(『한국문학』), 이윤기의 「보르항을 찾아서」(『동서문학』) 그리고 서정인의 「장명등」(『파라21』), 이청준의 「문턱」(『문학판』)을 읽을 수 있다. 구효서의 「밤이 지나다」(『작가세계』)와 김지현의 「인형의 집」(『작가세계』), 한유주의 「오필리어, 다름 아닌」(『문학판』) 역시 이 자리에 놓인다.

박범신의 「항아리야 항아리야」는 인간 욕망의 본성에 대한 통찰이 녹아들어 있는 작품이다. 한 화가가 있다. 그는 텅 빔에 대한 자각, 불편함을 가져다주는 그러한 자각에서 연유하는 죽음 충동, 그로부터 벗어나길 고대하는 (무)의식의 발로라 할 성적 환상과 욕망에 사로잡혀 있다. 이런 그가, 고흐의 〈해바라기〉를 좋아한다며 그 이유를 '둥글잖아요'라고 대는 늙은 여류작가에게 관심을 갖고 그녀의 사생활을 훔쳐보게까지 된다. 그녀가 품었을 만한 '그 어떤 둥근 것' 곧 '둥글게 둥글게, 수만 광년의 우주까지, 둥글게 둥글게, 날아가고 말 씨앗들을 품고 있는'(142면) 무언가를 갈망하는 까닭이다. 그녀에 대한 그의 이러한 동경·욕망·기대는 그러나, 그녀의 기행을 엿본 뒤에 방향을 틀게 된다. 늙은 여류작가 역시 텅 비어 있음을 목도하게 되면서 그 동안 들지 못하던 붓을 잡고는 그림을 하나 그리는 것이다. 그림이 거의 완성되는 깊은 겨울 어느 날 새벽, 그에게 전화를 걸었던 여류작가는 자살한다. 그녀의 시신을 안치하던 밤, 자기 그림을 본 화가는, 그것이 파울 클레의 〈세네치오〉를 모사한 것임을 깨닫게 된다. 이상의 줄거리에 '항아리'니 '해바라기', '굴암산의 굴' 등과 같은 상징적인 장치들이 적지 않게 마련되어 있다. 이 소설이 보여 주는 바는 무엇인가. 그녀의 기행 이후 보이는 그의 변화를 통해서 우리는 둥근 것에 대한 욕망이 원래 그의 것은 아니었음을 알 수 있다. 여기에 더하여, 그가 아니라 그녀가 자살을 하는 설정을 통해 죽음 충동도 실상 그의 것은 아님을 알게 된다. 게다가 그림 역시 그의 것이 아니다. 이러한 점들은, 우리의 욕망이란 실상 우리의 것이 아니라 타자로부터 중개된 것임을 의미한다. 여기까지 와서 보면, 다소 비속한 설정과 언설이 눈에 거슬리고 지나치게 선명한 상징들이 조금은 투박하게 다가오지만, 이 소설의 주제 효과는, 일찍이 지라르가 간파한 욕망의 비의[5]를 드러내 주고 있다 하겠다.

인간 본성에 대한 탐구가 특정한 구도 속에서 일정한 내용을 드러낼 때, 우리의 동의는 그 선명성에 반비례하는 경향이 있다. 탐구가 탐구가 아니라 특정 전제에 따른 재단으로 비춰지는 까닭이리라. 동일한 맥락에서 반대로, 해답을 얻지 못하는 질문이라면 해답을 얻지 못한다는 사실만으로도 그 질문에 끌리는 경향도 없지 않다. 이러한 흔들림 위에서 균형을 취하는 지혜를 얻기는 힘든 일이다. 윤후명의 「초원의 향기」는 그러한 어려움을 새삼 느끼게 해 주는 소설이다. 이 작품은, 서해안 최북단 섬에서 열린 해수관음 점안식에 참가한 소설가 주인공이, 플루메리아 꽃 환취(幻臭)를 맡는 등 '도무지 현실 속에 있는 것 같지 않은' 상태에서, 십 년쯤 전 중앙아시아에서 온 '세르게이'와 더불어 술을 마신 적이 있던 한 여인과 만나 나누는 술자리 이야기를 보여 준다. 주인공의 내면 의식을 따라 서사가 진행되는데, 그의 내면이 매우 모호한 만큼 작품의 주제 효과도 잘 가늠되지 않는다. 주인공은 자신의 삶이 '뿌리 뽑

---

5 르네 지라르, 김윤식 역, 『소설의 이론』, 삼영사, 1977 참조.

힌 삶'이라 여기며 '자신 역시 유랑의 무리에 속한다는 서글픔'(21면)을 안고 있는데, 그 절실함을 절실함으로 살려 주는 요소들을 찾기 어렵다. 그가 '중앙아시아 미지의 초원에 미쳐 있던 심정'(24면)을 회상하고 서해안의 섬에서 초원을 떠올리는 자신의 심경을 펼쳐 보이면서, 그것이야말로 '삶의 진실'(26면)에 걸리는 것이라 말해도, 스스로도 고백하듯이 그 심경 자체가 '도무지 뒤죽박죽인 상태'인지라, 독자들로서도 무언가를 끄집어내기가 곤란하다. 단편소설의 응집력 혹은 환기력이 아쉬운 경우라 할 만하다. 이러한 사정은 소설적 구성을 개의치 않으면서 다종의 언설을 자유롭게 개진하고 있는 이윤기의 「보르항을 찾아서」에서 한층 더 심하다. 여기서 한 걸음 더 나아가 형식적인 측면에서 소설의 경계를 완전히 파괴한 자리에 선 것이 바로 서정인의 「장명등」이다. 발화 주체의 동일성까지도 넘고 마는 지경 혹은 경지를 보여 주고 있다. 위에서 살핀 박범신의 작품과 이들 세 소설을 함께 두고 보면, 앞서 언급한바 작품을 보는 '지혜'를 갖추는 일이 얼마나 지난한 것인지 새삼 느껴진다. 만년의 톨스토이가 보여 주었던 우화적인 원숙함은 아니더라도, 모쪼록 대가급 작가들의 혜안이, 읽어나갈수록 쉬움 속의 깊이를 느끼게 해 주는 작품으로 다가오길 바랄 뿐이다.

이러한 아쉬움을 달래주는 것이 바로 이청준의 「문턱」이다. 이 작품은 깔끔한 구성을 선보이면서 소설 쓰기의 한 측면을 간명하게 제시해 주고 있다. 대가가 보여줄 수 있는 가벼움으로, 소설 쓰기가 삶에 관련되는 한 가지 방식을 유려하게 형상화한 것이다. 이 작품이 주는 것은 질문일 뿐이지만, 그 질문의 방향은 분명하고 함의는 깊다. 3년 전 신춘문예에 당선된 '반형준'이란 작가가 있다. 그의 당선작은, 자신에게 소설을 쓰라며 이런저런 이야기 소재를 가져다주다가 사업 실패로 죽고 마는 '구정빈'이라는 친구의 이야기를 내용으로 하고 있다. 그가 제공하는 소설거리들은 말도 안 되는 우스개로 시작해서 끝내는 자신의 죽음 자체가 되고 만다. 이러한 변화는 물론, 친구가 제공하는 소재들의 변이 속에서 '구정빈의 세상사에 대한 모종 각성이나 성숙감보다 알 수 없는 피로감 혹은 염세적 체념의 그림자 같은 것'(268면)을 감지하는 '반형준'의 의식, 소설과 인생에 대한 그의 의식의 변화로 채색된다. 이는 무슨 뜻인가. 사업 동료의 배신에 따른 충격으로 갑작스레 찾아온 '구정빈'의 죽음 자체는 실상 아무런 비의도 담지 않는다는 것이다. 전화 통화 중 혈압이 오른 것이니, 따로 무슨 의미가 있을 턱도 없다. 하지만 이 자명한 사실이, 소설을 쓰고자 하는 '반형준'에게는 하나의 소설거리이자 풀 수 없는 수수께끼로 다가오게 된다. 친구의 죽음이 그에게는 '제 소설이 이웃 사람들이나 세상과 만나는 문으로 여겨'(273면)지는 까닭이다. 바로 이렇게 실제의 사실이 소설쓰기의 차원으로 넘어오면서 의미 구조에 변화가 오고 문제가 발생하게 된다. 이러한 상승은 한 겹 더해진다. 이 작품의 서술자인 소설가가 '반형준'에게 '구정빈'의 죽음 이야기에 관한 자신의 몫을 요구했었고, 그 결과로 「문턱」이란 작품을 써낸 것이기 때문이다. 이 작품이 '구정빈'과 '반형준'의 삶에 이렇게 이어지면서, 삶과 소설의 비의적인 관계가 하나의 질문으로 떠오른다. '구정빈'은 왜 그런 식으로 살다 그렇게 갔는가. 서술자가 제기하는 이 질문은 '그 알 수 없음의 화두야말로 우리 삶과 문학의 영원한 유예의 수수께끼, 숙명적 비의의 문이자 어쩌면 그 삶 자체일지도'(274면) 모르겠다는 내용을 담는다. 삶을 소설화하는 일, 그리고 그것을 재차 소설화하는 일을 통해서 「문턱」은, 삶과 소설의 문턱이야말로, 삶의 의미를 묻는 소설의 의미 영역임을 보여 주고 있다.

정리해 두면 일견 자명한 이러한 사실은, 소설에 대한 사유를 이끌어 삶에 대한 반성으로 나아가게 해 주는 까닭에 소중하다. 사유와 반성의 내용이 실정적으로 규정될 수 없음은 물론이다. 바로 이 지점이야말로 소설문학의 영역임을 우리는 잘 알고 있다. 이런 사실을 새삼 깨달은 자리에 설 때, 어디에 깃들지도 머물지도 못하는 삶의 허망함 속에서 시선을 늘 '저 너머 어디'(173면)에 두고 '뭔가를 늘 견디는'(181면) 여인의 심정을 구상화하는 구효서의 「밤이 지나다」(『작가세계』)나, 자아의 경계를 넘어선 말들의 흐름을 통해서, 시작과 진행만이 있는 '인용의 역사'로 존재하는 삶의 괴로움, 그 흐름을 펼쳐 보인 한유주의 「오필리어, 다름 아닌」(『문학판』) 등의 세계를 이해하는 길이 열린다. 전자가 익숙한 것이고 후자가 그만큼 낯선 것이기는 해도, 소설의 언어를 통해서 삶의 비의에 접근해 본 한두 가지 결과라는 점에서 둘은 동일하다. 이들 소설의 주인공 혹은 발화자는 영혼의 삶을 살(고자 할) 뿐이다. 이들이야말로 '영혼 그 자체가 바로 고향인 그런 영혼'의 소유자이기에 여기서 모든 서사는 영혼을 향하여 있다.[6] 이 경우, 작품 내 세계의 형상화 유무는 실상 아무런 변별 요소가 되지 못한다.

5. 해답을 찾아가는 소설의 여로

인간의 내면에 대한 질문 맞은편에는, 역사에 대한 질문 혹은 역사를 통한 답하기의 자리가 있다. 서로 멀찍이 떨어진 이 두 입장은 그러나

6　루카치, 반성완 역, 『소설의 이론』, 심설당, 1985, 112면 참조.

인간 탐구라는 과제가 커다란 원환을 이룰 때 서로 접합되는 동일 지점이기도 하다. 앞의 경향에 속하는 작품들과 더불어 이쪽 마당에 있는 작품들이 한국 근대소설사의 두 줄기를 이루고 있음은 이런 사정에 말미암는다. 지난 계절 이 자리에는 이순원의 「미안해요, 호 아저씨」(『문학수첩』)와 김원일의 「4가 네거리의 축대」(『문학과사회』), 정지아의 「행복」(『창작과비평』), 현길언의 「추억의 노래―퇴화론 6」(『문학수첩』)과 「해단식―퇴화론 7」(『문학과경계』), 이영희의 「랑구운의 아침」(『동서문학』) 등이 놓였다.

후일담 소설조차도 시들해진 지 오래된 요즈음, 빨치산 부모의 인생 역정에 대한 성찰을 담고 있는 정지아의 「행복」은 그 내용만으로도 도드라진다. 부모의 삶을 기리는 작가의 꿋꿋함에 마음이 다소 착잡해지지만, '나'의 교직 생활과 부모와의 여행이 교차되면서 '아무도 알아주지 않는 길을 평생 걷는다는 것이 얼마나 무서운지'(200면)에 대한 부정적인 깨달음이 개진되는 새로움에서, 작가의 변화를 볼 수 있다. '남편'의 의미 기능에 대한 성찰이 불충분하고, 결미 부분에서 부모들의 삶에 대한 시선의 복합성이 사라지게 되는 점은 구성상 아쉬운 요소지만, '북한의 현실이 어떻든 현재 자신들의 모습이 어떻든, 자신들은 정의와 진리를 위해 청춘을 바쳤고, 그것은 옳았노라'(204면)고 항변하는 듯한 부모의 모습에 빗대어서, '유토피아를 향한 멈출 수 없는 마라톤'(208면) 같은 소망이 자신에게 있기나 한 것인지를 반성하는 주제 효과는 우리의 현실과 삶을 새삼 되돌아보게 해 준다. 소설로부터 우리가 끌어낼 수 있는 반성의 폭이 갈수록 협착해지는 현실에 비추어 보면, 이 사실만으로도 「행복」의 자리는 마땅히 존중되어야 할 듯싶다.

현재를 살아가는 우리네 삶을 평가해볼 수 있게 해 주는 시금석을 가족사의 뿌리에 박고 있는 위의 작가와는 달리, 대부분의 경우 우리 시대의 현실 읽기, 역사 읽기는 지난한 문제를 안고 있다. 이를 좀 더 갈라서 말해보자. 시대의식을 소설화하거나 현재를 읽어내고, 현재의 전사로서 과거를 해석하고 담아내는 데 있어서 부딪히는 어려움이란, 현재 사상(事象)을 바라보는 데 있어서 시간성을 개재시키는가 여부의 문제, 개재시킬 경우 과거를 어떻게 해석해서 현재로 이끌어 들일 것인가의 문제, 그렇게 해석된 과거를 어떻게, 얼마만큼 형상화할 것인가의 문제 등으로 중층화되어 있다. 미래 전망이나 미래 규정의 폭력성을 충분히 경계해야 한다고 해도, 과거의 구성이라는 역사적인 시각을 견지하지 않고서는 현재에 맹목인 상태로 휘둘릴 수밖에 없음을 생각하면, 이러한 문제는 회피할 수 있는 것이 아니다.

이러한 문제 인식을 견지하지 못할 때, 역사를 통한 현재 보기는 풍속 차원으로 떨어지거나 긴장을 잃기 십상이다. 유감스럽게도 현길언의 '퇴화론' 연작(「추억의 노래」, 「해단식」)이나 이영희의 「랑구운의 아침」의 경우가 이에 해당되는 것 같다. 과거의 파지 및 구성이 결여되었거나 미진한 탓에, 구체적인 현실과의 길항 작용에서 마땅히 유래될 법한 긴장이 부재하게 되었다. 전자의 경우 시점화자에 대한 서술자-작가의 비판적 거리 두기가 부재한 것이 결여의 원인으로 보이며, 후자의 경우는 '형'이나 '그'의 존재가 실감을 결하고 있는데다 주제를 강화하는 방향에서 볼 때 '랑구운'의 현실적 무게를 찾기 어려운 것이 미진함의 이유라 하겠다.

이 둘이 인식의 추상성을 노정한 경우라면, 김원일의 「4가 네거리의 축대」는 애초부터 우회로를 택해서 소기의 목적을 거둔 경우로 보인다. 이 작품의 서사는 '김명구' 노인의 의식을 따라 축조된다. 노모에 대한 회상·환각 및 어린 시절의 기억과 현재 그가 놓여 있는 현실의 경계가 가뭇없이 사라질 때가 많은 김 노인의 의식 상태가 노련한 필치로 유연하게 기술되고 있다. 다른 한편 이 소설은, '퇴계로 4가 네거리'를 거점으로 하여 짜여진다. 이 '네거리'는 한국사의 비극적인 과거를 담고 있는 공간이자 김 노인의 인생을 붙들어 매고 있는 장소이다. 인민군이 점령했던 당시, 젊은 군관의 사격 시범 대상으로 축대 아래 세워졌던 총명한 소년 '김명구'는, 그만 총상을 입어 하초를 잃고, 정신적인 충격으로 인해 말더듬이에 지진아가 되어버렸다. 그 결과로 노인이 된 시점에서도, 그에게 있어 축대는 금기의 장소로 각인되어 있다. 이것이 퇴계로 네거리의 축대가 지켜보아온 한 가지 사실이다. 역사의 격동 그 광증의 끝자락에서 벌어지는 이러한 비극적인 사건이 다른 한 가지 사실과 맞물리면서 이 작품은 나름의 성공을 거두게 된다. 그러한 역사적 비극성에도 불구하고, 축대 앞의 공터란 어느 때든 아이들의 놀이터이게 마련이라는 비역사적인(a-historical) 혹은 / 그래서 현재적인 속성이 그것이다. 놀이가 전쟁의 빛깔로 채색되고 그 놀이의 연장선상에서 개인의 비극이 초래되는 식으로 구체화되는, 이 둘의 갈라짐과 맺어짐이야말로 역사를 전유하는 한 가지 주목할 만한 방식이라 생각된다. 역사의 동력이나 흐름 및 그에 대한 인식과 평가 등 거시적인 언설은 이 작품에서 미미하게만 존재한다. 이는, 김 노인 집안의 역정과 당대의 역사가 '김명구'라는 한 인간의 불우한 삶에 유기적으로 응축된 증거라는 점에서 강조할 만한 점이다. 이렇게 보면, 모친과 조모의 환각 속에서 사는 노인을 설정하여 그의 내면을 자연스레 따라가는 서술 전략 역시 같은 맥락에서 이해할 수 있다. 역사가 남겨 놓은 상흔을 중단편소설에서 드러내는 적절한 한 가지 방식이란 이렇게, 논리 정연한 이론적 정리와는 거리를 두는 데서 찾아질 수 있는 것이 아닐까 싶다. 앞서 말한바 축대 앞 공터의 두 가지 맥락과 더불어서 이 점이야말로 「4가 네거리의 축대」의 성취를 공고히 해 주는 요소이다.

이와는 또 달리, 현재를 바라보게 해 줄 과거의 전유 맥락을 좀 더 넓히면서 탁월한 성과를 보인 경우가 바로 이순원의 「미안해요, 호 아저씨」이다. 이 소설은, 주제 효과의 계몽성에도 불구하고 반감을 주기는커녕 사뭇 진지한 반성을 이끌어 주는 작품이다. '베트남 처녀와의 결혼'이라는 사회 현상을 통해서 우리 사회 우리 시대의 흐름을 진지하게 되돌아볼 수 있게 해 준다. 우리의 삶이 야만에 빠지지 않기 위해서는 없애야 할 생각과 담론 들을, 이제는 사라진 것처럼 느껴지는 전통적인 삶의 감각을 유려하게 형상화하면서 그에 대비시켜 자연스럽게 제시해 주고 있다.[7] 결론적인 내용 자체뿐 아니라 주제를 구성해내는 데 있어서도 주목할만한 것이다. 연변 처녀를 구해서 장가를 가라는 주변의 성화를 받으면서 이름 모를 연변 처녀에게 미안해하는 후배 시인의 감성어린 진정을 앞에 깔고, 초등학교 동문회 겸 체육대회를 계기로 고향에 모인 선후배들 사이에서 주고받는 대화를 통해 베트남 처녀와의 결혼이라는 실제적인 문제를 소개하며 시대의 변화에 비춰 그 의미를 따져준 뒤에, 가족을 위해서 '남쥬띤'으로 떠나야하는 어린 베트남 처녀의 심정을 역사적 상황에 비추어 가슴 아프게 그려 보이고 있다. 일견 각 부분의 분량과 비중 처리가 다소 어설픈듯하지만, 실상 이는, 내용

7　공동체적인 삶의 풍속에 대한 이 작품의 형상화는, 압축적 근대화의 연속성을 파괴하면서 현재 상황을 충격적으로 인식하게 해 준다는 점에서 벤야민이 말한바 '과거를 향한 변증법적인 도약'에 해당한다고 할 만하다. 사회의 변혁을 꿈꾸는 거대담론의 실효가 의심되는 이 사회에서, 우리네 삶의 위기를 직시하게 하는 이러한 과거 파악은 벤야민의 논의와 별반 어그러지는 것이 아니라 생각된다(벤야민, 이태동 역, 『문예비평과 이론』, 문예출판사, 1987, 303~304면 참조).

의 구성 방식이 주제를 효과적으로 구현해내는 모범적인 경우에 속한다고 하겠다. 이런 틀거리를 통해서 「미안해요, 호 아저씨」는 우리에게 정치사적인 편협한 안목으로는 잡아내기 곤란한 문화사적인 반성의 계기를 제공해준다. 이런 인식이야말로 현재의 소설을 읽는 보람에 해당하는 것이 아니겠는가 싶어, 짧지 않은 인용으로 이 글을 마친다.

야들이 깜깜하구만. 그게 벌써 언젯적부터 붙어 있었는데. 다음에 거기 지날 때 잘 봐 봐라. 뭐가 붙어 있는지. 월남 처녀와 결혼하세요, 하고 '초혼, 재혼, 장애자, 연세 많으신 분'이라고 써 놓았다. 그거뿐인 줄 아나? 그 아래 '절대 도망가지 않습니다' 하고 느낌표 두 개 팍팍 찍어 놓고." (…중략…) 내가 서울에서 본 것과는 또 다른 현수막이었다. 거기에 '절대 도망가지 않습니다'라니. 연변에서 온 여자들 중엔 더러 그렇게 도망간 여자가 있었지만 베트남에서 오는 여자는 절대 그런 일이 없을 거라는 얘기일 것이다. 그렇다 하더라도 거기에 정말 그런 것이 걸려 있다는 명규의 말이 사실이라면 (아니, 틀림없는 사실이겠지만) 그것은 이제까지 내가 봐 온 어떤 종류의 현수막보다 엽기적이다 못해 인간에 대한 최소한의 예의와 최소한의 존엄성마저 내팽개친 것이었다. 과격하다 못해 살벌한 내용의 현수막도 보고, 터무니없는 내용의 현수막도 보고, 남을 음해하는 현수막도 보고, 더러는 끔찍한 내용의 현수막도 봐 왔지만, 그것은 그 현수막을 내건 그들의 일이거나 의식이었다. 그러나 이것은 그걸 내건 사람이나 바라보는 사람이나 듣는 사람이나 이 땅의 누구 하나 예외 없이 한 가치 아래 형성해 온 집단적인 비열함에 다름 아니었다. (213면)